Was geschah wirklich an jenem Abend, an dem ein junges Ehepaar grausam und scheinbar sinnlos ermordet wurde? Die junge Gun Johannsson ist dieses Verbrechens angeklagt und sitzt seither im Gefängnis. Von ihren Mitgefangenen wird sie geschnitten, niemand möchte etwas mit ihr zu tun haben. Wie kann sie nur immer wieder behaupten, dass sie unschuldig ist?

Nur zu Ingrid, der Gefängnispfarrerin, fasst Gun Vertrauen, und erzählt ihr die unglaubliche Geschichte ihres Lebens. Ingrid ermittelt auf eigene Faust und muss dabei selbst um ihr Leben fürchten. Und um ihren Glauben, denn die Wahrheit, die nach und nach ans Tageslicht kommt, ist so jenseits aller mitmenschlichen Vorstellungen, dass es einen friert.

Helena von Zweigbergk hat einen psychologisch tiefgehenden und fesselnden Roman geschrieben, den man lange nicht vergisst.

Helena von Zweigbergk, 1959 geboren, wuchs in Stockholm auf, wo sie auch heute mit ihrem Mann und dessen Kindern sowie ihren eigenen zwei Kindern lebt. Sie ist Journalistin und Buchautorin. ›Was Gott nicht sah‹ ist ihr erster Kriminalroman mit der Gefängnispastorin Ingrid, dem weitere folgen werden.

Unsere Adresse im Internet: www.fischerverlage.de

Helena von Zweigbergk

Was Gott nicht sah

Kriminalroman

Aus dem Schwedischen von
Dagmar Lendt

Fischer Taschenbuch Verlag

Veröffentlicht im Fischer Taschenbuch Verlag,
ein Unternehmen der S. Fischer Verlag GmbH,
Frankfurt am Main, September 2005

Lizenzausgabe mit freundlicher Genehmigung
des Wolfgang Krüger Verlages, Frankfurt am Main
Die schwedische Originalausgabe erschien 2001
unter dem Titel ›Det Gud inte sag‹
bei Bokförlaget Semic, Sundbyberg

Die Publikation erfolgt mit freundlicher Genehmigung
der Bengt Nordin Agency, Schweden
und der Agentur Literatur, Berlin
Für die deutsche Ausgabe:

Satz: Pinkuin Satz und Datentechnik, Berlin
Druck: Clausen & Bosse, Leck
Printed in Germany
ISBN 3-596-15793-5

Für Bengt

Dank an Bengt Ohlsson, Marie-Anne Knutas, Måns Gahrton,
Nina Lekander, Peter Gillgren, Thomas Bodström,
Birgitta Winberg und Anders Mattson.

Pfarrer unterliegen der Schweigepflicht, nicht der Meldepflicht. Die Pastorin in diesem Buch plaudert ihr Wissen aus, ganz im Gegensatz zu den meisten ihrer Kollegen in der realen Welt. Falls Sie also jemals ins Gefängnis kommen sollten – zögern Sie nicht, sich einem Pfarrer anzuvertrauen.

Dass ich mich erbrechen musste, als mir aufging, was da eigentlich passiert war, lag nicht so sehr an der Grausamkeit des Verbrechens.

Obwohl es grausam genug war.

Es war die Grausamkeit des Lebens, die mir den Magen umdrehte. Wie die Lebensumstände einem Menschen so schonungslos und unerbittlich zusetzen können, dass ihm nichts anderes übrig bleibt als der Versuch, sich hinter Dunkelheit zu verschanzen. Und wenn das nichts hilft, sich in eine Art vernichtendes Licht zu flüchten, das alles Menschliche wegätzt und ihn zwingt, frei zu schweben, losgelöst aus allen Zusammenhängen, in einer Einsamkeit, die ihm einziger Trost und unerträglicher Fluch zugleich ist.

Herr, wie kannst du jemanden nur so im Stich lassen?

Ich muss es herausfinden, wenn ich weiter deinen Weg gehen soll. Was geschah an jenem Abend, an dem zwei junge Menschen so grausam und sinnlos ermordet wurden? Was passiert mit mir, wenn ich deine Existenz nicht mehr spüren kann?

Kapitel 1

Draußen vor meinem Fenster liegt der Schnee wie eine alles erstickende Decke. Er sieht weich und schön aus, doch ich weiß, wie kalt er ist. Ansehen, aber nicht anfassen. Betrachten, aber nicht teilnehmen.

Herr, ich habe solche Angst. Mehr als je zuvor. Ich suche, aber ich finde nicht mehr.

Dabei ist Angst kein neues Gefühl für mich.

Ich glaube sogar, dass ich Pastorin wurde, weil ich so schreckliche Angst vor Menschen habe.

Angst vor beinahe allem.

Am allermeisten ängstigt mich die Unbegreiflichkeit des Lebens. Dass womöglich nirgends ein Sinn dahinter steht. Dass alles vielleicht nur Einsamkeit und Leere ist. Sinnlose Illusion. Ich könnte verrückt werden, wenn ich daran denke.

Schon als Kind haben mich solche Grübeleien hartnäckig verfolgt. Die Gedanken hielten mich abends wach, während die Schatten an den Wänden hochkrochen und immer bedrohlicher wurden. Warum?, dachte ich. Und auf ein Warum folgte sofort ein neues Warum, bis ich am Ende in der festen Gewissheit gefangen war: Eigentlich weiß es niemand.

Als ich klein war, habe ich nie verstanden, wie die Erwachsenen manche Dinge so leicht abtun können, wie sie mit den Schultern zucken und sagen können, so etwas passiert eben und keiner weiß, warum. Als sei es völlig in Ordnung, Dinge nicht zu verstehen, keine Erklärung zu haben, an die man sich halten kann.

Grüble nicht so viel darüber nach, Kind, sagte meine Mutter, als mir nicht in den Kopf wollte, wie das Leben so hart, ungerecht und launisch zuschlagen kann.

Dieses träge Hinnehmen der Unbegreiflichkeit des Lebens ängstigte mich zum Verrücktwerden. Mehr noch als das Böse selbst. Das Böse stellte ich mir als ein Ungeheuer vor, das die meiste Zeit in einem Käfig gefangen ist. Damit konnte ich leben. Aber dass derjenige, der den Käfig bewacht, offenbar keine klaren Regeln kennt, oder dass man sich vielleicht grundsätzlich nicht auf ihn verlassen kann, das war mehr, als ich verkraften konnte.

Es schneit immer noch. Ich sehe, wie jemand aus der Folkungagata kommend den Hang heraufstapft und in die Erstagata einbiegt, in meine Straße. Es scheint glatt zu sein. Mühsam, sich auf den Beinen zu halten.

Für mich war es auch immer mühsam, mich auf den Beinen zu halten.

Wir sprachen zu Hause nie über Gott oder Jesus. Weder meine Mutter noch mein Vater sind gläubig. Was ich lernte, hatte ich aus der Schule. Ich liebte die Geschichten aus der Bibel, die meine Lehrerin erzählte. Weil sie nämlich eine Bedeutung hatten. Sie ergaben einen Sinn. Eine Ordnung.

Als ich zehn Jahre alt war, begann ich heftig zu glauben, ohne jemandem davon zu erzählen. Ich zeichnete einen alten Mann mit Flügeln und einem langen Bart. Schnitt ihn aus und trug ihn dauernd mit mir herum.

Einen Mann aus Papier, zunehmend verknitterter und abgegriffener, den ich Gott nannte. Damals fing ich an, mit dir zu sprechen, Herr. Stumm sagte ich jeden Abend im Bett meine Gebete auf.

Ich hatte strenge Rituale, wie das vor sich zu gehen hatte. Die Worte mussten nach einem bestimmten Muster gesprochen werden, sonst wären sie wirkungslos gewesen.

Zeitweise war es richtig anstrengend. Wenn ich besonders große Furcht hatte, dass mir oder dem Rest der Familie etwas

Schreckliches zustoßen könnte, zwang ich mich dazu, soundso oft das Vaterunser zu beten. An bestimmten Stellen flocht ich persönliche Bitten ein.

Lieber Gott, mach, dass es keinen Krieg gibt. Vater im Himmel, mach, dass niemand von uns gefoltert wird. Lass Mama ein bisschen fröhlicher sein. Mach, dass sie lacht, wenn Papa sich Mühe gibt, witzig zu sein. Mach, dass Papa ein bisschen witziger ist. Lieber Gott, mach, dass sie sich nicht scheiden lassen.

Wenn ich unterbrochen wurde, weil ein Flugzeug am Himmel vorbeizog oder ein anderes Geräusch die abendliche Stille störte, musste ich wieder ganz von vorn anfangen. Dachte wohl, dass bisher keiner zugehört hätte. Oft war ich vor Erschöpfung den Tränen nahe, wenn ich endlich fertig war. Im Haus war es dann ganz still geworden.

Keiner durfte etwas davon wissen. Meine Mutter hätte sich nur Sorgen gemacht. Mein Vater hätte es als Spinnerei abgetan. Mein Bruder hätte mich damit aufgezogen.

Mein Bruder, der in seinem Bett am anderen Ende des Zimmers lag, atmete tief und sorglos unter seinen Postern mit Fußballhelden und Rockstars.

Ich war die Einzige, die wachte.

Ich war die Einzige, die versuchte, das Schlimme von uns fern zu halten.

Auf eine Art hast du, Herr, mich noch einsamer gemacht, als ich es ohnehin schon war. Auf eine andere Art war ich nicht länger allein mit dem Unbegreiflichen.

Wie es kam, dass es im Laufe der Jahre nachließ, weiß ich nicht mehr genau. Die Unruhe war weiterhin da, aber ich gewöhnte mich wohl daran, nehme ich an. Versuchte, die Ängste auf Abstand zu halten, anstatt sie zu kontrollieren. Es war wie eine Gnade, dass es mir fast gelang. Ich meisterte mein Dasein, ohne mich allzu anstrengenden Ritualen zu unterwerfen. Es vergingen viele Jahre, die ganze Teenagerzeit ging vorbei, ohne dass ich deine Hand suchte, um mich daran festzuhalten.

Ich erinnere mich genau an den Moment, in dem ich beschloss, dich wieder zu suchen. Da war ich bereits eine erwachsene Frau. Hatte das Gymnasium mit guten Zeugnissen hinter mich gebracht. War zu Hause ausgezogen, hatte das verschlafene Avesta verlassen, wo ich aufgewachsen war. Studierte Literaturwissenschaft an der Universität in Stockholm und lebte mein eigenes Leben. War in mein Einzimmerappartement in Söder gezogen, in dem ich heute noch wohne. Hatte Kommilitonen, mit denen ich nach den Vorlesungen im Café saß.

Und ich hatte einen Mann geliebt.

Oder glaubte, einen Mann geliebt zu haben.

Micke und ich gaben uns wirklich Mühe. Keiner von uns hatte eine vernünftige Erklärung dafür, warum wir nicht zusammen das Glück erlebten, von dem wir so viel gehört hatten.

Wir imitierten die Liebe, sagten das, was von Verliebten erwartet wurde, und kaschierten unsere Verwirrung und Ratlosigkeit, so gut es ging.

Nachts, wenn die Dunkelheit uns von unseren öffentlichen Rollen befreite, konnten wir durchaus Lust und sinnliche Nähe empfinden. Aber am nächsten Morgen sah ich dann am Frühstückstisch einen Mann vor mir, der sein Müsli in sich hineinschaufelte und sich dabei gleichzeitig auf eine entsetzlich abstoßende Weise räusperte.

Micke war ein guter Mensch, aber was ich vor allem an ihm wahrnahm, war sein widerliches Räuspern. Unter anderem. Ebenso seine penibel geputzten Schuhe. Dass seine Wangen so schuppig aussahen, wenn er sich rasiert hatte. Dass er vor dem ersten Schluck zwanzigmal in seine Teetasse blies. Ich hätte schreien mögen, dass der Tee doch gar nicht so schrecklich heiß sein könne.

Es gab noch mehr von diesen störenden Kleinigkeiten. Ich verurteilte mich hart dafür, dass ich mich an ihnen stieß.

Andererseits phantasierte ich manchmal davon, wie geschmeidig und glatt sich wohl der Rücken eines wildfremden

Mannes anfühlen mochte. Oder schlimmer noch – eines Mannes, den ich überhaupt nicht respektierte, den ich nicht mal sympathisch fand. Wie gierig seine Hände über meine Haut glitten und wie sehr es mir gefiele, dass er mich fest und rücksichtslos anpackte. Micke war ja so behutsam. In meiner Phantasie stopfte ich ihm mit wütenden Fingern seine Behutsamkeit in den Hals.

Das schien mir alles völlig unlogisch zu sein, und es erschreckte mich.

Ich konnte mich nicht mit Micke abfinden, konnte für ihn nicht fühlen, was ich hätte fühlen sollen. Ich glaube, letztlich haben wir uns getrennt, um nicht länger unsere eigene Einsamkeit in den Augen des anderen sehen zu müssen. Es war nur noch eine Qual.

Was er dachte und wie er fühlte, weiß ich natürlich nicht mit Sicherheit. Wir sprachen ganz vernünftig über unsere Unreife als Erklärung für unser ausgebliebenes Liebesglück und waren uns überhaupt ganz beflissen einig bei unserer einvernehmlichen Trennung. Lobten und priesen unsere gute Freundschaft, die sich nur noch mehr festigen würde, jetzt, da wir alle romantischen Ambitionen aufgegeben hatten.

Es war das letzte Mal, dass ich ihn sah. Ich habe seitdem nie wieder etwas von ihm gehört.

Obwohl es nicht der abgerissene Kontakt war, der mich danach mehr als ein Jahr lang ungeheuer deprimiert sein ließ. Es war eher so, dass mir die Liebe sinnlos und armselig vorkam.

Ich versuchte mich damit zu trösten, dass die Liebe sicher groß und mächtig gewesen war und dass unsere Beziehung durch unsere eigene Schuld in die Brüche gegangen war. Dass er versagt hatte, dass ich versagt hatte, dass der Fehler allein bei uns lag.

Obwohl, wenn ich mich umsah, gab es so wenig an Vertrauen und guten Kräften in der Sphäre, in der die Liebe zu Hause sein sollte.

Meine Eltern ließen sich scheiden. Mutter zog nach Göteborg, reiste oft ins Ausland, redete viel, war wie neugeboren und sprudelte über vor Lebensfreude. Vater blieb in Avesta wohnen, wo er eine Frau traf, die es nicht nur mit ihm aushielt, sondern ihn wirklich gern hatte. Er wirkte zufriedener mit dem Leben, als ich es jemals bei ihm erlebt hatte. Meine Eltern waren fünfundzwanzig Jahre verheiratet gewesen, sie hatten fast ihr halbes Leben lang gemeinsam an etwas gebaut, was für die Liebe und die Familie eine Burg aus Sicherheit, Ruhe und Kraft hätte sein sollen.

Und dann wurden sie anscheinend erst zu kompletten Menschen, als sie einander losließen.

Meine Freundinnen lachten sich Männer an und machten wieder mit ihnen Schluss. Seufzten in der einen Woche, sie könnten ohne den Kerl nicht leben, und kamen in der nächsten Woche ganz wunderbar ohne ihn aus. Das ging mir gegen den Strich. Menschen verletzten sich gegenseitig, und sie taten so, als gehörte das dazu. Als müsse das so sein, ohne dass jemand wusste, wieso. Gefühle erwachten und starben, so war das eben.

Ich konnte so nicht leben. Was mich am meisten erschreckte, war das offenbar Irrationale, Unberechenbare. Die Liebe war genau wie das Böse ein barbarisches Chaos, und ich wollte nicht daran teilhaben. Wollte mich nicht den Schrecken und, ja meinetwegen, auch Freuden mit derselben Ziellosigkeit aussetzen, mit der man auf einen Rummel geht, wo man sich starken Gefühlen aussetzt, aber letztlich doch nicht so richtig. Wenn das Karussell aufgehört hat, sich zu drehen, ist es vorbei und man hält suchend Ausschau nach der nächsten Attraktion. Ist es dort drüben lustiger? Aufregender? Übertrifft es das, was ich gerade erlebt habe?

Den Herbst nach der Trennung von Micke verbrachte ich mit Lernen. Ja, im Grunde tat ich nichts anderes als studieren. Manchmal ging ich ins Museum und sah mir Kunst an. Ich war ziemlich oft allein. Ich wollte das so. Hatte keine Lust, mich in das verworrene und doch so gierige Dasein anderer Menschen hineinziehen zu lassen.

Eines Abends ging ich ins Moderna Museet zu einem Vortrag über Malerei. Ich besuchte solche Veranstaltungen unheimlich gern. Ich liebte es, Bilder zu betrachten, über die jemand etwas erzählte, sodass man mehr sah, neue Sachen und Zusammenhänge entdeckte.

An diesem Abend ging es um Jackson Pollock, der mit den chaotischen Bildern, auf denen Striche und Pinselkleckse ein Durcheinander von Farben und Mustern bilden. Bei mir riefen diese Bilder gleichermaßen Ablehnung und Neugier hervor. Der Referent sprach über Pollocks Psyche und seine Alkoholabhängigkeit und wie beides seine Malerei immer weiter auflöste.

Aber dann zeigte er ein Bild, das mich stark berührte. Es zeigte das übliche Chaos, die *drippings*, aber auch einige gerade, klarblaue Pfeiler oder Pfähle. Der Referent interpretierte das Bild so, dass Pollock sein Chaos nicht aushielt, sondern sich gezwungen fühlte, eine Art Ordnung hineinzubringen, etwas, was das alles stabilisierte und trug.

Da erkannte ich, dass auch ich ohne Pfeiler nicht existieren konnte. Ich brauchte sie für mein Leben. Sonst würde das Chaos überhand nehmen, mir die Luft abschnüren, mich so lähmen, dass Angst und Schrecken sich permanent in mir einnisten konnten.

Als ich an diesem regnerischen, dunklen Abend über die Skeppsholmbrücke radelte, beschloss ich, Theologie zu studieren. Die Kunst konnte nur Fragen aufwerfen, die Wissenschaft auf das Wie antworten, aber um das Warum zu ergründen, dafür gab es nur diesen einen Weg.

Dass ich später anfing, Gefängnisse zu besuchen, geschah aus demselben Grund, aus dem ich Pastorin wurde. Es war die Angst, die mich dazu trieb. Wie mutig, sagen viele, wenn sie hören, dass ich mit Mördern und Vergewaltigern zu tun habe. Dass du dich das traust! Hast du gar keine Angst?

Nur wenige können die Ruhe verstehen, die mich erfüllt, wenn ich mich in der Nähe des Bösen aufhalte. Dass dies meine eigenen Ängste lebbar macht.

Ich kann die Hand ausstrecken und einen Arm berühren, der einen anderen Menschen getötet hat. Jemanden ansehen und denken, so also sieht einer aus, der das Schlimmste getan hat, was man sich vorstellen kann. Ich rede mit ihm, und er wird verstehbar. Meistens wird er tatsächlich verstehbar.

Auch die, die in den Gefängnissen arbeiteten, staunten über meine Unerschrockenheit, wie sie es nannten. Irgendwie wagte ich wohl mehr als die meisten anderen. Niemand sah, dass meine Angst vor mir selbst größer war als vor denen, die ich im Gefängnis betreute.

Die Gefängnisinsassen haben mir gezeigt, was Hass und Gleichgültigkeit aus einem Menschen machen können. Und ich kann ihnen Mut und Kraft geben, nach den Pfeilern in ihrem Leben zu suchen. Durch dich, Herr, kann ich ihnen etwas erzählen, was Sinn ergibt. Kann sie dazu bringen, einen Zusammenhang in dem zu sehen, was geschehen ist. Sie und ich und du können dies zusammen tun.

Obwohl in Wahrheit wohl ich diejenige bin, die das am meisten beruhigt.

Ich spreche mit dir, Herr, aber manchmal möchte ich auch gern von einem anderen Menschen verstanden werden.

Einmal versuchte ich, das Gefühl von Ruhe, das ich in der Nähe des Bösen empfinde, einer ehemaligen Kommilitonin aus dem Literaturstudium zu beschreiben. Wir saßen eines Abends bei ihr zu Hause und tranken Wein und ich war nicht mehr ganz nüchtern. Sie war genau wie alle anderen neugierig, was für Menschen die Gefangenen, denen ich begegne, eigentlich sind. Normalerweise erkläre ich dann immer, dass ich der Schweigepflicht unterliege, und sage stattdessen etwas Unbestimmtes in der Art, dass böse Menschen nur in Büchern und Filmen smart und charismatisch sind. Denn es ist tatsächlich so, dass das Erste, was einem auffällt, wenn man ein Gefängnis betritt, Einfalt und Tristesse sind. Die Ungebildetheit, Unwilligkeit und Armseligkeit rundherum.

Vermutlich lag es am Wein, dass ich plötzlich darüber sprechen wollte, warum ich die Gefangenen brauchte, um meiner eigenen Angst vor allem und jedem zu entgehen. Ich war so schrecklich ungeübt darin, über dieses Thema zu reden. Die Worte hörten sich gestelzt an, meine Ausführungen kamen sogar mir merkwürdig vor. Und gerade als ich mich in Erklärungen darüber verstrickt hatte, dass ich den Gefangenen Geschichten mit einem Sinn erzählen wollte, wurde sie wütend.

Ob ich damit sagen wollte, dass ich meine Rolle darin sah, ihren Verbrechen einen Sinn zu geben? Dachte ich denn überhaupt nicht an die Opfer?

Und dann folgte eine lange geharnischte Rede darüber, dass es typisch für die feige schwedische Staatskirche sei, jedem Bittsteller seine Sünden zu erlassen, solange er sich nur zum rechten Glauben bekannte. Oder war vielleicht nicht einmal das nötig?

Ich war völlig perplex. In meinem berauschten Hirn suchte ich nach guten Antworten, nach irgendeiner Art von Verteidigung. Aber mir fiel damals beim besten Willen nichts ein. Zu sagen, wer ohne Sünde ist, werfe den ersten Stein, wäre einfach albern gewesen, ich war mir ja bewusst, über welche Art von Gewaltverbrechern wir sprachen. Sie hatte mich völlig aus dem Konzept gebracht. Ich merkte, dass meine Stimme nicht richtig trug, und begann mit den Armen zu fuchteln, woraufhin ein Weinglas und die Flasche umkippten und der Rotwein sich auf den hellen Teppich ergoss, der unter dem Couchtisch lag.

Tränen begannen zu fließen, ich schluchzte und hickste und versuchte den verdammten Wein aufzuwischen, der nur immer tiefer in den Teppich einzudringen schien. Meine Freundin wurde nervös und sagte, sie habe es wirklich nicht böse gemeint, es sei doch die Kirche gewesen, die sie kritisiert habe, nicht mich.

Ich wollte nur noch weg. Und ich beschloss, dass ich in Zukunft mit niemandem mehr über das Thema reden würde. Das war eine Sache zwischen mir und dir, Herr. Du hattest mir den Weg gezeigt und mir geholfen, die Zusammenhänge zu suchen, die ich so sehr brauchte.

Obwohl etwas von dem, was sie gesagt hatte, in mir haften geblieben war. Das war ihre Frage, ob ich auch an die Opfer denke. Ich habe damals begriffen, dass ich das eigentlich eher nicht tue. Es sind die Täter, denen ich helfen will, sie will ich verstehen, ihnen will ich zu Einsicht und Vergebung verhelfen. Der Gedanke war mir überhaupt nicht gekommen, dass dies den Opfern noch mehr wehtun könnte.

Zuerst hatte ich gedacht, dass alle – Täter, Opfer und Betrachter der Tragödie – vor allem nach Versöhnung strebten. Aber dann sah ich ein, dass es naiv war, so zu denken.

Viele wollen überhaupt keine Versöhnung. Sie wollen Rache, Strafe. Was sie noch mehr beruhigt, ist der Gedanke an ewige Verdammnis.

Als ich das erste Mal ein Frauengefängnis besuchte, geschah das mit einer Art bangem Zittern. Männer haben für mich sowohl mit Bosheit als auch mit Struktur zu tun, auf eine ganz selbstverständliche Art. Ohne direkt darüber nachzudenken, habe ich mir die Frau wohl immer als Gegenpol vorgestellt, als eher unstrukturiert, aber auch als von Natur aus gut. Beschämend zu sagen, aber: Auch als uninteressant, aus einer zugespitzten moralischen Perspektive betrachtet.

Du, Herr, hast mir nie etwas anderes bewiesen. Deshalb fühlte ich mich unsicher und schüchtern an dem Tag, als ich durch das Tor des Frauengefängnisses ging. Noch unsicherer in meiner Rolle als Pastorin, als ich es ohnehin schon bin.

Die Anstaltsleiterin führte mich durch das Gebäude, eine Frau mit dieser seltsamen Fahrigkeit in Stimme und Gestik, wie man sie bekommt, wenn man zu viel raucht und trinkt. Sie war in den

Fünfzigern, groß und dick. Ihr Fleisch wabbelte um die Knochen wie bei einem zu lange gekochten Fisch.

Anita Lagerström, so hieß sie, zeigte mir den Raum, in dem die Gespräche mit den Inhaftierten stattfanden. Darin befanden sich zwei Kunstledersessel um einen kleinen Couchtisch, am anderen Ende des Zimmers ein Schreibtisch mit einem Stuhl davor und einem dahinter. In einem Regal aus hellem Holz standen ein paar Bücher. Mehrere Bibeln, wie ich bemerkte. Sie sahen bedenklich ungelesen aus. »Der Zorn der Frauen« war ein Titel, an den ich mich erinnere. Ebenso Alice Millers »Am Anfang war Erziehung«. An der Wand hing ein Plakat, auf dem stand, dass ein Kind, das kritisiert wird, zu verurteilen lernt, und so weiter.

Hierher kamen auch eine Sozialarbeiterin und einmal die Woche eine Psychotherapeutin, erzählte Anita mit Stolz in der Stimme. Um diese Regelung hatte sie lange kämpfen müssen.

Genau das war so anders als in den Männergefängnissen. Es war direkt zu merken, dass man die Antwort in der Kindheit suchte. Sicher redete man nicht so viel über Lebensentscheidungen und moralische Überlegungen, und das irritierte mich.

Anita berichtete kurz über die Inhaftierten, ihren Tagesablauf und wann meine Besuche am besten passen würden. An ihrer hastigen Art zu reden – dass sie mich in jedem zweiten Satz Inger anstatt Ingrid nannte, oder ihre schwebende Wortwahl, als sie sagte, »Hier könnt ihr dann ja sitzen und ... ja ... reden oder so« – wurde deutlich, dass sie nicht so recht wusste, was eine Pastorin mit Gefangenen eigentlich so anstellt.

»Hier also soll ich ihnen den Teufel austreiben«, sagte ich, und Anita sah mächtig erschrocken aus.

»Ich weiß nicht recht ...«, begann sie.

»Das war nur Spaß«, sagte ich. Sie machte ein erleichtertes Gesicht, aber ein wenig Skepsis war ihr noch anzumerken.

»Na ja, ich weiß nämlich gar nicht genau, was ihr macht«, sagte sie, und zum ersten Mal sah sie mir direkt in die Augen. »Der vorige Pastor kam und ging, ohne dass ich richtig wusste, worin seine Arbeit bestand.«

Und dann fügte sie hinzu, dass sie eine schrecklich starke Raucherin sei und ob ich nicht mitkommen wolle in ihr Büro, damit sie eine rauchen könne und wir uns ein wenig näher kämen. Ich war gerne bereit dazu und fühlte mich ganz allgemein ziemlich obenauf, dass ich jemanden noch mehr verunsichert hatte, als ich es selbst war.

Wir gingen in ihr verräuchertes Büro, und sie steckte sich sofort eine weiße Prince an. Sie hielt mir die Schachtel hin, wenn auch erst nach kurzem Zögern, so wie es Leute tun, wenn sie einem Geistlichen etwas anbieten, was sie selbst als Sünde empfinden.

»Habe ich mir fast schon gedacht«, sagte sie, als ich dankend ablehnte.

»Ich hoffe, du siehst es einer eingefleischten Sünderin wie mir nach«, fuhr sie fort und wedelte energisch den Rauch weg, der in meine Richtung wallte.

»Ja, also wir bleiben wohl bei Anita und Inger ...?«

»Ingrid.«

»Oh, Entschuldigung.«

Anita wurde tatsächlich glühend rot, und ich hatte Mitleid mit ihr.

»Es ist nicht leicht, sich neue Namen zu merken«, sagte ich tröstend. Aber ich muss zugeben, dass ich jedes Mal, wenn Anitas mutmaßliche Vorgesetztenautorität wackelte, ein bisschen zufriedener und selbstsicherer wurde.

»Ich vertue mich selbst auch oft«, fügte ich hinzu.

»Ich habe den Inhaftierten mitgeteilt, dass du kommst. Allerdings war das Interesse nicht gerade übertrieben groß, wenn du verstehst«, sagte Anita.

»Vertrauen ist etwas, was man sich im Laufe der Zeit verdient«, erwiderte ich auf meine diplomatische und vernünftige Art.

Ich bin es gewohnt, so etwas zu hören. Merkte aber dennoch,

dass es mich ein bisschen niedergeschlagener machte als sonst. Vielleicht hatte ich doch erwartet, dass die weiblichen Gefangenen ein wenig interessierter wären.

»Mehrere der Inhaftierten machen eine Therapie bei Ingeborg, unserer Psychotherapeutin, die jeden Freitag hierher kommt. Sie ist vertraut mit den Problemen und den Lebensumständen, wie sie viele der Frauen hier haben. Und dann ist da noch Laila, unsere Sozialarbeiterin. Sie unterstützt die Inhaftierten bei den eher praktischen Angelegenheiten. Kümmert sich um die Kontakte zu den Behörden, hilft bei Ausbildungsfragen und hält Verbindung zu den Angehörigen. Viele mussten ihre Kinder in Pflege geben, andere haben Probleme mit Alkohol oder Drogen und brauchen Hilfe bei dieser Art von Behandlung.«

»Und jetzt fragst du dich, was ich beitragen kann«, sagte ich.

Anita errötete wieder leicht und nahm eine neue Zigarette aus der Schachtel.

»Na ja, nicht, dass ich dir oder deinen Fähigkeiten nicht traue. Es ist wohl eher so, dass ich keine Ahnung habe ...«

»Ich verstehe mich vor allem als jemand, der zuhört. Und zwar eigentlich mit keinem anderen Ziel als dem, Mut zu machen und zu ermuntern, sich selbst anzunehmen. Mein Gott ist groß und tolerant, und ich möchte den Weg zum Gebet und zur Vergebung aufzeigen.«

»Ach so, aha«, sagte Anita unsicher. »Nun, ich weiß nicht ...«

Sie griff nach einem Stapel Papiere und blätterte darin.

»Obwohl ... ich dachte da an eine unserer Inhaftierten ... wo haben wir sie denn gleich ... da, ja.«

Anita kramte ein Blatt hervor, überflog es rasch und zog dabei kräftig an ihrer Zigarette.

»Soweit ich verstanden habe, willst du selbst Kontakt zu den Frauen aufnehmen. Aber hier haben wir eine, bei der es bisher niemandem gelungen ist, an sie heranzukommen. Sie wurde wegen eines ganz üblen Verbrechens verurteilt. Hat ihre Nachbarn umgebracht. Die Inhaftierte ist ...«

Anita musterte mich rasch.

»… ungefähr in deinem Alter.«

Die Verurteilte hatte ein sehr zurückgezogenes Leben geführt. Aber dann hatte sie sich eng mit ihren Nachbarn angefreundet, einem jungen Paar. Bis zu dem Tag, an dem sie die zwei mit einer Bratpfanne erschlug.

»Man stelle sich das vor. Alle beide. Die junge Frau war auch noch schwanger. Unerklärlich …«

Anitas Blick versank für einige Sekunden im dunklen Dezemberhimmel. Sie rieb sich so heftig und ungeniert die Nase, dass ich mich fragte, ob sie meine Anwesenheit vergessen hatte. Aber dann richtete sie ihre Augen plötzlich wieder auf mich.

»Inzwischen ist sie wie ein Zombie. Als wir das letzte Mal einen Arzt hier hatten, wollte er ihr Antidepressiva geben. Aber die verweigert sie ebenfalls. Mit einem Psychologen oder Sozialarbeiter will sie auch nicht reden. Ich glaube aber, dass sie …«

Anita drückte die Zigarette aus und bekam einen Hustenanfall, dass es nur so pfiff und bellte. Als sie das, was sie suchte, in ihren Papieren gefunden hatte, versuchte sie weiterzusprechen, obwohl sie noch kaum wieder bei Stimme war.

»Genau, da steht's … Aufgewachsen in einer freikirchlichen Familie. Selbst gläubig. Das Einzige, was sie von sich gegeben hat, außer einem Nein auf alle Anklagepunkte, war, dass Gott eines Tages ihre Unschuld beweisen und der Schuldige seine Strafe erhalten werde. Alles andere gehe sie nichts an. Die anderen Inhaftierten behandeln sie schlecht. Wir haben viele Frauen hier, die sich nach ihren Kindern sehnen, besonders wenn man sie in Pflegeeinrichtungen gegeben hat. Deshalb werden sie leicht gehässig gegen eine, die eine Schwangere umgebracht hat. Sie spricht ja auch mit niemandem. Die anderen halten sie für hochnäsig, aber das trifft es wohl nicht ganz …«

Anita nahm ihre Lesebrille ab und presste den Zeigefinger auf die Nasenwurzel.

»Du kannst ja mal versuchen, ob du Zugang zu ihr findest.

Vielleicht redet sie mit dir. Aber versprich dir nicht zu viel. Ingeborg hat es wirklich versucht. Bevor sie verurteilt wurde, hat man sie psychologisch abgeklopft. Aber sie wurde für voll zurechnungsfähig erklärt. Wobei ich mich frage, wie man jemanden für zurechnungsfähig halten kann, der Leute mit einer Bratpfanne erschlägt.«

Anitas Freimütigkeit überraschte mich. Normalerweise sagt der Anstaltsleiter kein Wort über die Inhaftierten. Die Schweigepflicht liegt für gewöhnlich wie eine dicke, schalldichte Watte über allen Kontakten. Manchmal wechselt man bedeutsame Blicke oder zeigt seine Übereinstimmung auf andere Weise. Aber man spricht nicht über die Inhaftierten.

Es gefiel mir, dass Anita darüber sprach. Dass sie es aus einer Art Fürsorge für die Gefangene tat, war offensichtlich. Sie wollte, dass ihr geholfen wurde, und um das zu ermöglichen, schob und rückte sie ein wenig an den Vorschriften herum.

Deshalb war es vielleicht auch Absicht, dass Anita die Akten der Inhaftierten offen auf dem Schreibtisch liegen ließ, während sie hinausging, um uns einen Kaffee zu besorgen.

Normalerweise hätte ich wohl nicht im Traum daran gedacht, einen Blick darauf zu werfen. Mich interessiert nur das, was die Inhaftierten mir freiwillig erzählen wollen.

Aber während ich verfolgte, wie sich das Klappern von Anitas Absätzen auf dem Gang entfernte, drehte ich vorsichtig das Blatt Papier zu mir und las, was dort stand.

Gun Johansson, geboren 1965.

Wir waren also genau gleichaltrig.

Ledig, nie eine feste Partnerschaft gehabt. Keine Kinder. Arbeitete als Putzfrau in einer Konditorei. Auch dort keine näheren Kontakte. Bis sie sich mit dem ermordeten Paar in der Nebenwohnung anfreundete. Von dem Moment an hatte sie ununterbrochen erzählt. Hatte mit der einzigartigen, phantastischen Verbundenheit zwischen ihr und den Nachbarn geprahlt.

Es war sogar so weit gegangen, dass man sie deswegen verspottete. Sich darüber amüsierte, wie sie sich an fremde Leute hängte und einzig und allein für deren Wohlergehen lebte.

Anita musste selbst über die Fakten dieses Falles nachgegrübelt haben. Die Anmerkungen stammten von ihr, aufgeschrieben wie eine psychologische Fallstudie. Ich weiß nicht, ob Anstaltsleiter so etwas normalerweise tun. Es schien, als habe Anita sich besondere Mühe gegeben zu begreifen, was passiert war. Jetzt wollte sie mich ebenfalls einweihen.

Das Absatzklappern auf dem Gang näherte sich wieder, und ich schob die Papiere schnell zurück. Als Anita mit den Kaffeetassen hereinkam, versuchte ich, ganz unbeteiligt auszusehen. Aber meine Wangen waren heiß.

»Was für eine schreckliche Geschichte«, sagte ich.

Anita setzte sich wieder hinter ihren Schreibtisch und legte die Akte beiseite, ohne sich im Geringsten anmerken zu lassen, dass sie mir absichtlich Einblick gewährt hatte.

»Nicht wahr? Und wie gesagt, verrückt ist sie nicht, das hat das Gutachten ergeben. Darauf darf man sich dann ja wohl verlassen.«

»Gibt es denn niemanden, wirklich niemanden, mit dem sie spricht?«

»Doch. Sie spricht mit dem ungeborenen Kind. Und das ist das wirklich Gruselige daran. Das Wachpersonal hat berichtet, dass sie in der Zelle den ganzen Abend Selbstgespräche führt. Und sie konnten nicht umhin zu hören, dass es das tote Ungeborene ist, mit dem sie sich unterhält. Dem sie Gutenachtgeschichten vorliest und Schlaflieder singt.«

»Bekommt sie nie Besuch?«

»Nein, nie. Sie ist jetzt seit drei Jahren hier, und niemand hat sie je etwas anderes sagen hören als das Allernotwendigste. Dass sie Wasser haben möchte oder Milch, oder andere praktische Dinge.«

»Hm. Zehn Jahre?«

»Ja. Ihre Anwälte hatten es schwer, weil sie jede Zusammenarbeit verweigerte. Kein Motiv angab oder etwas in der Art. Nur hartnäckig leugnete.«

Wir saßen eine Weile schweigend da. Kauten sozusagen auf diesem merkwürdigen Schicksal herum.

Anita unterbrach das Schweigen, sie hatte meine Gedanken gelesen.

»Hältst du es eigentlich für möglich, dass man sich in so einer unscheinbar lebenden, ganz normalen Frau auch täuschen kann? Einfach nicht wahrhaben will, dass eine solche Frau vielleicht richtig böse ist?«

»Ja, schon. Aber was ist, wenn sie es wirklich nicht getan hat?«

»Soweit ich das verstanden habe, gibt es daran nicht den geringsten Zweifel. Und überleg doch mal: Wenn du an einem solchen Verbrechen unschuldig wärst, würdest du dann nicht alles daransetzen, um das zu beweisen? Aber nicht mal das tut sie. Dass sie nicht ausgesagt hat, war nicht gerade zu ihrem Vorteil. Obwohl«, fügte Anita hinzu, »manchmal habe ich schon so gedacht wie du. Was, wenn sie es wirklich nicht getan hat. Was wissen wir denn schon von anderen Menschen und ihren Motiven?«

Anita und ich vereinbarten, dass ich am nächsten Tag wiederkommen und mich den Gefangenen vorstellen sollte. Erzählen, wer ich war und was ich ihnen anbieten konnte. Anschließend wollte sie Gun ermuntern, mich im Gesprächsraum aufzusuchen. Seit Anita eine Verwendung für mich gefunden hatte, mit der sie etwas anfangen konnte, war sie richtig nett. Ich konnte mir vorstellen, dass wir gut miteinander auskommen würden. Vielleicht konnten wir sogar Freundinnen werden?

Als ich wieder nach Hause fuhr, merkte ich, wie ich kleine Geschichten erfand, in denen Anita und ich Freundinnen waren. Wie wir zusammen zu Mittag aßen oder vielleicht abends in ein Restaurant gingen. Wein tranken und uns Geschichten aus unserem Leben erzählten. Vertrauliche Gespräche führten und doch leichten Herzens über unsere verpassten Chancen lachen konnten.

In solchen Momenten wird mir bewusst, wie einsam ich bin. Wie sehr ich mich nach gleichartiger Gesellschaft sehne. Richtig einsam bin ich natürlich nicht. Ich habe ja meine Mutter, meinen Vater und meinen Bruder, auch wenn sie nicht in Stockholm wohnen und wir meistens nur telefonieren. Ich spreche mit dir, Herr. Ich rede mit den Gefangenen und auch mit den Jugendlichen, die ich durch die Jugendarbeit der Kirche kennen lerne, an der ich manchmal teilnehme. Anders, der Gemeindepastor, ist mir ein guter Freund geworden, obwohl unser Kontakt manchmal etwas steif und formell ausfällt.

Bei meiner Arbeit treffe ich täglich viele Leute. Aber es ist, als ob ich immer im Dienst bin. Als hätte ich vergessen, was man macht, wenn man einfach nur befreundet ist.

Genau wie früher in meinem Leben hast du, Herr, mir einen Platz im Dasein gegeben. Gleichzeitig hat mein Glaube an dich mir eine besondere Art von Einsamkeit geschenkt. Bei meinen Begegnungen mit anderen Menschen ist es, als würden die Menschen ständig dich an meiner Seite sehen. Was sie zu mir sagen, wie sie sich mir gegenüber verhalten, alles ist davon geprägt.

Manchmal bilde ich mir ein, dass sie etwas gezwungener werden, dass sie darauf achten, was sie sagen. Damit sie die richtigen Sachen sagen. Sie gehen davon aus, dass ich weiß, was richtig ist. Dass ich immer das Richtige tue. Dass ich selbstgefällig und selbstgerecht bin, nur weil ich durch meinen Beruf meine moralische und geistige Heimat zeige.

Aber ich treffe nicht nur auf distanzierte Haltung. Viele vertrauen mir ihre Gedanken und Gefühle an, teilen ihr Innerstes mit mir, weil sie wissen, dass ich eine geübte Zuhörerin und diskret bin. Ich stehe außerhalb ihrer gewohnten Zusammenhänge. Oft wollen sie erzählen, dass sie ein schlechtes Gewissen wegen etwas haben. Sie waren untreu oder unaufrichtig. Aber es gibt auch welche, die sich einfach nur verirrt fühlen.

Doch wenn sie sich die Nase geputzt und ihre Tränen getrocknet haben und sich etwas besser fühlen, wollen sie, dass ich Abstand zu ihnen halte. Dann fühlen sie sich durch mich an ihre Schwachheit erinnert, an ihre seelische Not und Verwirrung. Dass sie Kontakt zu mir hatten, ist ein Zeichen für Unbeherrschtheit und Verzweiflung. Keine Beziehung, auf die man stolz sein könnte.

Manchmal habe ich den Eindruck, dass Psychotherapeuten eine Art Intellektuellenstatus genießen, während Pfarrer einfach nur kostenlos und anspruchslos sind, sie sollen nur ja und amen sagen und deine Sünden sind dir vergeben und lasst uns beten.

Pfui, was ist nur in mich gefahren. Scham wallt in mir auf, und am meisten schäme ich mich vor dir, Herr, weil du mir diese Gabe gegeben hast, dir und den Menschen zu dienen und einen Weg zu finden, gut zu sein. Denn niemand kennt die Beschränkungen des Menschen besser als du, und ich bin doch auch nur ein Mensch. Aber manchmal habe ich es satt und bin enttäuscht, dass ich so selten ernst genommen werde.

Ich fühle mich auch nur im Privatleben zu kurz gekommen. Nie in den Gefängnissen, die ich besuche. Das Leben dort ist anders. Reduzierter und gleichzeitig zugespitzter. Dort bekommt meine Stimme einen anderen Klang, was ich sage, hat ein anderes Gewicht. Dort weiß man, dass Psychologie einen Menschen nicht derart auf den rechten Weg bringen kann, wie du es kannst.

Den Eindruck hatte ich bei den Gefängnissen mit männlichen Inhaftierten. Wie das im Frauengefängnis sein würde, wusste ich noch nicht.

Es war spätabends, als ich nach Hause kam, und ich war ungewöhnlich niedergeschlagen und gereizt. Sah mich um in meiner Einzimmerbude und fand sie armselig.

Warum hatte ich zum Beispiel ein so schmales Bett gekauft? Die jämmerlichen achtzig Zentimeter nahmen sich richtig klösterlich aus, und ich begriff nicht, warum ich es unbedingt hatte haben wollen. Volle zehn Zentimeter schmaler als ein normales Einzelbett. Wenn ich meine Lage verändern wollte, musste ich rotieren wie am Grillspieß, anstatt mich einfach auf die andere Seite zu drehen. Es war lange her, dass ein Mann neben mir geschlafen hatte, aber es war immerhin vorgekommen. Und ganz anders, als viele glauben, finde ich nichts Schlimmes daran. Liebe zwischen Menschen heißt, Gottes Liebe auf der Erde zu begegnen.

Aber um ehrlich zu sein, ist es wohl eher so, dass ich das am liebsten glauben möchte. Das Bett verrät mich. Als ich es kaufte, wollte ich dir, Herr, damit andeuten, dass ich die irdische Liebe nicht empfangen würde. Dass ich rein und frei für dich sein wollte.

In mir steckt eine Nonne, die ich nur schwer ablegen kann. Und eigentlich glaube ich, dass ich ganz einfach Angst vor der Liebe habe.

Vor ihr auch.

Meine enge Küche ist ebenfalls schäbig. Der kleine unansehnliche Tisch. Zwar mit zwei Stühlen, aber auf dem Tisch hat nur ein großer Teller Platz. Einsam, sagte alles in meiner Wohnung. Ein einsames Leben. Kein angenehmes Singledasein, sondern ein karges und missgünstiges.

Der große alte, geerbte Fernseher mit seinem unscharfen Bild und seinem schlechten Ton. Das Sofa mit seinem abgewetzten Bezug, das in meinem Elternhaus stand und das meine Mutter zum Sperrmüll geben wollte, als sie sich von meinem Vater trennte. Das Sofa, das ich aus Loyalität zu ihm stattdessen in meine Wohnung schleppte. Jetzt stand es da und war ebenso muffig wie mein Schuldgefühl Papa gegenüber, weil Mama sich von ihm scheiden ließ.

Mein Sessel ist graubeige und abgeschabt. Er hat lange im Pastoratsbüro gestanden. Als genug Geld da war, um einen neuen zu kaufen, wollte niemand ihn haben, weil er gar zu schäbig aussah. In dem saß ich und las und starrte auf das verschwommene

Fernsehbild. Hatte daran gedacht, ein Stück freundlicheren Stoff darüber zu legen, aber es kam nie dazu.

Meine triste, abgenutzte Einrichtung war mir noch nie so aufgefallen wie an diesem Abend.

Plötzlich verglich ich mein Leben mit dem anderer Frauen, wie ich es mir vorstellte. Wie beispielsweise das von Anita. Sie hatte bestimmt ein gemütliches, gepflegtes Zuhause. Familie.

Ich trank ein paar Gläser Wein und sah mir einen völlig bescheuerten Fernsehfilm an, anstatt mich vorzubereiten, wie ich es hätte tun sollen. In der Bibel nach Stellen suchen, die für Gun oder eine der anderen Inhaftierten passen könnten. Mir eine geeignete Weise überlegen, um Kontakt zu den Gefangenen aufzunehmen.

Aber ich saß da in meinem unbequemen, hässlichen Sessel, ließ mich vom Wein benebeln und von einem infantilen Hollywood-Schmachtfetzen berieseln. Und das Albernste war, dass ich am Schluss des Films, als die Liebenden sich kriegten, vor Rührung zu heulen begann.

Irgendetwas Merkwürdiges passierte mit mir. Noch verstand ich nicht, was.

Jemand atmet schwer in mein Ohr. Jemand, der mir verzweifelt gern etwas zuflüstern möchte, aber nicht weiß, wie er es sagen soll. Ich versuche zu lauschen, kann aber nur Zischlaute heraushören. Der Atem dringt in mein Ohr, feucht, warm und fordernd. Ich bin ganz still. Warte gespannt. Aber es kommen keine Worte. Nur der heiße Atem, der immer unangenehmer wird. Übel riechende, heiße Stöße.

Schließlich halte ich es nicht mehr aus. Muss weg, will das nicht mehr. Versuche das Gesicht abzuwenden, aber unnachgiebige Arme und harte Hände halten meinen Kopf fest. Jetzt ist ein leise gurgelndes Geräusch zu hören. Speichel rinnt in mein Ohr hinein. Der Speichel macht mir Angst, er ist das Entsetzen, das in mich einsickert wie ätzendes Gift.

»Ich will nicht!«, schreie ich. »Ich will nicht!«

Aber meine Worte werden erstickt, wie wenn man unter Wasser redet.

Endlich gelingt es mir, mich so weit loszureißen, dass ich die Person sehen kann, die mich festhält.

Es ist eine Frau, sie ist blutüberströmt. Sie hat eine klaffende Platzwunde auf dem Kopf. Blut rinnt herab und staut sich auf ihren Wimpern. Da begreife ich, wer sie ist. Die Frau, die mit der Bratpfanne erschlagen wurde. Ihr Blick ist tot, aber ihre Lippen machen vergebliche Versuche, Worte zu formen.

Kapitel 2

Als ich am nächsten Morgen zum Gefängnis fuhr, hatte ich einen schweren Kopf und fühlte mich durcheinander. Mehrmals wurde ich von Autos erschreckt, die mich überholten. Ich bemerkte sie erst, wenn sie neben mir auftauchten. Dichter Schneeregen fiel, die Scheibenwischer arbeiteten auf Hochtouren, und ich beugte mich übers Lenkrad nach vorn, um überhaupt etwas sehen zu können. Durch die schweren nassen Flocken kam mir der Innenraum des Autos eng und stickig vor, und ich merkte, wie der Kopfschmerz hinter meinen Schläfen pochte.

Ich hielt mir eine Zeitung über den Kopf und lief rasch ins Gefängnisgebäude. »Gottes Engel weinen«, sagte der Wärter, der mich einließ, in breitem schonischen Dialekt, und ich lachte unsicher. Wusste nicht, ob er es scherzhaft oder doch ernst gemeint hatte. Er war dick und blass und hatte den Kragen bis obenhin zugeknöpft, obwohl er so eng war, dass er ihm die Luft abzuschnüren schien.

»Sie weinen über die Schlechtigkeit der Menschen hier auf Erden.«

Er starrte mich unverwandt an, ohne das geringste Anzeichen eines Lachens oder Lächelns, und ich nickte nervös und dachte, der ist nicht mehr weit entfernt davon, verrückt zu werden. Oder war er es schon?

Es sind oft kauzige Menschen, die Gefängniswärter werden. Einige wenige haben soziale Ambitionen, sie wollen gute, hilfsbereite Kumpel für die Häftlinge sein. Aber es gibt andere, die sind genau das Gegenteil. Sie genießen es, die Gefangenen zu erniedrigen, sie verstehen sich als Teil der Strafe. Es kam mir so vor, als könnte ich diese Art von rechtschaffenem Zorn auch bei dem Wärter hier erkennen. Er ging hinter mir her durch die verschiedenen Gänge und Türen, kam nur nach vorn, wenn er aufschließen musste. Es war unangenehm, seine Blicke im Rücken zu haben. Als wir angekommen waren, nickte ich ihm zum Abschied erleichtert zu.

»Manchen kann man nicht vergeben. Über die kann man nur weinen«, war das Letzte, was der Wärter zu mir sagte, ohne meinen Gruß zu erwidern.

Normalerweise hätte ich jetzt etwas sagen müssen über Gottes Vergebung, was den Menschen an sich betrifft, auch wenn manche Taten sich nur schwer in einem versöhnlichen Licht betrachten lassen. Aber etwas hielt mich davon ab, mich auf eine Diskussion mit ihm einzulassen. Ich ging in Anitas Zimmer und fragte sie, wer er war.

»Ach, das ist Kvarnström«, sagte sie, ohne aufzublicken.

Sie zuckte die Schultern und fuhr fort, ihre Unterschrift auf Dokumente zu kritzeln.

»Er ist manchmal ein bisschen merkwürdig. Am besten, man kümmert sich nicht um ihn.«

Sie hatte die Brille weit vorn auf der Nase, während sie mit ihren Papieren beschäftigt war. Ihre spröden, dauergewellten Haare waren von hellen Strähnen durchzogen und zu einem Dutt weit oben auf dem Hinterkopf zusammengefasst.

Als sie fertig war, legte sie die Papiere zusammen, nahm die Brille ab und sah mich an.

»Ist was passiert? Du siehst ein bisschen … bekümmert aus.«

»Nein, nein, mir geht es gut. Bin nur müde. Hab wenig geschlafen.«

Ich hoffte, dass Anita glaubte, ich wäre die ganze Nacht auf gewesen und hätte mit grundsätzlichen moralischen Fragen gerungen. Dass ich mit unergründlicher Miene an einem schönen alten Mahagonischreibtisch in einem pfarrhausähnlichen Heim gesessen hätte. Eine schläfrige Katze auf dem Schreibtisch und gelehrte Bücher im Rücken. Mit einer Tasse Tee und vielleicht einem Streichquartett von Radio P2. Jedenfalls alles andere als rotweinbesäuselt und schniefend vor einer Hollywood-Schnulze.

»Aha, na, ich hoffe, es sind keine Unklarheiten von hier, die dich wach halten«, erwiderte Anita mit ihrer Raspelstimme und griff mit ihren nikotingelben Fingern nach einer weiteren Zigarette.

»In einer Viertelstunde haben wir Versammlung, da werde ich kurz über einige geänderte Details in den Abläufen hier informieren. Anschließend würde ich dich gerne bekannt machen. Deine Vorstellung übernimmst du dann selbst, nehme ich an. Ja, das musst du wohl, denn ich würde deine Tätigkeit kaum hinreichend beschreiben können.«

»Ja, natürlich. Das passt mir sehr gut.«

Anita trommelte mit den Fingern auf dem Schreibtisch und sah mich forschend an. Dann drehte sie sich um und griff nach einem Foto, das auf einem Regal hinter ihr lag. Gab es mir mit leerem Blick. Wir wussten beide, dass sie damit die Grenze des Erlaubten überschritt.

»Das ist sie übrigens. Gun. Ich dachte, du solltest vielleicht wissen, wie sie aussieht«, sagte Anita und versuchte, ganz unbeteiligt zu tun.

Das leichte Zucken, das über ihre Lider huschte, verriet sie. Wenn ich das Bild betrachtete, schlossen wir einen verbotenen Pakt. So durfte ein Kontakt mit einem Anstaltsleiter nicht aussehen. Aber Anita hatte etwas mit Gun und mir vor.

Als ich das Foto ansah, war es, als erhielte ich einen Stoß. Ich kannte die Frau. Ich kannte sie sogar sehr gut.

In der Zeit, als ich für das Studium lernte, ging ich oft in ein Café in der Folkungagata. Ohlssons Konditorei. Das Café war groß und laut und immer gut besucht, und ich fand dort meine Ruhe, um zu lesen und zu arbeiten. Es gehört zu meinen Eigenheiten, dass betriebsame Umgebungen mich beruhigen.

In einer Ecke der Konditorei, direkt neben dem Personaleingang, saß oft diese Frau, die mich jetzt von Anitas Foto ansah. Genau sie war es, auf der ich meine Augen ruhen ließ, wenn ich dort saß und mich zu erinnern versuchte, was ich gelesen hatte oder was der Inhalt des Gelesenen war.

Und wie oft hatte ich gedacht, dass sie, genau sie, die Antwort darauf war, was ich mir unter meiner Lebensaufgabe als Pastorin vorstellte. Ihre herabhängenden Schultern und die Hände, die wie tote Vögel auf den Knien lagen, drückten eine Verlassenheit und Hilflosigkeit aus, die ich lindern und der ich abhelfen wollte. Sie saß dort in ihrem braunen Putzkittel und wirkte wie ausgelöscht. Niemals sah ich, dass sie mit jemandem redete, nicht einmal, dass sie sich bewegte. Sie schien nichts um sich herum wahrzunehmen. Manchmal versuchte ich, ihren Blick einzufangen. Ich wollte sie anlächeln, ihr das warme Gefühl übermitteln, das ich für sie empfand. Aber es gelang mir nie, ihren Blick auf mich zu ziehen.

Einmal tat ich so, als wollte ich eine Zeitung haben, die auf ihrem Tisch lag, nur um in Kontakt mit ihr zu kommen. Fragte, ob ich mir die Zeitung nehmen dürfte. Sie fuhr zusammen, als hätte jemand sie mit einer Nadel gestochen, und nickte nur, ohne mein Lächeln zu erwidern.

Die Augen auf dem Foto, soweit man sie unter dem strähnigen Pony erkennen konnte, waren schmale Schlitze. Sie war ziemlich dick.

»Ja, ihr Aussehen spricht auch nicht gerade für sie, die Ärmste«, sagte Anita, und ich beneidete sie um die unbekümmerte Art, wie sie Dinge aussprach, die ich mich sogar zu denken schämte.

»Dabei hat sie hier sogar schon zehn Kilo abgenommen. Ich bin mir nur nicht sicher, ob es für den Gesamteindruck etwas gebracht hat, wie man so sagt. Nein, aber jetzt ist Schluss mit dem Getratsche. Komm, lass uns gehen.«

Nachdem ich das Studium abgeschlossen und als Pastorin zu

arbeiten begonnen hatte, war ich so gut wie nie mehr in die Konditorei gegangen. Aber es kam vor, dass ich an die Frau in der Ecke dachte. Und als ich zufällig doch einmal dort vorbeikam, sah ich nach, ob sie noch wie gewohnt dort saß. Das tat sie nicht, und ich fragte mich, was wohl aus ihr geworden war.

Jetzt wusste ich es.

Es war, als hättest du, Herr, mir einen Auftrag gegeben. Du hast sie wieder mit mir zusammengebracht. Es war kein Zufall, dass sich unsere Wege hier kreuzten, und auch nicht, dass es jetzt geschah.

Ich sagte Anita nichts davon, dass ich sie schon früher gesehen hatte. Wir erhoben uns rasch, beide ein wenig erschrocken über unseren Regelverstoß. Keine von uns sollte jemals ein Wort darüber verlieren.

Wir gingen den Gang entlang und kamen in eine Art Allzweckraum.

Wenn man das erste Mal in ein Gefängnis kommt, muss man auf Feindseligkeiten gefasst sein. Daran gewöhnt man sich als Pfarrer. Man muss damit rechnen, der Heuchlerei und Scheinheiligkeit bezichtigt zu werden.

Hier spürte ich mehr davon, als ich vom Umgang mit männlichen Gefangenen gewohnt war. Die wenigen der weiblichen Inhaftierten, die meinem Blick begegneten, machten ein höhnisches Gesicht.

Ich zählte stumm vierzehn Frauen. Gun entdeckte ich sofort. Sie saß allein für sich an einem Fenster, genau in derselben Haltung wie damals. Nicht so dick, wie ich sie in Erinnerung hatte, aber ebenso hoffnungslos und mit hängenden Schultern, Armen und Händen. Die anderen Frauen musterten mich eingehend, als Anita zu sprechen begann, aber Gun schien nicht einmal bemerkt zu haben, dass eine fremde Person den Raum betreten hatte. Sie starrte aus dem Fenster, und ihre Lippen bewegten sich kaum merklich, so als dächte sie intensiv an etwas.

In den Händen hielt sie eine Halskette aus Plastikperlen. Die ließ sie vor und zurück durch ihre Finger gleiten, wie einen Rosenkranz. Die Bewegung erschien mechanisch, die Finger griffen auf immer dieselbe Weise zu, Runde um Runde.

An einem Tisch saßen vier Frauen und spielten Karten. Mindestens zwei von ihnen sahen aus wie Amphetaminabhängige. Ihre rastlose Art, ununterbrochen mit den Beinen zu wippen, zu zappeln, sich zu räuspern, zu kratzen und ungeduldig zu werden, sobald etwas im Spiel sich eine Spur verzögerte.

»Verdammte Kacke«, sagte die eine andauernd. Sie bekam ihre Karten und sagte »verdammte Kacke«. Sie verschüttete Kaffee und sagte »verdammte Kacke«. Jemand zögerte zu lange mit dem Ausspielen und sie sagte »mach, verdammte Kacke«. Beim letzten Mal warf sie mir einen schnellen, triumphierenden Blick zu.

Die andere Zappelige vermied es, mich anzusehen, grinste aber ständig viel sagend ihre Mitspielerin an. Die dritte Frau am Tisch saß in Trainingshosen und Unterhemd da. Sie hatte Tattoos auf beiden Schultern und einen Ring in der Nase. Ihre Haare waren dunkelrot und mit einem Frotteegummi zu einem Pferdeschwanz gebunden. Sie schien die Anführerin zu sein. Sie sagte selten etwas, aber wenn, dann klang es brutal. »Hör auf zu labern, mach hinne.« »Ist das hier ’n Kaffeekränzchen, oder was.« »Du ausgekochtes Luder.«

Ihre Unverschämtheiten richteten sich vor allem gegen die Vierte in der Runde, eine junge Frau, schmal und zart, die mit untergeschlagenen Beinen auf ihrem Stuhl saß. Sie rülpste ungeniert und redete ununterbrochen. Und wenn sie redete, schien es so, als spräche sie mit sich selbst. »Haha, hab ich Glück oder hab ich Glück, jawollja, hehe, das ist ein Blatt, mit dem zieh ich euch die Hosen runter, logo, da achtet mal drauf, hier sitzt eine, die weiß alles bei Wer wird Millionär, aber hallo, irgendwann sitzt ihr hier und pisst euch ein, und die hier, die räumt die fetten Sachen ab, jahaa, da fällt euch die Fresse runter, passt mal auf jetzt, bei dem Blatt, was ich hier habe, da kriegt ihr die Klappe gar nicht wieder zu, jawoll, und das und das und dies auch noch …«

So ging es immer weiter, ununterbrochen.

Zwei Frauen saßen eng umschlungen beisammen und ließen mich nicht aus den Augen. Sie trugen beide genau die gleichen Frisuren, Kapuzenpullover und Jeans. Ich lächelte sie an, aber sie verzogen keine Miene. In ihren Augen war ich ein Feind.

Eine auffallend schöne Frau, die überhaupt nicht so aussah, als gehörte sie in diese Gesellschaft, saß da und las. Ich kannte das Buch, es war Janet Frames Autobiographie »Ein Engel an meiner Tafel«. Sie schaute nur einmal hastig auf, als Anita um Aufmerksamkeit bat, ansonsten blieb sie in ihre Lektüre vertieft.

»Ja, also hört bitte alle mal her«, sagte Anita. »Ich möchte euch Ingrid Carlberg vorstellen. Sie ist Pastorin und wird zu bestimmten Zeiten hier sein. Wann das ist, steht auf dem Wochenplan im Aufenthaltsraum.«

Das schien mühsam zu werden. Anscheinend war niemand erfreut darüber, mich zu sehen, nicht einmal besonders interessiert. Mein Lächeln war steif und gekünstelt, das merkte ich selbst. Aber ich konnte es auch nicht sein lassen, sonst würde meine Nervosität noch deutlicher werden. Ich klammerte mich an meiner verbindlichen Grimasse fest, ohne jedoch so etwas wie Wärme in meinen Blick zu bekommen. Das ist nichts Außergewöhnliches. Manchmal lassen sich die Wärmeventile einfach nicht öffnen. Die Angst verschließt sie. Auf eine merkwürdige Art fühlte ich mich durchschaut. Gerade weil sie Frauen waren, genau wie ich, fühlte ich mich vollkommen nackt.

Bei den männlichen Gefangenen ist das anders. Pfarrer und gleichzeitig Frau zu sein ist eine ganz andere Rolle. Die Männer haben im Gefängnis nur selten Kontakt zu Frauen, und das war immer ein Grund, warum ich mich in meiner Frauenrolle nie sicherer gefühlt habe als gerade dort.

»Ingrid wird also öfter hier sein ... und, tja, wie soll ich sagen ...«

Anita suchte nach Worten.

»Nun, Ingrid, vielleicht erzählst du am besten selbst, was du tust, ich meine, was deine Aufgabe ist oder wie man das nennen will ...«

Es war mir seit vielen Jahren nicht mehr passiert, aber jetzt merkte ich, dass ich rot wurde. Wie ein Schulmädchen. Ich sah, wie in mehreren Augenpaaren ein boshafter Funke aufsprang.

»Willst du Predigten halten?«

Das kam von der mit dem Frotteegummi im Haar. Sie hatte die Arme verschränkt und sich mit gespreizten Beinen zu mir umgedreht.

Die anderen Kartenspielerinnen am Tisch grinsten. Ansonsten war es totenstill. Auch Gun wandte sich mir mit ausdruckslosem Blick zu. Immer noch bewegten sich ihre Lippen ein wenig, als wären ihre Gedanken zu stürmisch und zu intensiv, um stumm gedacht zu werden. Sie schwappten sozusagen über ihre Lippen. Ihr ganzes sonstiges Benehmen schien völlig eingekapselt, während sich aus dem Mund lange, unhörbare Anklagen ergossen.

»Nein, ich werde euch keine Predigten halten. Es sei denn, ihr wollt es«, fügte ich hinzu und schickte ein albernes Kichern hinterher, um deutlich zu machen, dass es ein Witz sein sollte.

»Klar wollen wir. Na los, fang an. Zeig, was du kannst, verdammt nochmal ...«

Jetzt sah sie direkt gehässig aus, aber komischerweise kam ich damit besser zurecht. Anita mischte sich ein, sie wedelte so heftig mit dem Arm, dass es unter ihrer Bluse zu zittern und zu wabbeln begann.

»Ingrid ist nicht zu uns gekommen, um sich beleidigen zu lassen, das dürfte wohl jeder von euch klar sein ...«

»Ich sage immer: Gott hat mir zwei Ohren und einen Mund gegeben«, sagte ich. Schön laut, um Anita zu übertönen.

»Meine Aufgabe ist es zuzuhören. Falls ihr einfach mal mit jemandem reden möchtet. Wir Pastoren unterliegen der Schweigepflicht, nicht der Meldepflicht. Was uns im Vertrauen erzählt wird, bleibt bei uns. Ihr selbst entscheidet, ob und an wen wir etwas davon weitergeben.«

Es folgte ein langes Schweigen. Das Frotteegummimädel verzog keine Miene. Die anderen waren skeptischer. Sie tauschten Blicke untereinander, verschränkten die Arme oder studierten mit gelangweilten Mienen ihre Fingernägel.

Und dennoch, vielleicht bildete ich es mir auch nur ein, aber mir kam es so vor, als wäre in Guns Augen ein winziger Funke aufgesprungen. Obwohl ihr Blick immer noch leer wirkte, hatten sich ihre Augen auf meine gerichtet. Da gibt es ein Bedürfnis zu erzählen, dachte ich. In ihr sitzt ein tiefer Schmerz, und ich will ihr helfen, die Last zu tragen. Ich lächelte sie versuchsweise an. Sie reagierte nicht.

Anita winkte mir ungeduldig zu, ihr zu folgen. Ich stammelte ein paar abschließende Worte in der Art, ich sei für sie da und sie sollten nicht zögern, Kontakt zu mir aufzunehmen, wenn ihnen danach war.

Draußen auf dem Gang packte Anita mich am Arm und zog mich in ihr Zimmer. Sie schloss die Tür hinter sich, und ihre Hände zitterten ein wenig, als sie nach ihren Zigaretten griff.

»Also, wie mich diese Person schon wieder aufregt. Marja. Nicht, dass wir hier ein Streichelzoo wären, ich meine, dieser Ort hier ist nun mal, was er ist. Aber immer muss sie alles runtermachen, das ärgert mich dermaßen …«

»Auch sie hat eine Geschichte, die angehört werden …«

Anita verdrehte die Augen und winkte ungeduldig ab.

»Ja, da kannst du Gift drauf nehmen. Eine Betrügerin der schlimmsten Sorte ist die. Hat ein paar arme Kerle um den letzten Heller gebracht. Einer von ihnen hat sich in seinen alten Amazon gesetzt und die Auspuffgase in den Innenraum geleitet. Konnte die Schande nicht ertragen, dass sie ihn ausgenommen hatte, fühlte sich so blamiert, dass er sich das Leben nahm.«

Anita wurde von ihren Gefühlen mitgerissen, wenn sie über etwas Schmerzliches sprach. Obwohl sie so robust und geradeheraus wirkte, begann ihre Stimme zu zittern, wenn sie von etwas Traurigem oder Ungerechtem erzählte. Sie starrte durch das

Fenster nach draußen und zwinkerte ein paar Mal. Gerade deswegen mochte ich sie ganz besonders gern. Ich legte meine Hand auf ihren Arm, aber das war verkehrt. Sie zog den Arm zurück, als hätte sie einen elektrischen Schlag bekommen.

»Okay, sehen wir nach, ob Ingeborg und Laila inzwischen gekommen sind, dann kannst du die auch gleich kennen lernen.«

Wir gingen zum Personalzimmer. Als wir an ein paar Inhaftierten vorbeikamen, verstummten sie, und mir war klar, dass sie sich über die Versammlung unterhalten hatten.

Als wir das Personalzimmer betraten, war Laila, die Sozialarbeiterin, schon da. Sie hatte hellblonde Haare, die wie eine Wolke um ihren Kopf standen, sie trug ein langes geblümtes Kleid und eine bunte Strickjacke, und ich begriff, dass fröhliche Farben und Selbstgestricktes Lailas Persönlichkeit ausmachten. Positiv und handgearbeitet. Betrachte das Leben von der Sonnenseite, du kannst es, wenn du nur willst.

Ein guter Mensch, dachte ich und war ein wenig irritiert über mich selbst. Ich möchte am liebsten alle Menschen für gut halten, oder besser gesagt, ich möchte sie erst gar nicht in gute oder schlechte einteilen.

Laila lächelte mich strahlend an, und das Wort »sternäugig« huschte mir durch den Kopf.

»Ingrid. Schön, dich kennen zu lernen«, sagte sie und lächelte mich warm und zutraulich an.

Die Tür wurde aufgerissen und eine magere Frau in den Vierzigern trat ein. Das musste Ingeborg sein, die Psychotherapeutin. Sie war außer Atem. Abgesehen von ihrem Keuchen schien Ingeborg eine perfekt gepflegte Frau zu sein. Glänzende, nussbraune, sorgsam gekämmte und glatt geschnittene Haare. Zarte weiße Haut ohne den winzigsten Pickel oder die kleinste Falte. Das Alter wurde nur durch die feinen scharfen Linien in den Winkeln ihrer großen dunkelblauen Augen verraten. Sie trug einen sauberen, gebügelten, hellbeigen Mantel und darunter ein hellblaues Twinset und graue Flanellhosen, die teuer aussahen.

Sie sagte hallo zu Anita und Laila und streckte mir die Hand entgegen.

»Ingeborg Ryttig.«

Anita antwortete an meiner Stelle.

»Das ist Ingrid Carlberg, die neue Pastorin.«

»Sehr angenehm.«

Ingeborg Ryttig, was für ein Name! Diese Ingeborg hatte eine Art, »sehr angenehm« zu sagen, die sowohl mich als auch meinen Beruf bedeutungslos erscheinen ließ. Nicht, dass sie unfreundlich gewesen wäre, dazu war sie viel zu gut erzogen. Sie war auch nicht überheblich, sondern eher nachsichtig.

Ich bin oft fasziniert von Menschen, die korrekt und kühl sind. Gleichzeitig hasse ich sie mit all dem Feuer, das auflodert, wenn man einsehen muss, wie stillos, plump und fehlerhaft man selbst ist.

Obwohl ich allein lebe, schaffe ich es einfach nicht, dass meine Haare gepflegt aussehen und meine Kleidung sauber und ordentlich ist. Immer ist irgendwo ein Fleck, den ich nicht gesehen habe, oder ich habe ihn gesehen und nur keine Lust gehabt, etwas dagegen zu tun. Immer sind meine Hosen an den Knien ausgebeult, immer bügle ich scharfe Falten an Stellen ein, wo keine hingehören, immer setze ich mich so auf meine Mäntel und Jacken, dass sie aussehen, als hätte ich darin geschlafen.

Und wenn ich mich irgendwann doch mal einigermaßen passabel finde, ist immer eine Ingrid Ryttig da, die mir schon durch ihre bloße Existenz beweist, wie schlampig ich eigentlich bin. So als wäre das eine angeborene Eigenschaft, gegen die man unmöglich etwas tun kann, und auf eine seltsame Art bin ich überzeugt, dass es tatsächlich so ist.

Deshalb hatte ich, als mir die Psychotherapeutin Ingeborg Ryttig die Hand gab, das Gefühl, verschwitzte Handflächen, Schuppen auf dem Blusenkragen und einen festgetrockneten Soßenfleck auf dem Kinn zu haben.

Anita, Laila und Ingeborg begannen zu erzählen, was sich in

der letzten Woche ereignet hatte. Laila berichtete über Unstimmigkeiten, inwieweit es einer gewissen Lydia (das war die Frau, die »Ein Engel an meiner Tafel« gelesen hatte) gestattet werden könne, während des Hafturlaubs ihre Tochter zu besuchen, gegen den Willen des Vaters und obwohl sie das Sorgerecht für das Mädchen verloren hatte. Lydia saß ein, weil sie eine Bombe in einer Behörde gelegt hatte.

Anita redete darüber, wie lange der Hafturlaub dauern sollte und dass er überwacht werden müsse. Ingeborg diskutierte mit Anita über die Möglichkeit einer Psychotherapie für eine der Inhaftierten, die darum gebeten hatte.

Ich unterdrückte ein Gähnen, wobei mir wie gewöhnlich die Tränen in die Augen stiegen, und mir schien, als würde Ingeborg mir da zum ersten Mal einen interessierten Blick zuwerfen.

Auf dem Tisch stand eine Schale mit Ballerinakeksen. Ich nahm einen, um ein bisschen munterer zu werden. Kämpfte gegen den Impuls an, erst den Keksrand abzuknabbern, danach die Schokocreme abzulecken und ganz zum Schluss den Schokoladenkern genüsslich zu zerbeißen. So etwas machte Ingeborg nie, da war ich mir ganz sicher.

»Ich habe Ingrid erzählt, dass es bisher niemandem von uns gelungen ist, an Gun heranzukommen«, sagte Anita. »Vielleicht will Gun ja mit einer Pastorin sprechen, wer weiß.«

Falls Ingeborg sich im Geringsten angesprochen oder kritisiert fühlte, so zeigte sie das nicht. Ungerührt saß sie da, die Hände auf ihren Filofax gelegt. Auch der sah teuer, elegant und gepflegt aus.

Mir fiel auf, dass Menschen ihrer Sorte sich nie im Gesicht herumfummeln. Jedenfalls nicht, wenn es jemand sehen könnte. Wenn sie sich die Nase putzen müssen, dann tun sie das natürlich. Aber sie benutzen immer ein Taschentuch, sogar wenn sie die Nase nur berühren. Juckt es irgendwo, dann kratzen sie sich mit dem Taschentuch, nie mit den bloßen Fingern. Ich sah Anita an, die oft ihre große Nase massierte. Laila kratzte sich mit dem kleinen Fingernagel gern die Mundwinkel, wenn sie dachte, es sähe niemand, und schaute sich anschließend verstohlen die Finger an, so als glaubte sie, es könnten Kuchenkrümel in den Mundwinkeln sitzen.

Aber Ingeborg würde sich nicht einmal ein solches schlecht kaschiertes Sicherheitsmanöver gestatten. Vielleicht, weil sie von der Sorte war, bei der keine Kuchenkrümel hängen bleiben. Ich glaube, ihre Haut hat einen glatten Überzug, der dafür sorgt, dass alles an ihr abperlt.

Ich musste Ingeborg wohl eine ganze Weile angestarrt haben, denn sie wirkte plötzlich leicht irritiert und fragte, ob wir fertig seien.

Gun saß im Aufenthaltsraum. Ihre Hände lagen auf den Knien und spielten mit der Kinderhalskette. Sie sah aus dem Fenster. Ihr Blick ging durch das Glas hindurch, aber sie schien dort draußen nichts wahrzunehmen.

»Hübsche Perlen«, sagte ich.

Ich lächelte sie so aufmunternd an, wie ich nur konnte. Sie richtete ihre Augen auf mich, aber ihr Blick war leer. Dann sah sie hinunter auf die Halskette, so als hätte sie sie noch nie gesehen, und anschließend wieder zu mir, mit demselben leeren Blick. Vielleicht ein bisschen feindseliger. Die Kette war aus billigen Plastikperlen, absolut die hässlichsten Perlen, die man sich vorstellen konnte, und ich kam mir vor wie ein Dummkopf.

»Ich meine, schöne Farben. Zeig mal – rote, gelbe, blaue …«

Mir fiel auf, dass ich mit ihr sprach wie mit einem Kleinkind. Ich war wirklich nicht in Form. Zu männlichen Gefangenen fand ich leichter Zugang. Oft setzte ich bei einem persönlichen Detail an, einem Foto, das sie bei sich hatten, oder etwas Ähnlichem. Ich beschloss, aufrichtig zu sein.

»Soll ich dir was sagen? Ich fühle mich tatsächlich etwas verlegen. Eigentlich wollte ich dir nur sagen, dass ich gerne zuhöre, wenn du reden willst.«

Guns Miene wurde etwas weicher. Der feindselige Ausdruck wich einer Art höhnischer Belustigung.

»Musst nicht verlegen sein, du.«

Sie tätschelte meinen Arm. Ich zuckte zusammen, so als hätte ich damit gerechnet, von ihr gekniffen zu werden. Da lachte sie.

Ich sagte meine üblichen Einführungssätze. Dass meine Aufgabe in diesem Leben darin bestand zuzuhören, dass ich nicht darauf aus war zu richten, weil mir das nicht zustand, dass ich zu absoluter Verschwiegenheit verpflichtet war …

»Hörst du die Toten?«

Ich begegnete Guns Blick, in dem jetzt ein intensiver Funke entzündet war.

»Glaubst du, dass die Toten eine Stimme haben? Wenn sie wirklich in Gottes Himmelreich weiterleben, müssen sie doch eine Stimme haben? Und wer kann sie hören? Hier unten auf der Erde?«

Gun wartete nicht auf eine Antwort, sie packte mich am Arm und flüsterte mir ins Ohr:

»Ich kann. Ich höre sie nicht bloß. Ich kann auch mit ihnen reden.«

Sie ließ ebenso abrupt wieder los, wie sie zugepackt hatte, und machte ein triumphierendes Gesicht. Ihre Lider hingen halb über den Augen, in denen es flackerte. Eine einfache Haarklammer hielt die Stirnfransen zurück. Die Haare waren dunkel, grob und fettig. Jetzt erwartete sie eine Reaktion, eine Antwort.

»Sicher kann man Gespräche mit toten Menschen führen«, sagte ich.

Aber nicht auf die handfeste Art, die Gun zu meinen schien. Obwohl, warum eigentlich nicht?

»Ich spreche oft mit meiner verstorbenen Großmutter«, erzählte ich. »Ich weiß, dass sie zuhört und dass sie bei mir ist.«

Jetzt kam Gun dicht an mich heran. Sie stank nach Schweiß und atmete schwer in mein Ohr.

»Ich rede mit der Kleinen«, flüsterte sie. »Ich kümmere mich um sie. Lasse sie nie aus den Augen. Sie ist die ganze Zeit bei mir.«

Unsere Nasen waren nicht mehr als drei Zentimeter voneinander entfernt, als sie mir ins Gesicht starrte und auf eine Antwort wartete.

Ich wusste nicht, was ich sagen sollte. Es ist mir nicht fremd, dass Menschen mit Toten reden können. Der Gedanke erfüllt mich mit Trost, nicht mit Schrecken. Aber falls diese Frau hier über ein Ungeborenes sprach, das im Bauch seiner Mutter gestorben war, weil diese Frau die Mutter erschlagen hatte, nun, dann wurde das doch etwas heikel. Gun starrte mich immer noch unverwandt an. Ihr Gesicht zuckte leicht, wie bei einem Jagdhund, der ein Wild wittert. Ich muss wohl ein skeptisches oder erschrockenes Gesicht gemacht haben, denn plötzlich drehte sie sich hastig zur Wand um.

»Geh«, sagte sie nur. »Hau ab.«

»Aber ich ...«

»Geh, hab ich gesagt.«

Gun wandte sich zu mir um und sah so hasserfüllt aus, dass ich ein paar Schritte zurücktrat. Dann drehte sie sich wieder zornig zur Wand.

»Ich komme gern morgen wieder, wenn du magst.«

Sie antwortete nicht, sondern starrte nur weiter auf die Wand, die Halskette zwischen den Fingern und die Lippen in stummer Bewegung, genau wie vorher. Als würden die Stimmen in ihr überhand nehmen.

Als ich auf den Gang hinaustrat, stieß ich mit Marja zusammen. Wahrscheinlich hatte sie es bewusst darauf angelegt, mich so heftig anzurempeln, dass ich das Gleichgewicht verlor und stürzte. Meine Tasche fiel zu Boden und der halbe Inhalt rutschte heraus. Während ich auf dem Fußboden kniete und meine Sachen zusammensuchte, stand Marja mit verschränkten Armen daneben und sah zu.

»Keiner hier kann Gun leiden«, sagte sie. »Und keiner hier kann Leute leiden, die Gun leiden können. Kapiert?«

Ich habe noch nie so etwas wie Ordnung in meinen Handtaschen gehalten, und ich fand es peinlich, voll geschnäuzte Taschentücher, Tampons, Stifte und anderes Zeug vor fremden Augen einsammeln zu müssen. Als ich alles beisammen hatte, beschloss ich, einfach keine Angst mehr zu haben. Es reichte mir. Ich sah Marja streng an.

»Nein«, sagte ich. »Das kapiere ich nicht. Erkläre es mir bitte.«

Ein Anflug von Unsicherheit huschte über Marjas illusionsloses, rabenartiges Gesicht. Sie zwinkerte hastig einige Male. Ich sah auf ihre Hände. Metallicblauer Nagellack, der zur Hälfte abgeblättert war. Er konnte die Trauerränder unter den Nägeln nicht verbergen.

Ich berührte Marja leicht am Arm.

»Fass mich nicht an, du Pastorenzicke. Ich sag's dir nur. Du machst dir keine Freunde hier, wenn du dich weiter mit Gun abgibst.«

Meine Neugier gewann die Überhand. Anstatt etwas in der Art zu sagen, dass ich mein Ohr jedem leihe, der danach verlangt, fragte ich Marja, warum sie Gun so sehr hasste. Das war falsch, ich weiß. Sich auf ein Intrigenspiel einzulassen ist geradezu gefährlich, wenn man in einem Gefängnis arbeitet. Man muss seine Distanz zu den Dingen betonen, sonst gewinnt man kein Vertrauen. Es ist nicht ungewöhnlich, dass man auf die Weise getestet wird, wie ich gerade getestet wurde.

»Die glaubt, dass sie was Besseres ist als wir. Dass sie nichts getan hat, bloß immer lieb und artig war. Bis auf das eine Mal, wo sie ein kleines bisschen mit der Bratpfanne zugeschlagen hat. Weißt du was? Wir mögen die einfach nicht. Ich verwette meinen Arsch, dass die noch schlimmer ist, als wir alle ahnen. Die ist eklig wie Kotze, dabei tut sie immer so, als wär sie zu fein für uns.«

Das reichte. Höchste Zeit, dass Pastorin Ingrid wieder übernahm.

»Ich werde dir gerne zuhören. Genauso wie Gun.«

»Ach ja? Da scheiß ich drauf. Jedenfalls weißt du jetzt Bescheid.«

Marja zog ab, und ich sah die anderen Frauen, mit denen sie Karten gespielt hatte, ein Stück weiter weg stehen. Anscheinend warteten sie auf Marja. Bestimmt hatten sie beschlossen, dass Marja versuchen sollte, mir Angst einzujagen.

Das war ihr nicht gelungen.

Kapitel 3

Anfang Dezember, spätnachmittags. Jetzt war die Welt wieder dunkel. Die Kälte war aggressiv, biss zu, wo sie nur konnte. Ich hatte keine Handschuhe an und meine Hände waren blau gefroren und steif. Auf eine merkwürdige Art war mir bewusst, wohin ich unterwegs war, aber gleichzeitig gaukelte ich mir selbst vor, dass alles nur ein Zufall sei. Und plötzlich stand ich direkt vor der Konditorei, in der Gun gearbeitet hatte.

Ich war seit mindestens einem halben Jahr nicht mehr hier gewesen, aber es war alles noch so wie immer. Ohlssons Konditorei ist ein gediegenes Café und immer gut besucht. Die traditionelle Art von Konditorei, ohne Ciabatta, getrocknete Tomaten und überbackenen Schafskäse. Dafür gibt es Roastbeef auf Toast mit Rote-Bete-Salat und Krabbenbrötchen mit Ei und Mayonnaise. Viele verschiedene Sorten klassischer Backwaren stapeln sich in den Auslagen. Napoleonkuchen, Savarinschnitten und Mürbeteigherzen.

Die Verkäuferin zählte mechanisch die Zutaten der einzelnen Kuchen für den Kunden vor mir auf. Sie leierte alles so nachlässig herunter, dass einem ganz schwindelig davon werden konnte. Nussmasse, Hefeteig, Rum, Sahne. Die Worte flossen wie Brei heraus. Der Kunde entschied sich dann doch für eine einfache Zimtwecke.

Die Konditoreiverkäuferin ergriff das gewünschte Objekt mit der Zange und fragte mit genauso ausdrucksloser Stimme, ob dazu Kaffee oder Tee gewünscht werde. Über ihrem ganzen Reden und Handeln lag ein tiefes Gelangweiltsein.

Jetzt war ich an der Reihe. Die Verkäuferin legte eine Kuchenpappe auf ein Tablett und wandte sich mir zu. Sie tat es rasch und routiniert.

»Bitte?«

»Entschuldigen Sie, ich wollte eigentlich nur fragen ...«

Die Frau neigte misstrauisch den Kopf zur Seite. Wie ein Vogel in einem Käfig.

»Ja, also ich würde gern mit dem Inhaber sprechen ... gibt es hier einen Chef oder so was?«

»Der ist sehr beschäftigt. Falls Sie einen Job suchen, wir sind komplett.«

»Nein, also, ich weiß gar nicht recht, wie ich es sagen soll. Ich habe ein paar Fragen zu einer Person, die hier früher gearbeitet hat. Wenn ich vielleicht mit jemandem sprechen könnte, der ...«

Hinter mir stand ein älterer Herr mit Hut und Kamelhaarmantel. Er stieß deutlich hörbar einen ärgerlichen Seufzer aus, als er begriff, dass es nicht um eine einfache, schnelle Bestellung ging. Die Frau hinter der Ladentheke warf ihm einen raschen Blick zu, bevor sie ihre stechenden Augen wieder auf mich heftete.

»Aha. Um wen geht es denn, wenn ich fragen darf?«

»Na ja, ich würde gern etwas über eine Ihrer früheren Angestellten in Erfahrung bringen ...«

Was wollte ich eigentlich? Ein bitterer Geschmack von Nervosität machte sich in meinem Mund bemerkbar. Das Ganze hier war nicht nur unzulässig, es war auch unüberlegt. Mein Ich war zweigeteilt. Der vernünftige Teil hielt sich die Ohren zu und weigerte sich strikt einzugreifen. Der andere, wahnsinnige Teil hatte die Macht an sich gerissen und preschte drauflos, ohne irgendeinen Plan zu haben.

»... es geht um Gun Johansson ...«

Die Frau reagierte sofort. Sie drehte sich auf dem Absatz um und verschwand hinter einem Vorhang. Ich hörte, wie sie »Papa« rief. Dann vernahm ich nur noch Gemurmel. Als sie wieder auftauchte, hielt sie den Vorhang ein Stück zur Seite und bedeutete mir mit einem Kopfnicken, dass ich eintreten solle.

Hinter dem Vorhang befand sich eine kleine, helle Backstube. Das erstaunte mich. Ich hatte nicht geglaubt, dass noch in so verhältnismäßig bescheidenen Räumen gebacken wurde. Der Bäckermeister stand an einer großen Marmorplatte und formte Weihnachtsschweinchen aus einer rosa Marzipanmasse. Er roch nach Bier, hatte feuchte Haare, die ihm sogar aus der Nase wuchsen, und rot geäderte Wangen. An der Tischkante lag eine brennende Zigarette und qualmte vor sich hin. Als der Bäcker meinen Blick auf die Kippe bemerkte, schnippte er sie auf den Fußboden und trat sie aus. Dann wischte er sich die Hände an seinen schwarzweiß karierten Hosenbeinen ab und streckte mir die rechte Hand entgegen.

»Kurt Ohlsson«, sagte er, ohne eine Miene zu verziehen.

»Ingrid Carlberg«, erwiderte ich und schwindelte etwas zusammen von wegen, ich hätte früher mal Kontakt zu Gun gehabt und würde mich fragen, was aus ihr geworden sei.

»Damit muss man sicher frühzeitig anfangen«, sagte ich dann und deutete vage auf die Schweinchen. Ich hatte keine Ahnung, wie ich dieses Gespräch fortsetzen sollte.

»Rom wurde auch nicht an einem Tag erbaut«, brummte Kurt Ohlsson. »Ist ja bald Advent«, fügte er hinzu.

»Ja, die Zeit läuft. Nun, es kommt Ihnen vielleicht komisch vor, dass ich hier auftauche und Sie frage. Aber jemand hat mir erzählt, dass Gun in eine Art Unglück geraten ist. Sie wissen ja sicher besser Bescheid. Und ich dachte, dass ich ihr vielleicht irgendwie helfen könnte. Wenn Sie wissen, was ich meine …«

Das hörte sich wirklich dämlich an. Aber ich wusste ja selbst kaum, was ich von ihm wollte. Ich versuchte so zu tun, als sei ich im Bilde, aber gleichzeitig zu taktvoll, um die Sache beim Namen zu nennen.

»Kannten Sie Gun?«

»Wer tut das schon«, schnaubte Kurt Ohlsson. »Das ist eine

verdammt üble Geschichte. Irgendwie haben wir ja alle geahnt, dass sie nicht ganz sauber tickt. Aber mal ehrlich, wer rechnet denn mit so was.«

»Gab es jemanden hier im Betrieb, der sie näher kannte?«

»Na ja, ich weiß nicht, ich ...«

Ohlsson drückte Zuckerperlen als Augen in die Schweinchen. Er war wirklich geschickt und hätte es vermutlich sogar im Schlaf gekonnt. Aus den Augenwinkeln heraus bemerkte ich eine Gestalt, die im Gang zwischen Backstube und Laden stand. Ich sah, dass es Ohlssons Tochter war, die uns belauschte. Jetzt löste sich die Gestalt aus dem Dunkel, und ich erschrak, als sie zornig hereinfegte.

»Manno«, sagte sie kurz. »Hast du ihr von Manno erzählt?«

Kurt Ohlsson zuckte mit den Schultern und knetete ärgerlich ein Schweinchen zusammen, das misslungen war. Er füllte die Masse wieder in eine Form.

»Nein, wieso sollte ich? Erzähl du es ihr, Yvonne. Du hast doch öfter mal mit Gun geredet.«

Es schien, als hätte Yvonne ihrem Vater am liebsten gegen das Schienbein getreten. Offenbar war sie nicht besonders scharf darauf, sich mit mir über Gun zu unterhalten. Trotzdem hatte ich das Gefühl, dass sie der Meinung war, ich sollte weiter graben, mehr herausfinden. Hauptsache, sie blieb davon verschont.

»Wer ist Manno?«, fragte ich.

»Ach, das ist unser Tellerwäscher. Er und Gun ... na ja, sie kannten sich ganz gut, könnte man wohl sagen.«

»Kannten Sie Gun näher?«

Ich richtete die Frage an Yvonne. Sie wich zurück und sah abwechselnd von ihrem Vater zu mir.

»Was heißt kennen. Wir haben manchmal ein paar Worte gewechselt. Aber Sie sollten wirklich mit Manno reden.«

Sie verschwand durch den Vorhang, um auf ihre hoffnungslos effektive Art leckermäulige Kunden zu bedienen. Ich wandte mich wieder Kurt Ohlsson zu. Jetzt setzte er Mandeln als Ohren auf die Schweinchen. Manchmal pfiff er leise vor sich hin. Ich ahnte die Bierflasche hinter einem der Mehlsäcke. Seine Tochter schien bedeutend mehr Anteil an Guns Schicksal zu nehmen.

»Ist Manno jetzt hier?«

»Er arbeitet nur abends.«

Kurt Ohlsson warf einen Blick auf die Wanduhr.

»In einer halben Stunde fängt sein Dienst an. Setzen Sie sich solange ins Café, junge Frau. Erlauben Sie Yvonne und mir, Sie einzuladen. Sagen Sie ihr einen schönen Gruß, sie soll Ihnen etwas besonders Gutes empfehlen.«

Ich begriff nicht, woher seine plötzliche Freundlichkeit kam. Aber vielleicht war er ja nur erleichtert, dass er mich gleich los sein würde und sich in aller Ruhe ein paar stärkende Schlucke Bier zu Gemüte führen konnte.

Die Einladung beschämte mich fast. Situationen, in denen man von mir erwartet, dass ich sie zu meinem Vorteil nutze, sind immer schwierig für mich. Sie machen mich jedes Mal nervös. Als ich wieder in den Laden trat, stand eine lange Schlange vor der Theke. Sollte ich mich ein bisschen vordrängeln? Nein, genau das widerstrebte mir. Artig reihte ich mich in die Schlange ein und wartete. Als ich an die Reihe kam, hatte Yvonne bereits ihre mechanischen Handgriffe mit Kuchenpappe und Tablett ausgeführt.

»Bitte?«

»Ja, ich soll ausrich... äh ... ich hätte gern einen Kaffee und ein Stück Ameisenkuchen.«

Zu sagen, dass ihr Vater mich eingeladen hatte, kam mir einfach zu albern vor. Andererseits wollte ich vermeiden, dass ihr Vater mitbekam, wie ich bezahlte. Das wäre mir undankbar erschienen. Also zog ich rasch zwei Zehner aus der Tasche und atmete auf, als ich sah, dass Kurt Ohlssen nach wie vor an seinen Marzipanschweinchen arbeitete.

Die Einrichtung der Konditorei war frei von jeder modischen

Finesse. Gemusterter Teppichboden mit Brandlöchern hier und dort. Auf jedem Tisch eine kleine Plastikvase mit künstlichen Begonien. Praktisch und gut. Eine Plastikblume auf jedem Tisch. Menschen, die Gemütlichkeit herbeizurationalisieren versuchen, haben etwas Rührendes.

Der Kaffee und der Ameisenkuchen waren gut. Die Schlange hatte sich aufgelöst, und Yvonne wischte mit einem Lappen über den Verkaufstresen. Das Café würde erst in einer Stunde schließen, aber sie fand wohl, sie könnte schon ein wenig sauber machen, wenn sowieso keine Kunden warteten. Ich hatte den Eindruck, dass sie ab und an zu mir herübersah.

Sie kam hinter dem Tresen hervor und begann energisch die freien Tische abzuwischen. Die Gäste am Tisch neben mir, die noch über ihren leeren Tellern und Tassen sitzen geblieben waren, zogen eilig ihre Jacken und Mäntel an, als Yvonne sich näherte. Ihr ärgerlich wippender Rücken und ihr schmaler, verkniffener Mund signalisierten »geht endlich, damit wir auch mal Feierabend haben«.

Ich stand auf und holte mir neuen Kaffee. Nachschenken war gratis, hatte Yvonne gesagt. Ich überlegte, ob ich noch ein Stück Ameisenkuchen nehmen sollte, beherrschte mich aber. Setzte mich wieder und tupfte ein paar vereinzelte Schokoladenstreusel mit angefeuchtetem Daumen auf.

»Kann ich den mitnehmen?«

Yvonne griff nach dem Teller, und ich fühlte mich ertappt. So als hätte ich ihn abgeleckt.

»Ja, bitte«, antwortete ich. »Vielleicht sollte ich mal nachsehen, ob Manno inzwischen gekommen ist.«

»Fragen Sie ihn, ob er sich erinnert, was im Februar vor vier Jahren passiert ist.«

»Ja, ich weiß nicht recht …«

Wie fragt man so etwas? Plötzlich kam ich mir vor wie in einem Krimi. Dieser Manno konnte mir doch direkt ins Gesicht lachen und sagen, dass mich das überhaupt nichts anginge, und ich würde ihm beipflichten müssen. Zwar habe ich mir immer eingebildet, dass ich andere Menschen leicht zum Reden bringen kann. Aber wohl nur solche, die es ohnehin wollen.

Der Vorhang zur Backstube wurde beiseite gezogen und Kurt Ohlsson winkte mir, ich solle kommen. Yvonne stapelte mein Geschirr in rasendem Tempo zusammen und stellte es mit lautem Scheppern auf einen Servierwagen. Ich versuchte, ihren Blick auf mich zu ziehen, um Wiedersehen zu sagen, aber vergeblich. Sie kniff den Mund zusammen, als fürchtete sie, etwas Unüberlegtes könnte ihr über die Lippen schlüpfen.

In der Backstube stand ein Mann, der bestimmt 150 Kilo wog. Er war nicht nur dick, sondern auch groß. Ein richtiger Bulle. Er trug klobige militärgrüne Gummistiefel, Hosenträger über dem mächtigen Bauch und ein kariertes Hemd, das über dem Rücken spannte. Die Haare ringelten sich verschwitzt auf dem roten, breiten Nacken.

Ich streckte ihm die Hand entgegen und stellte mich nur mit meinem Namen vor. Warf einen verstohlenen Blick zu Ohlsson und sah, dass er im Kühlraum verschwand.

Schnell und leise brachte ich erneut meine Lügen vor, sagte, ich hätte Kontakt zu Gun und sie habe mich gebeten, ihr dabei zu helfen, gewisse Dinge herauszufinden. Um was es genau ging, müsse zwischen Gun und mir bleiben. Aber ob ich wohl ein paar Fragen stellen dürfe?

Ich versuchte wieder, ein wenig rätselhaft zu wirken, so als wüsste ich mehr, wäre aber diskret. Und ich war wirklich verblüfft, dass es funktionierte, dass Ohlssen und Manno mich nicht einfach rauswarfen.

Manno hatte kleine, kalte Augen, die schlecht zu seinem großen, massigen Körper passten. Wie bei einem Bär. Die Hände waren ebenfalls riesige Pranken. Er würde einen Tiger mit bloßen Händen erwürgen können.

Ich sah in Mannos Augen und dachte an meinen Vorsatz, Menschen nicht für böse zu halten. Ich suchte nach etwas anderem, das hinter der schwelenden Bösartigkeit in seinem Blick liegen mochte.

Aber ich fand nichts anderes als Bösartigkeit. Obwohl ich begriff, dass sein höhnisches Gesicht eine Maske war, spürte ich nichts Freundlicheres dahinter.

»Ihr kanntet euch gut, oder? Gun deutete so etwas an.«

Diese Behauptung ließ Manno etwas weniger amüsiert aussehen. Das war gut, weil sein widerliches Grinsen blanke Wut in mir aufwallen ließ.

»Was Sie nicht sagen.«

Manno sprach mit starkem finnischen Akzent. Er trug seine Putzutensilien zusammen. Schraubte einen Wasserhahn auf, an den ein Gartenschlauch angeschlossen war. Ich begriff, dass er den Fußboden abspritzen wollte.

»Gehen Sie mal lieber ein Stück zur Seite, Frollein, sonst werden Ihre feinen Schühchen noch nass.«

Er musterte mich von oben bis unten und grinste wieder.

»Oder ein anderer Körperteil. Ich hab meinen Schlauch so schlecht unter Kontrolle.«

Er zog eine Dose Kautabak hervor und schob sich ein Kügelchen in den Mund.

Fertig portionierter Kautabak. Du Schwächling. Kriegst nicht mal einen ordentlichen selbst gemachten Priem hin.

Vielleicht gingen mir solche Albernheiten durch den Kopf, damit ich ein bisschen wagemutiger wurde.

Vielleicht half es mir, das zu tun, was ich plötzlich tat. Ich drehte entschlossen den Wasserhahn zu und ließ die Hand, wo sie war.

»Sie müssen schon entschuldigen, Herr Manno, aber ich denke nicht daran wegzugehen, bevor Sie mir nicht eine Frage beantwortet haben.«

Und dann log ich wieder. Verzeih mir, gütiger Gott, meine Lügen. Es gab keinen anderen Weg. Aber meine Kehle war völlig zugeschnürt vor Entsetzen über mich selbst.

»Gun hat eine bestimmte Zeit im Februar vor vier Jahren erwähnt. Damals muss etwas passiert sein, was ihr sehr zugesetzt hat, und sie will, dass das untersucht wird.«

Manno war absolut sprachlos. Meine Aktion mit dem Wasserhahn und das, was ich über Gun sagte, hatten dafür gesorgt, dass ihm die Kinnlade herunterfiel.

»Ach, sagt sie das«, brachte er schließlich heraus. »Und das soll was mit mir zu tun haben?«

»Ja, genau«, sagte ich und meine Stimme kippte ins Falsett.

Herr, steh mir bei in dieser Sache hier.

Er dachte fieberhaft nach, das konnte man sehen. Die Augen huschten hin und her, als lese er etwas, das in meinem Gesicht geschrieben stand, und leider musste er etwas gefunden haben, was ihm den Mut gab, sich weiterhin zu winden.

»Nee«, sagte er. »Ich glaube nicht, dass sie was davon gesagt hat. Ich glaube, dass sie das schön für sich behält. Und jetzt hauen Sie ab, sonst spritze ich Sie mit dem Schlauch weg.«

»Glauben Sie, was Sie wollen«, sagte ich. »Es gibt noch andere Möglichkeiten, der Sache auf den Grund zu gehen. Gun und ich sind befreundet, wissen Sie.«

»Blödsinn. Gun hat keine Freunde.«

»Doch. Sie hat mich!«

Ich merkte, wie mir die Worte im Hals stecken blieben. Mannos selbstverständliche Überzeugung, dass Gun keine Freunde hatte, machte mich rasend.

Manno schob meine Hand weg, drehte energisch den Wasserhahn auf und begann den Boden abzuspritzen, dass Kuchenreste und anderer Dreck über die Steinfliesen flitzten. Das machte einen solchen Lärm, dass jedes weitere Wort sinnlos war. Ohlsson war nirgends zu sehen. Ich ging aus der Backstube. Trat auf die Straße, mit nassen Füßen und Tränen in den Augen.

Die Folkungagatan war inzwischen fast menschenleer. Die Säufer vor dem Spirituosengeschäft hatten die Hoffnung auf ein paar geschenkte Kronen aufgegeben und waren abgezogen. Zwei

Männer in blauen Overalls bauten vor dem Kaufhaus Metro eine große Leiter auf, um eine bunte Lichterkette mit dem Schriftzug »Schöne Feiertage« über dem Eingang anzubringen. Ich hasste es, wenn da »Schöne Feiertage« stand. Es war so beliebig und nichts sagend, passte überall und jederzeit.

An der Ecke Folkungagatan und Östgötagatan stand eine einsame Frau und trat von einem Bein auf das andere, wie ein frierender Windhund. Es war Yvonne.

»Ich warte auf meinen Freund«, sagte sie rasch, als sie mich sah. So als fürchtete sie, ich würde sie belästigen.

»Wie schön, an einem so ungemütlichen Abend nicht allein zu sein«, sagte ich und meinte es wirklich. »Einen Freund zu haben, der einen abholt, wenn es dunkel und kalt draußen ist.«

Yvonne zuckte die Schultern. Anscheinend war sie noch nicht auf die Idee gekommen, dass das besonders schön sein könnte.

»Ich hatte nicht viel Glück bei Manno. Er ist sich anscheinend völlig sicher, dass Gun keine Freunde hat, denen sie sich anvertrauen würde.«

»Sie hatte schon welche, aber die hat sie ja umgebracht«, sagte Yvonne spitz.

»Wie hat sie eigentlich von ihnen gesprochen?«

»Das war unheimlich, wirklich. Gun hat schon bei uns gearbeitet, da war ich noch ein Teenager, und sie hat fast nie ein Wort gesagt, zu niemandem. Aber dann fing sie plötzlich an, von diesen Nachbarn zu erzählen. Immer mehr und immer mehr. Håkan meint dies und Lotta meint das. Sie erzählte, wie ihre Wohnung eingerichtet war, welche Lebensmittel sie einkauften, was sie aßen, wie sie lebten, was sie anzogen und was für Kleidung sie kauften.«

Yvonne klappte den Fuchskragen ihres Mantels hoch, um sich zu wärmen. Ab und an hüpfte sie in ihren dünnen Lederstiefeln auf der Stelle.

»Vielleicht waren wir nicht immer besonders nett zu ihr. Aber sie ging uns auf die Nerven mit ihrem Gequatsche. Das hörte sich alles völlig krank an. Ich verstand einfach nicht, was diese Menschen eigentlich von Gun wollten.«

Sie zuckte die Achseln.

»Gun ist eine von denen, die aus dem Nirgendwo kommen, an die keiner einen Gedanken verschwendet. Ich frage mich, ob es auch nur einen Menschen auf dieser Welt gibt, der sich wirklich was aus ihr macht. Manno ist wohl einer der wenigen, der ein bisschen mehr über sie weiß. Ich glaube, er war ein Bekannter ihres Vaters. Aber das gibt ihm nicht das Recht …«

Yvonne verstummte. Für einen kurzen Moment hatte sie richtig menschlich gewirkt. Hatte mehrere Sätze hintereinander gesagt, ohne dass man sie ihr aus der Nase ziehen musste. Aber jetzt, wo sie an Manno dachte, war sie wieder verschlossen wie eh und je.

»Na ja, jetzt ist sie da, wo sie ist. Es gibt jedenfalls nichts, was daran etwas ändert«, sagte sie rasch und hart.

Kapitel 4

Vielleicht war Guns kompakte Einsamkeit der Grund, dass ich sie nicht loslassen konnte, hier draußen zwischen den Überresten ihres richtigen Lebens. Ich sah ihre Einsamkeit, und ich weiß, wie die schmeckt, weiß, wie die riecht. Wie sie ihr abstoßendes Gas um einen verbreitet. Wie sie einen Menschen aus einem macht, mit dem man sich alles erlauben kann. Mit dem man es sich erlauben kann, ihn zu kommentieren, links liegen zu lassen, zu überfahren.

Nicht, dass ich jemals in Guns Situation gewesen wäre, nicht auf eine so extreme Weise.

Aber einsam war ich, und einsam bin ich immer noch. Und ich frage mich, Herr, was du mit der Einsamkeit bezweckst. Warum hat mich das Los getroffen, einsam zu sein? Ich werde mich nie daran gewöhnen. Will es nicht.

Und will es doch. Diese Doppelbödigkeit sehe ich deutlich bei Gun und spüre sie auch bei mir selbst.

Lasst mich in Ruhe, denn ich brauche euch viel zu sehr.

An manchen Abenden, wenn der Tag verblasst ist, stelle ich mir vor, wie ich die Meinen um mich versammle, die ganze Schar.

Aber es gibt keine, die ich versammeln könnte.

Ich gehe vom Zimmer in die Küche, von dort ins Bad, wandere auf meinen achtunddreißig Quadratmetern hin und her und finde nichts.

In diesen Momenten spüre ich besonders stark, dass meine Vertrautheit mit denen, die ich kenne, eine offizielle ist. Dass ich in diesen Momenten eine Fliege an der Wand bin, eine unsichtbare Beobachterin. Bei mir zu Hause bist auch du, Herr, schwer zu greifen. Ich gehe nach draußen, und schon ist es einfacher, dich zu finden. Insgesamt fühle ich mich selten einsam. Insgeheim immer.

Ich glaube, es war der Wunsch, meinen Kontakten den offiziellen Anstrich zu nehmen, der dazu führte, dass ich mich im Fall Gun seltsam zu benehmen begann. Etwas in mir wollte ständig heraus aus dem Bild, das ich von mir hatte. Ich wusste, dass ich einen Fehler machte, dass ich meine berufliche Ehre aufs Spiel setzte und das Versprechen brach, das ich als Pastorin abgelegt hatte.

Aber, Herr, wir schlossen einen Pakt miteinander, der die von Menschen geschaffenen Gesetze umging. Du hattest etwas mit mir und Gun vor. Damals wusste ich nicht, was es war. Aber ich fühlte, dass es wichtiger war als alles andere.

Als ich Gun am nächsten Tag besuchte, log ich schon wieder. Ich sagte, ich hätte einen entfernten Bekannten namens Kurt Ohlsson und sei neulich zufällig mal wieder in seiner Konditorei gewesen. Wir hätten ein wenig geplaudert, und ich solle Grüße von ihm ausrichten, sagte ich, und auch von Yvonne und Manno.

Gott, wie umständlich. Wenn ich schon lüge, dann sollte ich dafür sorgen, dass es mir glatter über die Lippen kommt.

Während ich erzählte, achtete ich genau darauf, wie Gun reagierte. Und die Reaktion ließ nicht auf sich warten. Sie wurde knallrot und fing an, auf dem Stuhl hin und her zu schaukeln. Ihre Lippen zuckten und bebten. Endlich stieß sie mühsam einen Satz hervor, den Blick auf die Knie mit den ewigen Plastikperlen gesenkt:

»Aber ich will nicht.«

Sie sagte es mit einer hellen Stimme, die nicht wie ihre normale Stimme klang, eher wie die eines Kindes. Ich bekam eine Gänsehaut, als ich das hörte.

»Was willst du nicht?«

Ich berührte sie leicht am Arm. Sofort bohrte sie ihre wässrigen hellblauen Augen in meine und zischte:

»Lass los. Fass mich nicht an.«

Ich zog beschämt die Hand zurück. In diesem Gefängnis musste ich damit aufhören, Leute anzufassen. Gun starrte wieder auf ihre Perlenkette hinunter. Ihre Lippen schienen wie gehetzt Worte zu formen, aber die Kehle verweigerte sich und erstickte jeden Laut.

Eine Fliege spazierte benommen über die Fensterscheibe, trippelte planlos und ruckartig hin und her. Sie hätte jetzt schlafen sollen, war aber zur Unzeit geweckt worden von einer hoffnungslosen Sehnsucht nach etwas, was es nicht gab. Sie machte kleine, zornige, summende Luftsprünge, trippelte im Kreis und flog einen Schnörkel.

Gun war tief in ihr introvertiertes Gemurmel versunken. Ich hatte besonders schlau sein wollen, ohne den geringsten Erfolg. Was sollte ich jetzt machen? Meine Angebote, miteinander zu reden, kamen mir albern vor. So saßen wir da, Gun und ich, beide mit den Händen auf den Knien, und starrten vor uns hin.

Jemand öffnete die Tür einen Spalt und lugte herein. Ich meinte Harriet zu erkennen, eine der beiden Frauen, die immer eng umschlungen saßen. Sie schloss die Tür sofort wieder. Zwei Frauen redeten draußen mit wütenden, aufgeregten Stimmen. Ich hatte den Verdacht, dass es darum ging, dass Gun und ich hier zusammen saßen, gegen den ausdrücklichen Wunsch von Marja und den anderen. Was Harriet davon hielt, wusste ich nicht genau, aber ich ging davon aus, dass Marjas Meinung ungeschriebenes Gesetz war.

»Niemand will, dass ich mit dir rede«, sagte ich zu Gun. »Sie sagen, wenn ich es doch tue, wollen sie mich hier nicht haben. Niemand will, dass ich mit dir rede, und weißt du was? Nicht einmal du willst es. Warum sitze ich eigentlich hier?«

Es war, als führte ich Selbstgespräche. Gun saß da und wiegte den Oberkörper und murmelte. Mich durchzuckte der Impuls, ihr eine runterzuhauen, nur um zu sehen, wie sie reagierte. Ob sie wütend werden und aufwachen würde.

»Und weißt du, was Manno gesagt hat, als ich erzählte, dass ich eine Freundin von dir bin? ›Sie hat keine Freunde‹, sagte er.«

Keine Reaktion, dasselbe Gemurmel.

»Da sagte ich ihm, dass du doch welche hast. Dass ich deine Freundin bin.«

Gun wandte mir ihr Gesicht zu. Der Mund stand halb offen.

»Lotta hat gesagt, ich sehe aus wie eine Mutter.«

Der Blick, mit dem Gun mich ansah, war streng, so als erwartete sie, dass ich sofort verstünde, was und wen sie meinte. Sie sah mich bohrend an und sprach die Worte sehr deutlich aus, darum bemüht, dass sie wirklich ankamen.

»Genau das hat sie gesagt. ›Entschuldigung, du hast ausgesehen wie eine Mutter, deshalb dachte ich, dass der Kinderwagen zu dir gehört.‹«

Gun beugte sich noch weiter vor und flüsterte, wenn auch schrecklich laut, dass Lotta das gesehen habe.

»Ihr wart Nachbarn«, sagte ich unbeholfen.

»Niemand sonst hat gesehen, dass ich eigentlich eine Mutter bin. Nur Lotta.«

Ich wusste, dass Gun nie ein Kind geboren hatte. Das stand in ihrer Akte. Nie verheiratet gewesen, keine Kinder, überhaupt keine feste Beziehung.

»Sie muss ein guter Mensch sein, dass sie so etwas sieht, dass sie so etwas erkennt. Das dachte ich. Also ging ich zu ihnen. Ich durfte bei ihnen sein. Jetzt wohnen sie nicht mehr da. Aber früher, als sie noch da wohnten, wo ich wohnte, durfte ich bei ihnen sein. Ich war ihre Freundin. Sie brauchten mich. Ich habe mich um sie gekümmert.«

»Wie hast du dich um sie gekümmert?«

Innerlich jubelte ich vor Glück, dass Gun angefangen hatte zu reden, aber ich zitterte auch vor Nervosität, dass sie sich wieder verschließen könnte.

Gun ignorierte meine Frage, redete aber trotzdem weiter.

»Zuerst haben sie mich auf einen Kaffee eingeladen. Sie sagte:

›Das ist sie, Håkan, komm und sag Gun guten Tag, sie wohnt neben uns. Ich dachte, der Wagen, über den ich mich so oft geärgert habe, wäre ihrer. Ich dachte, wo sie doch aussieht wie eine Mutter.‹ Genau so. ›Wo sie doch aussieht wie eine Mutter.‹ Das hatte vorher noch nie jemand zu mir gesagt. Und Håkan hat gelächelt und gesagt: ›Ja, da hast du Recht. Komm nur herein, Gun, schau dich bei uns um.‹«

Gun sank auf ihrem Stuhl zurück und verstummte. Man konnte direkt sehen, dass ihre Gedanken davonwirbelten wie ein fröhlicher Drachen im Sommerwind. Da war ein unsichtbares Band, das kleine schnelle Zuckungen in Guns Mundwinkeln verursachte. Die Begegnung mit Håkan und Lotta musste eine phantastische Freude in ihr ausgelöst haben. Am Anfang.

Bis zu dem Tag, an dem sie so wütend wurde, dass sie die beiden erschlug. Das schien sie jetzt vergessen zu haben, sie saß da und lachte in sich hinein.

»Sie waren so schön eingerichtet. Obwohl es ein bisschen kühl wirkte. Das habe ich ihnen gesagt, ganz vorsichtig natürlich. Und sie sagten: ›Da hast du wohl Recht. Anscheinend hast du einen Blick dafür.‹«

Gun sah mich an und wiederholte den letzten Satz.

»Anscheinend hast du einen Blick dafür. So etwas hat vorher noch nie jemand zu mir gesagt. Keiner hat das gesehen. Aber es stimmt, ich weiß, wie man Gemütlichkeit schafft, wirklich. Sie hatten ganz kahle Fenster, das ist doch nicht gemütlich. Lotta sagte, dass sie Stoff für Vorhänge gekauft hatte, aber sie hatte noch keine Zeit gefunden, sie zu nähen.

Und ihr Job war wirklich anstrengend, deshalb kam sie nie dazu. Ich sagte, das kann ich doch machen, denn nähen kann ich wirklich. Ich nähe dir so was im Handumdrehen fix und fertig. Erst sagte Lotta, nein, das geht doch nicht. Ich glaube, sie hatte Angst, mir zur Last zu fallen. Aber da sagte ich, ach was, ich hab doch abends sowieso nichts vor. Ich mach das gerne, wirklich. Nähen ist mein Hobby.

Es stellte sich heraus, dass sie Gardinen für alle Zimmer gekauft hatte, auch für die Küche. Feine Stoffe, aus teuren Geschäften. Einer war ganz glänzend, mit roten Tulpen und goldenen Blättern drauf. Trischagill, sagte Lotta. Oder so ähnlich. Jedenfalls eine teure Marke.

Ich hatte solche Angst, die teuren Stoffe schmutzig zu machen, dass ich beim Nähen Gummihandschuhe trug. Ich brauchte fast eine ganze Woche, bis ich fertig war. Bevor ich anfing, suchte ich viele Läden nach Nähgarn ab, das zu den Mustern passte und nicht zu sehr auffiel. Ich wollte Håkan und Lotta mit den Gardinen überraschen. Vorher wollte ich sie noch stärken und bügeln, und das war nicht so einfach, denn normalerweise hängt man sie ja gleich auf. Also nahm ich meine Gardinen ab und hängte stattdessen ihre auf, damit sie sehen sollten, wie schön sie geworden waren, bevor sie sie vor ihre eigenen Fenster hängten.

Freitagabend klingelte ich an ihrer Tür und bat sie, in meine Wohnung zu kommen. Ich war so gespannt. Ich hatte mir genau ausgerechnet, wo ich stehen musste, um Lottas Gesicht zu sehen, wenn sie ihre Gardinen zum ersten Mal sah.

Und sie war genauso glücklich, wie ich es mir ausgemalt hatte. Sie schlug die Hände zusammen und sagte: ›Gun, du bist ja absolut phantastisch.‹

Das hat sie wirklich gesagt. ›Absolut phantastisch.‹«

Gun sah mich ängstlich an. So als rechnete sie damit, dass ich den Ausdruck »phantastisch« anzweifeln und das alles einfach nicht glauben würde.

»Natürlich fand sie dich phantastisch«, sagte ich. »Es war doch etwas einmalig Großzügiges und Entgegenkommendes, was du für sie getan hast. Wie müssen sie froh darüber gewesen sein, dich als Nachbarin zu haben!«

Gun strahlte übers ganze Gesicht. Die Augen wurden zu schmalen Schlitzen, der Mund ging in die Breite und bekam etwas Gieriges.

»Ja, sie waren glücklich. Lotta wollte mir einen Hunderter geben, aber ich sagte: ›Kommt nicht infrage, ich habe es wirklich gern getan.‹ Das Nähgarn, das ich gekauft hatte, war nicht der Rede wert. Es hatte ja nur ein paar Zehner gekostet. Ich wollte es nicht erwähnen. Ich freute mich so darüber, dass sie sich freuten.

Sie fanden, dass ich es ganz toll gemacht hatte. Lotta sah sich die Nähte an und sagte, dass sie wirklich professionell waren. Das sagte sie. ›Wirklich professionell.‹ Sie selbst war so schlampig, sagte sie. Hatte nie richtig Zeit und außerdem zwei linke Hände. Sie zeigte mir ein Kleid, das sie versucht hatte zu ändern, und einen Mantel, an dem die Knöpfe lose herunterbaumelten.

Als ich in meine Wohnung zurückkam, hatte ich den Arm voller Sachen. Das Kleid, den Mantel, zwei Hosen von Håkan, die gekürzt werden mussten, und Stoff für ein paar Kissen, die Lotta gerne auf dem Sofa haben wollte. Sie hatte nur noch keine Zeit gehabt, sich damit zu befassen.

Ich war so bepackt, dass ich kaum meine Wohnungstür aufbekam. Die Sachen rochen neu und gleichzeitig anheimelnd. Es steckte Leben drin. Ich betrachtete Lottas Mantel und stellte mir vor, wie hübsch sie darin aussah und wie eilig sie es wohl immer hatte, dass sie so an den Knöpfen zerrte, wenn sie den Mantel an- und auszog.

Und dann das Kleid, das sie auf eine so ungeschickte Art versucht hatte zu ändern, dass ich direkt lachen musste, als ich es sah. Schief und krumm und unmöglich war das. Und was für lange Beine Håkan haben musste, der Saum sollte nur ein kleines bisschen umgeschlagen werden. Die Hosen waren ganz neu, und ich konnte direkt vor mir sehen, wie er in irgendwelchen Konferenzzimmern saß, die Hosenbeine eine Idee hochgezogen.

Ich wusch mir sorgfältig die Hände, und dann setzte ich mich hin und nahm mir den Stoff für ihre Sofakissen vor. Er roch ganz neu, ein bisschen nach Chemie, ein bisschen nach Parfüm. Er roch überhaupt noch nicht nach einem Zuhause. Aber das würde er bald tun. Bald würden Håkan und Lotta sich gegen die Kissen lehnen, sie würden sie im Rücken haben, wenn sie vor dem Fernseher saßen oder sich einfach nur aneinander gekuschelt unterhielten. Lotta würde sie jeden Tag aufschütteln und schön hinsetzen.

Und vielleicht an mich denken, daran, dass ich sie genäht hatte.

Der Tag, an dem ich mit ihren Sachen auf dem Arm in meine Wohnung kam, war einer der glücklichsten in meinem Leben. Ich gehörte zu ihnen. Ich durfte an ihrem Leben teilnehmen.«

Kapitel 5

Die Tür zum Besuchszimmer wurde wieder geöffnet. Draußen standen Harriet und ihre Freundin Lena. Harriet sah hasserfüllt und verbissen aus, Lena wirkte eher aufgelöst, konturlos und verschmiert, von Tränen, wie ich vermutete. Harriet holte etwas aus ihren Taschen, während sie ihren anklagenden Blick nicht von mir ließ.

»Bevor du gekommen bist, gab es so was bei uns nicht.«

Sie warf zwei kleine Plastikfiguren auf den Tisch. Die eine stellte Daisy Duck dar und die andere Schlumpfinchen. Gun und ich machten wohl beide ein dummes Gesicht, als wir auf die Figuren starrten. Ich konnte nichts Besonderes an ihnen erkennen. Außer vielleicht, dass Entenschnabel und Schlumpfmund knallrot bemalt waren.

Harriet starrte mich auffordernd an. Ich schüttelte hilflos den Kopf.

»Ich weiß nicht, was …«

»Das hier war auch noch dabei. Der eine lag in meiner Zelle und der andere in Lenas.«

Sie hielt mir zwei Zettel entgegen, zerknittert und mit roter Tinte beschrieben. Auf dem einen stand »Ich lecke Mösen« und auf dem anderen »Nehmt euch bloß in Acht, ihr verdammten Lesben«. Da begriff ich. Lena begann zu heulen, und Harriet drückte ihre Hand, ohne jedoch ihren wütenden Blick auch nur eine Sekunde von mir zu lassen.

»Bevor du hier aufgekreuzt bist, hat keiner so einen Mist verbreitet. Es gibt welche, die sagen, dass du dahinter steckst. Dass du uns Angst einjagen willst, damit wir wieder normal werden.«

Als Harriet »normal« sagte, machte sie eine angeekelte Grimasse, so als müsste sie bei dem Wort kotzen.

»Bevor du mit deinem Scheißgott hier aufgetaucht bist, hat niemand so über uns gedacht. Du kommst hierher mit deinen widerlichen Meinungen und verbreitest Unglück um dich herum. Alle sollen bekennen, wie schlecht sie vor Jesus und Gott und dem ewigen Feuer sind, sollen klein werden und um Vergebung betteln. Nur damit du dann dasitzen kannst mit deinem milden Lächeln und Vergebung erteilen kannst, hier ein bisschen und da ein bisschen. Aber natürlich nur, wenn man hübsch den Nacken beugt, o ja, auf dieses kleine Detail legt ihr ja ganz besonderen Wert, ihr verdammten Pfaffen.«

»Ich habe doch wirklich nichts mit …«

Weiter kam ich nicht, denn Gun stieß ein gellendes Lachen aus. Sie lachte dermaßen, dass ihre fetten Wangen schwabbelten, sie griff nach dem Schlumpfmädchen und nach Daisy Duck und bekam einen neuen Lachanfall.

»Jämmerliche kleine Sünder«, gluckste es zwischen ihren Lachsalven hervor. »Was für jämmerliche kleine Sünder.«

Ich konnte gar nicht so schnell gucken, wie Harriet sich auf Gun stürzte und eine Strähne ihrer langen, fettglänzenden Haare packte. Mit der anderen Hand schlug sie Gun direkt ins Gesicht, hart, mehrere Male. Lena war auch herbeigestürzt und trat nach Leibeskräften auf Gun ein.

»Du Sau. Du verdammte Mörderin«, kreischte Harriet.

Sie ließ Gun los, die daraufhin vom Stuhl fiel. Gun legte die Arme schützend um den Kopf und bettelte mit der seltsam dünnen, wimmernden Stimme, die ich vorhin schon einmal gehört hatte:

»Nein, nein. Nicht mehr, nein …«

Lena wollte nicht hören. Sie trat weiter auf die zusammengesunkene Gestalt ein. Guns Kleid war hochgerutscht und entblößte ihre groben weißen Schenkel. Zwischen Guns Wimmern war es merkwürdig still. Jeder Tritt, der Beine oder Bauch traf, hörte sich nur wie ein dumpfer, kaum hörbarer Knuff an. Und man hörte Lenas Atem, sie stöhnte bei jedem Tritt auf. Es klang, als wenn jemand Tennis spielte und seine ganze Kraft in jeden Schlag legte.

»Das reicht jetzt«, schrie Harriet Lena an, die immer weiter trat. Ihre Reebokschuhe hatten sich jetzt auf einen Punkt an Guns Oberarm eingepegelt, sie traten immer wieder auf dieselbe Stelle und ein großer roter Fleck breitete sich aus.

»Es reicht, hab ich gesagt«, schrie Harriet noch lauter und begann an Lena zu zerren.

Ich hatte bisher wie gelähmt daneben gestanden, aber jetzt packte ich Lena ebenfalls. Harriet und ich ergriffen je einen Arm und zogen mit ganzer Kraft. Schließlich gelang es uns, Lena auf einen Stuhl hinunterzuzwingen. Da saß sie und keuchte wie ein Boxer. Tränen der Wut liefen ihr die Wangen hinunter, hielten kurz an der Kinnlinie an und tropften dann auf ihre Knie. Als Lena langsam ruhiger wurde, beugte ich mich über Gun und sah nach ihr.

Sie hatte die Arme so fest um den Kopf geschlungen, dass es unmöglich war, ihre Miene zu erkennen. Ich versuchte, ihre Hände zu lockern, aber sie waren wie festgegossen. Ich gab auf.

Aus ihrem Mund kam ein leises, gurgelndes Wimmern. Fast wie ein eintöniges Lied. Sie hatte die Knie an den Oberkörper gezogen und lag auf der Seite. Ihr Kleid war hochgerutscht und gab den Blick auf ein paar geräumige Unterhosen frei. Die nackten, massigen Schenkel, die leise zitterten, das sonderbare Greinen und Guns fest an den Kopf gepresste Hände waren ein so unangenehmer und erschreckender Anblick, dass weder ich noch Lena oder Harriet in der Lage waren, etwas zu sagen oder zu tun.

Wir standen da mit unbeholfen herabhängenden Armen. Mühsam setzte Gun sich auf, die Hände vor dem Gesicht und ohne sich um das hochgerutschte Kleid zu kümmern. An einem Arm breitete sich ein blauer Fleck aus, mit einer großen roten, pulsierenden Stelle in der Mitte.

Plötzlich begann das Jammern stärker zu werden, von einem kaum hörbaren Wimmern schwoll es zu einem Schrei an. Lena hielt sich die Ohren zu und schrie ebenfalls.

»Hör auf, hör auf. Es tut mir Leid!«

Ich merkte, wie mir heiße Tränen über die Wangen liefen. Ohne darüber nachzudenken, was ich tat, warf ich mich neben Gun zu Boden und packte ihre Schultern. Sie fühlten sich rund und stabil an, geradezu kompakt.

»Bitte, Gun, hör auf«, schrie ich direkt gegen ihre Hand, die das Ohr zuhielt.

Jetzt heulte ich auch. Es war etwas an Guns brüllender Gestalt, was mich furchtbar erschreckte. Nicht, dass ich glaubte, sie würde etwas Gefährliches tun. Sie weckte nur so eine Angst in mir. Mein Mund wurde trocken und mir war schlecht.

Gütiger Gott, es war etwas an ihrem bebenden Körper, was ich wiedererkannte. Hattest du sie mir deshalb geschickt? Ich weiß noch, dass ich dachte: Für das hier gibt es eine Ursache. Dieser seltsame Gedanke kam mir, ohne zu wissen, was ich damit meinte. Das hier hat einen Ursprung, das hier ist der Knoten, aus dem heraus tausend krampfhafte Fäden diesen Menschen gefangen halten. Normalerweise findet sie sich damit ab, eingeschränkt, eingeschnürt und gefesselt zu sein, aber jetzt, genau in diesem Augenblick, hat sie die Stimme des Ursprungs gefunden.

»Schhh, liebe, liebe Gun.«

Ich strich ihr über den Kopf. Sie hielt ihr Gesicht fest umschlossen, krümmte die Finger so, dass sie sich ins Fleisch gruben, und setzte mit ihren lauten Jammerschreien fort. Die Schreie wurden durch die Hände etwas gedämpft, aber das machte sie nur noch schrecklicher.

Harriet und Lena hielten sich fest, ganz fest umschlossen. Verbargen ihre Gesichter an der Schulter der anderen, legten die Köpfe gegen die Schultern, um die Ohren vor den Schreien zu schützen. Sie hatten die Augen geschlossen, als versuchten sie zu verdrängen, was passierte.

Genau in dem Moment, als eine erschrockene Anita in das Zimmer kam, dicht gefolgt von Kvarnström, dem seltsamen Wärter, hörte Gun mit dem Jammern und Schreien auf. Sie tat es völlig abrupt und nahm gleichzeitig die Hände vom Gesicht. Es sah aus, als sei sie selbst überrascht, dass die Schreie aufgehört hatten. Sie war dunkelrot und nass im Gesicht und hatte Speichelblasen um den Mund.

»Was ist denn hier los? Kann mir das bitte mal jemand erklären?«

Anita wandte sich an mich, sie sah zornig aus. Ich fühlte mich schuldig. Das tue ich nebenbei gesagt ziemlich oft.

Kvarnström ging zu Gun und zog sie am Arm, damit sie aufstehen sollte. Er sah zufrieden aus. Das hier war eine Situation, die ihm gefiel. Seine andere Hand lag griffbereit auf dem Gummiknüppel. Gun riskierte, erneut geschlagen zu werden, so viel war sicher.

»Lassen Sie sie los!«

Es machte mich unheimlich wütend, dass er auf diese übermächtige Art an Gun zog.

»Lassen Sie sie auf der Stelle los! Sie war es, die misshandelt wurde.«

Es sah nicht so aus, als ob Kvarnström auch nur eines meiner Worte gehört hätte. Aber jetzt stampfte Anita heftig mit dem Fuß auf den Boden und brüllte, während sie ihm einen imponierenden Stoß versetzte:

»Pfoten weg, Mann!«

Kvarnström ließ Gun so abrupt los, dass er beinahe das Gleichgewicht verloren hätte und einen Moment lang schwankte, bevor er seinen korpulenten Leib wieder unter Kontrolle hatte.

Mitten in dieser dramatischen Situation musste ich kichern. Anitas »Pfoten weg, Mann« hatte geklungen wie in einem Spielfilm.

Gun lehnte sich an die Wand. Sah zur Decke. Ihr großer Busen hob und senkte sich im Takt mit ein paar lauten, trockenen Schluchzern. Kvarnström schlurfte aus dem Raum, nachdem Anita viel sagend in Richtung Tür genickt hatte. Ich hatte meine Hände immer noch auf Guns Schultern.

»Bitte, Anita, ich kümmere mich darum«, sagte ich.

Anita nickte kurz und streng und drängte Harriet und Lena in Richtung Tür.

»Okay. Aber anschließend komm bitte in mein Büro. Wir müssen der Sache auf den Grund gehen. Festhalten, was passiert ist, und eventuell Anzeige erstatten.«

Als Anita das mit der Anzeige sagte, sah sie Harriet an. Harriet schnappte sich Schlumpfinchen, Daisy Duck und die Zettel. Dann gingen die drei, und ich war mit Gun allein. Wir saßen gegen die Wand gelehnt und starrten in die Luft. Mein Mund war immer noch trocken, und ich merkte, dass ich ebenfalls schluchzte.

»Wieso heulst du denn?«

Guns Stimme war verweint und piepsig.

»Ich weiß nicht. Alles war auf einmal so schwer.«

Eine ganze Zeit sagte keine von uns etwas. Wir atmeten ruhiger, und es wurde still im Zimmer. Gun zog das hochgerutschte Kleid herunter. Es wurde langsam dunkel. Wir machten kein Licht, sondern ließen die Dämmerung herein. Die kahlen Zweige draußen waren schwarz und nass. Sie bewegten sich und warfen unruhige Schatten. Das hatte eine beruhigende Wirkung, so als sei die Welt da draußen bedrohlich, aber wir hier drinnen in Sicherheit.

In *der* Stunde suchte ich dich, Herr. Ich wollte wissen, was ich tun sollte. Gun tat mir Leid, obwohl ich ihr Hohngelächter über Harriet und Lena immer noch in den Ohren hatte. Gun war höhnisch und verletzlich zugleich. Sie hatte uns in einen Abgrund schauen lassen, hatte uns ahnen lassen, dass dort drinnen in ihrem verschlossenen Körper, bewacht von ihrem abstoßenden Äußeren, ein Geheimnis brannte und stach.

Ich suchte dich, Herr, aber nicht nur der Raum war stumm, sondern auch mein Inneres.

»Ist Gott hier?«

Gun fragte, und ich sagte ja, natürlich. Gott ist bei uns, Gott war mit ihr unten in der Hölle und hielt sie auch auf dem Rückweg an der Hand.

»Er war immer auf der Seite der anderen«, sagte Gun. »Immer war ich nur für mich allein. Für mich gibt es keinen Gott. Falls doch, wollte er mich nur bestrafen. Immer wieder hat er mich bestraft. Dabei habe ich nichts getan.«

Ich drehte mich um und sah in Guns Gesicht. In dem Moment war sie beinahe hübsch. Ihr Mund war auf eine nackte Art halb offen. Die roten Flecken dort, wo sie die Hände ans Gesicht gepresst hatte, begannen zu verschwinden. Die Wangen sahen aus, als seien sie in dem ansonsten gefängnisbleichen Gesicht zu neuem Leben erwacht.

Ich legte meine Hand auf ihre und erzählte von deiner Liebe. Wie groß und verlässlich sie ist. Dass du natürlich bei ihr warst und dass deine Liebe nicht für bestimmte Leute reserviert ist. Während ich sprach, begann Gun leise den Kopf zu schütteln.

»Nein«, sagte sie schließlich. »Ich muss selbst aufpassen. Gott hat versagt. Muss es selbst tun.«

Ihre Hand fand den Weg in die Kleidertasche und zog die Kinderhalskette heraus. Sie ließ sie wieder und wieder durch die Finger gleiten.

»Lass mich dir helfen. Ich möchte dir helfen, Gottes Liebe wiederzufinden.«

Gun sah mich lange an, den Mund immer noch halb offen und die Finger unablässig mit der Kette beschäftigt. Dann schüttelte sie energisch den Kopf.

»Du kannst nicht helfen. Es gibt niemanden, der helfen kann.«

»Aber lass es mich doch versuchen.«

Gun antwortete nicht. Sie sah hinunter auf die Halskette. Die Perlen waren nach einem bestimmten Muster aufgefädelt. Erst abwechselnd rote und grüne. Dann blaue und weiße. Danach gelbe und schwarze.

Guns Hände waren groß und rotfleckig. Man konnte sich leicht vorstellen, dass sie an der Spülmaschine gearbeitet hatte, schmutzige Teller, klebrige Saftgläser und leere Tassen eingestapelt und sie anschließend wieder herausgeholt hatte, dampfend heiß und blitzsauber. Diese Hände hatten für Sauberkeit und Behaglichkeit gesorgt. Diese Hände hatten eine schwere Bratpfanne genommen und damit zugeschlagen, bis das Leben von zwei Menschen erloschen war. Oder von drei, wenn man das Ungeborene im Bauch seiner Mutter mitrechnete.

»Ich habe sie selbst gemacht«, sagte Gun und hielt die Kette hoch. »Und wenn du willst, erzähle ich dir, warum ich über das kleine Leben wachen musste.«

Mir lief ein Schauer über den Rücken. Es war mir gelungen, so etwas wie Vertrauen zu schaffen, ohne dass ich hätte sagen können, wie. Gleichzeitig spürte ich ein Unbehagen.

»Aber nicht jetzt«, sagte Gun entschieden.

Dann stand sie auf, steckte die Kette in die Tasche und watschelte zur Tür. Bevor sie hinausging, drehte sie sich zu mir um und lachte. Richtig offen und breit, und zum ersten Mal sah ich ihre Zähne. Sie sahen unverhältnismäßig groß aus und waren präzise viereckig.

»Jedenfalls haben wir es ihnen gezeigt.«

Ich war ebenfalls vom Fußboden aufgestanden. Meine schwarze Hose war schmutzig geworden. Ein Bein war eingeschlafen und ich stützte mich auf einen Stuhl und bewegte den Fuß, um wieder Gefühl hineinzubringen. Ich verstand nicht, was Gun meinte.

»Gezeigt? Wem?«

Gun war schon halb aus der Tür, steckte aber nochmal den Kopf herein und flüsterte:

»Den Leckschwestern natürlich.«

Herr, ich schäme mich, dass ich sie in dem Moment nicht zurechtgewiesen habe. Aber ich war so schockiert. Ich hatte eine blutende, nackte Gun gesehen. Ich hatte auch eine dumme, verurteilende Gun gesehen, vielleicht eine verrückte Gun, wie in dem Moment, als sie das von der Halskette und dem Kind sagte. Gun erwartete auch nicht, dass ich etwas sagte, sondern ging zurück in ihre Zelle. Ich sah, wie Marja und Eva-Lena mit verschränkten Armen dastanden und ihr hinterhersahen.

Als ich in Anitas Büro kam, saß sie rauchend mit dem Rücken zu mir und telefonierte. Sie drehte sich auf dem Stuhl um, als sie mich an der Tür hörte, und winkte mich herein. Sie legte die Hand auf den Hörer und flüsterte, ich solle mich hinsetzen.

»Bin gleich fertig.«

Anita drehte sich wieder herum, und ich saß apathisch da und starrte ihren Rücken an. Betrachtete die Haarspange, die ihre Haare auf dem Hinterkopf zusammenfasste. Sie war aus goldfarbenem Metall und stellte einen springenden Leoparden dar. Anita sprach laut, so als telefonierte sie mit dem Ausland. Aber dann merkte ich ziemlich schnell, dass sie verärgert war.

»Das ist also mein Fehler, ja? Aber ich höre doch, dass du das meinst, auch wenn du nicht den Mumm hast, es zu sagen. Dann mach es doch selbst, wenn du so ein Experte bist. Herrgott nochmal, ich glaub's einfach nicht. Ja, ja, bis Freitag, wie immer. Also dann.«

Es sieht so lächerlich aus, wenn Leute bei einem schnurlosen Telefon den Hörer aufknallen möchten. Einen kleinen Knopf zu drücken ist eben nicht dasselbe wie einen Hörer auf die Gabel zu schmettern. Anita drückte den Knopf mit wütendem Daumen und pfefferte das Telefon vor sich auf den Schreibtisch. Sie nahm drei tiefe, hastige Züge und drückte dann ihre Zigarette aus.

»Entschuldige. So ist das manchmal. Wir teilen uns die Kleine. Es ist so albern, dass man es kaum glauben kann.«

Erst verstand ich überhaupt nicht, was sie meinte. Als Anita meine Augen nach einem Zusammenhang suchen sah, begann sie zu lachen.

»Unsere Kleine heißt Majken und ist eine neunjährige Bostonterrier-Hündin. Wir lieben sie beide wahnsinnig, auch wenn wir für einander nicht mehr sehr viel übrig haben. Also nimmt er sie eine Woche und ich nehme sie eine Woche. Du wirst sie am Montag kennen lernen. Ich bringe sie meistens mit zur Arbeit.«

Anita holte ihre Brieftasche heraus und zeigte mir ein Foto von einem schwarzweißen Hund mit platter Schnauze. Aber ich hatte keine große Lust, mir Majken genauer anzusehen. Anita bemerkte mein Desinteresse und steckte das Foto wieder ein.

»Was ist da vorhin passiert? Harriet behauptet, dass du eine Art Mobbing mit ihr und Lena betreibst.«

»Das habe ich wirklich ...«

Anita unterbrach mich, indem sie heftig abwinkte, sodass die Asche aus einem der Aschenbecher über die Papiere stiebte, die sie vor sich hatte.

»Ist mir schon klar, dass du das nicht tust. Aber ich möchte, dass du mir erzählst, was da drinnen vorgefallen ist.«

Ich fühlte mich unter Druck gesetzt. Ich hätte mich auf meine Schweigepflicht berufen können. Aber andererseits ging es um eine Misshandlung, bei der ich Zeugin gewesen war.

Ich schilderte kurz, was sich zugetragen hatte. Obwohl ich schon sagen muss, dass ich Guns provokativen Anteil an dem Ganzen herunterspielte. Nicht in dem Sinne, dass ich Gun von der Schuld an dem freisprach, was die Misshandlung ausgelöst hatte. Aber ich war selbst erstaunt darüber, dass ich so milde Worte für ihre höhnische Art fand, mit der sie über die Schikanen lachte, denen Harriet und Lena ausgesetzt waren. Und ich erzählte auch das mit den »Leckschwestern« nicht.

Anita drehte an ihren Ringen und schien intensiv nachzudenken, während ich berichtete. Sie runzelte die Augenbrauen und seufzte.

»Man kann niemanden dafür anschuldigen, dass er lacht. Ich

kann Harriet und Lena verstehen, dass sie aufgebracht und gekränkt sind, aber ich kann nun mal nichts dagegen machen, wenn jemand lacht.«

Anita beschloss, Gun untersuchen zu lassen, um festzustellen, ob sie verletzt war. Anschließend sagte sie mit einem bekümmerten Seufzer, dass Harriet und Lena auf irgendeine Art bestraft werden müssten.

Ich verstand, dass Anita sich bedrückt fühlte. Genau wie ich hatte sie Mitgefühl für Harriet und Lena, auch wenn die beiden sich falsch verhalten hatten. Sie waren aufgebracht und fühlten sich gemobbt. Was sie auch wurden, den Zetteln und den Spielfiguren nach zu urteilen.

Aber es kann niemals angehen, dass man eine Mitgefangene misshandelt.

Bei aller Wut, die man auf Gun haben konnte.

Kapitel 6

Der Gefängnisbesuch war für diesen Tag vorbei. Als ich den Schlüssel in das Zündschloss meines Autos stecken wollte, zitterte mir so die Hand, dass ich eine Weile mit den Händen zwischen den Knien dasitzen und mich beruhigen musste. Der Himmel war dunkelblau, und im Auto war es kalt. Ein Stück entfernt sah ich Ingeborg, die zu ihrem Auto ging. Es war ein limonengrüner neuer Käfer, und ich dachte, typisch für Ingeborg, dass sie so ein kleines, smartes, teures Auto hat. Ich selbst fahre einen Ford Fiesta, der seine besten Tage wirklich hinter sich hat.

Ingeborg wurde von Kvarnström begleitet, der ununterbrochen auf sie einredete. Ingeborg nickte hin und wieder kurz. Als sie ins Auto steigen wollte, hielt Kvarnström ihr die Tür auf. Er bringt sie auf den neuesten Stand, dachte ich. Er berichtet ihr, was zwischen Gun, Harriet, Lena und mir vorgefallen ist.

Ich zwang mich dazu, mir nichts daraus zu machen.

Stattdessen beschloss ich, Ingeborg noch am selben Abend anzurufen und sie ein bisschen über Gun auszuhorchen. Ingeborg wusste immerhin einiges über Guns Herkunft. Sicher hätte ich Gun selbst fragen können, aber ich wollte ihre biographischen Daten haben. Es würde ein gutes Gefühl sein zu wissen, wie es sich mit bestimmten grundlegenden Sachen wirklich verhielt. Was war mit ihrer Familie, zum Beispiel?

Zu Hause stellte ich meine Tasche ab, sah die Post durch und ging dann wieder nach draußen. Im Nachbarhaus ist ein Pizzaservice. Da sind zwei kleine Tische, sodass man auch dort sitzen und essen kann. Man kann zwischen zwanzig verschiedenen Pizzasorten wählen, außerdem gibt es Lasagne, die in einer Mikrowelle heiß gemacht wird. Eine solche bestellte ich. Das mache ich meistens. Wenn man Wasser dazu trinkt, kostet sie 49 Kronen.

Ich esse lieber in der Pizzeria als zu Hause und hoffe, dass niemand merkt, wie nahebei ich wohne.

Es ist gemütlich dort. Ich kann in Zeitschriften blättern, die ich mir nie kaufen würde. Den einen oder anderen interessanten Kunden beobachten. Schlagermusik hören, die dort immer läuft. Ein einziger Mann arbeitet in dem Laden. Er ist dunkelhaarig und ich schätze ihn auf ungefähr fünfzig. Ich habe gehört, dass ein redseliger Kunde ihn Miki genannt hat. Der Laden heißt auch Mikis Pizza.

Miki ist nicht besonders gesprächig. Vielleicht weil er die ganze Zeit zu tun hat. Irgendwo habe ich gelesen, dass Männer weniger Dinge gleichzeitig erledigen können als Frauen. Pizzabäcker Miki gibt Anlass, skeptisch gegenüber einer solchen Theorie zu sein. Er nimmt telefonische Bestellungen entgegen und knetet gleichzeitig Pizzateig, kassiert Geld, belegt die Pizzen und schiebt meine Lasagne in die Mikrowelle.

Für gewöhnlich sitze ich wie gebannt da und beobachte seine zielgerichtete Effizienz. Es hat etwas Befreiendes, einem anderen Menschen zuzusehen, der eine Art zweckmäßigen Rhythmus für sein Leben gefunden hat. Manchmal starre ich Mütter in Parks oder Cafés an, die einen Säugling stillen und gleichzeitig auf die Fragen eines älteren Geschwisterkindes antworten, einen Schluck Kaffee trinken und die Zeitung durchblättern. Für mich ähnelt das einem maximierten Lebenserlebnis, einer multiplen Gegenwärtigkeit.

Ich selbst bin furchtbar schlecht in so was. Ich fühle mich nur dann völlig konzentriert, wenn ich einem anderen Menschen zuhöre. Obwohl du weißt, Herr, dass ich auch dann manchmal meine Gedanken wandern lasse und an ganz andere Sachen denke als an das, was mir gerade anvertraut wird. Es ist leider nicht so, dass Anvertrautes oder Geständnisse immer spannend oder leicht aufzunehmen sind. Manche Leute können ganz schön selbstzentriert und langatmig herumleiern. Ich habe mehrmals erlebt, dass man mich als eine Art Mülleimer benutzt. Als Gesprächspartner ausgewählt von jemandem, der weiß, dass niemand sonst ihm zuhören würde. So als ob man sich wegen mir keine Mühe geben müsste. Einfach nur stundenlang drauflosreden, und Herr, ich weiß, es ist meine Aufgabe, und ich bin froh, sie zu haben, aber es hat Momente gegeben, da war ich richtig wütend auf die Person vor mir, die mich anscheinend nicht wirklich für einen denkenden und nachdenkenden Menschen hält. So als hätte ich keinen Anspruch auf Verständlichkeit oder Kurzweiligkeit. Oft kommt es mir so vor, als ob manche Menschen nur ihre eigene Stimme hören wollen.

Vielleicht ist es gerade das, was sie brauchen, das Zutrauen, sich selbst anzuhören, und dass ich ihnen den Mut dazu gebe. Dann ist es gut, das weiß ich.

Ich bin mit meinen Gedanken also nicht immer so konzentriert, wie ich sein sollte, aber ich tue etwas Richtiges. Ansonsten fühle ich mich meistens wie ein linkischer Beobachter. Wenn ich zu Hause bin, allein, habe ich das Gefühl, dass ich nie eine selbstverständliche Art finde, mich zu bewegen, da zu sein. Oft bleibe ich vor dem Kühlschrank stehen, ein Spültuch in der Hand, und bin mit den Gedanken ganz woanders. Dann muss ich überlegen: Was wollte ich doch gerade? Wo war ich eben noch? Ach ja, ich wollte den Herd abwischen. Also mache ich es, sorgfältig. Und dann?

Dann verzettle ich mich schon wieder. Blättere Reklame durch, die auf die Spüle liegt, oder räume die Schuhe im Flur weg. Aber es kommt mir nie ganz natürlich vor. Im Gegenteil, ich finde, dass ich dabei immer Beton unter den Füßen habe, oder wie ich das nun ausdrücken soll. Leicht fällt es mir nie. Ich kann keinen zweckmäßigen und selbstverständlichen Rhythmus in meinem Leben finden. Ich bin ein Zuschauer, ein Zuhörer. Im praktischen Leben fühle ich mich vollkommen hilflos.

Manchmal habe ich gemerkt, wie Miki einen Blick zu mir herüberwarf, während ich meine Lasagne aß und gleichzeitig in einigen der abgegriffenen und Wochen alten Zeitschriften las, die verstreut auf den Tischen liegen. Nicht, dass er übertrieben interessiert an mir schien. Aber ein paar hastige Blicke fing ich doch auf. Vermutlich dachte er, ich sei sonderbar, oder ich tat ihm einfach Leid.

Das störte mich ein bisschen. Aber nur wenig. Es war schlimmer, mit einer Pizzaschachtel in eine leere Wohnung heimzukehren.

Wieder zu Hause, knöpfte ich meine schwarze Männerhose auf, die nach der Lasagne in der Taille kniff, und ließ den Bauch heraushängen. Zog die Hose, das wollene Polohemd und das Unterhemd aus und kratzte mich am ganzen Körper, während ich mich im Spiegel betrachtete. Ich lege den Pastorenkragen nicht an, wenn ich in die Gefängnisse gehe, ich finde, er schafft eine unnötige Distanz. Stattdessen ziehe ich Polohemden an. Meiner Meinung nach ist so ein Polohemd das neutralste Kleidungsstück, was es gibt. Aber das Wollpolohemd krabbelt immer ganz verflixt. Ich kratzte mich so heftig am Hals, nachdem ich es ausgezogen hatte, dass meine Nägel lange rote Streifen hinterließen.

Meine Unterhose reichte bis über den Bauchnabel. Ich zog das Gummibündchen ein Stück herunter und sah, wie der Bauch über die Kante quoll. Man konnte glatt denken, dass etwas anderes darin lag als schweres italienisches Essen. Aber mein Bauch war schon immer gewölbt wie bei einer Schwangeren.

Ich sah mir in die Augen. Das finde ich unangenehm. Als Kind hatte ich Angst vor Spiegeln, mir schien, wenn ich mein Spiegelbild zu lange anstarrte, wurde ich immer unwirklicher. Meine Augen sind klein und ohne deutliche Umrahmung. Denke manchmal, ich sollte sie schminken, ein bisschen Farbe auf meine hellen, geraden Wimpern tun. Aber es wird nie was draus.

Ich wuschelte meine Haare ein bisschen auf. Sie sind halblang und haben die Tendenz, sich eng an den Kopf zu schmiegen, so als wären sie aufgemalt. Sie ein wenig aufzulockern war ein vergeblicher Versuch, Leben hineinzubekommen. Ich habe schon immer gefunden, dass sie hoffnungslos aussehen, lustlose Strähnen, die ihre Dienstverpflichtung als Haare ableisten.

Jeden Abend, wenn ich zu Hause bin, ziehe ich Pyjamahosen an, die mal meinem Bruder gehörten, und ein großes College-Sweatshirt, das Micke hier gelassen hat. Bequem in meine Wohlfühlsachen gehüllt, suchte ich die Telefonliste heraus, die ich von Anita bekommen hatte, mit den Nummern aller, die im Gefängnis beschäftigt waren. Aus Sicherheitsgründen standen keine Adressen dabei, aber Ingeborgs Nummer schien nach Vasastan oder Birkastan zu gehören.

Ich sah sie vor mir in einer großzügigen, weiß gestrichenen Altbauwohnung mit moderner Kunst an den Wänden und trendgerechten Ecksofas.

»Klas Ryttig«, meldete sich ein Mann mit tiefer Stimme, und ich hätte schon wieder aus vollem Hals lachen können über diesen albernen Namen. Das ist deine Rache, Herr, dass du diesen so perfekten Menschen einen kleinen lächerlichen Hut aufsetzt, den sie tragen müssen.

Klas Ryttig ging, um seine Frau zu holen, und ich hörte Schritte hallen, was meine Theorie stützte, dass es sich um mindestens einhundertzwanzig Quadratmeter Jahrhundertwende mit hohen Decken handeln musste. Leichtere Schritte klackerten heran. Ingeborg war selbstverständlich nicht die Art von Mensch, die zu Hause auf Strumpfsocken oder barfuß herumlief.

Ingeborg klang kühl und berufsmäßig, als sie hörte, dass ich am Apparat war. Äußerte etwas in der Richtung, dass es ein chaotischer Tag in der Anstalt gewesen sei. Vielleicht bildete ich es mir ein, aber ich meinte einen Unterton zu hören, der andeutete, dass ich keine Kontrolle über das hatte, was ich tat. Plaudertasche Kvarnström hatte offenbar gute Arbeit geleistet.

Ich war gezwungen, es wieder zu tun. Zu lügen. Ich erfand einfach, dass Gun mich gebeten hätte, Kontakt zu ihren Geschwistern aufzunehmen, um einen Gruß auszurichten. Jetzt, wo ich das gerade tun wollte, merkte ich zu meinem Ärger, dass ich den Zettel mit ihren Namen im Büro vergessen hatte. Außerdem war mir entfallen, wie Guns Familienverhältnisse waren, obwohl sie es gesagt hatte. Es wäre ja peinlich, mit ihnen zu reden, ohne zu wissen, wie die Dinge lagen. Ob Ingeborg mir wohl mit ein paar Angaben helfen könnte?

»Aha.«

Wir schwiegen beide in die Leitung. Nach einer Weile seufzte Ingeborg und sagte, so ginge das ja eigentlich nicht.

Aber gut, dieses eine Mal. Nur biographische Angaben, das zu betonen war ihr wichtig. Das, was Gun ihr persönlich gesagt hatte, fiel natürlich unter die Schweigepflicht.

»Ach, sie hat mit dir geredet?«

Das konnte ich mir nicht verkneifen. Etwas an Ingeborg war mir die ganze Zeit ein Dorn im Auge. Ingeborg atmete tief ein, woraus ich entnahm, das meine unterschwellige Unterstellung einen wunden Punkt getroffen hatte.

»Nun, also, Gun hat damit schon gewisse Probleme, weil sie ahnt, dass man Mittel und Wege hat, auf einer tieferen Ebene an sie heranzukommen ...«

So leicht gab Ingeborg sich nicht geschlagen. Dann fuhr sie fort, jetzt noch kürzer angebunden, von Guns Geschwistern zu erzählen. Insgesamt waren es sieben Kinder, und Gun war Nummer fünf. Ganz schön viel, aber ihr Vater war Prediger einer Freikirche und die Mutter Hausfrau. Solche Familien waren ja meistens kinderreich.

Es lag etwas in Ingeborgs Stimme, als sie »Prediger einer Freikirche« sagte, das Missbrauch, Inzest und generelle Verrücktheit andeutete. Leider konnte ich nicht anders, als ihr Misstrauen zu teilen. Allzu viele Menschen, die in deinen Spuren wandeln, Herr, haben deinen Namen ausgenutzt, um eine Entschuldigung für die Unterdrückung anderer zu haben.

Sogar während meines Theologiestudiums merkte ich, dass ich

mich gegenüber Mitstudenten aus freikirchlichen Familien reserviert verhielt. Sie hatten meist ein breiteres Lachen als andere, aber ich fand immer, dass sie hinter dieser Unbeschwertheit etwas zu verstecken schienen. Ich hatte sogar einmal eine Diskussion mit einer Kommilitonin darüber. Sie hieß Bodil, und sie hatte mich einmal mit schief gelegtem Kopf gefragt, ob ich mich provoziert fühlte von der Freude, die ihre Glaubensgemeinschaft ausstrahlte. Sie versuchte es so hinzudrehen, als stünde sie für etwas Helles und Modernes, während ich etwas Finsterem, Freudlosem und Altmodischem verhaftet sei.

Und so etwas kann ja Neid hervorrufen, ergänzte sie in verständnisvollstem Tonfall und mit Kummerfalten auf der Stirn.

Vielleicht hatte Bodil ja Recht. Vielleicht bin ich wirklich neidisch auf die Frohmut mancher Freikirchler und auf ihre Fähigkeit, immer wie gerade frisch erlöst zu wirken. Wenn ja, dann ist das sicher der Grund, warum ich Inzest und Kindesmissbrauch gerne als kleine Korrektur ins Bild bringen würde.

Während ich mit Ingeborg telefonierte, bekam ich eine ganze Menge über Guns Herkunft heraus. Dabei ließ ich sie in dem Glauben, ich wüsste das alles bereits und wir Eingeweihten führten so etwas wie ein informelles Arbeitsgespräch.

Außerdem nutzte ich eine Schwäche Ingeborgs aus. Da es ihr nicht gelungen war, an Gun heranzukommen, wollte sie Eindruck damit schinden, dass sie doch eine ganze Menge wusste.

Guns Mutter hatte die Buchhaltung für die kleine Gemeinde geführt, aber das konnte nicht besonders viel Arbeit gewesen sein, berichtete Ingeborg, da der Vater nicht gerade ein begnadeter Prediger war und nicht sehr viel Geld einnahm.

Ich spürte den Anflug einer versunkenen Zeit, als ich hörte, wie sie knausern mussten, obwohl ich wusste, dass Gun ebenso alt war wie ich. Trotz der Geldknappheit war niemand aus der Familie bei den Sozialbehörden aktenkundig. Nach außen hin keine Probleme. Alle Geschwister absolvierten die Schule ohne größere Schwierigkeiten, die meisten gingen anschließend aufs Gymnasium. Gun allerdings nicht. Beide Eltern lebten nicht mehr. Die Mutter starb, als Gun dreizehn war, der Vater zwei Jahre später.

»Gun war gesund, außer einmal in der achten Klasse, als sie Rückenprobleme hatte und zu Hause bleiben musste.«

Stille in der Leitung. Wir wussten beide, dass dieses Gespräch zu weit gegangen war. Dass wir über mehr geredet hatten, als wir hätten tun dürfen. Ich lachte mir ins Fäustchen. Ingeborg atmete tief durch. Ihr Wettbewerbsinstinkt war mit ihr durchgegangen, und jetzt wollte sie das Gespräch beenden. Jetzt wollte sie zurück zu ihrer großen Wohnung und ihrem Mann. Ob sie Kinder hatten, wusste ich nicht, aber ich nahm es nicht an. Das passte nicht zu ihrem makellosen Äußeren.

»Wenn du entschuldigst, ich möchte meine Tochter jetzt ins Bett bringen«, sagte Ingeborg, als hätte sie meine Gedanken gehört.

»Sie ist erst zwei und wird um diese Zeit immer ganz ungnädig.«

Wir verabschiedeten uns rasch, und ich bedankte mich für die Hilfe. Gun hatte also sechs Geschwister, mit denen man reden konnte. Johansson, das war ja kein ungewöhnlicher Nachname. Ich Dummkopf, ich hatte vergessen zu fragen, wie ihre Vornamen waren. Ich war gezwungen, Ingeborg gleich nochmal anzurufen.

»Jaa«, meldete Ingeborg sich, ihre Stimme klang gereizt und ungeduldig.

»Ja, äh, entschuldige bitte, Ingeborg. Ich möchte wirklich nicht stören, aber kannst du mir noch einen Gefallen tun. Wie heißen Guns Geschwister mit Vornamen, weißt du das? Wie gesagt, mein Zettel liegt im Büro.«

Ingeborg seufzte tief, und dann hörte ich das Rascheln von Papier.

»Hier steht es. Alle Namen fangen mit G an. Nun, das ist ja auch eine Art, das zu lösen. Gertrud, Gudrun, Greger, Gabriel, Grim und Gusten. Aber jetzt musst du mich wirklich entschuldigen, Ingrid. Wir können vielleicht bei der Arbeit weiterreden. Meine Familie soll auch zu ihrem Recht kommen, weißt du.«

»Oh, ja, entschuldige, es wird nicht wieder vorkommen, ich verspreche es. Entschuldigung. Wirklich.«

Ich fühlte mich wie ein gescholtener Hund. Vom Esstisch verjagt. Ab ins Körbchen.

»Schon gut, ist ja nicht so schlimm. Ich meine nur, es ist schwer, für alles Zeit zu finden ...«

Immerhin ein zerstreutes Kopftätscheln für den armen Hund. Ich hatte die Namen auf einen Zettel gekritzelt und nahm mir anschließend das Telefonbuch vor. Einen Grim, einen Gabriel und eine Gudrun gab es, aber keine Gertrud. Ich beschloss, es zuerst bei Grim zu versuchen. Der Nummer nach wohnte er in Spånga.

Eine mürrische Männerstimme sagte »Hallo«. Ich machte meine Stimme samtweich und stellte mich so freundlich wie möglich vor. Sagte meinen Namen und dass ich Pastorin sei. Er antwortete nicht, aber ich konnte an seinen Atemzügen hören, dass er noch dran war. Dann erzählte ich, dass ich im Gefängnis arbeitete und Kontakt zu Gun hatte. Hoffte inständig, dass er sich nicht über meine Redseligkeit wunderte.

Ob er vielleicht ihr Bruder sei und mir ein paar einfache Fragen beantworten könne? Ich versprach volle Diskretion und beteuerte, dass ich Gun nur helfen wolle. Fügte etwas Schwammiges hinzu, dass sie in einer Krise zu sein schien, mir aber der richtige Schlüssel fehlte, um ihr helfen zu können.

»Was für Schlüssel«, brummte der mürrische Grim.

»Das war symbolisch gemeint. Ich wollte damit sagen, dass es manchmal schwierig sein kann, an das zu gelangen, was dem anderen Menschen hilft ...«

»So, aha.«

Grim war mir brüsk ins Wort gefallen. Er holte tief Luft und sagte eine ganze Weile nichts. Dann ließ er den Atem in kleinen Stößen entweichen.

»Ich habe keine Schwester, die Gun heißt«, sagte er schließlich.

Der Name Grim war so ungewöhnlich, dass ich hartnäckig blieb.

»Hier in meinen Unterlagen steht aber ...«

»Dann steht da was Falsches«, unterbrach er mich wieder. »Ich hatte vielleicht mal eine Schwester namens Gun, als ich ein Kind war. Aber mit einer, die schwangere Frauen mit einer Bratpfanne erschlägt, bin ich in keiner Weise verwandt.«

Es war, wie ich vermutet hatte. Fühlte ein Aufwallen von Ärger. Habe immer gefunden, dass es so melodramatisch ist, nahe Angehörige zu verstoßen. Äußerungen wie »das ist nicht mehr mein Sohn« oder »die Frau ist nicht meine Mutter« höre ich nicht zum ersten Mal, und immer packt mich eine heftige Lust zu sagen: »O doch, genau das ist er oder sie, also geh schön in dich und denk mal drüber nach, was das bedeutet.« Es hat so etwas Selbstgerechtes, nahe Angehörige zu verstoßen. Als wäre es absolut unvorstellbar, dass ein Mensch, der schlimme Taten begangen hat, in irgendeiner Beziehung zu einem selbst steht.

»Ich wusste nicht, dass man sich für eine Verwandtschaft meritieren muss«, entgegnete ich.

»Dass man was muss? O ja, Sie haben sicher feine Worte für das alles. Aber das will ich dir sagen, du neunmalkluge Pfaffenkuh, ich will mit dem Weibsstück nichts zu tun haben. Guten Abend!«

Die Leitung war tot. Meine Hand zitterte. Es ist albern, aber ich rege mich jedes Mal auf, wenn mich jemand »Pfaffenkuh« oder »Schweinepriester« oder so ähnlich nennt. Ich versuche mir einzureden, dass es nichts mit mir persönlich zu tun hat, dass es nur die vorgefassten Meinungen oder Aggressionen dieser Person widerspiegelt. Und dennoch.

Ich bin in einem Elternhaus aufgewachsen, in dem man sich ganz selten böse Worte sagte. Sicher, so etwas wie »Dummkopf« oder »Blödmann« haben mein Bruder und ich uns schon an den

Kopf geworfen. Aber das war es dann auch schon. Ich habe Menschen getroffen, die in großmäuligeren und raubeinigeren Familien aufwuchsen. Die werfen sich haarsträubende Beleidigungen an den Kopf und beißen anschließend ungerührt in ihr Wurstbrot. Ich weiß nicht, ob ich sie unbedingt beneide. Aber ich wäre froh, wenn mich solche Bezeichnungen wie gerade eben nicht immer so aufregen würden.

Mit einem Zeigefinger, der wie eine Kompassnadel zitterte, wählte ich Gudruns Nummer. Auch dort meldete sich eine mürrische Männerstimme, die widerwillig Gudrun ans Telefon holte. Als Gudrun ihr »Hallo« in den Hörer piepste, war mein erster Gedanke, dass sie sich anhörte wie ein verschreckter Mensch, wie jemand, der hinter allem Unerwarteten schlechte Nachrichten vermutete.

Ich stellte mich ihr ebenso vor, wie ich es bei Grim getan hatte. Gudruns Stimme zitterte vor unterdrückten Tränen, als sie antwortete.

»Könnt ihr uns nicht endlich in Ruhe lassen? Die Zeitungen und alle möglichen Leute rufen an. Ich will meine Ruhe haben. Ich begreife nicht ...«

»Ich kann gut verstehen, dass die Ereignisse schmerzlich für Ihre Familie waren. Für alle, auch für Gun.«

Gudrun explodierte beinahe.

»Gun! Hat sie jemals an uns gedacht, daran, was sie uns antut? Immer ist was mit Gun, immer ist sie es, die alles Mögliche anstellt ...«

»Was hat Gun denn angestellt? Ich meine, außer der Sache mit dem Totschlag?«

»Na, als ob das nicht reicht, zwei unschuldige Menschen zu ermorden. Sie müssen schon entschuldigen, aber ich will mit all dem nichts zu tun haben. Unsere Familie war immer in Ordnung, wir haben immer alles Schöne im Leben verteidigt.«

Damit brach ihre Stimme. Gudrun begann unbeherrscht zu schluchzen. Sie brauchte Zeit, um sich wieder zu beruhigen.

Vielleicht sollte ich später auf sie zurückkommen. Ich fragte sie nach den anderen Geschwistern. Sie schniefte ein wenig, putzte sich die Nase und erzählte.

»Greger lebt nicht mehr. Er hat sich totgefahren, sinnlos betrunken, nachdem das mit Gun passiert war. Bis dahin hatte er keinen Tropfen angerührt. Gusten, unser Ältester, ist nach Amerika ausgewandert, als Gun sechzehn war. Er ist dort Prediger einer Freikirche. Es geht ihm gut, und ich weiß, dass er nichts mit Gun zu tun haben will. Gertrud ist, wie soll ich sagen, nicht so wie wir anderen. Sie ist geistig behindert und lebt schon seit ewigen Zeiten bei Verwandten in Finnland. Dort geht es ihr sehr gut, sie kennt Gun kaum und hat keine Ahnung, an welcher entsetzlichen Geschichte sie schuld ist.«

Wir schwiegen beide in die Leitung. Ich sah hinunter auf die hingekritzelten G-Namen, und dabei fiel mir der Name Gabriel auf. Ich fragte nach ihm.

Gudrun seufzte.

»Ach, Gabriel. Was soll ich sagen? Können Sie ihn nicht einfach außen vor lassen? Er ist unser Jüngster, erst dreiundzwanzig Jahre alt. Zwischen ihm und Gun liegen fast zwölf Jahre. Ich weiß nicht einmal, ob er ... Nein. Lassen Sie ihn in Ruhe, ich bitte Sie.«

Wir beendeten das Gespräch. Auch Gudrun wiederholte, dass sie nichts mit Gun zu tun haben wolle, dass die ganze Sache sehr schmerzhaft für ihre Familie sei und dass niemand daran erinnert werden wolle. Nachdem wir aufgelegt hatten, saß ich noch eine ganze Weile da und starrte auf den Eintrag »Johansson, Gabriel, David Bagares gata 4« und auf die Telefonnummer dahinter.

Ich hatte Gudrun nichts versprochen, wie ich nach einigem Graben in meiner Erinnerung feststellte. Sie wollte nicht, dass ich Kontakt zu ihm aufnahm, aber dafür konnte es ja alle möglichen Gründe geben. Ich hatte nicht gehört, was Gabriel wollte, und er war ja ein erwachsener Mann, der selbst und nach eigenem Belieben entscheiden konnte.

Obwohl mir nicht ganz wohl bei der Sache war, wählte ich seine Nummer. Ich hoffte beinahe, dass er nicht zu Hause war. Und als er mit einem schläfrigen »Ja, Gabriel« antwortete, bekam ich Herzflattern.

Ich merkte gleich, dass er ein weniger gespanntes Verhältnis zu Gun und ihrer Tat hatte. Er hörte meiner hastigen Vorstellung ein wenig zerstreut zu.

»Sie sind also keine Journalistin oder so was?«

»Ganz und gar nicht«, antwortete ich mit übertriebenem Nachdruck. »Nein, nein. Ich möchte Gun einfach helfen ...«

»Das hört sich ja schon mal nicht schlecht an«, erwiderte Gabriel. »Aber erstens habe ich nicht sehr viel mit meinen biologischen Geschwistern zu tun. Wir haben nie zusammen gewohnt. Seit dem Tod meiner Mutter war ich in einer Pflegefamilie untergebracht. Aber Sie werden entschuldigen, ich muss jetzt zur Arbeit ...«

»Und wo ist das?«

Die Frage war mir gleichsam zugeflogen. Aber Gabriel hörte sich so nett und entspannt an. Obwohl er nicht mit Gun zusammen aufgewachsen war, wollte ich doch auf jeden Fall mit ihm reden. Herausbekommen, was er wusste.

Gabriel nannte den Namen einer neu eröffneten Kneipe in Söder. Er sei Barmann dort, sagte er. Sie lag nicht weit von der Erstagatan entfernt, also fragte ich ihn, ob ich hinkommen und ein bisschen ausführlicher mit ihm reden dürfte.

»Natürlich nur, wenn Sie Zeit haben. Aber vielleicht passt es nicht ...«

»Wir können uns dort in einer Stunde treffen«, sagte Gabriel. »Aber die ersten beiden Stunden bin ich mit Gläserspülen und Aufräumen beschäftigt. Und im Grunde weiß ich auch gar nicht, womit ich Ihnen behilflich sein kann.«

Kapitel 7

Das Lokal, in dem Gabriel arbeitete, war eine der angesagten Szenekneipen, in denen ich noch nie gewesen war. Nur vorbeigegangen in dem Bewusstsein, dass ich nicht dorthin passte. Es gab dort einen Restaurantbereich und dann noch eine große Bar mit einem langen Tresen. Stühle und Tische waren aus Chromstahl. Sie wirkten nicht besonders exklusiv, eher so, wie man sie in südeuropäischen Lokalen vorfindet. An den Wänden hingen Werbeplakate für mexikanisches Bier und spanische Schnapssorten, von denen ich noch nie gehört hatte. Andererseits habe ich auch nicht viel Ahnung davon. Mir genügt Wein, und selbst da nehme ich es nicht so genau mit der Sorte. Alles sah recht einfach aus, wie eine ganz ordinäre ausländische Kneipe. Aber sogar ich begriff, dass es sich um ein sehr angesagtes Lokal handelte und dass jedes scheinbar noch so nebensächliche Detail mit größter Sorgfalt ausgewählt worden war.

Hierher kamen Leute, die wussten, was lief.

Als ich die Bar betrat, sah ich keinen Menschen. Ich blieb eine Weile stehen, wusste nicht, ob ich mich auf einen der Barhocker setzen sollte oder lieber an einen Tisch. Es kam mir albern vor, ein »Hallo« in den leeren Raum zu rufen, also räusperte ich mich nur etwas lauter. Da hörte ich ein Geräusch, und der schönste Mann, den ich je gesehen hatte, richtete sich hinter dem Tresen auf.

»Entschuldigung«, sagte er. »Ich habe Sie nicht gehört. Bin gerade dabei, den Kühlschrank sauber zu machen. Moment, ich will mir nur eben die Hände waschen.«

Ich war völlig von den Socken. Ich sah ihn mir genauer an, diesen Gabriel Johansson. Ein wahnsinnig gut aussehender junger Mann in weißem T-Shirt. Seine straffen, blassen Arme sahen stark und sehnig aus. Er hatte kurze dunkle Haare und eine scharf geschnittene Nase. Die Lippen erinnerten an Mick Jagger. Seine Augen leuchteten so blau, dass ich den Blick abwenden musste, wenn er mich ansah.

Ich entdeckte einen verlegenen Zug in seinem Gesicht, so als wüsste er, dass jeder bei seinem Anblick sofort dachte: Was für ein schöner Mann. Und dass er darüber eher peinlich berührt als erfreut war.

Ich dachte an Gun, an ihre schmalen, stechenden Augen in dem schwabbeligen, graubleichen Gesicht, an ihre elefantendicken Beine und ihre rot gefleckten, unschönen Kinderhände. Herr, manchmal bist du nicht gerecht. Manchmal zwingst du einen zu grausamen Vergleichen.

»Sie und Ihre Schwester sehen sich nicht besonders ähnlich«, sagte ich und merkte, wie ich rot wurde, weil das Unterschwellige meiner Worte uns beiden nur zu klar war.

»Nein, das tun wir wohl nicht. Ich habe Gun nicht sehr oft gesehen«, sagte Gabriel achselzuckend. »Meine Mutter starb, als ich ein Jahr alt war, und ich kam zu einer Pflegefamilie. Das ist meine Familie, so empfinde ich es. Mit meinen richtigen, also meinen biologischen Geschwistern habe ich fast keinen Kontakt.«

Gabriel grinste.

»Und wenn man bedenkt, was Gun getan hat, sollte ich vielleicht dankbar dafür sein.«

Er lud mich auf eine Tasse Kaffee ein, und ich kletterte auf einen der Barhocker. Ich war absolut unbeholfen, ich hatte keine Ahnung, wie man das macht, und landete komischerweise mit dem Bauch voran auf dem Sitz. Es war ungewohnt, so ohne Bodenkontakt dort oben zu thronen. Es kam mir instabil und unsicher vor. Meine Umhängetasche baumelte und störte, aber ich wusste nicht, wohin damit. Sie abzunehmen und zwischen die Knie zu klemmen kam mir zu albern vor. Ich legte sie auf den

Tresen, bereute es aber sofort, weil sie so hässlich und abgeschabt aussah. Jedenfalls saß ich nun dort und rührte in meiner Kaffeetasse, und mein Kopf war leer. Was wollte ich eigentlich von Gabriel?

Er wischte den Tresen ab, dann die Zapfhähne, danach polierte er die Gläser. Menschen, die in Bars arbeiten, werden wohl zu Experten für Gäste, die nicht immer genau wissen, wie sie sich ausdrücken sollen.

»Sie und ich haben einen ganz ähnlichen Beruf, könnte ich mir vorstellen«, sagte ich. »Wir müssen uns beide eine ganze Menge anhören. Sie stehen sicher auch so manchem Menschen in Krisenzeiten bei.«

»Tja. Obwohl ich nicht gerade behaupten kann, dass ich jemanden von seinen Sünden erlöse.«

Er lächelte. Wohl eher aus Höflichkeit, wie ich düster konstatierte. Ich habe kein Talent für witzigen Smalltalk.

Gabriel hörte auf zu polieren und setzte sich hinter den Tresen, mir genau gegenüber. Er steckte sich eine Zigarette an und fuhr sich dann mit der anderen Hand durch seine kurzen Haare. Er trank ebenfalls einen Kaffee.

»Entschuldigen Sie die Frage«, sagte er, »aber was wollen Sie eigentlich? Sie sind Pastorin und haben Kontakt zu meiner biologischen Schwester Gun im Gefängnis. So weit habe ich das verstanden. Aber ich kenne Gun gar nicht. Also, was kann ich für Sie tun?«

Er sah mich mit seinen blauen Augen an. Hinter ihm war ein Spiegel, und ich erhaschte einen flüchtigen Blick auf mich selbst. Halb offener Mund und hingebungsvoller Blick. Meine sonst so schmalen Augen waren deutlich geweitet. Ich versuchte, ein bisschen neutraler und unbeeindruckter auszusehen.

»Wenn ich ganz ehrlich sein soll: ich weiß es auch nicht. Es ist nur so, dass ich von Gun und ihrer Geschichte fasziniert bin.«

»Ach ja? Empfinden Sie einen Nervenkitzel dabei? Ich finde eigentlich eher, dass das alles ganz tragisch und entsetzlich ist.«

»Nein, das hat überhaupt nichts mit Nervenkitzel zu tun. Gun hat eine Art ... ich weiß gar nicht, wie ich das nennen soll. Unbeholfenheit, vielleicht. Eine gewisse Unbeholfenheit, die ich wiedererkenne. Glauben Sie mir, ich will ihr nur helfen. Aber ich habe das Gefühl, dass es nicht ausreicht, nur mit ihr zu reden.«

Gabriel schien sich seine eigenen Gedanken zu machen. Er stieß kleine Rauchwolken aus, wobei sein Kinn sich kaum merklich bewegte. Die Farbe der Haare und der Haut erinnerte entfernt an Gun, aber ansonsten konnte ich keine Ähnlichkeit feststellen. Ich versuchte, mir Gabriel dicker vorzustellen, und wirklich, dann waren da vielleicht mehr gemeinsame Züge, als ich beim ersten Hinsehen entdeckt hatte.

Er tauchte aus seinen Gedanken auf, drückte die Zigarette aus und goss sich ein Glas Wasser ein, das er in tiefen Zügen trank. Er wischte sich den Mund mit dem Handrücken ab und sah mich wieder mit seinen faszinierenden Augen an.

»Wissen Sie, ich halte nicht viel von meinen Geschwistern. Ich fühle mich überhaupt nicht wie sie. Gusten, den Ältesten, habe ich noch nie gesehen, aber ich weiß, dass er in den USA eine Art Erweckungsprediger ist. So einer, der mit geföhnten Haaren auf einem weißen Hengst in die Gemeindeversammlung reitet. Gertrud ist verrückt, im wahrsten Sinne des Wortes, und ich habe sie ein einziges Mal getroffen, aber man kann nicht mit ihr reden. Greger ist tot, und es gibt genug Leute, die Gun die Schuld dafür geben. Aber ihn habe ich auch nicht gekannt. Grim ist Automechaniker, ich habe ihn ein paar Mal getroffen, aber wir haben überhaupt nichts gemeinsam. Wenn ich es mir genau überlege, habe ich sie alle höchstens mal am Dreikönigstag getroffen, wenn Gudrun uns alle zu sich einlädt. Sie bildet sich ein, unsere Mutter hätte gewollt, dass wir zusammenhalten.

Bei Gudrun war es auch, wo ich Gun getroffen habe. Das letzte Mal wohl vor fünf Jahren, zwei Jahre bevor sie ihre armen Nachbarn umgebracht hat.

Gudruns Veranstaltungen sind meistens qualvoll. Gun hat nie

was gesagt, sie hat nur immer in sich reingestopft, dass einem schon vom Zusehen übel werden konnte. Grim war meistens schlecht gelaunt und hat genauso gefressen wie Gun. Ein paar Mal war Gertrud auch dabei. Sie sah völlig verblödet aus, hat geschielt und gesabbert. Stocherte mit ihrer Gabel im Essen herum, als wäre es vergiftet. Brabbelte vor sich hin und war einfach peinlich. Dafür redete Gudrun umso mehr, auf so eine künstlich-betriebsame Weise. So als meinte sie, immer noch eine Art Verantwortung für uns zu haben. Mein Gott, was für eine Versammlung. Was ich jetzt sage, wird Ihnen bestimmt schrecklich vorkommen, aber ich bin froh, dass meine Mutter gestorben ist. Es hat mich bestimmt irgendwie beeinträchtigt und mich zu dem flippigen Menschen gemacht, der ich heute bin. Aber trotzdem. Ich musste wenigstens nicht mit diesen ... Idioten aufwachsen. Ich durfte bei einer normalen Familie leben. Sie haben alle etwas an sich, das so ... wie soll ich sagen ... ungesund ist.«

Gabriel schüttelte sich, als liefe ihm ein kalter Schauer über den Rücken. Ich hatte trotzdem so ein merkwürdiges Gefühl, dass er mir auf irgendeine Art etwas vormachte. Entweder klammerte er sich unbewusst an ein bestimmtes Bild, um die Umstände zu verdrängen, denen er ausgesetzt gewesen war. Oder es gab etwas in der Familie, was er mir verschwieg.

»Was meinen Sie mit ungesund?«

Gabriel fuhr sich erneut mir den Fingern durchs Haar, und ich dachte: Jetzt kokettiert er ein bisschen mit seiner Schönheit. Jetzt hat er die anfängliche Verlegenheit darüber, dass man ihn in diese Schublade steckt, überwunden, jetzt bittet er nicht länger um Vergebung dafür, dass er einem mit seiner bloßen Erscheinung die eigene Unansehnlichkeit vor Augen hält, hart und schonungslos.

Ich konnte mir die Überlegung nicht verkneifen, wie er selbst sein Aussehen wohl erlebte. Welche Vorteile es ihm brachte. Oder Nachteile. Machte es ihn beliebter? Hatte er größere Auswahl? Gab es ihm das beruhigende Gefühl, frei wählen zu können? Oder war es ganz anders, machte es ihn rastlos, dieses ständige Umschwärmtwerden? Denn das wurde er sicher, vom Leben, von der Liebe.

Ich bin nicht hübsch. Hässlich auch nicht. Noch nie hat mich jemand angesehen und sich darüber begeistert, wie schön ich bin. Es ist vorgekommen, dass jemand sagte, ich sähe nett aus. Dann hatte ich immer das Gefühl, als habe etwas Tröstendes in der Stimme gelegen.

Herr, du weißt, dass ich mir nichts aus Äußerlichkeiten mache. Obwohl, so ganz stimmt das nicht, denn es stimmt nie wirklich, wenn jemand das sagt. Aber ich war zufrieden mit meinem ganz durchschnittlichen Aussehen. Ich fand es gut, so auszusehen, dass sich niemand über meinen Anblick entsetzt oder mich anstarrt.

Doch mit Gabriel vor Augen kam mir die Sache mit dem Aussehen wie eine Art Ständesystem vor. Arm und Reich finden sich eventuell. Aber Hübsch und Hübsch finden sich immer. Schöne Menschen wollen mit schönen Menschen zusammen sein. Wir anderen sind das Fußvolk. Unser Los ist es, davon zu träumen, schön zu sein oder einen schönen Partner zu haben.

Es passierte etwas mit mir, wenn ich Gabriel ansah. Seine großen Hände, so vollendet, wie Hände nur sein konnten. Ich hätte zu gern gewusst, wie es war, von diesen Händen liebkost zu werden. Der Gedanke, wie banal ich doch war, schoss mir durch den Kopf. Es ist so banal, von Schönheit berührt zu sein. Und trotzdem.

Gleichzeitig wusste ich, dass ich für Gabriel ein Niemand war. Jedenfalls in dieser Hinsicht. Es war so selbstverständlich, dass es sich nicht einmal lohnte, darüber nachzudenken. Ich war keine von seiner Sorte. Dort auf dem Barhocker zu sitzen und seine Hände auf meinem Körper spüren zu wollen war der blanke Hohn. Ich machte mich ja zum Gespött, oder zu einer, die man bemitleidet, so wie man es mit Menschen tut, die sich in Unerreichbares versteigen.

Eine Person wie ich mit meinen sehnsüchtigen Phantasien gab es sicher nicht in Gabriels Vorstellungswelt. Wir Unschönen mit unserem unschönen Liebesleben existierten für ihn nicht. Wir wären ihm wohl nicht gerade widerwärtig, wenn er gezwungen wäre, darüber nachzudenken, aber irgendwie auch nicht der Rede wert.

Herr, warum treibe ich meine Gedanken in solche Spekulationen? Wie lange braucht ein Gehirn, um diesen ganzen Quatsch zu denken? Wohl eine ganze Weile, denn Gabriel machte ein etwas verwundertes Gesicht. Oder vielleicht dachte er auch nur über meine Frage nach, was er mit ungesund gemeint habe.

»Was ich mit ungesund meine? Tja, wie soll ich sagen. Finden Sie es gesund, Leute mit einer Bratpfanne zu erschlagen?«

»Nein, aber das ist sicher nichts, was man einfach mal eben so macht«, sagte ich.

»Ach, ich weiß nicht. Ich finde einfach, dass sie alle so etwas dumpfes Frömmlerisches an sich haben. Als Kinder hat man ihnen bestimmt mit der Bibel auf den Kopf geschlagen und sie gezwungen, mit den Händen auf der Bettdecke einzuschlafen. Ich weiß es nicht. Meine Pflegeeltern erzählten, dass ich nicht lachen konnte, als ich zu ihnen kam. War völlig verschlossen. Und ziemlich eigenartig. Das bin ich immer noch. Aber ich bin kein Asozialer und bringe niemanden um.«

»Was machen Sie dann?«

Er sah mir direkt in die Augen und lächelte leicht. Beinahe spöttisch.

»Tja, was soll ich sagen. Ein bisschen kiffen, ziemlich viel herumvögeln, öfter reisen als andere. Es fällt mir schwer, immer nur an einem Ort zu sein. Dann werde ich kribbelig. Habe Probleme, irgendwo ›festzumachen‹, wie ein Therapeut es mal ausgedrückt hat …«

Ich muss feuerrot im Gesicht geworden sein. Alles, was er aufzählte, waren Dinge, vor denen ich Angst hatte. Von all dem hatte er entschieden zu viel gemacht und ich fast überhaupt nichts.

Mit Drogen habe ich keine eigenen Erfahrungen, mit Sex sehr wenig, und Reisen macht mich nervös.

Ich rutschte vom Barhocker und schaffte es, mich dabei im Untergestell des Hockers zu verhaken. Mein Fuß steckte fest und ich stolperte, der Barhocker kippte mit lautem Knall um, und als ich hinfiel, verstauchte ich mir den anderen Fuß. Es tat irrsinnig weh, und ich kam mir so dermaßen dumm und tölpelhaft vor, dass mir die Tränen in die Augen schossen. Gabriel war sofort auf der anderen Seite des Tresens. Er stellte den Hocker wieder auf und ergriff meine Arme, um mir hochzuhelfen.

»Hey, alles in Ordnung?«

Zwei Tränen hatten es bis auf meine Wange geschafft, und ich wischte sie rasch und verlegen weg. Hielt die Augen so weit geöffnet, wie ich konnte, damit nicht noch mehr kamen. Es war so albern zu heulen, ich verstand überhaupt nicht, was in mich gefahren war.

Ich versuchte, den Fuß zu belasten. Es ging ganz gut. Nicht mal einen verknacksten Knöchel konnte ich vorschützen. Gabriel strich mir mit der Hand über die Wange. Seine Finger rochen nach Zigarettenrauch und schwach nach Rasierwasser. Sie waren kühl und trocken und hatten glatte Kuppen.

»Sie müssen wirklich entschuldigen«, sagte ich mit Tränen in der Stimme.

Ich wusste, immer wenn ich heulte, bekam ich hässliche Krämpfe am Kinn. Die Haut runzelte sich und zuckte. Ich versuchte, mein Gesicht zu straffen, aber trotz allem spürte ich diese wohl bekannten Zuckungen.

»Tut es irgendwo weh?«

»Der Fuß ein bisschen. Entschuldigung, ich weiß wirklich nicht, was mit mir los ist. Vielleicht habe ich zu viel gearbeitet. Das Frauengefängnis und alles, oder ich weiß auch nicht. Ich versteh mich einfach selbst nicht mehr.«

Gabriel befahl mir, mich wieder hinzusetzen. Er warf einen schnellen Blick in den anderen Raum und sagte dann rasch und leise, dass ich einen Schnaps bräuchte. Er ging hinter den Tresen und füllte eine farblose Flüssigkeit in ein kleines Glas.

»Tequila«, flüsterte er. »Hier, trink den. In einem Zug.«

Ich tat, was er sagte. Der Schnaps brachte zwar nicht meine normale Gesichtsfarbe zurück, aber er tat trotzdem gut. Die Tränen im Hals wurden weggespült, und ich fand meine Fassung wieder.

»Ich weiß wirklich nicht, was mit mir …«

Gabriel schüttelte energisch den Kopf und machte eine abwehrende Handbewegung, um mich an weiteren Entschuldigungen zu hindern.

»Alles okay. So ist das eben manchmal. Ich sage dir, es ist wirklich verflixt, aber alle Frauen sind im Moment so komisch drauf. Sie heulen, wenn man nett zu ihnen ist, sie heulen, wenn man Sex mit ihnen hatte, sie heulen, wenn man fragt, was los ist. Wenn man sich aber benimmt wie ein Schwein, sind sie völlig cool und haben sich absolut unter Kontrolle.«

Am liebsten wäre mir gewesen, er hätte mir noch einen Tequila angeboten, aber das tat er nicht. Es war auch nicht nur der Schnaps, der dafür sorgte, dass es mir besser ging. Dass Gabriel mich angefasst hatte, trug seinen Teil dazu bei. Wenn es etwas gab, was ich in meinem Leben vermisste, dann dass mich jemand anfasste.

»Ich verrate dir was, Gabriel, ich bin nicht einmal sicher, dass ich Gun mag. Aber ich weiß, dass sie mich auf eine ganz spezielle Art anrührt. Es ist, als hätte ihr Schicksal etwas mit meinem zu tun.«

Der Alkohol machte mich ein bisschen schwindelig und entschieden zu offenherzig. Immer, wenn ich etwas getrunken habe, möchte ich so gerne, ja eigentlich um jeden Preis, dass ich verstanden werde. Das hat mir viele lange und ermüdende Diskussionen eingebracht, weil ich mich ja kaum selbst verstehe.

»Ach ja? Ich finde nicht, dass ihr euch besonders ähnlich seid.«

»Nein, das sind wir wohl auch nicht. Jedenfalls äußerlich

nicht. Vielleicht ist es, weil sie so ausgegrenzt ist, so außen vor bei allem. Kann ich Gun dabei helfen, ihren Knoten aufzudröseln, dann kann ich vielleicht zugleich auch meinen lösen.«

»Hört sich ziemlich aufopfernd an. Aber gut.«

Gabriel schürzte leicht die Lippen, und ich merkte, wie mein Mund sich zu einem kleinen, gemeinen Lächeln verzog. Die Schnute war das Erste an Gabriel, was nicht perfekt war. Im Gegenteil, sie war auf eine beinahe erschreckende Art hässlich. Es war schön, das zu sehen. Es machte das Leben ein klein wenig gerechter.

»Nein, ich bin überhaupt nicht aufopfernd, und vielleicht ist es nicht einmal gut, sich so zu engagieren, wie ich es jetzt bei Gun tue. Ich weiß nicht.«

Gabriel sah mich prüfend an. Eine Pastorin, die Schwäche und Unsicherheit zeigte, das gefiel ihm. Das gefällt fast allen. Sie freuen sich so sehr über alles Jämmerliche, Falsche und Unmoralische, was Geistliche tun. Als würden wir behaupten, unfehlbar zu sein, nur weil wir den Beruf haben, den wir haben. Als ob jeder Defekt bei uns wie eine Trophäe für die Allgemeinheit hochgehalten werden müsste.

»Ich sage dir was«, sagte Gabriel, »und ich möchte, dass du vorsichtig damit umgehst. Dass du es nicht weitererzählst, vor allem nicht meinen Geschwistern. Aber ich glaube, du hast Recht. Du bist da einer Sache auf der Spur. Etwas ist mit Gun passiert. Ich weiß zwar nicht, was. Aber bei den schrecklichen Dreikönigstreffen ist mir aufgefallen, dass meine Geschwister merkwürdig reagierten, wenn Gun kam. Sie verstummten und glotzten sie an, als wäre irgendwas seltsam an ihr. Gun dagegen wirkte völlig unberührt. Sie sagte nichts, sie fraß nur.«

Gabriel warf wieder einen schnellen Blick in den Raum nebenan und schenkte erneut Schnaps ins Glas. Diesmal trank er ihn selbst. Füllte dann Wasser ein, steckte sich ein Halsbonbon in den Mund und zündete eine Zigarette an. Mir fiel auf, dass er diesmal aus einer anderen Flasche eingegossen hatte. Ein paar

Tropfen hier, ein paar Tropfen dort, damit es so wenig wie möglich auffiel.

Es lief mir kalt über den Rücken, als er von Gun und ihren Geschwistern erzählte. Die ganze Geschichte war mir sehr unheimlich. Nicht so, dass ich wirklich Angst gehabt hätte. Einmal hat ein über hundert Kilo schwerer Mörder an meiner Tür geklingelt, ein Mann, der sich in mich verliebt hatte und nachsehen wollte, ob es da einen Lebensgefährten gab, den er einschüchtern konnte. Die Geheimhaltung der Adressen funktioniert schlecht in den Haftanstalten. Ich hatte auch schon mal ein Rambomesser an der Kehle, als ein Gefangener sich einbildete, ich hätte ihn verpfiffen.

In solchen Situationen bin ich stark. Da vertraue ich auf dich, Herr, darauf, dass meine Zeit noch nicht gekommen ist. Ich weiß das. Kann nicht erklären, wieso, nur dass diese Erkenntnis mit dem eigenartigen Mut zusammenhängt, den ich habe.

Aber jetzt näherte Gabriel sich meinem schwachen Punkt, meinem Angstknoten. Als er von Gun erzählte, war es, als ob eine unbegreifliche und totale Einsamkeit mir ins Gesicht atmete, ein Chaos von Mutlosigkeit und Resignation versuchte mich zu packen, und ich hätte am liebsten zu dir geschrien, Herr. Mit diesem Gefühl allein zu sein, davor hatte ich Angst.

Trotzdem nähere ich mich dem immer wieder. Stochere in der Wunde.

Ich bekam nicht mehr aus Gabriel heraus, als er schon gesagt hatte. Ich glaube auch nicht, dass er sehr viel mehr wusste. Er brachte mich zur Tür, und wir verabschiedeten uns. Gabriel umarmte mich, und ich wäre beinahe wieder hingefallen, als er mich losließ. Es war ein Schwindel erregendes Gefühl, seine Arme um mich zu spüren. Den Gedanken, dass er es mit allen anderen genauso machte, verscheuchte ich wie eine lästige Fliege. Egal.

Es war so herrlich.

Kapitel 8

Vielleicht lag es an dieser Umarmung, dass es mir in dieser Nacht nicht schwer fiel zu schlafen. Etwas anderes war neben der Angst erwacht, und das andere war ein neueres Gefühl, also schob es sich in den Vordergrund. Ich war verliebt, obwohl ich wusste, dass es vergeblich war. Ich kann nicht einmal behaupten, dass ich in Gabriel verliebt war. Es war die Liebe selbst, die sich in Erinnerung brachte, auch wenn sie durch die flüchtige Umarmung eines flippigen Casanovas ausgelöst worden war. Oder was immer er sein mochte. Aber zuverlässig und gefestigt war er jedenfalls nicht.

»Wie bitte?«, sagte Kvarnström streng zu mir, als ich vor mich hin sang, während er aufschloss. Er tat so, als hätte ich etwas gesagt. Blöder Kerl. Wenn er sich über mich ärgerte, konnte er mich doch wohl anrüffeln wie ein gewöhnlicher Miesepeter.

»Ich habe nichts gesagt, ich habe nur gesungen«, sagte ich und schenkte ihm mein bezauberndstes Lächeln.

Kvarnström zog nur die Augenbrauen hoch und ging voran. Der große Schlüsselbund hüpfte auf seinem imposanten Hinterteil.

Anitas Hund lag in einem Korb unter dem Schreibtisch. Er hatte rosa umrandete, runde, ängstliche Augen, ein kurzes glattes Fell und eine eingedrückte Schnauze. Der Atem schien aus langen und sehr engen Gängen zu kommen.

»Da bist du ja«, sagte Anita, als sie mich sah. Anschließend blickte sie in die Hundeaugen unter dem Schreibtisch. Ihre Augen erinnerten mich an die eines Clowns, ein paar ängstliche Augen in einem Gesicht, das gemalt war, um Heiterheit und Gelächter zu wecken.

»Ja, Majken, sag schön Ingrid guten Tag, du. Geh zu Ingrid, ja, braves Mädchen. So ist fein.«

Die Hündin erhob sich gehorsam und ging auf mich zu, wobei sie mit dem schwanzlosen Hinterteil wedelte.

»Hallo, Majken«, sagte ich rasch, tätschelte ihr flüchtig den Kopf und wischte mir unauffällig den Hundesabber ab, der an meinen Hosenbeinen klebte, nachdem sie mich beschüffelt hatte. Ich hoffte, dass Majken damit abgehakt war. Für mich jedenfalls war sie es. Aber Anita konnte es nicht lassen, sie wie ein Baby auf den Arm zu nehmen und während unseres ganzen restlichen Gesprächs so zu halten. Majken leckte sich mit ihrer langen rosa Zunge nervös die Nase.

Anita erzählte, dass Lena verlegt worden war und Harriet deswegen tobte. Sie hatte Gun eine verrückte Psychopathin genannt, was vielleicht nicht so ganz aus der Luft gegriffen war, wie Anita in scherzhaftem Ton hinzufügte, und mich eine konservative Homophobe, die sich vom Gefängnis fern halten solle, bevor Schlimmeres geschah. Wen dieses »Schlimmere« treffen sollte, wusste Anita auch nicht. Harriet hatte sich nicht weiter darüber auslassen wollen.

Meine gute Laune zerplatzte an den Wänden. Ich seufzte schwer und versank in Majkens aufmerksamen Augen. Anitas Finger kraulten und kneteten ihren haarlosen Bauch.

»Mach dir keine Sorgen«, sagte Anita.

Aber sie selbst schien durchaus besorgt.

»Obwohl ich dich fragen muss, rein der Form halber, versteht sich, aber trotzdem: Wie stehst du zur Homosexualität?«

Es mag zwar kindisch sein, aber ich fühle mich jedes Mal gekränkt, wenn man in mir einen Wächter gegen das Glück anderer Menschen sieht. Pfarrer, die sich für so etwas hergeben, verstehe ich nicht. Mit dem Finger auf jemanden zu zeigen, ihn steuern und korrigieren zu wollen, ihn bloßzustellen und zu beschämen, was kann das für eine Befriedigung bringen?

Ich will ein Apostel der Freude und des Zutrauens sein. Es ist so wunderbar, davon zu berichten, wie groß deine Liebe ist, Herr. Dass sie nicht richtet, dass sie überall dort, wo sie sich zeigt, in welcher Gestalt auch immer, gut ist und ein Widerpart des Bösen in der Welt. Die Momente, in denen ich darüber sprechen kann, sind die wunderbarsten in meinem Beruf. Zu sehen, wie gramgebeugte Menschen erleichtert werden, wie sie sich aufrichten und weiter auf die Art lieben, die ihnen mitgegeben wurde.

All das sagte ich Anita nicht. Ich sagte nur, etwas verzagt, dass jede Liebe gut ist und dass ich froh sei über den Halt und das Glück, das Harriet und Lena einander gaben.

Auf ihre rastlose Art hatte Anita schon begonnen, sich auf ihrem Stuhl zu winden, ehe ich noch halb fertig war.

»Ja, ja, ich weiß natürlich, dass du nicht so eine bist, schon klar.«

Sie setzte Majken hinunter auf den Boden. Majken verschwand sofort unter dem Schreibtisch und begann sich auf schamlose Hundeart den Hintern zu lecken.

Ich habe nicht viel für Hunde übrig. Sie ärgern mich mit ihren einfältigen Hirnen und ihrer Unterwürfigkeit.

»Ich weiß nicht recht, was wir tun sollen«, fuhr Anita fort. »Du könntest vielleicht nachher mit Harriet reden. Und auch mit Gun. Ich weiß nicht, was mit ihr los ist, sie läuft herum und sieht provozierend vergnügt aus. Die Misshandlung scheint sie bestärkt zu haben. Hast du eine Ahnung, wie das gekommen sein kann?«

Ich schüttelte den Kopf, aber mein Gesicht muss vor Scham gezuckt haben. Denn eine Ahnung hatte ich sehr wohl.

»Vielleicht findet sie, dass Lena eine gerechte Strafe bekommen hat«, sagte ich mit dünner Stimme. »Vielleicht ist es der Gedanke an Lenas Strafe, der sie so aufmuntert.«

»Dieses infame Weibsstück«, sagte Anita. Sie sah wütend aus.

Etwas von ihrer Wut sprang auch auf mich über.

»Nun, ich gehe davon aus, dass du die Sache so gut wie möglich in Ordnung bringst. Noch mehr Störungen kann ich nicht gebrauchen.«

Ich fand Harriet im Aufenthaltsraum. Normalerweise wirkte sie stur. Sah stark aus in ihren sauberen Trainingsklamotten und mit ihren kurzen, gepflegten Haaren. Ich hatte sie nie fröhlich gesehen, nicht einmal lächelnd, immer nur abgeklärt und entschlossen. Jetzt kauerte sie zusammengesunken auf einem Stuhl, die Augen rot geweint. Nebenan saß Marja mit ihrer Bande beim üblichen Kartenspiel. Marja war die Erste, die mich bemerkte. Sie warf die Karten hin und ließ einen lauten Warnpfiff los. Alle sahen hoch. Auch Harriet, und es versetzte mir einen Stich, wie traurig sie aussah.

»Schau mal einer an, wenn das nicht unsere kleine Pastorin ist.«

Marjas Augen flitzten durch den Raum von einer zur anderen, und sie schien auf eine unangenehme Art gut gelaunt zu sein. Auch die anderen, die dort saßen, wirkten gespannt. Setzten sich auf ihren Stühlen zurecht, als erwarteten sie, dass nun eine Vorstellung beginnen sollte.

»Der Anfang war ja wohl nicht so prächtig«, sagte Marja. »Man könnte auch sagen, der ist voll in die Hose gegangen ...«

Ich versuchte, Marja und die anderen zu ignorieren. Ich ging auf Harriet zu. Sie war nicht aufgestanden, sondern hing immer noch über die Stuhllehne gebeugt.

»Harriet, ich würde gerne ...«

Sie warf mir einen hasserfüllten Blick zu und drehte den Kopf weg.

Eine von den Amphetaminsüchtigen ließ ein Gelächter los, kratzte sich nervös am Kopf und wippte ruhelos mit einem Bein.

»Los, Harriet. Mach sie fertig«, sagte sie.

Ich hockte mich vor Harriet hin. Es war nicht möglich, zu ihr vorzudringen, nicht mit diesen triumphierenden Hyänen um uns herum. Harriets Nacken war schweißbedeckt, und ihre kurzen Haare kräuselten sich über der Kante des T-Shirts. Der Nacken ließ sie verletzlich aussehen. Als habe ihre harte Schale gerade dort einen Riss.

Ich legte eine Hand auf ihre Schulter.

»Harriet«, flüsterte ich. »Es tut mir Leid, was passiert ist. Glaubst du, wir beide könnten irgendwo hingehen und uns unterhalten?«

Harriet drehte langsam den Kopf und sah mir ins Gesicht. Dann spuckte sie. Es war ein Schwall von Rotz, den sie lange gesammelt haben musste. Ich konnte kaum die Augen offen halten, und ich spürte den Geruch von schlechtem Atem. Der erste Gedanke, der mir durch den Kopf fuhr, reptilienschnell, war: Ich will das nicht mit den Händen anfassen.

Die Lachsalven und das Gegröle hallten mir nach, als ich hinaus zum Waschraum auf dem Gang wankte. Ich drehte den Wasserhahn auf und spülte mein Gesicht ab, immer wieder. Auch meine heißen Tränen wurden vom Wasser weggespült. Wenn sie mich stattdessen doch nur geschlagen hätte. Gütiger Gott, wenn sie mich doch nur geschlagen hätte.

Ich wollte nicht zu Anita gehen und es ihr erzählen. Auf irgendeine Art kam es mir so vor, als sei mir recht geschehen. Ich wollte jedenfalls nicht, dass Harriet bestraft wurde.

»Um Gottes willen, ist etwas passiert?«

Als ich aus dem Waschraum kam, stieß ich mit Laila zusammen, der Sozialarbeiterin. Sie stand dort wie ein Engel mit ihrer Wolke aus blonden Haaren, ihren langen Wimpern und ihrer flauschigen pastellfarbenen Strickjacke. Ein blumiges Parfüm machte sich bemerkbar, gerade so viel, dass man am liebsten die Nase an ihren Hals drücken und mehr davon riechen wollte. Den Kopf an ihren weichen Busen legen und getröstet werden wie ein Kind.

»Manchmal ist es wirklich hart«, war alles, was ich hervorstottern konnte.

»Ich weiß«, sagte Laila. »Aber ich werde dir jetzt mal was sagen, was dich vielleicht aufmuntert.«

Sie zog mich bei Seite.

»Gun hat mehrmals nach dir gefragt. Ich war bei ihr, um ihr beim Aufschub einer Zwangsräumung zu helfen. Sie ist drauf und dran, ihre Wohnung zu verlieren, weil sie sich nicht um die Mietzahlungen gekümmert hat. Das tut sie immer noch nicht. Aber sie fragt nach dir, und sie ist offenbar wirklich interessiert. Und froh!«

Laila strahlte mich an.

»Das ist doch toll!«, sagte sie mit Nachdruck. »So viele haben versucht, an sie heranzukommen, und sind gescheitert. Aber zu dir hat sie Vertrauen!«

»So, aha.«

Es fiel mir schwer, ein erfreutes und erstauntes Gesicht zu machen. In Wahrheit war ich vor Schreck wie gelähmt.

Gun war in ihrer Zelle. Die Wände waren bepflastert mit Bildern von Katzen und rosigen, engelsgleichen Babys. Sie hatte Reklame für Windeln und Katzenfutter ausgeschnitten.

Alle diese Katzen und Babys und Guns breites Lachen, das ich plötzlich vor mir sah, waren zu viel. Ich musste mich an der Zellentür abstützen.

»Gefällt es dir?«

Guns Zähne waren wirklich groß. Ich ließ meinen Blick nochmal über die Wände gleiten, beinahe ängstlich davor, was ich noch entdecken würde. Aber es waren nur Katzen und Babys.

»Ich habe es getan«, sagte sie. »Komm rein, schau es dir an.«

Als ich ihre Zelle betrat, machte sie sofort die Tür hinter mir zu. Sie nahm meinen Arm und zog mich auf ihre Pritsche. Dann setzte sie sich dazu, mit einem verschmitzten Gesicht, als würden wir zwei ein Geheimnis haben.

»Hihi. Das haben sie nun davon.«

»Gun, ich muss mit dir …«

»Nicht jetzt. Erst will ich dir meine Geschichte erzählen.«

Sie schüttelte ein Kissen hinter meinem Rücken auf. Und

Herr, ich weiß, dass ich in dem Moment etwas Falsches tat. Ich hätte mich durchsetzen müssen. Sie zurechtweisen. Jetzt vertraute sie sich mir aus den falschen Gründen an. Und ich verleugnete dich, verleugnete Harriet und alles, an das ich glaube. Guns Verwandlung hatte mich einfach stumm gemacht.

Gun sah mich mit weit offenem Gesicht an, und ich wollte auf keinen Fall, dass es sich wieder schloss. Plötzlich wurde sie ernst.

»Möchtest du was haben? Was Süßes?«

Ich schüttelte den Kopf, aber Gun wühlte schon in einem kleinen Schrank neben dem Bett. Sie holte eine Tüte buntes Allerlei hervor, suchte ein Häufchen Geleebananen für mich zusammen und schob sich auch eine in den Mund.

»Nimm«, sagte sie kauend.

Ich nahm eine Geleebanane und versuchte zu kauen. Aber mein Mund war trocken und die Kehle wie zugeschnürt. Also lutschte ich sie.

»Ich werde dir jetzt von meinen Freunden Lotta und Håkan erzählen. Wir waren Nachbarn, weißt du. Sie brauchten mich. Ich habe mich um sie gekümmert. Lotta hat nicht jeden Tag eingekauft. Sie hatte einen tollen Job, das kann ich dir sagen. Immer im Kostüm. Ich bügle es für dich, sagte ich. Lotta fand das nicht notwendig, aber ich habe es trotzdem getan. Du ahnst ja nicht, wie gut sie darin aussah. Sie sagte es sogar selbst. Gun, sagte sie, dir habe ich zu verdanken, dass ich die am besten angezogene Frau im Büro bin.«

Gun nahm noch ein paar Geleebananen und runzelte leicht die Stirn.

»Manche haben es wirklich nicht leicht …«, sagte sie.

Es war eine Weile still. Guns Gesicht hatte sich wieder geglättet. Ich glaube, ich habe noch nie einen Menschen so aktiv denken gesehen. Es hatte etwas Stürmisches, so wie man es bei Kindern sieht. Manchmal kam es mir so vor, als tauchte in der Gedankenarbeit ein Einfall der Erleichterung auf.

»Aber zum Glück gibt es ja solche wie mich. Ja, das hat Lotta auch gesagt. Wie gut, dass es solche wie dich gibt. Was sollten wir sonst wohl machen? Okay, also irgendwie wären sie auch so zurechtgekommen, aber leicht wäre es nicht gewesen. Nimm nur mal die Sache mit dem Essen.

An den Wochenenden nahmen sie sich genug Zeit zum Kochen, das merkte ich. Ich roch es draußen vor ihrer Tür, und drinnen hörte ich Leute reden und lachen. Sie hatten natürlich Gäste. Einen großen und lustigen Freundeskreis.

Ich lag oft da und horchte, bevor ich einschlief. Erkannte Håkans dunkle Stimme und Lottas Lachen. Man konnte nicht verstehen, was sie sagten. Aber man kann schon hören, ob die Stimmung gut ist, nicht?«

»Ja, das kann man sicher. Haben sie dich denn nie eingeladen?«

Gun schnaubte ärgerlich, und ich bereute, dass ich gefragt hatte. Eine der besten Arten, ein Gespräch zu ersticken, ist, stellvertretend für den Gesprächspartner etwas übel zu nehmen. Vor allem dann, wenn dieser Gesprächspartner selbst noch gar nicht so weit ist.

»Du spinnst wohl«, sagte Gun empört. »Ich glaube, du hast gar nicht begriffen, was das für Leute waren. Ich habe ihnen doch geholfen. Sie brauchten mich.«

Sie schnaubte wieder und sah mich aus den Augenwinkeln an.

»Das ist was ganz anderes. Natürlich war ich zum Kaffee bei ihnen, mindestens drei-, viermal. Du bringst mich ganz durcheinander. Wenn du so weitermachst, erzähle ich nichts mehr.«

»Entschuldige. Kommt nicht wieder vor«, sagte ich und dachte bei mir, wie schräg das alles war. Gun erzählte so, als täte sie es meinetwegen, und ich war ängstlich darauf bedacht, dass es so blieb.

»Wo war ich noch gerade, bevor du mich unterbrochen hast?«

»Du hast gesagt, dass du ihnen geholfen hast und dass sie dich brauchten.«

»Ja, das war wirklich so. In den Wochen davor duftete es nie so aus ihrer Wohnung. Einmal fragte ich, was sie sich denn zum

Abendessen machten, und da seufzte Lotta und sagte, dass sie meistens nur einen Joghurt löffelte. ›Und Håkan?‹, sagte ich. ›Der braucht doch wohl was Ordentliches?‹ Mir schien, dass Lotta bekümmert aussah. Das alles ist ja nicht so leicht für eine Frau.

Heute sollen die Frauen alles zugleich schaffen, und das geht nun mal nicht. Also sagte ich, dass ich doch für sie kochen könnte. Lotta war zuerst absolut dagegen, die Gute. Sie sagte, ich wäre wirklich lieb, aber das käme ja überhaupt nicht infrage. Dabei merkte ich, dass sie schon gerne wollte. Aber sie genierte sich wohl. Das kann man ja verstehen. Ich dachte oft über die Sache mit dem Kochen nach. Und eines Tages schwindelte ich sie an. Ich wollte ihnen doch nur helfen, da kann das ja nicht so schlimm sein.

Ich sagte, ich würde sowieso jeden Tag für meine alten Eltern kochen, da spielte es doch keine Rolle, wenn ich für sie gleich mitkochte. Håkan wollte die Zutaten bezahlen, also bekam ich schon ein wenig Geld dafür. Aber es machte mir Spaß, sie ein bisschen zu verwöhnen.

Die ganze Zeit suchte ich nach neuen Rezepten, die ihnen gefallen könnten. Am Anfang nahm ich unheimlich viel Butter und Sahne. Aber eines Tages sagte Lotta, dass sie ihre Kleider bald nicht mehr zu kriegte und dass mein gutes Essen sie beide langsam dick machte.

Ich war so wütend auf mich selbst. Ich hätte mir doch denken können, dass sie lieber fettarm aßen, ich Idiot. Das wollen die Leute doch heutzutage. Ich war ja so dumm. Dumm, dumm, dumm.«

Gun hämmerte sich mit der Faust gegen die Stirn. Es sah abstoßend aus.

»Schon gut«, sagte ich ein wenig unbeholfen. »Schon gut. So etwas lässt sich doch ändern …«

Gun beruhigte sich. Zu sagen, dass sich das ändern ließ, war richtig gewesen.

»Ja, und das tat ich auch. Ich holte mir ein Buch aus der Bücherei, in dem stand, wie man Kalorien sparen kann, aber so, dass es trotzdem gut schmeckt. Ich probierte es aus, und dann erzählte ich Lotta, wie wenig Kalorien die Mahlzeiten hatten. Es schien sie wirklich zu interessieren. ›Aber was sagen deine Eltern dazu‹, fragte sie, und zuerst verstand ich nicht, was sie meinte.

Ich bekam vielleicht einen Schreck, als es mir dann einfiel! Das wäre fast ins Auge gegangen! Aber ich sagte, dass es ganz gut passte, weil ihr Arzt ihnen gerade geraten hätte, dass sie nicht mehr so fett essen sollten.

Jeden Montag und jeden Donnerstag brachte ich das Essen für die restlichen Wochentage. Ich hatte es in Aluschalen verpackt, sodass sie es in die Gefriertruhe tun konnten, wenn sie wollten. ›Du verwöhnst uns‹, sagte Lotta. ›Du bist so lieb, Gun, du verwöhnst uns.‹ Aber ich sagte, dass es überhaupt keine Mühe machte, weil ich ja ohnehin kochen musste. Und dass dasselbe auch fürs Bügeln galt.

Ich sagte, ich müsste meine Arbeitsschürze sowieso jeden Tag bügeln, da spielten ein paar Teile mehr oder weniger auch keine Rolle. Ich weiß nicht mehr, wie es kam, aber Lotta dachte, ich würde in einem vornehmen Café servieren.

Das mit meiner Schürze stimmte natürlich auch nicht, aber sonst hätte sie sich geschämt, die Ärmste.«

Bequemlichkeit ist eine unterschätzte Triebkraft. Ich stellte mir vor, wie gerade die Bequemlichkeit Håkan und Lotta dazu brachte, den hündischen Ausdruck in Guns Augen zu verdrängen und sich krampfhaft Argumente auszudenken, warum ausgerechnet Gun ihnen abnahm, wozu sie selbst keine Lust hatten. Wie sie sich nach Kinderart sagten, »aber es macht ihr doch solchen Spaß«, obwohl sie beide gemerkt haben mussten, dass nicht alles mit rechten Dingen zuging.

Andererseits: Wenn ich sah, wie Guns Gesicht jedes Mal strahlte bei der Erinnerung daran, wie sie sich um die beiden kümmern durfte, ging mir durch den Kopf, wie leicht man als Außenstehender verurteilt, was andere Leute glücklich macht. Natürlich hatte Gun sich in einer unterlegenen Position befunden, es war keine gleichberechtigte Beziehung, die sie zu Håkan und Lotta aufgebaut hatte. Aber wie viele Beziehungen sind gleichberechtigt?

»Ich ließ sie ihn Ruhe, so oft ich konnte«, fuhr Gun fort. »Man braucht das, wenn man ein Paar ist. Um die Beziehung zu pflegen, habe ich gelesen. Das klingt schön, finde ich. Die Beziehung pflegen. Das sollten sie tun. Wenn ich das Essen ablieferte oder Lottas gebügelte Kleider oder etwas, was ich genäht oder ausgebessert hatte, ging ich nie hinein. Blieb immer an der Tür stehen. Ich freute mich natürlich, wenn Lotta das Essen lobte oder sagte, dass das, was ich genäht oder ausgebessert hatte, unglaublich gut geworden war. Aber mehr als das wollte ich nicht. Man soll sich nicht aufdrängen.«

»Wie lange hast du die beiden ... umsorgt?«

»Ich glaube, es dauerte ungefähr ein Jahr, bis ich die Bestätigung erhielt, dass es richtig gewesen war, sie in Ruhe zu lassen. Ich werde den Tag nie vergessen. Es war kurz vor Weihnachten. Vom Fenster aus hatte ich gesehen, wie Lotta mit einer Menge Einkaufstüten bepackt ankam. Armes Ding. Sie sahen wirklich schwer aus. Ich zog meinen Mantel an und wartete, bis ich sie die Treppe hochkommen hörte. Da machte ich die Wohnungstür auf und tat so, als wäre ich auf dem Weg nach draußen. ›Ach, Gun‹, sagte Lotta, als sie mich sah. ›Ich hasse Weihnachten. Es bringt mich um. Das ganze Saubermachen und alles. Ich weiß überhaupt nicht, wie ich das schaffen soll.‹«

Gun holte tief Luft.

»Erst wusste ich nicht, ob ich es wagen sollte. Ich hatte solche Angst, dass sie ablehnen könnte.«

Gun beugte sich zu mir vor und nahm meine Hände. Sie sprach langsam und eindringlich, als sei das, was sie berichten wollte, etwas ganz Phantastisches.

»Ich zögerte, wie ich es sagen sollte. Dann dachte ich, sag es doch in leichtem Ton. Als wäre es gar keine große Sache. Und dann sagte ich, dass ich bei zwei Familien putzte. Noch ein Haushalt mehr wäre überhaupt kein Problem. Das würde mir überhaupt nichts ausmachen. Und ich hätte ja schon die ganze Ausrüstung und alles. ›Meinst du wirklich?‹, sagte Lotta. ›Bist du sicher, dass es dir keine Mühe macht?‹ ›Keine Sorge‹, sagte ich. ›Ich bin gerade richtig in Übung.‹«

Mit einer koketten Bewegung strich Gun sich über ihr Kleid. Fuhr mit den Händen an den Schenkeln entlang und starrte auf ihre Knie. Sie lächelte weich und in sich gekehrt, als sei sie verlegen, so wie man es manchmal wird, wenn man sich selbst zu sehr lobt.

Ich fühlte mich unschlüssig. Wenn ich jetzt etwas in der Art sagte wie »das finde ich gut« oder »das war aber nett von dir«, würde ich mich genauso einer kindischen Heuchelei schuldig machen, wie ich sie immer gehasst habe. Gleichzeitig merkte ich Gun an, dass sie eine derartige Reaktion erwartete. Dass ich sie loben oder beglückwünschen sollte. Aber wie sehr ich auch versuchte, Guns glückliche Erinnerungen nicht zu verurteilen, machten mich ihre Erzählungen doch zusehends beklommener.

Es klopfte leise an der Tür, und ich sah Kvarnströms halbes Gesicht im Türspalt. Mich beschlich das unbehagliche Gefühl, dass er schon länger dort gestanden und gelauscht hatte. Als Gun ihn sah, nahm sie sofort wieder ihre abweisende Körperhaltung ein und bekam einen harten, verschlossenen Gesichtsausdruck. Kvarnström schob die Tür auf und nickte Gun zu.

»Du sollst nach unten zur Arbeitstherapie«, sagte er kurz.

Mich ignorierte er völlig, so als sei ich gar nicht da. Auch Gun sagte nichts zu mir, sondern griff nur nach ihrer Brieftasche und ihrer Plastikhalskette und folgte ihm, ohne sich zu verabschieden.

Es war gut, die Zelle mit all den Katzen und Babys an den Wänden verlassen zu können. Die Bilder und Guns Erzählung hatten mich verwirrt und erschüttert. Vielleicht nicht so sehr die Ereignisse selbst, sondern die Art, wie sie sie erzählte. Als sei es eine heitere Geschichte, dabei durfte ich doch wohl annehmen, dass uns beiden bekannt war, wie sie ausging? Denn sie hatte doch Håkan und Lotta erschlagen? Hatte sie das vergessen? Oder war sie wirklich so unschuldig, wie sie es vor Gericht behauptet hatte?

Ich wurde nicht klug aus ihr. Außerdem klebte mein seltsamer gefühlsmäßiger Betrug wie widerlicher Schleim an mir. Ich sehnte mich weg aus dem Gefängnis, weit weg.

Kapitel 9

Es war Freitag, und ich musste am Nachmittag ins Pastoratsbüro.

Wir hatten Sitzung im Versammlungsraum, und ich war völlig abwesend. Saß da und starrte die Vorhänge an. Sie trugen ein verschnörkeltes Muster, das man als ziemlich gewagt hätte bezeichnen können, wenn der Stoff nicht eine so gedeckte und offizielle Farbe gehabt hätte. Die Gardinen erinnerten an die Art von gemusterten Pullovern, wie sie Männer auf Inlandsflügen oder im X2000-Schnellzug gerne tragen. Sie faszinieren mich, diese Pullover. Sie gehören zu einer Kategorie von Männern, die ansonsten in allem konventionell und uniform wirken. Aber sie tragen diese Pullover. Oft mit einem kleinen Kragen und drei Knöpfen an der Halsöffnung und einem explodierenden Muster in müden Farbtönen. Für mich sind unsere Gemeindegardinen ebenso wie diese Pullover maskierte Monotonie. Wie viele Farben auch immer die verschiedenen Quadrate und Kreise ausfüllen mochten, sie konnten nicht darüber hinwegtäuschen, dass es eine hässliche Gardine oder ein langweiliger Pullover war.

»Oder was meinst du, Ingrid?«

Sie mussten gemerkt haben, dass ich mit meinen Gedanken bei den Vorhängen war. Anders und sein freundliches Gesicht wandten sich mir zu. Ich nickte energisch und sagte »finde ich auch«, ohne die geringste Ahnung zu haben, um was es ging. Anders sah zufrieden aus und Maria eingeschnappt. Ich musste den Ausschlag gegeben haben.

Anders ist Gemeindepastor und mein Chef. Ich habe ihn schon immer gemocht. Er ist vielleicht fünfzig und hat dünne kurze Haare von dieser flaumigen und leblosen Qualität, wie sie typisch für Alkoholiker ist. Ich hatte nicht fragen wollen, aber ich glaube, das ist das Leben, das er hinter sich gelassen hat. Anders war vierzig, als er Pastor wurde, und was er in den Jahren gemacht hat, bevor er mit dem Theologiestudium begann, weiß ich nicht. Im Gesicht hat er tiefe Narben, vermutlich von einer schweren Pubertätsakne. Ich bilde mir immer ein, dass es die Pickel waren, die ihn in jungen Jahren zum Säufer werden ließen.

Anders wird leicht wütend, und dann schlängelt sich eine wulstige Ader über seine Stirn. Über Maria, die auch in unserer Kirchengemeinde arbeitet, ärgert er sich besonders oft. Meistens streiten sie sich über Kleinigkeiten. Ihre Vorstellungen von seelsorgerischer Arbeit sind grundverschieden. Anders würde liebend gern die Außenseiter der Gesellschaft zu sich holen und eine Suppenküche in der Kirche einrichten. Am allerliebsten würde er wohl in ein Revolutionsland gehen und mitkämpfen. Leider wehen nicht so viele revolutionäre Winde um unsere Kirche. Anders muss seinen Kampf auf andere Bereiche verlagern. Er verteilt Kaffee und Kuchen auf der Malmskillnadsgata und manchmal unten an der Platte beim Hauptbahnhof.

Maria dagegen kennt so gut wie jedes Schäfchen in der Gemeinde. Sie möchte traditionelle Gottesdienste, Kaffeekränzchen und nicht zu knappe Wohltätigkeitsgelder, wie man sie mit Basar und Lotterien einsammelt. Ich halte meistens mehr zu Anders und ärgere mich genau wie er über Marias geschäftiges Streben nach Friede, Freude, Eierkuchen. Obwohl es Momente gibt, in denen mir scheint, dass Maria sich mehr den Umständen anpasst, in denen wir leben. Wir befinden uns ja faktisch in einer Mittelklassegesellschaft, die einen Pastor für die großen Feiertage will und in der Zwischenzeit genau die Art von kirchlichen Veranstaltungen, für die Maria sich einsetzt.

Die sozialen Randgruppen und die radikalen Menschen, die Anders erreichen will, kommen fast nie in unsere Kirche. Ja, die Ausgegrenzten kommen schon, wenn es etwas umsonst gibt.

Aber wenn Anders mit ihnen über Jesus als den ersten Revolutionär spricht, habe ich immer den Eindruck, dass etwas Leeres und Höfliches in ihrem Blick liegt. So als wüssten sie, dass eine Predigt nun mal der Preis ist, den sie für Suppe und Kaffee bezahlen müssen.

Aber Marias Wohltätigkeitsbasare und Jugendtreffen sind immer gut besucht, und die Leute, die kommen, fühlen sich wohl. Manchmal glaube ich, es ist gerade das Vergnügte und Fröhliche daran, was Anders insgeheim ärgert. Er will Menschen, die in Not sind. Er will gebraucht werden. Es würde mich nicht wundern, wenn er vor der Kleinbürgerlichkeit, die unser Gemeindeleben in so hohem Maße prägt, hin und wieder in eine Kneipe flüchtet, um nicht daran zu ersticken.

»Was hast du denn gegen sie?«, giftete Maria mich an. »Ich respektiere ja, dass du zu Anders hältst, aber ich möchte wenigstens den Grund erfahren. Das hier finde ich ausnahmsweise mal wichtig, im Gegensatz zu dem Kleckerkram, über den wir sonst immer streiten.«

Ich sah, dass Tove, Marias Assistentin, ein ebenso beleidigtes Gesicht machte wie Maria. Sie saßen da wie zwei Hühner auf der Stange. Das hier war etwas, was sie gemeinsam durchzusetzen versuchten. Ich wollte gerade zugeben, dass ich keine Ahnung hatte, um was es eigentlich ging, als Anders mir zu Hilfe eilte. Er wusste bestimmt, dass ich mit den Gedanken ganz woanders gewesen war, aber er wollte auf meine Unterstützung nicht verzichten.

»Die jungen Mädchen heutzutage stecken schon tief genug in den Klauen der amerikanisierten kommerziellen Popkultur«, sagte er und die Ader auf seiner Stirn begann anzuschwellen. »Ich wüsste nicht, warum wir einen der Räume für so etwas hergeben sollen, das hat nichts mit der Kirche oder mit uns zu tun.«

Maria verschwendete keinen Blick auf Anders, sondern sah mich stattdessen herausfordernd an.

»Ich will es von Ingrid hören. Was, glaubst du, soll ich den

Konfirmandinnen sagen? Soll ich ihnen sagen, hört mal her, Mädels, ihr seid …«

Sie wandte sich abrupt zu Anders um.

»… wie hast du dich noch ausgedrückt? Ihr steckt in den Klauen der amerikanisierten kommerziellen Popkultur«, sie wandte sich wieder zu mir, »deshalb dürft ihr bei uns nicht für diesen Fernsehauftritt üben?«

Jetzt begann Anders' Ader bedrohlich zu pochen.

»Du verdrehst meine Argumente ins Lächer…«

»Ruhe!«, brüllte Maria. »Ich rede jetzt mit Ingrid!«

So hatte ich sie noch nie erlebt. Die zwar schnell eingeschnappte, aber im Großen und Ganzen doch freundliche und umgängliche Maria war außer sich vor Zorn. Tove hatte ebenfalls rote Flecken auf den Wangen. Sie war ein etwas zerstreutes junges Mädchen, das uns bei allen möglichen Sachen half. Ich wusste nicht mal, ob sie dafür bezahlt wurde oder eine Art Praktikantin war. Wenn wir Beschlüsse fassten, zählte ihre Stimme eigentlich nicht, die Entscheidungen trafen Maria, Anders und ich. In seiner Eigenschaft als Chef hatte Anders rein formal das letzte Wort. Wenn allerdings Maria und ich beide gegen etwas waren, oder meinetwegen auch für etwas, dann respektierte er unseren Willen. Aber meistens hielt ich doch zu Anders. Vermutlich deswegen legte Maria immer öfter Wert darauf, dass Tove an unseren Sitzungen teilnahm. Sie sagte, es wäre nur gut, wenn wir die Stimme der Jugend dazu hörten, aber sie wusste wohl auch, dass diese Stimme der Jugend vor allem Unterstützung für sie selbst bedeutete. Tove war eine frühere Konfirmandin von ihr, und sie hatte Maria gegenüber so etwas wie ein Tochterverhalten entwickelt.

Herr. Wieder einmal war ich in eine Situation geraten, in der ich mich als unehrlich erlebte. Ich schloss mit mir selbst einen Kuhhandel, um mich aus einer peinlichen Situation zu retten und nicht eine Person vor den Kopf zu stoßen, deren Vertrauen ich haben wollte. Anders sah mich an und zeigte mir ein Lächeln in seinem ansonsten wütenden Gesicht. Leider fühlte ich immer stärker, aus ganzem Herzen, dass ich auf Marias Seite stand. Ein paar Mädchen hatten sich Hilfe suchend an uns gewandt, also sollten wir Türen und Arme öffnen und unsere Ansichten über das, was sie hier machen wollten, zurückstellen.

»Sie hoffen so sehr«, fuhr Maria fort, und jetzt begann ihre Stimme erstickt zu klingen, »dass sie diesen Raum bekommen, sie können doch sonst nirgends hin. Gleich nach Weihnachten fängt ihr Konfirmandenunterricht an, und ich weiß nicht, wie ich mit einem solchen Verrat im Rücken ihre Begleiterin sein soll.«

Sie wischte sich mit zorniger Geste zwei Tränen weg. Toves Augen glänzten auch schon feucht. Tränen, diese ewigen Weggenossen der Frauen. Ich habe draußen in den Gefängnissen so viele Männer in seelischen und materiellen Nöten getroffen, doch es passiert selten, dass einer von ihnen weint. Aber die meisten Frauen, die ich kenne, mich selbst eingeschlossen, weinen oft und leicht. Vielleicht ist das gut. Vermutlich schon. Aber es ist auch die Sprache der Ohnmächtigen.

»Na ja, Anders«, begann ich vorsichtig. »Der Raum wird doch sonst nicht gebraucht, oder? Und es handelt sich doch nur um ein paar Wochen.«

»Mir geht es ums Prinzip«, entgegnete Anders streng. »Das hier ist kein städtisches Jugendfreizeitheim. Unsere Aufgabe ist es, für das Seelenheil zu sorgen, wenn ich das mal so hochtrabend sagen darf. Und für mich hat es nichts mit Seelenheil zu tun, eine idiotische Sing- und Tanzvorstellung für eine idiotische Fernsehsendung einzuüben.«

Jetzt hieß es Anlauf nehmen und springen. Wenn ich jetzt kniff, nach allem, was ich mir schon im Gefängnis geleistet hatte, würde ich mir selbst völlig entgleiten.

»Ich gebe Maria Recht. Entschuldige, Anders, es tut mir Leid, aber es ist so. Das Wichtigste ist, dass die Menschen zu uns kommen. Was dann daraus wird, liegt in erster Linie bei uns.«

Ich glaube, in dem Augenblick beschloss Anders, sich an diesem Abend zu betrinken. Seine Haltung bekam etwas Resigniertes und Zusammengesunkenes. Er seufzte schwer und sah mir mit gebrochenem Blick in die Augen. Das tat weh.

Maria und Tove begriffen, dass sie den Kampf gewonnen hatten; sie räumten ihre Kaffeetassen und die Reste des guten Kuchens ab, den Maria gebacken hatte. Sie bewegten sich hastig, so als wollten sie für sich sein und ihren Triumph auskosten. Beide marschierten der Reihe nach hinaus, ohne ein Wort und in dem vergeblichen Bemühen, so neutrale und sachliche Gesichter wie möglich zu machen.

Ich wünschte, ich hätte einfach auf dem Tisch zerfließen können. Eins werden mit der Tischdecke, die darauf lag. Im grellen Blumenmuster untergehen. Anders starrte auf seine Kaffeetasse und rieb an ein paar kleinen Kaffeeflecken auf dem Porzellan herum. Aus der Ferne konnten wir Marias und Toves fröhliches Schnattern hören. Ich seufzte tief.

»Entschuldige. Ich bin nicht ganz ich selbst.«

Anders starrte weiterhin auf seine Tasse.

»Ich weiß«, sagte er nur.

Wir schwiegen eine Weile. Etwas wurmte mich. Und zwar meine Angewohnheit, mich dafür zu entschuldigen, wenn ich eine Meinung hatte, die nicht mit der Meinung anderer übereinstimmte.

Wofür bat ich eigentlich um Entschuldigung? Wenn es wegen meiner Unaufmerksamkeit war und dass ich die Diskussion behindert hatte, indem ich nicht daran teilnahm, dann war die Entschuldigung gerechtfertigt. Aber musste ich mich entschuldigen, nur weil ich eine andere Ansicht vertrat? Ich war ja wirklich davon überzeugt, dass dies hier die richtige Entscheidung war.

»Anders, ich war mit meinen Gedanken nicht ganz bei der Sache. Verzeih mir. Aber ich finde, wir haben heute die richtige Entscheidung getroffen. Du musst doch zugeben …«

Anders stellte die Tasse mit einem Knall hin. Der Teelöffel

sprang heraus und bekleckerte das Tischtuch mit Kaffee. Anders schien es nicht zu registrieren. Er wurde ganz weiß, als er mir ein wütendes »Nein, das habe ich auch schon gemerkt« entgegenschleuderte.

»Wie bitte?« Ich war verwirrt und erschrocken, dass er so außer sich war.

»Und nicht nur ich. Ich habe heute mit Anita Lagerström telefoniert, du weißt, die Leiterin der Strafanstalt, die du betreust. Sie wirkte verdammt besorgt.«

Ich hatte noch nie vorher gehört, dass Anders fluchte. Dass Anitas Name in diesem Zusammenhang fiel, verursachte mir Bauchschmerzen. Eine Woge der Enttäuschung schlug über mir zusammen. Anita sollte doch meine Freundin sein!

»Es kann nicht angehen, dass eine Pastorin dieser Gemeinde sich der Verfolgung von …«

»Mensch, Anders!«

Jetzt war ich wirklich bestürzt.

»Das habe ich doch gar nicht getan! Du weißt doch selbst, dass ich so was nicht tue.«

Das war zu viel. Jetzt kamen die Tränen. Es war alles so ungerecht.

Ich legte den Kopf in die Hände und schluchzte. Anders sagte nichts.

Gerade wenn man ungeheuer verzweifelt ist und die Verzweiflung herauslässt, kommt es vor, dass man neben sich steht und die Gedanken ganz klar sind. Ich hatte das schon öfter erlebt.

So war es jetzt auch. Irgendetwas veranlasste mich, die Augen einen Spalt zu öffnen und Anders heimlich zu beobachten. Auf seinem Gesicht breitete sich Genugtuung aus. Eine geradezu erschreckende Befriedigung. Als ob meine Tränen sein geknicktes Selbstbewusstsein wieder aufgerichtet und die Schmach seiner Niederlage gelindert hätten.

Ich holte Papiertaschentücher heraus, putzte mir die Nase und nahm wieder offenen Augenkontakt zu ihm auf. Und sofort wurde sein Gesicht sehr mitfühlend. Er schob mir seine Hand hin. Eine Sekunde lang dachte ich, dass ich mir diese Befriedigung vielleicht nur eingebildet hatte, die er sich zugestand, wenn er glaubte, ich sähe es nicht. Aber ich wusste, dass dem nicht so war.

Ich beachtete die Hand nicht. Stattdessen griff ich nach meiner Tasche und tat so, als suchte ich nach etwas. Während ich wie eine Blöde auf den Tascheninhalt starrte, auf die Schlüssel, das leere Bonbonpapier und meine kleine Handbibel, hörte ich wieder meine innere Stimme: Warum versteckst du dich? Du bist sauer, und du bist im Recht. Warum versenkst du deinen Kopf in diese alberne Tasche?

Ich legte sie zur Seite. Hätte beinahe schon wieder um Entschuldigung gebeten, riss mich aber zusammen. Entschuldigen für was? Dass ich geweint hatte? Wenn Anders sich schon so daran hochzog, warum dann noch entschuldigen? Verzeih mir bitte, ich hätte besser aufpassen müssen? Ich ging auf die Suche nach meiner starken Stimme, derjenigen, die nicht zitterte und brach, sondern trug. Nach meiner erwachsenen Stimme. Meiner herrlichen erwachsenen Stimme, die mir so oft fehlte und um die ich mich so oft bemühen musste.

»Anders«, setzte ich an, und mir schien, als sei diese starke Stimme jetzt da.

»Du musst mir schon erklären, was du meinst. Hat Anita sich über meine Arbeit beklagt? Hat sie dich deshalb angerufen?«

Es kann einen schon anöden, wenn man beobachtet, wie oft die Beziehungen der Menschen untereinander einer Wippe gleichen. Du oben, ich unten. Ich oben, du unten. Der eine ist sicher, solange der andere unsicher ist. Wenn der Unsichere sicherer zu werden beginnt, fängt der bis dahin Sichere an zu zweifeln.

Im Moment war Ingrid oben und Anders unten. Er zog seine Hand zurück, und die Augen begannen zu wandern. Er rückte die Kaffeetassen zurecht und sah auf die Uhr.

»Na ja, also eigentlich wollte sie dich sprechen. Da habe ich gefragt, wie es denn so läuft. Das ist doch wohl eine berechtigte Frage. Ich meine ja nur. Da erzählte sie, dass die Situation in der Anstalt ziemlich unruhig ist, seit du aufgetaucht bist. Und dass du den Eindruck erweckst, du seist ... ich weiß nicht genau, welchen Ausdruck sie gebrauchte, aber ich glaube, sie meinte: aus dem Gleichgewicht.«

Anders oben, ich unten.

»Wie, will sie nicht, dass ich weiterhin komme?«

»Doch, das will sie bestimmt.«

Anders begann unruhig zu werden, er wollte gehen.

»Wie ich schon sagte, sie wollte dich sprechen. Das war ungefähr eine Stunde bevor du kamst, und es schien dringend zu sein.«

Ein Blick auf die Uhr sagte mir, dass es zu spät war, um Anita jetzt noch zu erreichen. Sie hatte sicher schon Feierabend gemacht. Sie zu Hause anzurufen kam mir nicht richtig vor.

»Warum hast du das denn nicht früher gesagt?«

»Wir hatten eine Besprechung, zu der du zu spät gekommen bist. Sollte ich die unterbrechen, um dir zu sagen, dass jemand nach dir gefragt hat?«

Jetzt stand Anders auf. Es war das erste Mal, dass ich dachte, wie kleinlich er doch war. Ich weiß, dass er ein bisschen sehr romantisch ist. Er muss unbedingt das Gefühl haben, gebraucht zu werden. Alle, die geschieden sind, die gesoffen, Drogen genommen, Verbrechen begangen haben, nimmt er mit offenen Armen auf und gibt ihnen allen Segen und alle Vergebung, um die sie bitten. Gegenüber denen, die zurechtkommen und ein geordnetes Leben führen, aber trotzdem einen Pastor aufsuchen, ist er dagegen ziemlich distanziert. So ist Anders, und dass er nicht vollkommen ist, hat bisher nur dafür gesorgt, dass ich ihn ganz besonders gern mag. Er will so viel erreichen, auf eine so anrührende Art.

Aber die Seite, die er jetzt an den Tag legte, war eine ganz andere. Ich wollte sie nicht sehen, doch das hatte ich bereits. Wir verabschiedeten uns kurz, wünschten uns ein schönes Wochenende und verschwanden dann jeder in eine andere Richtung. Es war klirrend kalt, und einzelne kleine, glitzernde Schneeflocken wirbelten durch die Luft. Ich sah über die Schulter in Anders' Richtung. Er trug keine Mütze, er hatte den Kragen hochgeschlagen und zog den Kopf tief zwischen die Schultern.

Ich fragte mich, was er wohl jetzt dachte. Blitzartig fuhr mir durch den Kopf, dass er bestimmt glaubte, dich, Herr, auf seiner Seite zu haben, genau wie ich es für mich glaubte. Ohne es auszusprechen, denn das wäre seltsam erschienen und ganz unmöglich in aller Öffentlichkeit, war ich doch davon überzeugt, dass du bei meiner Entscheidung für die Mädchen und den Probenraum auf meiner Seite gestanden hast. Genau das machte mich stark, dass die gute Kraft, die deinem Namen eigen ist, mit mir zusammenarbeitete.

Bestimmt erlebte Anders es genauso, und als ich darüber nachdachte, versank ich wieder in meine Grübeleien über das Unbegreifliche und Unstabile unserer Existenz. Diese Art von Gedanken hatten mich früher zu Tode erschreckt, und jetzt war mir bei ihnen unbehaglich zumute. Woher wollte ich denn wissen, dass du ausgerechnet auf meiner Seite standest? Wir Christen sind so sicher, uns mit einer guten Macht verbündet zu haben. Einer Macht, die uns den rechten Weg zeigt, und für diesen gezeigten Weg würden wir in den Tod gehen, so sicher sind wir uns.

Natürlich wurde ich nicht zum ersten Mal damit konfrontiert, dass wir Christen etwas Unterschiedliches wollen. Im Gegenteil. Ich glaube, nur wenige Leute streiten sich so oft wie die kirchlichen Seelsorger. Was mich betroffen machte war die Erkenntnis, dass gerade das unzweifelhafte Gefühl, Recht zu haben und mit dir, Herr, auf einer Linie zu sein – dass Anders genau dieses Gefühl auch hatte.

Und dass einer von uns beiden sich irrte.

Kapitel 10

Endlich daheim. Ich musste dringend aufs Klo, und während ich vor der Wohnungstür stand und mit dem Türschloss kämpfte, das immer etwas hakt, dachte ich gerade dieses Wort. Daheim. Das ist mein Heim.

Einer der großen Nachteile, wenn man allein wohnt, ist, dass man nie überrascht wird, wenn man nach Hause kommt. Eine Kommilitonin hatte mir erzählt, dass sie immer, wenn sie von einer Reise zurückkam, in der Ankunftshalle des Flughafens nach jemandem Ausschau hielt, auch wenn sie genau wusste, dass keiner sie abholte. So geht es mir, wenn ich freitags nach Hause komme. Es ist Wochenende, und Erwartung liegt in der Luft. Was mich angeht, muss ich mich schon selbst darum kümmern, wenn etwas passieren soll. Trotzdem veranlasste mich irgendetwas, den Kühlschrank zu öffnen und hineinzustarren, als hätte sich an seinem Inhalt etwas verändert, ohne dass ich es wusste.

Ließ den Blick durch das Zimmer schweifen, ohne genaue Vorstellung, was ich eigentlich erwartete. Das Einzige, was mich normalerweise hätte überraschen können, wäre gewesen, dass ich vergessen hatte, das Frühstück abzuräumen.

Ich hörte meinen Anrufbeantworter ab, auch das wieder mit einer Art diffuser Sehnsucht nach etwas Ungewöhnlichem. Der erste Anruf war von meiner Mutter, die berichtete, dass sie mit Lage, ihrem derzeitigen Lover, Urlaub auf dem Land machte und dass es ganz wunderbar sei. Pass auf dich auf, Liebes, und melde dich bald mal. Ihr Tonfall hatte etwas Mitleidiges. Meine Mutter bedauert mich. Sie versteht nicht, warum ich so ernst und grüblerisch geworden bin. Was mich dazu bewogen hat, mich obendrein noch so langweilig anzuziehen und so langweilig zu leben. Andere fanden meistens, dass meine Arbeit in den Gefängnissen sich spannend anhörte. Meine Mutter dagegen sah darin nur etwas Scheußliches, das man sich doch wirklich ersparen konnte. Abscheuliche Menschen an einem abscheulichen Ort, so ungefähr.

Der nächste Anruf war von Anita. Sie habe gehofft, mich noch vor dem Wochenende zu erreichen, sagte sie mit atemloser Stimme. Es sei etwas passiert. Aber das habe auch Zeit bis Montag. Schönes Wochenende!

Ich würde mir die ganze Zeit den Kopf zerbrechen, was Anita gewollt haben könnte. Es würde mir das ganze Wochenende keine Ruhe lassen.

Da niemand Rinderfilet mit Kartoffelkroketten und einer guten Flasche Rotwein für mich eingekauft hatte, beschloss ich, wieder in die Pizzeria zu gehen. Als ich eintrat, war sie leer. Ich sah auf die Uhr. Es war acht. Miki saß hinter dem Tresen und blätterte im *Expressen*. Er blickte mich mit müden Augen an.

»Na, hier ist es ja leer«, sagte ich.

Miki zuckte die Schultern und legte die Zeitung weg.

»Gibt wohl was Gutes im Fernsehen oder so«, sagte er.

Ich ließ den Blick über die Speisekarte wandern, die ich längst auswendig kannte.

»Lasagne?«

Er hatte sich gemerkt, was ich für gewöhnlich bestellte, und das gab mir ein heimisches und zugleich ein klein wenig dummes Gefühl. Ich entschied mich stattdessen für eine Calzone. Während er sie zubereitete, überlegte ich, ob ich sie wirklich hier essen sollte, wo es doch so leer war. Das wäre irgendwie peinlich. So als ob jeder Bissen von den Wänden widerhallte. Die Grübelei war unnötig. Miki legte meine Calzone auf einen Teller, ohne zu fragen. Ich setzte mich an meinen üblichen Platz, und er vertiefte sich wieder in seine Zeitung. Die Pizza war schrecklich heiß und ich musste jeden Bissen abkühlen. Mein Pusten war das einzige Geräusch im Raum. Das Radio war aus, keine Schlagerschnulzen heute.

»Warum essen Sie immer alleine?«

Ich blickte hoch und sah, dass Miki mich beobachtete. Er hatte nette Augen, wie ich bemerkte. Sanft und melancholisch.

»Ich arbeite sehr viel«, sagte ich. »Mir bleibt keine Zeit, um mich privat mit Leuten zu treffen.«

Er seufzte.

»Das kenne ich. So geht es mir auch. Man ist dauernd unter Leuten und isst seine Mahlzeiten trotzdem allein. Entschuldigen Sie, wenn ich frage, aber was arbeiten Sie?«

Ich sagte, dass ich Pastorin sei, und das machte ihn zuerst völlig stumm. Dann erzählte er, dass sein Onkel auch Pfarrer war, in dem Dorf bei Thessaloniki, wo er aufgewachsen war. Die ganze Familie fürchtete den Onkel, er entschied in allen Familienangelegenheiten, was richtig und was falsch war. Wenn man als Kind eine Dummheit angestellt hatte, musste man zu ihm gehen und es ihm erzählen.

»Aber wenn jemand gesagt hätte, dass ich eines Tages in meiner Pizzeria mit einer Frau rede, die Pastorin ist, hätten wir es nicht geglaubt. Verstehen Sie das nicht falsch, ich wollte Ihnen nicht zu nahe treten. So war das einfach bei uns.«

Ich hätte um ein Haar gefragt, wie es kam, dass er als Grieche eine Pizzeria betrieb, aber ich biss mir auf die Zunge. Das hätte vielleicht nach Vorurteil geklungen. Miki versank eine Weile in seinen Gedanken.

»Andererseits hätte ich wohl auch nie geglaubt, dass ich eines Tages eine Pizzeria haben würde. Das war nicht gerade das, wovon ich träumte. Das kam einfach so. Mich haben so viele Leute hier in Schweden gefragt, warum ich keine Pizzeria aufmache, obwohl ich doch Grieche bin und kein Italiener, dass ich schließlich dachte: Ja, warum eigentlich nicht?«

Ich hatte meine Calzone inzwischen aufgegessen. Miki räumte den Teller ab. Dann lachte er.

»Wollen Sie einen Kaffee? Ich lade Sie ein. Mit Pfefferkuchen.«

Gerade als er eine Tasse Kaffee und einen kleinen Teller mit Pfefferkuchen vor mir auf den Tisch stellte, kamen drei junge Männer herein und bestellten Pizza. Und gerade als die Pizzen so weit waren, in die Pappschachteln verpackt zu werden, kam ein älteres Paar herein und erkundigte sich ausführlich nach den Belägen auf den verschiedenen Pizzen, und als das erledigt war, hatten sie den Anfang schon wieder vergessen und fragten erneut.

Meine Kaffeetasse war leer und der Teller mit den Pfefferkuchen auch. Miki hatte alle Hände voll zu tun und arbeitete auf seine übliche effektive Art. Er sah nicht mehr in meine Richtung, und ich beschloss zu gehen. Es kam mir albern vor, noch länger dort sitzen zu bleiben, obwohl ich am liebsten den ganzen Abend dort verbracht hätte.

Miki nickte kurz zum Abschied, als ich ging. Lag da ein Hauch von Enttäuschung über seinem Gesicht? Ich wollte es gerne glauben.

Wollte ich das wirklich? Jedes Mal, wenn ich nur den Verdacht habe, jemand könnte sich für mich interessieren, also für mich, Ingrid, nicht für die Pastorin, werde ich nervös und zugleich müde. Ich finde kein besseres Wort als müde, obwohl ich gar nicht genau weiß, was ich eigentlich meine. Ein starkes Gefühl, dass etwas anstrengend werden könnte, durchdringt mich. Meine Einsamkeit ertrage ich unter stoischem Klagen, hasse sie oft und leide manchmal darunter. Trotzdem sehne ich mich nach ihr zurück, sobald diese Einsamkeit bedroht ist.

Als ich die Treppen zu meiner Einzimmerwohnung hochstapfte, jagte genau diese Art von komplizierten Phantasien durch meinen Kopf. So, jetzt konnte ich dort also nicht mehr hingehen und mich entspannen. Und nun? Was, wenn er mich einlud, mit ihm auszugehen, und ich nicht wollte? Was sollte ich dann sagen? Und wenn ich doch mitging, vielleicht aus reiner

Höflichkeit, was würde danach kommen? Dann wäre ich gezwungen, ihm wehzutun, und alles nur, weil ich nicht in der Lage gewesen war, gleich zu Anfang ganz offen nein zu sagen.

Das war die eine Seite.

Auf der anderen Seite munterte es mich auf, dass ein Mann mich angesprochen hatte. Vielleicht hatte er es eher aus Mitleid getan, aber trotzdem. Ob ich mich wohl in Miki verlieben könnte? Das Letzte dachte ich genau in dem Moment, als ich meinem Blick im Garderobenspiegel begegnete und sah, dass meine Mundwinkel nach oben zeigten. Er war ein bisschen alt, ja. Unsere Welten hatten sicher nicht viel miteinander zu tun, nein. Aber wer weiß?

Bei Gabriel konnte ich es mir erlauben, für ihn zu schwärmen. Er war ungefährlich und überhaupt nicht anstrengend. Ich konnte für ihn schwärmen, wie Teenager für ihre Idole schwärmten. Ohne irgendeine ernsthafte Hoffnung.

Den restlichen Abend verbrachte ich vor meinem alten Fernseher mit dem blassen, verschwommenen Bild. Sah die Nachrichten und einen Actionfilm, bei dem ich einschlief. Wachte mit einem Ruck auf, als der Fernseher zu rauschen begann. Nachdem ich dann in mein lächerlich schmales Bett gekrochen war, konnte ich nicht einschlafen. Ich sah Gun vor mir. Ihren Urschrei. Ihr glückliches Gesicht zwischen Baby- und Katzenbildern. Es war, als sei sie im Begriff, in den Wahnsinn abzugleiten, und als sei ich diejenige, die sie da hineinzog.

Es war unmöglich, wieder einzuschlafen. Ich wälzte mich von einer Seite auf die andere. Steh auf und lies, sagte ein Stimme in mir. Tu irgendwas anderes. Aber etwas veranlasste mich, liegen zu bleiben. Vielleicht die Müdigkeit, trotz allem. Die Ziffern meines Digitalweckers sprangen von 04:59 auf 05:00. Draußen war es stockfinster und ungewöhnlich still. Hin und wieder fuhr ein Auto vorbei. Ein Wagen hielt an, man hörte Türen schlagen und laute, angeheiterte Stimmen. Vermutlich ein Taxi. Die Zeitung kam, aber ich hatte keine Lust, sie hereinzuholen. Wenn ich das tat, wäre es so, als sei ich damit einverstanden, dass aus der Nacht Morgen geworden war, und das war ich nicht.

Ich merkte nicht, dass ich einschlief, aber irgendwann musste es schließlich doch passiert sein.

Eine Hand schließt sich um meine. Zuerst ist es ein schönes Gefühl. Es schaukelt leicht, so als ob ich in einem Ruderboot liege. Die Hand schaukelt mich. Ich möchte mich der Hand überlassen, möchte sie immer um meine Hand spüren. Aber dann juckt mir die Nase, und ich versuche, mich für einen Moment frei zu machen. Es geht nicht. Wieder und wieder versuche ich es. Zuerst verschlafen und vorsichtig. Dann immer verzweifelter.

Die trockene, freundliche Hand wird fordernder und klebriger. Ich sehe die Hände an und sehe Blut. Auch meine Hand ist besudelt. Erstickender Eisengestank liegt schwer im Raum.

Die Erschlagene ist wieder bei mir. Sie will nicht loslassen.

Die Uhr zeigte erst Viertel nach acht, als ich wach wurde. Draußen war es noch nicht mal hell. Es gibt wenig, was mich so deprimiert wie zu frühes Aufwachen, wenn ich frei habe, vor allem wenn ich erst spät eingeschlafen bin. Die Müdigkeit machte sich nicht als Schläfrigkeit bemerkbar, sondern eher als Verwirrung und Brennen in den Augen.

Der Fußboden in der Küche war kalt. Im Haus gegenüber sah ich in fast jedem Fenster Adventskerzen oder Weihnachtssterne. Nächstes Jahr schaffe ich mir auch einen an, dachte ich.

Manchmal ist es, als würde ich mich darin suhlen, allein zu leben. Als wäre es eine Art unreflektiertes Opfer. Schmales Bett, unschöne Haare, keine Besonderheiten. Kein Adventskranz.

Ich habe nie einen Beweis dafür bekommen, dass du, Herr, kleinlich bist, wenn es darum geht, sich das Leben schön und angenehm zu machen. Ganz im Gegenteil habe ich gesehen, wie Lust wieder Lust erzeugt und Behaglichkeit noch mehr Behaglichkeit.

Warum lebe ich dann so, wie ich lebe? Wenn ich mich zwinge, eine Antwort darauf zu finden, dann ist es die: Ich stelle mir vor, dass Askese und Verzicht sich lohnen. Tief im Herzen hege ich diese Gewissheit. Versage ich mir Genuss oder Lust, dann spare ich das zusammen, wie auf einem Konto. Später einmal werde ich eine himmelstürmende Glückseligkeit erleben, denke ich wohl, auch wenn ich es für mich selbst noch nie so formuliert habe. Ich warte auf die Belohnung für mein Leben. So ist das.

Das Radio in der Küche verbreitete seine zuverlässige Botschaft, dass ich jedenfalls nicht ganz allein auf der Welt war. Ich versuchte, der Morgenandacht zuzuhören, aber wie so oft verlor ich die Konzentration. Schwedische Pastoren haben wirklich kein Talent, so zu predigen, dass man auch zuhört. Sie haben etwas Eintöniges und Gesalbtes an sich. Dass die Freikirchen solchen Zulauf haben, ist kein Wunder, immerhin wird da gepredigt, dass es einen buchstäblich vom Sitz reißt.

Die Ruhelosigkeit trieb mich aus dem Haus. Ich duckte mich vor der Kälte. Ein Morgenkaffee in Ohlssons Konditorei, das sollte mein erster Schritt zu einem genussvolleren Leben sein. Dazu ein Kopenhagener oder ein ofenfrisches, ganz weiches Safranbrötchen.

Inzwischen war es zehn Uhr und die Konditorei geöffnet, aber ziemlich leer. Yvonne stand hinter dem Tresen und sah immer noch nicht freundlicher aus. Als sie mich sah, zog sie die Augenbrauen eine Idee hoch, als wollte sie mir zeigen, dass sie mich zwar wiedererkannte, mein Besuch ihr aber gleichgültig war. Ich bestellte meinen Kaffee und deutete auf einen Kopenhagener mit etwas drauf, das aussah wie Apfelmus.

»Einen Kaffee und eine Blätterteigecke«, sagte Yvonne mit ihrer schlappen und etwas angesäuerten Stimme.

»Ach, und ich dachte, das ist ein Kopenhagener«, sagte ich mit einem kleinen verlegenen Auflachen, um anzudeuten, was für ein Dummkopf ich doch war.

»Das ist eine Blätterteigecke«, sagte sie nur.

»So, na ja, umso besser. Wissen Sie, gerade vorhin habe ich beschlossen, in Zukunft nicht mehr so streng mit mir zu sein. Mir mal was zu gönnen im Leben.«

Es klang wie ein abgenutztes Klischee. Und Yvonne legte die Blätterteigecke auf einen Teller, ohne auch nur das geringste Interesse für mein neues, etwas großzügigeres Dasein zu zeigen.

Die Blätterteigecke war schwer und kompakt, überhaupt nicht so luftig und knusprig, wie Kopenhagener sind. Ich brauchte drei Tassen Kaffee, um sie runterzuspülen, und immer noch klebte ein fettiger Nachgeschmack am Gaumen.

Ich war gezwungen, Yvonne wieder einmal anzulügen, um ein Gespräch mit ihr in Gang zu bringen. Sie hatte sich auf einen Hocker hinter dem Tresen gesetzt und starrte aus dem Fenster, auf die Lichterketten und die Weihnachtsbeleuchtung draußen. In der Hand hielt sie ein Feuerzeug. Der Daumen drückte immer wieder die Zündtaste nach unten. Es knackte, aber es kam keine Flamme.

Ich hatte meinen Kaffee ausgetrunken und ging mit dem Mantel über dem Arm zum Tresen, damit sie sehen konnte, dass ich auf dem Weg nach draußen war.

»Ja, also dann Frohe Weihnachten, falls wir uns vorher nicht mehr sehen sollten«, sagte ich.

Yvonne nickte kurz und murmelte etwas, das ich nicht verstand.

»Ich soll übrigens von Gun grüßen«, sagte ich. »›Wenn du mal wieder bei Ohlssons bist, bestell schöne Grüße von mir‹, hat sie mir aufgetragen.«

Yvonnes cooles Gehabe war dahin. Misstrauen glomm in ihren Augen auf, und man konnte sich leicht vorstellen, was sie dachte. Dass Gun ihren ehemaligen Arbeitskollegen Grüße ausrichten ließ, passte irgendwie nicht. Sie wirkte jetzt sogar etwas ängstlich. Vielleicht dachte sie, dass Gun eine Therapie oder etwas Ähnliches machte, dass sie angefangen hatte, zu reden und zu handeln wie ein normaler Mensch. Wovor Yvonne Angst hatte, wusste ich natürlich nicht. Aber ich konnte es mir vorstellen. Wenn eine wie Gun plötzlich normal wurde, konnte sie über eine Menge Schikanen berichten, denen sie ausgesetzt gewesen war. Offenbar hatten sie ihr in der Konditorei ganz schön zugesetzt wegen der Sache mit Håkan und Lotta. Bis dahin hatten sie sich immer über ihr mürrisches Schweigen lustig gemacht. Menschen wie Gun, die man für halb debil hält oder für beinahe stumm, werden leicht das Opfer ständig zunehmender Gemeinheiten. Man denkt, sie wären taub. Oder zumindest nicht in der Lage, über das zu reden, was ihnen angetan worden ist.

»Ach, aha, so. Ja, dann grüßen Sie mal zurück«, sagte sie.

Ich zog den Mantel an und suchte in meinem Kopf alles durch, was ich an Erwiderungen auf Grußaufträge parat hatte. Aber ich fand keine. Ich musste mir etwas einfallen lassen.

»Mach ich. Und richten Sie bitte auch Ihrem Vater die Grüße aus. Das war Gun wichtig.«

Yvonne nickte nur, sah jedoch sehr abwartend aus.

»Aber Manno wollte sie keine Grüße ausrichten lassen. Im Gegenteil, sie sah richtig ängstlich aus, als ich von ihm sprach. Haben Sie eine Idee, wieso?«

Ach, das war so gemein. Vergib mir, Herr. Vergib, vergib, vergib. Es war ein Gefühl, als hätte ich jede Grenze überschritten. Meine Lügen begannen törichte Proportionen anzunehmen. Ich wurde von Schwindel erfasst, taumelte und und musste mich am Brötchentresen abstützen.

Yvonne starrte mich an. Dann warf sie einen raschen Blick zur Seite, um festzustellen, ob jemand zuhörte. Offenbar war niemand in Hörweite.

»Er hat sie benutzt«, zischte sie so leise, dass ich es kaum verstehen konnte.

»Sie meinen ... benutzt ... auf diese Art?«

Yvonne nickte langsam.

»Woher wissen Sie das?«

Ich musste das fragen. Es war kaum anzunehmen, dass Manno oder Gun sich Yvonne oder sonst jemandem anvertraut hatten.

Der gleiche Blick über die Schulter, das gleiche Zischen, aber diesmal ein bisschen lauter:

»Ich hab es gesehen!«

Yvonne zog mich hinter sich her durch den Vorhang in die Backstube. Sie zeigte auf einen Raum, in dem eine große Geschirrspülmaschine stand. Der Fußboden war mit einer Gummimatte bedeckt, die sicher leicht abzuspülen war. Lange Arbeitstische aus rostfreiem Stahl an drei Wänden. Große Drahtkörbe mit Tassen, Gläsern und Tabletts. Die Geschirrspülmaschine machte einen ohrenbetäubenden Lärm. Es war dampfend heiß da drinnen.

Yvonne deutete mit dem Kopf auf einen der Arbeitstische.

»Da. Sie stand am Tisch, mit dem Gesicht zur Wand, er stand hinter ihr. Und er … na ja, Sie wissen schon. Grabschte und fummelte an ihr herum. So nach dem Motto, du willst es ja nicht anders. Und dann hat er sie an den Haaren gezogen, unheimlich grob.«

»Und Gun, was hat sie gemacht?«

»Geweint. So sehr, dass es beinahe ein Schreien war.«

Yvonne beobachtete mich scharf, es war eine Art eingehender Musterung meiner Reaktion. Die Szene vor meinem inneren Auge war so widerlich, dass ich fast nicht mehr klar denken konnte. Ich spürte einen Impuls, mich irgendwo einzuschließen, Ruhe zu haben vor dem scheußlichen Bild, das Yvonne in mir heraufbeschworen hatte. Es war, als hätte meine Neugier mir ins Gesicht geschlagen. Oder gespuckt. Der Geruch von Harriets hochgerotzter Spucke stieg Ekel erregend wieder in mir auf.

»Wie … scheußlich«, war alles, was ich herausbrachte.

Yvonne nickte mit triumphierendem Nachdruck. Das war eine Geschichte, an der ich zu knabbern haben würde, so ungefähr. Gott, wie ich die Frau in diesem Moment hasste. Diese Lust am Leiden anderer.

Ich knöpfte meinen Mantel zu und murmelte wieder etwas von wegen abscheulich und flüchtete mit einem tonlosen ›Frohe Weihnachten‹. Was Yvonne sagte und was für ein Gesicht sie machte, weiß ich nicht mehr. Als meine Gedanken langsam wieder in normale Bahnen gerieten, war ich schon mehrere Querstraßen weiter, an der Erstagatan vorbei und halbwegs in Nacka. Ich bemerkte, dass meine Hände steif gefroren waren, weil ich die Handschuhe mit krampfhaftem Griff umklammerte. Ich zog sie mit frostzitternden Fingern an. Es ging langsam. Der Bürgersteig war leer. Lange, voll besetzte Busse donnerten vorbei.

Ich war ganz nass im Gesicht von Schnee, Schweiß, Rotz und vielleicht auch von Tränen. Mir war, als hätte ich Gun verraten, als wüsste ich etwas über sie, das sie mir nicht hatte anvertrauen wollen. Herr, ich weiß nicht, wann meine Schnüffelei angefangen hat. Aber jetzt ist damit Schluss.

Ich sah wieder die Szene vor mir, wie Gun auf dem Fußboden lag und Lena auf sie eintrat, das hochgerutschte Kleid und die fetten weißen Schenkel, die Strümpfe wie Wurstpelle und der riesige Schlüpfer. Gun war nicht in der Lage, ihre Integrität zu schützen. Genauso empfand ich es, wenn ich mir jetzt die Situation mit ihr und Manno vor Augen rief. Dadurch, dass ich mich auf einen Zuschauerplatz getrickst hatte, erschien es mir, als sei Mannos Übergriff doppelt kränkend geworden. Und auch jetzt hatte Gun keine Chance, sich zu wehren.

Kapitel 11

Zu Hause saß ich lange im Flur, Mantel und Stiefel noch an, und starrte auf ein Bild, das dort hängt. Ein alter Öldruck, den ich von meiner Großmutter geerbt habe. Er zeigt zwei Kinder, die über eine Brücke gehen. Die Sonne scheint, es ist Sommer. Ein kleiner Bach plätschert unter der Brücke. Über den Kindern ragt ein Schutzengel auf. Er trägt ein weißes Gewand und hat lange blonde Haare. Er lächelt auf die Kinder hinunter.

Heute weiß ich, dass man den Engel für den Freund und Beschützer der Kinder halten soll.

Aber als ich klein war und das Bild noch bei Großmutter hing, dachte ich immer, es wäre genau anders herum. Dass der Engel die Kinder in den Bach stoßen wollte, damit sie starben und er sie in Gottes Himmelreich holen konnte. Obwohl er so lieb lächelte, meinte ich immer etwas Gemeines darunter durchschimmern zu sehen.

Eines Nachts träumte ich von dem Engel, und da lachte er so, dass man seine Zähne sehen konnte. Er hatte spitze Eckzähne, wie bei einem Vampir. Seitdem hatte ich Angst vor dem Bild, und wenn ich bei Großmutter schlief, musste sie immer die Tür zu dem Zimmer abschließen, in dem das Bild hing.

Als Großmutter starb, war das Bild das Einzige, was mir etwas bedeutete. Ich fand es interessant, dass ich als Kind solche Angst davor gehabt hatte, und auch, dass ich Gut und Böse so anders interpretierte. Das Bild erinnerte mich außerdem schmerzhaft an meine Unfähigkeit, eine solche Zuversicht und Geborgenheit zu empfinden, wie man es als Kind kann. Dass man liebevoll bewacht wird von Menschen und Kräften, die einem Gutes wollen.

Wie so oft, wenn man etwas erbt, was sehr gefühlsbeladen ist, hörte das Bild am selben Tag auf, zu mir zu sprechen, an dem ich es übernahm, und seitdem hatte es mir nichts mehr bedeutet.

Aber gerade an diesem Tag sagte es mir wieder etwas. Der Engel in der Verkleidung des Guten, das war ich. Die Gestalt, die überhaupt nicht beschützte, sondern nur Unglück mit sich brachte, war ebenfalls ich.

Ich war schweißnass, nachdem ich so lange in Straßenkleidung dort gesessen hatte. Als ich Mantel und Stiefel schließlich auszog, begann ich stattdessen zu frieren. Das Telefon klingelte, und ich meldete mich zähneklappernd.

Es war Anita. Sie entschuldigte sich mehrmals, dass sie anrief und mich zu Hause störte. Aber es gab da etwas, worüber sie mit mir reden wollte. Meine Stimme muss komisch geklungen haben, denn sie fragte zweimal, ob mit mir alles in Ordnung sei. Wir plauderten ein wenig darüber, wie kalt es geworden war und dass es wohl gar nicht mehr aufhören wollte zu schneien. Andererseits waren die Kinder bestimmt glücklich darüber, denn zum Schlittenfahren war der Schnee einfach prima.

Es war ungewohnt, über solche Belanglosigkeiten mit Anita zu reden. Ich befürchtete, sie könnte etwas in der Art sagen, dass ich Gun und das Gefängnis nicht mehr aufsuchen sollte. Mir schien, als habe sie etwas auf dem Herzen. Schließlich fragte Anita, wo ich wohnte. Als ich ihr meine Adresse nannte, sagte sie, dass es gar nicht weit bis zu ihr wäre. Ob ich nicht Lust hätte, sie auf ein spätes Mittagessen zu besuchen? Sie wohnte in einem kleinen Haus in Tallkrogen, und die U-Bahn ging vom Medborgarplatsen ja direkt dahin.

Ich sagte so schnell zu, dass es direkt peinlich war. Anita lachte.

»Oh-oh, du kennst meine Kochkünste noch nicht, wie ich höre.«

»Das macht nichts. Ich meine, das wird schon nicht so schlimm sein. Also das mit dem Essen«, stotterte ich.

Anita beschrieb mir genau, wo sie wohnte, und wir verabredeten, dass ich in zwei Stunden bei ihr sein sollte.

Normalerweise mache ich mir nie besondere Gedanken darüber, was ich anziehen soll, aber jetzt tat ich es. Ich wollte beeindruckend aussehen. Solide. Und schick. Meine Phantasien, Anita zur Freundin zu haben, waren ungebrochen. Ich entschied mich für weinrote Wollhosen und eine passende Strickjacke. Unter der Strickjacke hatte ich eine senffarbene Bluse an. Ich würde die Jacke kaum ausziehen, diese Villen waren ja immer so kalt, deshalb hielt ich es für überflüssig, die Bluse zu bügeln. Man würde sowieso nur den Kragen sehen.

In Tallkrogen war es menschenleer und still. Kleine hölzerne Einfamilienhäuschen mit kleinen hübschen Vorgärten reihten sich aneinander. Die Art von Häusern, die immer so gepflegt aussehen. Die Briefkästen waren handbemalt, und es gab einige besonders fröhliche Schildchen, die mitteilten »Hier wohnt Familie Hansson« oder »Willkommen bei uns«. Die Gärten waren kaum größer als zweihundert Quadratmeter, aber jedes noch so kleine Eckchen wurde genutzt. In den Bäumen hingen Lichterketten, es gab kleine Vogelhäuschen und Gartenzwerge. Hier wohnten Menschen, die das Wohnen genießen wollten, das merkte man. Das hier war ihr Glaube, dieses anheimelnde Licht, das auf die weiße Schneedecke schien. Auch Anita hatte einen handbemalten Briefkasten, auf dem mit verschnörkelten Buchstaben geschrieben stand »Hier wohnt Anita Lagerström«, und daneben ein Foto von Majken mit der Unterzeile »Ich passe auf«.

Anita hatte auch elektrisches Licht im Garten, eine Fußmatte am Eingang, auf der »Frohe Weihnachten« stand, und Hafergarben für die Vögel. Als sie die Tür öffnete, trug sie eine rüschenverzierte Trägerschürze, und Majkan wuselte ihr um die Füße. Der Hund sprang in den Garten, pinkelte kurz und rannte schnell wieder ins Haus, zitternd vor Kälte.

»Sie gehört nicht gerade zu der Sorte, die besonders abgehärtet ist«, sagte Anita, während wir unsere Blicke auf der erbärmlich zitternden Majkan ruhen ließen.

Anitas Häuschen war klein, aber gemütlich. Sie führte mich durch die Räume und man merkte, wie stolz sie auf das alles war. Das Haus hatte drei Zimmer und eine Küche. Neben dem breiten Bett im Schlafzimmer stand ein Nachttisch, auf dem ein Roman von Ed McBain lag, und das Bett war bedeckt mit vielen weichen, dicken Kissen. Majkan sprang hinauf und machte es sich gemütlich. Man merkte, dass dies ihr gewohnter Platz war.

In Anitas Arbeitszimmer gab es einen PC, Regale voller Bücher und drei Behälter voller Stifte. Papiere und Zeitungsausschnitte lagen überall verstreut. Hier herrschte die gleiche Unordnung wie in ihrem Büro im Gefängnis, und auch hier lag der wohl bekannte schwere Rauchgestank über allem.

Im Wohnzimmer standen ein großes, üppiges rotes Sofa und ein moderner Fernseher. Auf dem Sofa lagen silbrig glänzende, sternförmige Kissen.

In der Küche hatte Anita Teller und Gläser aufgedeckt. In den Gläsern steckten gefaltete Servietten mit Weihnachtsmännern drauf, und unter den Gläsern lagen kleine gewebte Deckchen. Auf dem Tisch standen ein paar Flaschen alkoholarmes Bier, um deren Hälse kleine Kränze aus künstlichem Blaubeerkraut gewunden waren. Mit großen Grillhandschuhen, die Hummer oder Krebse darstellen sollten, holte Anita eine dampfend heiße Auflaufform aus dem Backofen.

»Schinkengratin«, sagte Anita kurz und stellte die Auflaufform auf eine Unterlage, die ein trauriges Schwein mit roter Halskrause darstellte, und unter dem Schwein stand »Fröhliche Weihnachten – für euch schon!« Anita sah meinen Blick und sagte hastig, als wollte sie sich entschuldigen:

»Ja, ich finde das auch ziemlich grausam. Mein Sohn hat es mir geschenkt, er kennt meine Tierliebe und zieht mich immer damit auf.«

»Diese Kinder«, sagte sie dann mit gespielt böser Miene.

Ich lachte, sagte aber nichts. Was »diese Kinder« betraf, hatten wir nun wirklich keinerlei Gemeinsamkeiten. Anita erzählte, dass sie einen Sohn und eine Tochter hatte. Der Sohn hieß Johan und war fünfundzwanzig, ihre Tochter Isabella war dreiundzwanzig. Er Programmierer, sie Bankangestellte.

»Ich bin seit fünf Jahren geschieden, aber mein Exmann ist nicht der Vater meiner Kinder.«

Raymond war Anitas große Liebe gewesen, wie sie mir anvertraute, während sie eine Portion Schinkengratin auf meinen Teller häufte. Sie hatte den Vater ihrer Kinder verlassen und war aus Filipstad weggezogen, wo sie mit ihrer Familie gewohnt hatte. War mit Raymond und den Kindern, damals zehn und zwölf Jahre alt, nach Stockholm gegangen.

Ganz kurz erzählte Anita, warum sie sich hatte scheiden lassen, obwohl sie und ihr zweiter Mann doch so verliebt gewesen waren. Er hatte ihre Kinder nie wirklich akzeptiert, hatte sie nicht so behandelt, wie es hätte sein sollen. Zwar korrekt und alles, aber nie wirklich liebevoll. Hatte sie nie unterstützt, sondern sich immer über ihre Schwächen lustig gemacht und dauernd an ihnen herumgemeckert. Immer hatte er etwas an ihrem Verhalten auszusetzen gehabt.

Das Idiotische an der Sache war, berichtete Anita, dass sie erst nach dem Auszug der Kinder ihren eigenen Zorn darüber zugelassen hatte, dass Raymond so war. Und nach der Scheidung hatte sie erkannt, dass sie niemanden mehr vermisste als Majken, die sie nur alle zwei Wochen haben durfte.

»Außerdem haben wir beide zu viel getrunken, als wir noch zusammen waren. Am Ende waren die Weinflasche und das Fernsehprogramm alles, was wir noch gemeinsam hatten. Nein, wirklich, es war grauenhaft.«

Anita winkte heftig ab, und das Bettelarmband an ihrem Handgelenk klirrte.

Ich hätte am liebsten auch ein Lebensschicksal gehabt, das sich zu erzählen lohnte. Wieder einmal war ich die Zuhörerin, die Frau mit der Kompetenz von Amts wegen, die keine eigenen Erfahrungen hatte.

Manchmal fällt es mir wie Schuppen von den Augen, wie oft ich in der Rolle der Allwissenden bin, obwohl ich nicht die leiseste Ahnung habe, was es heißt, das eigene Leben mit dem Leben eines anderen Menschen zu verknüpfen. Und auch nicht, was es heißt, selbst Kinder zu haben, nebenbei bemerkt.

Anita erzählte, und ich machte sicher ein verständnisvolles Gesicht. Da auf einmal, Herr, durchfuhr mich der Impuls, meine Hände nach Anita auszustrecken, sie in den Arm zu nehmen und zu sagen: Liebe Anita, hilf mir, ich habe keine Ahnung, wie man es anstellt zu leben, zeig du es mir.

Der Schinkenauflauf schwamm in Fett, genau wie ich es schon beim ersten Blick befürchtet hatte. Die Portion, die Anita mir gegeben hatte, war ein großer, dampfender, wabbeliger Haufen Fleisch, umrahmt von flüssiger Butter, in der Fetzen von gestocktem Eiweiß schwammen, ab und zu durchbrochen von einem Stück Schinkenspeck. Ich nahm eine Scheibe Knäckebrot und zerbröselte es, um das Fett damit aufzusaugen, aber es half nicht viel. Gar nichts zu essen war unmöglich. Anita langte mit gutem Appetit zu. Sie tunkte sogar jeden Bissen noch extra in die Fettaugen. Ihre Art zu essen war rasch und zielgerichtet. Ihr kurzärmeliges Shirt betonte die wabbeligen Oberarme, die gleichsam im Takt mit den Kaubewegungen bebten.

»Vielleicht bisschen viel Salz dran«, sagte sie, und ich errötete, weil ich ihr noch kein Kompliment für ihre Kochkunst gemacht hatte.

»Ach was, genau richtig«, sagte ich. »Wirklich sehr gut.«

Ich bemühte mich, an etwas anderes zu denken und das Schweinefleisch wie nebenbei in meinen Magen rutschen zu lassen. Als ich endlich nur noch einen fettschillernden See auf meinem Teller hatte, war ich unsagbar erleichtert, und als Anita sich anschickte, meinen Teller nochmals zu beladen, hallte mein erleichtertes »Danke, für mich nicht mehr« wie ein donnerndes Echo von den Wänden zurück.

Anita räumte die Reste ab und stellte eine Thermoskanne auf den Tisch sowie zwei Kaffeetassen samt Untertassen aus einem Service, das ich wiedererkannte, mit kleinen blauen Blumen auf weißem Untergrund. Ein Milchkännchen in Form einer Kuh und eine Zuckerschale mit Zange für die Zuckerwürfel. Anita legte mit Weihnachtssternen bedruckte Servietten an jeden Platz und stellte einen Kuchenteller mit zwei Punschröllchen und zwei Mandelschnitten in die Mitte. Ich spülte unsere Schinkenauflaufteller unter dem Wasserhahn ab. Wir schwiegen, während Anita den Kaffeetisch deckte. Wir wussten beide, dass es jetzt ernst wurde; jetzt mussten wir das besprechen, weswegen ich hier war.

Wir setzten uns, und Anita legte mir ein Punschröllchen und eine Mandelschnitte auf den Teller.

»Jetzt wollen wir uns mal was gönnen«, sagte sie.

Sie bediente sich selbst auch, tat zwei Stückchen Zucker in ihren Kaffee und begann in der Tasse zu rühren.

»Ja, also, es gibt da eine Sache, über die ich mit dir reden muss, Ingrid.«

Jetzt kam es.

»Die Sache ist die, ich habe am Freitag ein Protestschreiben in Empfang nehmen müssen. Unterschrieben von fast allen Insassinnen unseres Gefängnisses. Du kannst es sehen, ich habe es hier. Und es geht darin um dich.«

Sie reichte mir ein Blatt Papier, das auf der Mikrowelle hinter ihr gelegen hatte. Ich wischte mir die Hände an einer Serviette ab, bevor ich es nahm. Die Überschrift lautete »Aufruf gegen Diskriminierung von Homosexuellen«. Darunter folgte ein kurzer Text, geschrieben von jemandem, der versuchte, Respekt einflößend zu klingen: »Es ist den nachstehend aufgeführten Insassinnen der Justizvollzugsanstalt zur Kenntnis gelangt, dass eine Gefängnisgeistliche ihrer Abneigung gegen Homosexualität Ausdruck gegeben und indirekt Schikanen gegen Insassinnen mit homophiler Neigung begünstigt hat. Als einen Akt der Solidarität verlangen wir Inhaftierten deshalb, dieser Geistlichen ab sofort jeden weiteren Zutritt zur Haftanstalt zu untersagen.«

Es folgte eine Reihe von Unterschriften. Ganz oben standen die Namen von Marja und Harriet. Die anderen kannte ich nicht. Guns Name war nicht dabei, aber das hatte ich auch nicht erwartet.

Ich las das Schreiben immer und immer wieder. Merkte, wie mein Magen zunehmend mehr gegen all das Fette und Schwere aufbegehrte, das ich gegessen hatte. Auf einmal wurde es dringend, ich entschuldigte mich und flüchtete in Anitas Toilette.

Ich schaffte es kaum, rechtzeitig die Hose herunterzuziehen. Die Blätterteigecke von heute Morgen und der Schinkenauflauf explodierten mit einem so lauten Getöse, dass ich richtig Angst bekam.

Die Wände in Anitas Toilette waren weiß. Neben dem Waschbecken hingen rosa Handtücher, das Klopapier war rosa, und der Klodeckel trug einen Bezug aus rosa Frottee. Sogar das Waschbecken war rosa, es hatte die Form eines Rosenblütenblatts. Die Handtuchhaken und die Hähne waren messinggelb. Mitten in all diesem Makellosen und Rosafarbenen kam ich mir besonders schmutzig vor.

Als ich abputzen wollte, zitterte meine Hand.

Mein ganzen Leben habe ich der Aufgabe geweiht, die Botschaft deiner Liebe zu verbreiten, Herr. Niemals zu richten, immer tolerant zu sein, meinen Mitmenschen Hoffnung und Trost zu spenden.

Ich habe nicht viel Vertrauen in mich selbst. Obwohl, das eine traue ich mir doch zu, dass ich vermitteln kann. Es ist selten, dass ich Trost bei mir selbst finde. Selten, dass ich Glück mit meinen eigenen Liebesbeziehungen habe. Aber für andere bin ich da.

Die Unterschriftenaktion mit dem Aufruf, mir Hausverbot zu erteilen, gab mir ein Gefühl von Unwirklichkeit.

Als ich zurück in Anitas Küche kam, schob sie sich gerade das letzte Stück ihres Punschröllchens in den Mund. Sie sah mich besorgt an, und ich hatte den Verdacht, dass ihr Haus hellhörig war. Ich setzte mich.

»Anita, ich weiß nicht, was ich sagen soll …«

Obwohl es mir absurd vorkam, einer Sache bezichtigt zu werden, die ich meiner Meinung nach doch gerade bekämpfte, machte ich es mir mit meiner Unschuld nicht leicht. Auf gewisse Weise hatte ich zu all dem beigetragen, das war mir durchaus bewusst. Ich war Anita gegenüber nicht ehrlich gewesen. Der Fall Gun hatte mich dazu gebracht, meine Ideale und das Vertrauen anderer Menschen zu opfern.

Anita tupfte sich den Mund mit ihrer feinen Weihnachtsserviette ab, zündete sich eine Zigarette an und musterte mich forschend. Ich biss vorsichtig in das eine Ende meines Punschröllchens. Innerlich war ich ein nervös zuckendes Chaos, nach außen hin bemühte ich mich krampfhaft, Anita in die Augen zu sehen, anstatt meinen Blick herumirren zu lassen.

»Ingrid«, sagte Anita streng und ernst. »Ich will ganz ehrlich zu dir sein. Ich bin nicht sehr für Geistliche und so was. Bin wohl einfach nicht der Typ. Zu viel Gerede und … wie soll ich sagen … Glaube an etwas, das einfach nicht sein kann. Aber dich habe ich von Anfang an gemocht. Weiß auch nicht, wieso. Vielleicht, weil du einfach nett wirkst und dich nicht aufs hohe Pferd setzt.«

»Danke«, sagte ich und fühlte mich einerseits froh und andererseits einfältig.

»Aber etwas an dir provoziert die Frauen, das ist ganz klar. Nun ja, nicht alle. Gun strahlt nur noch. Wie du das geschafft hast, ist mir ein Rätsel.«

Anita drückte die Zigarette aus und hustete bellend.

»Jedenfalls muss ich dich jetzt fragen: Was ist deiner Meinung nach passiert, und wie sollen wir damit umgehen?«

Sie setzte sich zurück und faltete die Hände vor dem Bauch. Regelmäßige blonde Strähnen zogen sich durch Anitas Frisur.

Ihre Augenbrauen waren fast ganz weggezupft und sie hatte sich stattdessen braune Striche gemalt. Ein bisschen von ihrem korallenroten Lippenstift war noch zu sehen, der große Rest leistete wohl dem Schinkenauflauf in ihrem Magen Gesellschaft. Sie trug große goldschimmernde Ohrclips, und oft, wenn sie zuhörte oder redete, zog sie erst den einen, dann den anderen ab und massierte sich die Ohrläppchen. Es tat sicher weh, sie zu tragen. Für wen putzte sie sich so heraus? Heute zum Beispiel, war das für mich? Warum geben sich Leute solche Mühe? Worauf hoffen Frauen wie Anita, wenn sie sich die Augenbrauen mit der Pinzette ausreißen?

Ich war nicht so, deshalb verstand ich es nicht. In einer Frauenzeitschrift, die ich in Mikis Pizzeria gelesen hatte, stand zum Thema Schönheit und Schminken, dass das etwas ist, was man für sich selbst tut. Dass man sich wohler fühlt, wenn man frisch und gepflegt aussieht, wie sie es nannten.

Daran zweifelte ich nicht. Aber was noch?

»Ja, das war eine unglückliche Sache mit Lena und Gun«, begann ich mit einem leichten Zittern in der Stimme.

»Was so provozierend wirkt, ist vielleicht, dass ich Kontakt zu Gun gefunden habe …«

Ich berichtete Anita, wie Marja mich davor gewarnt hatte, mich mit Gun zu beschäftigen, aber mir war nicht ganz wohl dabei. Was für eine scheinheilige Petze du bist, sagte eine Stimme in mir. Anita nickte zu allem, was ich sagte, und wie üblich konnte sie ihre Gefühle nicht verbergen. Sie angelte noch eine Zigarette aus der Schachtel und rauchte ungeduldig, während ich damit fortfuhr, dass ich mich von einer solchen Drohung doch unmöglich einschüchtern lassen durfte und dass Gun ja wohl das Recht hatte, mit mir zu reden, auch wenn ihre Ansichten nicht politisch korrekt waren.

Gütiger Gott, ich hasste mich selbst, als ich das von wegen nicht politisch korrekt sagte. Unbequeme Ansichten hält man sich am besten dadurch vom Hals, dass man die Aussagen des

Gegners als »nicht politisch korrekt« einstuft. In Wahrheit ist das nichts anderes als eine Verhöhnung normaler, gesunder, demokratischer Äußerungen.

»Dass Marja dahinter steckt, hätte ich mir eigentlich denken können«, schimpfte Anita.

Es war beinahe unheimlich, wie taktisch richtig ich mich verhalten hatte. Diese Marja war Anita ein Dorn im Auge, das wusste ich ja bereits. Und es brauchte nicht viel, damit sie die Aktion gegen mich als Ausdruck von Marjas konspirativem Eifer sah.

»Ich glaube, ich weiß, was wir machen«, sagte Anita, und ihre Augen verengten sich zu schmalen Schlitzen.

»Wir geben nicht klein bei. Gleich Montag rufen wir sie alle zusammen. Dann nimmst du zu den hier geäußerten Vorwürfen Stellung. Alle sollen dabei sein. Das ganze Personal, alle Inhaftierten. Gun auch.«

Sie sah jetzt richtig unternehmungslustig aus. Mir selbst war unbehaglich zumute. Was mir am meisten Sorgen machte, war Guns Reaktion. Würde sie sich nach einer solchen Großveranstaltung nicht von mir abwenden?

»Ehrlich gesagt, weiß ich nicht, ob das so eine gute Idee ist, was Gun angeht ...«

»Wir können jetzt bei niemandem eine Ausnahme machen. Natürlich wird das eine Zumutung für Gun, sie ist inzwischen verhasster als jemals zuvor. Aber ich sage dir, Ingrid, ich glaube, wir können das hier abwenden.«

Ich fühlte mich unter Druck gesetzt, ihren Enthusiasmus zu teilen. Wir, Anita und ich, würden mit unserer Power und unserer starken Überzeugung alles wieder in Ordnung bringen.

Aber das Bild, das ich vor Augen hatte, war Guns Gesicht, während sie mir zuhören würde. Wie sie dichtmachen, verlöschen, verhärten würde.

»Als Pastorin ziehe ich es vor, etwas zurückhaltender zu sein, meine eigene Überzeugung nicht anderen aufzudrücken ...«

»Wie meinst du das?«

»Ich meine nur, selbstverständlich werde ich ganz klar sagen, dass ich keinerlei negative Ansichten über Homosexuelle habe. Aber Gun, weißt du, man darf sie nicht verurteilen, ohne ihre Geschichte gehört zu haben.«

»Nein, nein, das ist klar. Wir werden nicht einmal Guns Namen erwähnen. Du sollst einfach nur allen erklären, wie du zu dieser Sache stehst.«

Anita sah richtig kampflüstern aus, und ich glaube, sie stellte sich schon vor, wie ich mit meiner redegewandten und vernünftigen Stimme Marjas schlecht formuliertes und grob zusammengeschustertes Protestschreiben platt bügeln würde. Ich selbst war da eher skeptisch. Marja war nicht auf den Mund gefallen, und sie hatte die unangenehme Gabe, den Finger in die Wunde zu bohren, die am meisten schmerzte.

Anita fragte, ob ich einen Bailey's zum Kaffee wollte. Ich wusste nicht genau, was das war, aber ich begriff, dass es etwas Alkoholisches sein musste, also sagte ich ja. Sie goss eine milchweiße Flüssigkeit in kleine Likörgläser. Es schmeckte wie Sahne-Cola. Richtig lecker. Ich begann mich zu entspannen.

Anita trank in großen Schlucken und berichtete, dass sie tatsächlich eine Menge Ärger mit Marja hatte, die eine Art Schreckensherrschaft in der Anstalt zu führen schien.

»Drei Jahre muss sie noch absitzen. Wird das schön sein, wenn die endlich weg ist. Sobald eine der anderen Inhaftierten Anzeichen macht, nicht mehr ganz so steinhart zu sein, ist Marja zur Stelle und heizt die Stimmung wieder an. Konflikte sind für sie wie die Luft zum Atmen.«

Anita schenkte unsere Gläser nach und schlürfte das Zeug genüsslich aus. Sie lachte breit in sich hinein. Schmatzte zufrieden und ließ den Blick durch ihre gemütliche Küche wandern.

Ich fragte sie, wie sie dazu gekommen war, ausgerechnet in einem Gefängnis zu arbeiten. Anita antwortete, fast entschuldigend, dass sie eine soziale Ader habe. Dass sie helfen wolle.

»Ich weiß nicht, woher das kommt«, sagte sie und zuckte die

Schultern. »Ich war schon als Kind so, dass ich Fliegen aus Regentonnen rettete. Und wenn ich an die hungernden Kinder in Afrika dachte, heulte ich das Kopfkissen nass …«

Anitas Augen wurden verdächtig blank. Sofort riss sie sich zusammen, schnäuzte sich in die Serviette und steckte sich eine Zigarette an.

»Ich komme mir immer ein bisschen beschämt vor. Menschen, die helfen wollen, werden ja heutzutage sehr misstrauisch beäugt, und vielleicht ist das gut so. Ich denke, ich ziehe für mich auch etwas daraus.«

Das kannte ich von mir selbst. Immer war so ein kleines Gefühl der Scham dabei, wenn man behauptete, etwas in einem sei gut und wolle Gutes tun. Als ob man sich über andere erheben, sich interessant machen wollte. Oder vielleicht, weil man insgeheim ahnte, dass man undurchsichtigere Motive hatte, als man nach außen hin vorgab.

Ich erzählte Anita, wie mein Bruder reagiert hatte, als ich ihm sagte, dass ich Pastorin werden wollte. ›Dann kannst du dein Leben lang die liebe, gutherzige Ingrid sein‹, hatte er gesagt. Er tat so, als habe er das witzig gemeint, aber der schlecht verhohlene sarkastische Unterton in seiner Stimme drückte etwas anderes aus. Ich antwortete ihm, dass ich mich nie als besonders lieb oder gutherzig aufgefasst habe. Da lachte er aus vollem Hals und konnte sich gar nicht wieder beruhigen. Das sei das Dümmste, was er je gehört habe, sagte er.

Und dann erzählte er, wie seine ganze Kindheit davon geprägt war, dass unsere Eltern in ihm den frechen und ungezogenen Bengel sahen, während ich für sie immer ein kleiner Ausbund an Tugend war. Wenn er beispielsweise ausgeschimpft wurde, weil er beim Essen gekleckert hatte, rieb ich ihm unter die Nase, wie wichtig es war, schön ordentlich zu essen. Dauernd musste er sich meine altklugen Kommentare anhören. Meine Eltern fanden mich süß und herzallerliebst. Ganz im Gegensatz zu ihm.

Komisch, aber es regt mich heute noch auf, wenn ich daran

denke. Nach meiner Erinnerung war er immer stur und bockig, besonders in der Pubertät. Meine Aufgabe wurde es, unsere betrübten Eltern zu trösten. Seine harten Worte zu mildern, seine Dummheiten zu entschärfen. Dank meines Bruders hatte ich nie die Möglichkeit, meinen eigenen Willen zu entwickeln. Was das anging, beanspruchte er allen Platz.

Ich merkte, dass meine Wangen sich zornig röteten, und sah, wie Anita stutzte. Sie war es ja nicht gewohnt, mich so gefühlvoll zu sehen.

»Damals fand ich, dass er dumm und ungerecht war. Hab ihm das auch gesagt. Obwohl, ein bisschen war wohl was dran an dem, was er mir vorhielt.«

Ich hätte Anita erzählen können, genau jetzt und hier, dass ich als Kind überhaupt nicht immer brav war. Wie ich es manchmal genoss, böse zu sein, wenn es niemand sah. Wie ich Fliegen und Marienkäfern die Flügel ausriss. Sie so verstümmelt herumwuseln zu sehen erfüllte mich mit geheimer Befriedigung. Anschließend weinte ich und bat Gott um Vergebung. Ich stahl Sachen von meinen Klassenkameraden, wollte ihnen ihr unbekümmertes Glück wegnehmen. Aber es durfte nie jemand merken. Wenn es einer gemerkt hätte, wäre ich gestorben. Nicht mehr und nicht weniger.

Entweder ich schlich herum oder ich manipulierte. Ich konnte Freundinnen verleumden, ohne dass es auffiel. Stattdessen hielt man es für Ehrlichkeit und Aufrichtigkeit.

Das alles hätte ich Anita erzählen können, aber ich tat es nicht. Ich konnte nicht. Der Anspruch, lieb und gut zu sein, sitzt tief in mir. Ist mein Rettungsring. Nicht einmal jetzt, als Erwachsene, kann ich meine dunklen Seiten zugeben, mit all der Kraft und Schwärze, die ihnen eigen ist. Immer noch schäme ich mich für die sadistischen Dinge, die ich als Kind anstellte. Kann sie einfach nicht eingestehen. Die Scham ist zu groß.

Ich kann damit kokettieren und sagen, dass ich überhaupt nicht so nett und selbstaufopfernd bin, wie alle glauben. Kann behaupten, dass es dunkle Seiten in meiner Persönlichkeit gibt, wie bei allen anderen Menschen auch.

Aber wenn jemand mich drängt, einmal genauer zu sagen, wie sich diese dunklen Seiten äußern, mache ich dicht.

Ich meine nicht, dass alle offen über ihre Charakterfehler reden sollen. Diesen Freiraum muss man einfach haben. Aber ich verschließe meine eigenen Schattenseiten so krampfhaft, dass ich mich manchmal als unaufrichtig empfinde.

»Ich will damit sagen, dass ich als Kind sehr abhängig davon war, lieb und artig zu sein«, sagte ich zu Anita.

Sie berichtete, dass es ihr als Mädchen auch so gegangen sei, und mir wurde froh und gleichzeitig beklommen zumute. Froh, weil ich einen Menschen gefunden hatte, der meine Gefühle und Erlebnisse teilte, und beklommen, weil ich sie als so viel mehr mit sich im Reinen empfand, als sie von den dunklen Kehrseiten der lieben kleinen Anita erzählte.

Kapitel 12

Als ich schließlich aufbrach, war es bereits sieben Uhr geworden, und draußen war es sternenklar. Ein scharfer, eisiger Wind fegte über den Bahnsteig, als ich auf die U-Bahn wartete. Ich zog den Mantel fester um mich. Die Nase tief in den Schal gesteckt, sog ich den Duft von kalter Wolle ein und den speziellen Geruch, den meine Wohnung hat.

Meine Gedanken kreisten wieder um den Montag. Was sollte ich sagen? Die Plakatwände auf dem gegenüberliegenden Bahnsteig zeigten eine schlanke, braun gebrannte Frau, die leicht gebeugt neben einem Fitnessrad stand. Ihre Augen waren zu einem entschlossenen Blick verengt, Wassertropfen oder Schweißperlen bedeckten ihre Stirn und die schlanken, trainierten Oberarme. Es war eine Reklame für fettreduzierte Margarine, und quer über dem Plakat stand: »Haben Sie sich entschieden?«

Hatte ich mich entschieden? Und für was?

Ich hatte mich für nichts entschieden. Ich ließ mich einfach treiben. Es war, als befände ich mich in einem Traum. Alles war verschwommen und ohne Richtung. Ich wurde mitgezogen, ohne einen bewussten Plan oder Gedanken zu haben. Ich vernachlässigte Pflichten und Zusagen mit einer Gedankenlosigkeit, als würde ich träumen.

Übermorgen sollte ich vor sämtlichen Inhaftierten des Gefängnisses stehen und erklären, dass ich keinerlei Vorbehalte gegen Homosexuelle hege. Und das Einzige, wovor ich Angst hatte, das Einzige, was mir Sorgen machte, war, ob ich den Kontakt zu Gun aufrechterhalten konnte. Aber nicht einmal das brachte mich dazu, eindeutig und klar zu sein, etwas zu wollen oder zu fordern. Die Unentschlossenheit lag wie ein lähmender Fluch auf mir.

Einerseits empfand ich es als selbstverständlich, dass ich dort als Beschützerin der wahren Liebe auftreten würde. Dass ich alle Kräfte verfluchen würde, die der Liebe, in welcher Form auch immer sie auftreten mochte, entgegenarbeiteten.

Andererseits hatte Gun ein Vertrauen zu mir entwickelt, das jederzeit zusammenbrechen konnte. Natürlich würde ich Gun erklären, wie ich zu ihrem Verhalten stand. Aber nicht gerade jetzt.

Zwischen diesen beiden Absichten schwankte ich hin und her, und ich war so handlungsunfähig, dass mir nicht einmal ein konkreter Plan einfiel, wie ich am Montag vorgehen sollte.

Als ich fast schon zu Hause war, ging ich noch schnell in den Supermarkt an der Ecke und kaufte drei in Plastik eingeschweißte Kartoffelklöße, ein Glas Preiselbeermarmelade und einen Liter fettarme Milch. An der Kasse stand eine Kiste mit Hyazinthen für fünfzehn Kronen das Stück. Von denen nahm ich auch eine, sie war rosa. Es war das erste Mal, dass ich für mich selbst eine Blume kaufte. Anschließend ging ich mit gesenktem Kopf an der Pizzeria vorbei und hoffte inständig, dass Miki mich nicht gesehen hatte.

Ich fand eine schöne Schüssel mit Goldrand, in die ich die Hyazinthe stellte. Danach briet ich die Kartoffelklöße. Sie bekamen eine harte, braune Kruste, wahrscheinlich war die Pfanne zu heiß. Aber sie schmeckten ganz gut, wenn man ordentlich Preiselbeermarmelade drauftat.

Die Hyazinthe stellte ich vor mir auf den Tisch. Ab und zu hob ich sie hoch und roch daran. Der Duft war zart und lieblich. Die Blume stand einfach da und verschenkte ihren Duft. »Die Liebe sucht nicht das Ihre«, steht in der Bibel, und daran dachte ich, als ich meine neu gekaufte Blume betrachtete und beroch. Die Liebe sucht nicht das Ihre, sie ist einfach da und schenkt, verschenkt sich an den, der sie zu entdecken vermag.

Je weiter das Wochenende voranschritt, desto nervöser wurde ich. Ungefähr zwanzigmal setzte ich mich mit Papier und Stift an den Küchentisch. Dachte, ich sollte vorformulieren, was ich sagen wollte. Versuchte auch aufzuschreiben, was ich über Gun dachte, und mir eine Strategie für meine Arbeit mit ihr zurechtzulegen. Aber ich brachte nicht ein einziges Wort zu Papier.

Als das Telefon am Montagmorgen klingelte, war ich völlig durcheinander. Es dauerte ein paar Sekunden, bis ich wusste, wo ich war. Der Wecker zeigte 06:30. Es war Anita. Ihre Stimme klang schrecklich heiser.

»Habe ich dich geweckt?«

»Nein, nein, ich war sowieso fast wach«, murmelte ich.

Es ist eine blöde Angewohnheit von mir, immer zu schwindeln, wenn jemand mich mit seinem Anruf weckt. Als wäre es etwas Schlimmes zu schlafen. Und was sollte das heißen, fast wach?

»Ingrid, ich muss mir was eingefangen haben. Fühlte mich gestern Abend schon ganz matt, und jetzt habe ich 39 Fieber, und mein Hals ist völlig zu.«

»Du Ärmste. Kann ich irgendwas für dich tun?«

»Nicht nötig, ich fahre gleich zum Arzt und lasse mir Penicillin geben, ich denke mal, in zwei, drei Tagen bin ich wieder auf dem Damm. Es ist nur so schrecklich ungünstig wegen der Sache, über die wir vorgestern sprachen. Ich weiß ja, dass du dieses Missverständnis mit dem Protestaufruf aus der Welt haben willst, und ich möchte dir doch dabei helfen. Meinst du, wir können damit warten, bis ich wieder im Büro bin?«

Dem Himmel sei Dank, das war das Erste, was mir durch den Kopf ging. Es war wie ein Geschenk, wirklich. Ein Aufschub.

Als ich in die Küche kam, wehte mir der Hyazinthenduft entgegen, sanft und freundlich. Ich hatte ganz vergessen, dass ich eine Blume gekauft hatte, und so empfand ich es als die freudige Überraschung, nach der ich mich beim Nachhausekommen so oft sehnte. Ich kochte mir meinen Tee und aß ein Butterbrot.

Zwischen den Bissen hob ich die Hyazinthe hoch und sog ihren Duft ein.

Die Fahrt zum Gefängnis war eine einzige Rutschpartie. Es hatte über Nacht heftig geschneit. Jetzt schien die Sonne, und ich kniff die Augen zusammen, während ich das Auto auf der Straße zu halten versuchte.

Mir schlotterten die Knie, als ich das Gefängnis betrat. Als Erstes fiel mein Blick auf den Aufruf gegen mich, der am schwarzen Brett hing. Kvarnström sagte kein Wort, aber er machte ein zufriedenes Gesicht, als er sah, dass ich den Zettel bemerkt hatte.

»Ja, hier ist was im Gange«, sagte er.

»Ich weiß«, erwiderte ich kurz.

Im Speisesaal saßen die Inhaftierten beim Mittagessen. Gun hockte allein in einer Ecke, vor sich einen Teller mit Würstchen und Kartoffelbrei und einen Karton fettarme Milch. Harriet und Marja saßen nebeneinander. Als sie mich kommen sahen, verstummten sie. Von allen Seiten her kamen feindliche Blicke, außer von Gun. Ich war nicht einmal sicher, ob sie mich gesehen hatte. Sie saß mit abwesendem Blick da und kaute.

Ich ging ins Personalzimmer, wo Laila und Ingeborg saßen. Auch sie verstummten, als ich eintrat. Laila fing sich jedoch gleich wieder und sagte, ich solle mich zu ihnen setzen. Sie lächelte auf ihre freundliche Art und sagte, dass es ihnen Leid täte, was passiert war, und dass sie überzeugt seien, die Missverständnisse ließen sich leicht aufklären. Ingeborg verhielt sich deutlich kühler. Sie nickte kein einziges Mal, als Laila das mit der Aufklärung der Missverständnisse sagte. Mein Mut sank.

»Hier, nimm dir einen Kaffee und ein paar Pfefferkuchen«, sagte die mütterliche Laila.

Ich sagte, ich sei sehr betroffen über das Misstrauen, das mir entgegengebracht wurde, aber dass ich ebenfalls sicher sei, alles erklären zu können. Sobald Anita wieder gesund war, würden wir eine Versammlung einberufen.

»Ja, das wäre gut«, sagte Ingeborg. »Harriet geht bei mir in

Therapie, und ohne dass ich mich weiter dazu äußern möchte, muss ich doch betonen, wie wichtig es ist, dass sie das Gefühl hat, bei uns Betreuern Sicherheit und Rückhalt zu finden.«

Lailas Wohlwollen schien sich durch Ingeborgs kühles Verhalten mir gegenüber noch zu verstärken. So als wollte sie es kompensieren. Zum ersten Mal empfand ich eine Spur von Irritation über Lailas Sanftheit. Sie erinnerte mich an das Verhalten meiner Mutter. Sobald ein Konflikt sich anzubahnen drohte, meistens zwischen meinem Bruder und meinem Vater, war sie ganz besonders lieb. So als wollte sie um jeden Preis das mürrische Schweigen oder das hitzige Streiten am Mittagstisch übertönen.

»Wer hätte gedacht, dass der Frühling so schnell kommt«, sagte sie dann. Oder: »Ihr könnt euch nicht vorstellen, was für schöne Hähnchenbrustfilets ich heute bekommen habe.« Immer zwang sie uns, die Gedanken auf etwas Angenehmes umzuschalten. Es waren die reinsten Ablenkungsmanöver.

Im Grunde war uns allen klar, dass sie immer auf der Seite meines Bruders stand. Aber das versuchte sie zu verschleiern, indem sie der ganzen Familie eine offizielle Neutralität in allen Fragen aufzwang.

»Aber da sind wir doch alle einer Meinung mit dir, Ingeborg. Nicht wahr, Ingrid?«

Laila verstärkte ihr Lächeln.

Ich nickte und sagte, natürlich sei ich das. Sicherheit und Rückhalt zu geben sei ja meine Aufgabe, andernfalls wäre es nur recht und billig, wenn ich meine Arbeit hier beendete.

»Gun hat mich gebeten zu kommen. Sonst wäre es vielleicht besser gewesen, mich fern zu halten, bis Anita wieder da ist und wir dieses dumme Missverständnis ausräumen können.«

Vergib mir, Herr, dass ich schon wieder log. Die Liste mit meinen Lügen wird immer länger. Aber auf irgendeine unergründliche Art schien mir doch, dass ich die Wahrheit sagte. Mir war, als ob Gun wollte, dass ich wiederkam. Wenn sie zu einer normalen Kommunikation fähig gewesen wäre, hätte sie das auch gesagt, davon war ich überzeugt.

Laila nickte nachdrücklich und sagte, sie finde es wirklich toll, dass ich Kontakt zu Gun bekommen hatte. Ingeborg sagte nichts. Ich stellte meine Kaffeetasse in die Spüle und ging. Mein Magen war leer und knurrte, aber ich hatte nicht die Ruhe, etwas zu essen.

Nach dem Mittagessen hatten die Insassinnen eine Stunde Pause, bevor sie wieder an ihre Arbeit mussten. Ich ging in Guns Zelle. Die Tür war nur angelehnt und ich klopfte. Durch den Türspalt sah ich, dass Gun auf dem Bett saß und wie üblich die Halskette durch die Finger gleiten ließ. Ihr Mund bewegte sich leicht. Sie schien mein Klopfen nicht gehört zu haben.

»Hallo, Gun, darf ich einen Moment hereinkommen?«

Sie drehte den Kopf und sah mich mit ausdruckslosem Blick an. »Du bist die, die mit mir redet«, sagte sie.

»Wie geht es dir, Gun?«, fragte ich.

Sie sah sich in der Zelle um, als suchte sie nach jemandem, der sie hören konnte. Dann legte sie den Finger auf die Lippen, beugte sich zu mir vor und sagte leise:

»Jetzt ist sie still.«

Ihre zusammengekniffenen Augen fixierten mich auf diese intensive Art, an die ich mich nie gewöhnen würde. Es erschreckte mich jedes Mal wieder, und ich fühlte mich so hilflos, traute mich kaum, sie anzusehen. Es war, als suchte sie nach einer Antwort, irgendeiner Bestätigung. Als müsste ich etwas verstehen, was ich ganz und gar nicht verstand.

»Wer ist jetzt still?«, fragte ich mit unsicherer Stimme.

Gun lächelte mich auf eine Art an, als wüsste sie, dass ich nur so verständnislos tat. Als hätten wir beide ein Geheimnis, über das ich nicht laut reden wollte, und als ließe sie sich darauf ein.

»Ja, wir können ganz beruhigt sein«, sagte sie und kniff die Augen noch mehr zusammen. Sie lehnte sich zurück und blickte sich zufrieden um. Schmatzte mit den Lippen.

»Heute gab's Würstchen mit Brei. Und Essiggurke.«

»Ja, das habe ich gesehen«, antwortete ich. »Sah gut aus.«

Wir schwiegen. Ließen die Blicke über ihre Bilder wandern, diese sonderbare Mischung aus Babys und Katzen.

»Hast du mal eine Katze gehabt?«

Gun dachte eine Weile über die Frage nach. Ihre Augen hinter den Schlitzen wurden blank.

»Warum fragst du so viele Sachen?«

»Entschuldige, ich wollte nicht aufdringlich sein. Vielleicht gibt es etwas, worüber du mit mir reden möchtest?«

»Ich habe dir von meinen Freunden erzählt, Håkan und Lotta«, sagte sie. »Was heißt Freunde – wir waren eher wie eine Familie. Ohne mich wären sie nicht zurechtgekommen«, fuhr sie fort. »Das sagte Lotta andauernd. Und Håkan auch.«

Gun saß auf der Pritsche, und ich setzte mich auf den Stuhl. Ich hatte Magenschmerzen vor Hunger und hoffte, sie würde ein paar Süßigkeiten aus ihrem Versteck hervorkramen, aber sie schien mit ihren Gedanken ganz woanders zu sein.

»Eines Tages klingelte Lotta an meiner Tür. Sie wollte mir ihre Wohnungsschlüssel geben, damit ich dort putzen konnte. Wir vereinbarten, dass ich das mittwochvormittags tun sollte. An dem Tag fing ich nicht vor zwölf in der Konditorei an. Dafür musste ich dann bis spät arbeiten.«

»Abends?«

»Ja, ich habe immer alles abends gespült.«

»Mit Manno zusammen? Wart ihr dann allein in der Konditorei? Oder wie?«

Ich merkte, dass ich nach meiner Frage eine ganze Weile den Atem anhielt. Meine Augen irrten herum, ohne Guns verstörtem Blick standhalten zu können. Ich versuchte ein Gesicht zu machen, als hätte ich Gun etwas ganz Alltägliches gefragt. Meine Wangen wurden heiß, und ich drehte den Kopf weg. Es war, als ließe ich Gun im Stich.

Ich selbst war am meisten über mich erschrocken. Es war der

Stress, unter dem ich stand, der mich so unsensibel auf Gun losgehen ließ. Bald würde Anita wieder da sein, und das würde Unruhe zwischen mir und Gun säen, das wusste ich.

Gun holte tief Luft. Dann stand sie auf und packte meine Haare. Zog mich an den Haaren mit festem, hartem Griff vom Stuhl hoch. Ein Brüllen stieg aus ihrer Kehle auf, und kleine Speicheltropfen spritzten aus ihrem Mund.

»Du kennst Manno nicht ...«

Gun schlug meinen Kopf gegen die Wand, so hart, dass mir schwarz vor Augen wurde. Die ganze Zeit hörte ich sie stöhnen und keuchen. Sie bringt mich um, schoss es mir durch den Kopf. Ich umklammerte ihre Hände so fest ich konnte und schrie:

»Gun, hör auf! Ich kenne Manno nicht! Du hast Recht! Ich kenne Manno doch gar nicht!«

Sie hielt mich immer noch an den Haaren fest, hörte aber auf, meinen Kopf gegen die Wand zu schlagen.

»Gun, ich bin hier, um dir zuzuhören. Ich weiß nichts von Manno. Überhaupt nichts. Nur dass das der Name eines Arbeitskollegen von dir ist. Bitte, Gun, lass mich los.«

Wir hörten beide Kvarnströms Schritte auf dem Gang, eilig und schwer. Das Klirren seiner Schlüssel. Ich senkte die Stimme und flüsterte Gun zu:

»Der Wärter kommt, lass mich los ...«

Gun ließ tatsächlich von mir ab, genau in dem Moment, als Kvarnström die Tür aufriss.

»Was ist hier los? Ich habe Schreie gehört!«

Ich fuhr mir rasch durch die Haare. Meine Hände zitterten. In meinem Kopf dröhnte es, und im Mund schmeckte ich Blut. Ich fuhr mir vorsichtig mit der Hand über die Lippen und schielte auf meine Finger. Kein Blut. Kvarnström starrte mich an, starrte Gun an. Wir saßen beide mit erhitzten Gesichtern da und starrten zurück.

»Alles in Ordnung«, sagte ich.

»Erzählen Sie mir nichts«, sagte er. »Den Lärm hat man doch durch das ganze Haus gehört.«

»Ich bin gestürzt und habe mir den Fuss verstaucht«, sagte ich. »Das tat unheimlich weh, nicht wahr, Gun? So weh, dass ich geschrien habe wie am Spieß, stimmt's?«

Gun nickte verwirrt. Kvarnström stand immer noch da, so als wollte er etwas sagen und wüsste nicht so recht, was.

»Wie Sie meinen«, sagte er schließlich, sah aber immer noch misstrauisch aus. »Gun soll jedenfalls in zwanzig Minuten unten an ihrem Arbeitsplatz sein.«

Er ging. Mein Kopf dröhnte immer noch und tat weh. Meine hastig erfundene Lüge für Kvarnström lähmte mich. Mit jeder neuen Lüge, jeder neuen Form von Manipulation meinerseits zog sich das Netz fester zusammen, das mich in rasendem Tempo mitschleifte, und ich dachte: Bald, ganz bald zerreißt es.

Ich setzte mehrmals an, um etwas zu sagen, aber es kam nur ein schwaches Röcheln heraus. Guns Mund stand offen, sie starrte mich ungläubig an.

Meine Erschrockenheit war nicht das einzige Gefühl, das in mir tobte. Gleichzeitig schwang auch eine Art Rausch mit. Es war berauschend, die Wahrheit nach meinem eigenen Gutdünken auflösen zu können, die Wirklichkeit so hinzudrehen, wie ich sie haben wollte. Vergib mir, Herr, aber die ganze Situation hatte auch etwas, was mir gefiel. In Guns Blick meinte ich sogar eine Andeutung von Bewunderung zu sehen.

Mir war immer noch schwindelig von Guns Schlägen. Vielleicht reagierte ich deshalb so merkwürdig. Wenn das hier ein Zeichentrickfilm wäre, würden jetzt zwitschernde Vögel um meinen Kopf fliegen. Dass Gun mich geschlagen hatte, war auch eine Erleichterung. Sie äußerte sich, sie wehrte sich. Sie gab zu verstehen, dass ich nicht einfach in ihrem Leben herumtrampeln konnte.

»Entschuldige, Gun, das alles war allein mein Fehler«, sagte ich. »Du wolltest mir erzählen, wie wichtig du für Håkan und

Lotta warst, und ich habe dich unterbrochen, indem ich von Manno anfing und von Sachen, über die ich nichts weiß.«

»Manno sagt nichts«, sagte Gun. Ich verstand nicht, was sie meinte, aber ich stimmte zu.

»Nein, Manno sagt nichts«, wiederholte ich einfach.

»Einmal war Lotta so traurig«, sagte Gun und sah plötzlich sehr bekümmert aus.

»Sie war so traurig, so traurig. Ich ging eines Abends mit Geschirrtüchern rüber, die ich gewaschen und geplättet hatte. Lotta war allein zu Hause, und ich sah ihr an, dass sie geweint hatte. Ihre Nase und ihre Augen waren ganz rot. Ich wollte nicht fragen, aber ich sagte trotzdem so was wie ›Alles in Ordnung?‹.

Da sagte Lotta, dass sie und Håkan sich gestritten hatten, und sie fragte, ob ich nicht hereinkommen wollte. Ich hatte mich daran gewöhnt, in ihrer Wohnung zu sein, weil ich ja jede Woche dort sauber machte. Aber es war etwas anderes, wenn einer von ihnen zu Hause war.

Als Lotta so in der Tür stand und wartete, traute ich mich gar nicht hineinzugehen aber sie sagte: ›Nun steh doch nicht da, komm rein und setz dich.‹ Ich folgte ihr ins Wohnzimmer und wusste gar nicht, wohin mit mir. ›Aber so setz dich doch endlich‹, sagte Lotta und klang beinahe ärgerlich, das kann man ja auch verstehen. Wenn man Kummer hat, ist man schnell ein bisschen gereizt. Ich setzte mich in einen Sessel am Couchtisch, es gibt da einen, der nicht so niedrig und bequem ist wie die anderen.

Lotta fragte, ob ich einen Kaffee wollte, aber ich sagte nein danke. Ich wollte ihr keine Arbeit machen. Lotta ließ sich aufs Sofa fallen und sah ganz klein aus. ›Håkan und ich haben uns verkracht‹, sagte sie.

Ich wusste nicht, was ich darauf sagen sollte. Ich weiß nur, dass so etwas schon mal vorkommen kann. ›Wir haben uns wegen dir gestritten‹, sagte sie, und da bekam ich es mit der Angst. ›Falls ich euch irgendwie belästigt habe …‹, sagte ich, aber da sagte Lotta: ›Liebe Gun, du weißt doch wohl, dass du das nicht hast.

Håkan findet, dass du zu viel für uns tust, er findet, ich nutze dich aus. Ich sagte ihm, ich könnte dir ja etwas mehr Geld geben, damit er nicht mehr dieses Gefühl hat, aber dazu ist er natürlich zu geizig.‹

Lotta sah mich an, sie wirkte verzweifelt. ›Vielleicht hat Håkan ja Recht‹, sagte sie. ›Vielleicht verhalte ich mich dir gegenüber wirklich nicht richtig. Aber weißt du‹, sagte Lotta zu mir, ›ich hatte keine Mutter, auch keine Großmutter oder so. Es hat nie jemanden gegeben, der mir geholfen hätte. Immer musste ich alles allein machen. Bis ich dich kennen gelernt habe, Gun. Und ich hatte den Eindruck, dass du es gerne tust. Aber Håkan sagt, ich bin eine dumme Gans, weil ich nicht begreife, dass du nicht nein sagen kannst. Und deshalb, liebe Gun, ist es wohl am besten, wenn du uns nicht mehr hilfst ...‹ Und dabei liefen ihr die Tränen nur so herunter.«

Guns Augen rollten von einer Seite zur anderen. Ihr Oberkörper wiegte sich sachte.

»Ich bekam solche Angst. Eine ganz wahnsinnige Angst. Sie wollten mich loswerden. Aber ich wollte das nicht, wollte das nicht, wollte das nicht ...«

Jetzt wippte sie heftig vor und zurück.

»›Liebe Lotta‹, sagte ich. ›Aber ich möchte doch. Ich mache es so gerne. Bitte, bitte.‹ Lotta hörte auf zu weinen, sie sah beinahe ein wenig ängstlich aus, sie auch. Ich musste mich zusammenreißen, sonst hätte ich sie erschreckt. ›Mein Leben bekommt durch euch einen Sinn‹, sagte ich zu Lotta, und das stimmte. Aber wie sehr das stimmte, das konnte ich ihr nicht sagen, dafür schämte ich mich zu sehr.

Also sagte ich, dass meine Familie bei einem Unglück ums Leben gekommen wäre und dass alles, was ich für Håkan und Lotta tat, mir bei der Trauerarbeit half. Ich fand, das klang richtig gut. Trauerarbeit. Das hatte ich irgendwo gelesen. Ein schönes Wort. Und dann beschloss ich, nicht mehr darüber zu sagen, das hätte bloß alles kaputtgemacht.

Ich sagte nur, dass ich eine Familie gehabt hatte, aber dass ich nicht über das schreckliche Unglück sprechen wollte, das uns heimgesucht hatte. Es wurde still im Wohnzimmer, und ich ließ meinen Blick herumwandern. Er fiel unter den Schreibtisch, und da sah ich es.

Große, hässliche Wollmäuse lagen darunter, und ich bekam solche Angst, dass Lotta sie bemerken könnte. Ich beschloss, am nächsten Tag in die Wohnung zu gehen und gründlich durchzusaugen, obwohl es nicht mein Putztag war. Wie hatte ich so schlampig sein können? Es war widerlich, wo ihre Wohnung doch so schön war.

Ich hatte nur noch Augen für die Wollmäuse, aber ich merkte, dass Lotta mich ansah, ich hörte sie atmen. ›Ich wusste es‹, sagte sie schließlich. ›Ich hatte so ein Gefühl, dass irgendwas mit dir ist, Gun, aber ich konnte mir nicht vorstellen, was. Danke, dass du es mir erzählt hast.‹

Ich wusste nicht, was ich sagen sollte. Ich sah nur auf den Boden. Die Sonne schien herein, und alles war schmutzig. Überall Schmutz, Schmutz. Ich war ja so nachlässig gewesen. Ich musste sorgfältiger putzen. Lotta beugte sich vor und flüsterte etwas in der Art, ob auch Kinder dabei umgekommen waren. Als Lotta ›Kinder‹ sagte, war es nur ein Wispern. Kinder. Kinder. Gehörten Kinder zu den Opfern?«

Gun zuckte resigniert die Schultern.

»Kinder gehören immer dazu«, sagte Gun mit dünner, piepsiger Stimme, kaum hörbar.

»Das sagte ich Lotta natürlich nicht. Ich nickte nur, aber ich sah sie nicht an. Da legte Lotta ihre Hand auf meine.«

Kinder gehören immer dazu, das setzte sich in meinem Kopf fest. Das ist einer der großen Unterschiede zwischen weiblichen und männlichen Gefangenen. Kinder gehören immer dazu.

Von allen Frauen, ob sie Kinder haben oder nicht, wird erwartet, dass sie eine Einstellung zu Kindern haben. Es ist nicht so, dass die männlichen Gefangenen keine Kinder hätten, denn die haben sie oft. Es ist auch nicht so, dass sie ihre Kinder nicht vermissen würden, denn das tun sie. Viele meiner Gespräche mit ihnen handelten davon. Aber für sie waren Kinder eher eine Privatangelegenheit. Wenn jemand keine Kinder hatte oder sich nichts aus ihnen machte, dann war das eben so.

Eine Frau dagegen kommt nie so einfach davon. Entweder sie hat Kinder, oder sie ist kinderlos. Und Kinderlosigkeit ist eine Eigenschaft, etwas, was sie nie loswird. Ein Kummer, der auf ihrem Gesicht liegt, ob sie ihn nun empfindet oder nicht.

Ich habe kein Kind und weiß auch nicht, ob ich je eins haben werde. Und obwohl vor mir noch einige fruchtbare Jahre liegen, grüble ich darüber nach, was ich eigentlich will. Will ich oder will ich nicht? Wenn es nicht dazu kommt, wie wird sich das auf mein Leben auswirken?

»Da legte sie ihre Hand auf meine.«

Gun merkte, dass ich mit meinen Gedanken woanders war, und gerade dass Lottas Hand auf ihrer Hand gelegen hatte, war ihr viel zu wichtig, um übersehen zu werden.

»Da legte sie ihre Hand auf deine«, wiederholte ich.

»Da legte sie ihre Hand auf meine«, sagte Gun und machte eine Kunstpause. Das war etwas, was ich ihrer Meinung nach in mich einsinken lassen sollte.

»Sie fühlte mit dir«, sagte ich.

»Wir schlossen einen Bund«, sagte Gun. »So einen, den nur Gott auflösen kann. Gott allein.«

»Hat Lotta das so gesagt? Oder was sagte sie überhaupt?«

»Sie dankte mir dafür, dass ich ihr das erzählt hatte. Aber ich sah ihr an, dass wir von nun an zusammengehörten. Von nun an würden wir uns nie mehr trennen. Und so kam es ja auch. Wir sind eine Familie, durch dick und dünn. Ich habe jetzt eine eigene Familie.«

»Deine alte Familie, bei der du aufgewachsen bist ...«

»Das sind Abgesandte des Satans. Sie wollten mir meine Familie wegnehmen. Manche glauben, dass ich Håkan und Lotta und ihr Baby umgebracht habe. Aber das waren die Satanisten aus meinem Elternhaus. Sie töten alles, was gut ist, alles, was ich liebe, alles, was mir gehört ...«

Kleine Schweißtropfen traten auf Guns Stirn, sie quollen hervor, als ob sie innerlich kochte. Ihre Finger verstrickten sich in der Kinderhalskette, so fest, dass sie plötzlich riss. Eine Kaskade von Plastikperlen ergoss sich auf den Fußboden.

»Nein!«

Gun schrie gellend. Sie fiel wie ein schwerer Sack zu Boden und grabschte nach den Perlen, aber so hastig und ungeschickt, dass sie nur umso mehr auseinander spritzten. Aus ihrer Kehle drang ein gurgelndes Schluchzen. Ich setzte mich auf den Boden und half ihr, die Perlen aufzusammeln. Die ich zu fassen bekam, reichte ich ihr, und sie riss sie so unbeherrscht an sich, dass sie die meisten wieder verlor.

»Bitte, Gun, lass mich das machen.«

Gun sagte nichts, sondern gab nur noch mehr Jammerlaute von sich. Die Zellentür wurde aufgerissen und Kvarnström erschien. In dem Moment sah ich mich und Gun mit seinen Augen. Gun wie ein schluchzendes Häufchen Elend auf dem Fußboden. Ich auf allen vieren, nach den Plastikperlen greifend.

»Was ist hier los?« Sein Repertoire an strengen Fragen schien begrenzt zu sein.

»Guns Halskette ...«

Mehr bekam ich nicht heraus. Gun hatte aufgehört, Perlen aufzusammeln, sie verschränkte die Arme vor ihrem Gesicht und schluchzte laut. Ich kam mir vor wie im Kindergarten, wie das böse Mädchen, das Guns Kette kaputtgemacht hat, und jetzt ist die arme Gun ganz, ganz traurig. Mein erster Impuls war zu beteuern: Ich war das nicht, ich war das nicht.

»Ich war ... Wir hatten ein kleines Missgeschick«, stammelte ich.

Kvarnströms Augen loderten, als er mich ansah. Er hasst mich, dachte ich. Er hasst mich, aber er darf mich nicht beißen. Er kann nur da stehen mit idiotisch hochgezogenen Lippen und seine kleinen grauen Zähne blecken. Ein bisschen knurren, mehr nicht.

»Ich wollte dich an deinen Arbeitsplatz bringen, Gun. Aber du solltest dich wohl besser ... ein bisschen ausruhen.«

Gun schien ihn nicht zu hören. Sie schluchzte immer noch, wenn auch etwas leiser. Kvarnström wandte sich wieder mir zu.

»Außerdem soll ich Ihnen das hier geben«, sagte er und hielt mir einen Briefumschlag hin. Darauf stand mit Schreibmaschine getippt: Zu Händen der Pastorin Ingrid, darunter der Name des Gefängnisses und die Nummer der Abteilung.

Ich beugte mich zu Gun und sagte laut und deutlich, dass ich gegen Abend nochmal bei ihr vorbeischauen würde. Sie schien mich nicht zu hören. Kvarnström scheuchte mich aus der Zelle und sagte so etwas wie »nicht noch mehr Schaden anrichten«, auf eine so feige, leise Art, dass ich mich auch verhört haben konnte und er es hätte abstreiten können, falls man ihn deswegen zur Rede stellte.

»Sagen Sie das nochmal.«

Ich hatte es satt, ihm die kleinen fiesen Gemeinheiten durchgehen zu lassen, die er um sich herumstreute. Kvarnström drehte sich um und tat überrascht.

»Wie bitte? Habe ich etwas gesagt?«

»O ja, mir war, als sagten Sie so etwas von wegen Schaden anrichten.«

Gleich hinter der Zellentür baute er sich vor mir auf, die Arme in die Seiten gestemmt. Er ließ das Kinn noch eine Spur tiefer sinken und setzte seine Überraschungsscharade fort.

»Das kann ich doch gar nicht gesagt haben, oder? Fast die ganze Abteilung fühlt sich von einer gewissen Seelsorgerin schikaniert, und eine Gefangene liegt auf dem Fußboden und heult, nachdem sie die Vergebung ihrer Sünden erhalten hat. Wie könnte ich da wohl etwas von Schaden anrichten sagen?«

Kvarnström suchte den Kampf, wenn auch auf seine feige, hinterhältige Art. Ironie und Sarkasmus. Es war so aussichtslos, so ermüdend. Ich erkannte plötzlich, welche große Rolle ich in seinem Leben spielte. Wahrscheinlich saß er zu Hause am Küchentisch und überlegte sich, wie er mir in welcher Form beikommen konnte. Rieb sich feixend die Hände, wenn ihm etwas richtig Gemeines einfiel. Lachte sich halb tot bei dem Gedanken an mein dummes Gesicht, wenn ich erkannte, dass ich in die Falle gegangen war.

Ich holte tief Luft. Ich wollte das nicht. Keinen verbissenen Kleinkrieg, bei dem mir die Hände gebunden waren. Schon gar nicht wegen irgendwelcher Nichtigkeiten.

Kvarnström platzte beinahe vor Genugtuung über seinen gelungenen Seitenhieb. Er hatte die Daumen in die Gürtelschlaufen seiner Hose gehakt und trommelte so ungeduldig mit den Fingern, als könnte er meine Antwort kaum abwarten.

Plötzlich sah ich in ihm einen sehr, sehr einsamen Menschen. Aus Mangel an liebevoller Gesellschaft zog er seine ganze Genugtuung daraus, andere Menschen scheitern zu sehen.

Danke, Herr, das half. Zärtlichkeit wallte in mir auf. Er war im Grunde nichts anderes als ein verlassener kleiner Junge in dem feisten, ungestreichelten Körper eines erwachsenen Mannes. Die Schenkel fest zusammengepresst, die Schultern angespannt, der Bauch rund wie ein tröstliches Kissen, die Hände rosa und schweißfeucht und unerfahren, all das zeugte von einem Dasein in Einsamkeit und Unkörperlichkeit.

»Wie heißen Sie eigentlich?«

Kvarnströms Gesicht bekam einen ängstlichen Ausdruck, als ich fragte. Als fürchtete er, dass ich jetzt komplett durchgedreht sei, nicht nur so ein bisschen. Er war wirklich erschrocken.

»Was zum Teufel meinen Sie?«

»Haben Sie keine Angst.«

Ich legte eine Hand auf seinen Arm. Kvarnström trat hastig einen Schritt zurück.

»Lassen Sie das«, zischte er.

»Entschuldigung. Ich wollte nicht aufdringlich sein. Mir fiel nur gerade auf, dass ich nicht weiß, wie Sie mit Vornamen heißen. Aber vielleicht möchten Sie, dass ich Kvarnström zu Ihnen sage?«

Kvarnström gab sich große Mühe, seinen Hemdsärmel an der Stelle zu glätten, wo meine Hand gelegen hatte. Er zog einen Kamm aus der hinteren Hosentasche und kämmte sich die Haare nach hinten. Es war unnötig, keine einzige Strähne hatte sich aus der sorgfältigen Anordnung gelöst. Er heftete den Blick fest auf den Fußboden, während er kämmte, und plötzlich murmelte er dumpf:

»Torkel.«

Ein Glück, dass er mich dabei nicht ansah. Ich konnte mir ein Lächeln nicht verbeißen, und das hätte er sicher als Verspottung gedeutet.

»Wissen Sie was, Torkel? Ich finde, wir sollten mal einen Kaffee zusammen trinken. Hier in der Kantine. Wir trinken eine schöne Tasse Kaffee und unterhalten uns. Was halten Sie davon? Schließlich sollen wir ja zusammenarbeiten.«

»Zusammenarbeiten?«

»Ja, vielleicht nicht gerade am selben Platz, aber doch im selben Haus.«

Torkel Kvarnström zuckte mit den Schultern und machte ein gequältes Gesicht.

»Na ja, ich weiß nicht recht …«

»Ich könnte mir vorstellen, dass es richtig nett wird«, sagte ich und meinte es auch so, zu meiner eigenen Verwunderung. Vor meinem inneren Auge hatte ich ein anderes Bild von Kvarnström gesehen. Ich hatte zufällig hinter die Fassade geschaut, und ich wollte wirklich gern einen Kaffee mit ihm trinken. Danke, Herr, dass du mich dieses Bild hast sehen lassen!

Kvarnström nickte mir zu, knapp und misstrauisch, und ging davon, wobei wie üblich der Schlüsselbund auf seinem Hintern tanzte.

Kapitel 13

Ich nahm das Kuvert zur Hand, das ich bekommen hatte. Die Adresse musste von jemandem geschrieben worden sein, der wusste, dass ich hier war, aber nicht, wie ich mit Nachnamen hieß. Ich holte ein maschinengeschriebenes Blatt heraus, das mit den Worten begann: »Sehr geehrte Frau Pastorin!« Ich ließ den Blick nach ganz unten gleiten, zum Absender, und da sah ich, dass Grim, Guns ältester Bruder, den Brief geschrieben hatte.

Und der lautete so:

Sehr geehrte Frau Pastorin!
Es ist der Familie zu Wissen gelangt, dass Gun beschlossen hat, sich Ihnen anzuvertrauen. Wir möchten namens der gesamten Familie darauf hinweisen, dass Gun an einer ernsthaften seelischen Beeinträchtigung leidet und dass ihre Darstellung unseres Lebens merkwürdig erscheinen könnte. Wir möchten weiter betonen, dass eine solche Darstellung jeglicher Grundlage entbehrt. In unserer Familie sind niemals irgendwelche Unregelmäßigkeiten aufgetreten, ganz gleich, was Gun behauptet. Wir haben unser Leben stets als gesetzestreue und vorurteilsfreie, gottesfürchtige Menschen geführt. Alles andere ist eine Lüge. Die Familie sieht sich in keiner Verantwortung für das Verbrechen, dessen Gun sich schuldig gemacht hat, und weist alle Verleumdungen, die sie äußern zu müssen glaubt, auf das Schärfste zurück.

Hochachtungsvoll
Grim Johansson.

Wenn ich je einen Zweifel hatte, ob es finstere Geheimnisse in Guns Familie gab, dann war dieser Zweifel jetzt beseitigt. Diesen Brief hatte ein Mensch geschrieben, der in Panik war. Ich fragte mich, ob nur Grim solche Angst hatte oder auch Gudrun und die anderen Geschwister.

Mittlerweile war der Kiosk geöffnet. An jedem Tag in der Woche machte Aino, eine dürre kleine Alte mit plustriger Dauerwelle und sanften Augen, für eine Stunde ihren Verkaufsstand auf. Da gab es Süßigkeiten, Zeitschriften, Zigaretten und drei Sorten Eis. Jeden Tag zur selben Stunde stand die ganze Abteilung Schlange vor Ainos Kiosk. Alle kauften etwas, immer.

Ich stellte mich in die Schlange, hinter Harriet. Sie tat so, als bemerkte sie mich nicht. Trotzdem war offensichtlich allen bewusst, dass ich in der Schlange stand. Meine Anwesenheit rief bei den anderen eine Art abwartende Wachsamkeit hervor. Ich setzte ein krampfhaft freundliches Lächeln auf, das nach einiger Zeit in den Mundwinkeln zu schmerzen begann.

Ungefähr jede Zweite, die vor Ainos Luke stand, kaufte auf Kredit. Manchmal lehnte sie ab und verwies auf alte Schulden, ließ sich aber doch schnell überreden, lieb zu sein und anzuschreiben. Aino war nicht der Typ, der lange hart bleiben konnte. Auf der anderen Seite hatte Anita mir bei einer früheren Gelegenheit erzählt, dass Aino ihren kleinen Kiosk aus lauter Wohltätigkeit betrieb. Sie war eine Rentnerin von draußen, die helfen und etwas Sinnvolles tun wollte. Sie hatte Anita vor ein paar Jahren gefragt, was sie tun könnte, und Anita hatte gesagt, ihr fiele im Moment nichts anderes ein, als dass die Insassinnen immer nach Zigaretten, Süßigkeiten und Zeitschriften fragten.

»Ich weiß, irgendwie hatte das was Respektloses«, erzählte Anita mir. »Aber es war jedenfalls ehrlich. Und ich sage dir, die Alte nahm mich beim Wort. Nur wenige Tage später rief sie mich wieder an und erzählte mir von ihrer Idee mit dem Kiosk.«

Keiner vom Personal kaufte bei Aino. Falls doch, machten sie es heimlich. Anita hatte vermutlich keine Ahnung, wie viel Schulden manche der Inhaftierten bei Aino hatten.

Harriet kaufte ein Kreuzworträtselheft und eine Tüte Geleehimbeeren. Ich hatte solchen Hunger, dass ich mich für ein Magnum-Eis entschied. Irgendjemand in der Schlange hinter mir kicherte. Ich setzte mich auf die Bank neben Ainos Kiosk und machte das Eispapier ab. Aino kam aus ihrem kleinen Kabäuschen und gab mir das Wechselgeld, das ich liegen gelassen hatte.

»Da scheinen ja eine Menge Leute Schulden bei Ihnen zu haben, Aino«, sagte ich leise, damit es niemand sonst hören sollte.

»Was?«

Aino machte ein freundliches, aber verwirrtes Gesicht. Da fiel mir ein, dass sie schwerhörig war, das hatte mal jemand erwähnt. Und Schulden waren kein Thema, über das man sich lautstark unterhielt, so viel war klar.

»Wer hat was mit der Schulter?«, wiederholte Aino. Ich schüttelte heftig den Kopf und bereute schon, dass ich überhaupt ein Gespräch angefangen hatte.

»Keiner«, sagte ich, und die arme Aino sah ganz unglücklich aus, so wie immer, wenn sie nicht mitkriegte, was los war. Sie schlurfte zurück in ihre kleine Bude und holte die Auslagen herein, weil sie schließen wollte.

Ich bin es nicht gewohnt, Eis zu essen, und kam mir ziemlich dumm vor. Beißt man hinein? Schleckt man? Ich biss zu. Schlecken kam mir albern vor. Zu privat, gewissermaßen.

Während ich so da saß und an meinem Eis knabberte, kam eine junge Frau und setzte sich in einiger Entfernung von mir auf die Bank. Sie wollte reden, das sah man schon von weitem. Menschen, die reden wollen, haben eine ganz bestimmte Art, sich zu bewegen. Sie lehnen sich nie gemütlich zurück, sondern bleiben immer auf der Stuhlkante sitzen.

Ich erkannte sie von unserem ersten Treffen wieder. Es war die Frau, die »Ein Engel an meiner Tafel« von Janet Frame las. Ich hatte es selbst vor ein paar Jahren gelesen und es hatte mich sehr berührt. Der Kampf der neuseeländischen Autorin darum, sich selbst und ihre Kreativität entfalten zu können, ihr Schicksal mit der Fehldiagnose Schizophrenie, wegen der sie viele Jahre lang in einer psychiatrischen Klinik eingesperrt war. Ich selbst trage auch eine Angst in mir, falsch verstanden zu werden und in einem Krankenhaus oder einem Gefängnis zu landen. Gleichzeitig war es auf eine schockierende Art schön, von einer Frau zu lesen, die nicht einfach nach Liebe als dem natürlichen Ziel ihres Lebens suchte, sondern zunächst einmal nach einer freiheitlichen Plattform, um von dort aus die Liebe zu erwidern, die ihr eventuell entgegengebracht wurde.

All das sagte ich der Frau neben mir nicht. Stattdessen sagte ich etwas in der Art, dass ich gesehen hatte, wie sie dieses Buch las, und dass ich es auch gelesen hatte und es mochte.

»Sie ist im Irrenhaus gelandet, genau wie ich«, sagte die junge Frau mit dünner, greller Stimme.

Sie sah auf ihre Füße, während sie sprach. Schwarze Mokassins, dicht nebeneinander aufgestellt. Etwas unterschied sie von den anderen Frauen hier, und ich kam ziemlich schnell darauf, was es war. Bildung. Sie strahlte Bildung aus. Ich fragte nach ihrem Namen, und sie sagte Lydia Silverstolpe.

»Ja, möglicherweise ist es hier wie in einem Irrenhaus«, sagte ich. »Empfindest du das so, Lydia?«

»Wo ist der Unterschied?«, entgegnete Lydia und zog ihre Augenbrauen arrogant hoch.

Ich überlegte einen Moment.

»Hier sitzen Menschen ein, die ein Verbrechen begangen haben, aber als psychisch gesund gelten. In der Psychiatrie sitzen Menschen, die krank sind.«

Das klang dünn und dürftig, aber etwas Besseres fiel mir nicht ein. Und natürlich schnaubte Lydia unduldsam.

»Das glaubst du doch selbst nicht, oder? Erstens: Meinst du, dass alle, die heute in einer psychiatrischen Anstalt sitzen, krank sind? Du hältst es also nicht für möglich, dass man auch die Unbequemen einfach wegsperrt? Solche, die sich nicht anpassen? Die man loswerden will, weil sie die Fähigkeit haben, gewisse Dinge zu durchschauen?«

»Na ja, ich weiß nicht …«

Lydia war sehr hübsch. Sie hatte halblange dunkle, lockige Haare und das, was man wohl reine Züge nennt.

Ich habe nie genau verstanden, was das heißen soll, reine Züge. Aber ich denke mir, dass man so sagt, wenn Haut und Konturen gleichsam ineinander gleiten, weich und ohne störende Brüche. Die ganzen Groschenromane, die ich als junges Mädchen verschlang, haben ihre Spuren hinterlassen, besonders wenn ich das Aussehen von jemandem beschreiben soll.

»All die Leute hier in Schweden, in diesem treudoofen Sozi-Schweden, glauben die wirklich, dass die Kranken therapiert und die Bösen ins Gefängnis gesteckt werden?«

»Na ja, ich weiß nicht …«

Hinter ihrer hübschen, gebildeten Erscheinung verbarg sich eine Rechthaberin. Das passte schlecht zu ihrer dünnen Stimme und ihrer grazilen Erscheinung. Aber der harte Mund, aus dem sie Worte wie »Sozi-Schweden« spuckte, verriet sie. An Leute ihrer Art war nur schwer heranzukommen. Entweder stimmt man ihnen zu, dann ist man natürlich ihr Freund. Gleichzeitig ist man nur jemand, der ihre Theorien bestätigt. Eine vernünftige Diskussion ist so gut wie unmöglich. Enttäuscht man Rechthaber in ihrer Erwartung, dass man ihre Sache voll und ganz unterstützt, werden sie oft gemein und aggressiv. Es ist mir noch nie gelungen, zu einem Rechthaber einen guten Draht zu finden.

Lydia machte ein weinerliches Gesicht, so als hätte sie meine Gedanken gelesen.

»Ich dachte, wenigstens du würdest das verstehen. Dass du wüsstest, wie es ist, ein Außenseiter zu sein. Aber ich habe mich wohl geirrt.«

Sie stand halb auf, zog ihren Kittel glatt und machte Anstalten zu gehen. Die Geste hatte etwas Berechnendes, so als wüsste sie, dass ich weiter mit ihr reden wollte und sie zurückhalten würde. Das tat ich auch.

»Ich glaube, ich weiß, was es heißt, außen vor zu sein. Und ich kann dir nur vorschlagen, mich ganz einfach auf die Probe zu stellen. Man sagt, dass ich gut zuhören kann.«

Mehr war nicht nötig, damit sie sich wieder hinsetzte.

»Ich habe an die Sache mit der Liste gedacht. Dass alle gegen dich sind«, sagte Lydia. »Du musst doch wissen, wie das ist. Gegen mich sind auch alle. Hier drinnen ist mir das egal. Keiner kümmert sich um mich. Als sie mit diesem idiotischen Zettel gekommen sind, habe ich unterschrieben, ohne überhaupt die Überschrift zu lesen. Ich würde alles dafür tun, dass sie mich nicht beachten, dass sie mich in Ruhe lassen. Mir braucht keiner zuzuhören. Noch nicht. Hier drinnen sitzen sowieso nur Versager, also kann es mir eigentlich auch egal sein.«

»Aber wenn du ihnen eine Chance geben würdest …«

»Also bitte, das glaubst du doch selbst nicht. Hier sitzen nur kriminelle Wracks, verblödet durch Drogen, Schnaps, Armut oder schlechte Gene, was weiß ich. Du hast ja möglicherweise was davon, wenn du ein paar menschliche Regungen aus ihnen herausquetschst, vielleicht gibt es dir das Gefühl, tüchtig zu sein oder einen Auftrag zu erledigen oder so. Aber ich brauche mich nicht anzustrengen. Ich brauche mich nur auf das zu konzentrieren, was danach kommt.«

Etwas Unheimliches lauerte in dieser Lydia, verhalten schimmernd wie ein Goldzahn, der weit hinten im Mund sitzt. Man ahnt ihn mehr, als dass man ihn sieht, aber man weiß, dass er da ist. Lydia redete weiter und saß die ganze Zeit erstaunlich still. Rücken und Hals waren kerzengerade.

»Ich dachte«, sagte sie, »dass dir vielleicht nicht so viel daran liegt, um jeden Preis politisch korrekt zu sein und so. Ich pfeife darauf, wie du über Homosexuelle denkst oder generell über andere Leute. Was ich sehe, ist ein Mensch, der seinen eigenen Weg geht und sich nicht dauernd vor Angst in die Hose macht.«

»Nun muss ich dir aber doch von dem Missverständ...«

Lydia hielt sich mit theatralischer Geste die Ohren zu.

»Verschon mich bloß damit. Jetzt hast du wohl doch Schiss, wie? Ich will mit dir von Außenseiterin zu Außenseiterin reden.«

Eine der Wärterinnen namens Lagersson kam auf uns zu. Als Lydia sie sah, flüsterte sie mir etwas zu, was ich kaum verstand, aber ich glaube, es war »morgen Nachmittag, in meiner Zelle«. Dann stand sie auf und ging weg, dicht an der Wand entlang.

»Sie soll zur Arbeit kommen«, sagte Hannele Lagersson, eine rothaarige, groß gewachsene Frau, die mit einem Drogen- und Alkoholproblem zu kämpfen hatte, wie ich von Anita wusste. Lagersson war inzwischen beinahe sechzig und hatte drei erwachsene Kinder, die man ihr weggenommen hatte, als sie noch kleiner waren. Lagersson und Kvarnström waren wie Tag und Nacht. Lagersson war sozial sehr engagiert, sie versetzte sich in jede Gefangene hinein. Sie war eine ganze Zeit krankgeschrieben gewesen, und es war das erste Mal, dass wir uns begegneten. Wir gaben uns die Hand und sahen beide etwas enttäuscht Lydia hinterher, die sich hastig verdrückte. Lagersson schüttelte den Kopf und murmelte etwas wie »na warte, du ...«

»Ach ja, ich soll Ihnen ausrichten, dass Gun heute keinen Besuch mehr haben darf. Sie soll sich ausruhen. Sie haben sie von ihrer Arbeit weggeschickt, weil sie sich weigerte mitzuarbeiten, sie wirkte sehr angespannt. Die anderen Inhaftierten sind mächtig sauer, sie glauben, dass Gun simuliert. Wenn Sie jetzt noch einmal zu ihr gingen, wäre das ein falsches Signal. Würde eine Menge Ärger bedeuten, nehme ich an. Es ist besser, wenn Gun eine Weile allein in ihrer Zelle bleibt.«

Ich hätte einwenden können, dass eigentlich niemand das Recht hat, mir zu sagen, wann und wie oft ich die Inhaftierten aufsuchte, solange sie es selbst wollen. Das hier war Lagerssons eigene Meinung, so viel war klar. Trotzdem hielt ich den Mund und akzeptierte, was sie sagte. Noch mehr Konflikte waren wirklich das Letzte, was ich wollte.

Aber als ich in Lagerssons gebieterische graugrüne Augen sah, während sie mit verschränkten Armen und mürrischer Miene vor mir stand, kribbelte es doch in mir vor Ärger. Sie schien jemand zu sein, der es liebte, unbequeme Entscheidungen zu verkünden, ob sie nun die Befugnis dazu hatte oder nicht. Dachte wohl, dass sie damit etwas bewirkte, fühlte sich wohl besonders nützlich, wenn sie als Bollwerk fungierte. Wir beide würden sicher irgendwann aneinander geraten. Wir auch, dachte ich seufzend. Die Liste wurde immer länger.

Immerhin versprach Lagersson, Gun ganz herzlich von mir zu grüßen und ihr auszurichten, dass ich später am Abend oder gleich morgen früh vorbeikommen würde.

Es war erst früher Nachmittag, aber ich wusste nicht recht, was ich hier noch sollte. Der Brief von Grim lag in meiner Handtasche und verlangte nach einer Reaktion.

Es war immer noch hell, als ich hinaus auf den Parkplatz ging. Ich war schon eine ganze Weile nicht mehr bei Tageslicht nach Hause gefahren. Aus dem marmorgrauen Himmel fiel Schneeregen. Wenn das Wetter anhielt, würde der Schnee bis Weihnachten weggetaut sein. Nicht, dass es mir wichtig gewesen wäre. Aber trotzdem. Eine weiße Weihnacht war einfach schöner.

Vor der Einfahrt zum Hof stieß ich mit Miki zusammen. Er war damit beschäftigt, irgendwelche Kartons in seine Pizzeria zu tragen, und hatte mich wohl nicht gesehen. Ich war so in Gedanken versunken, dass ich ebenfalls nichts mitkriegte, bis es zu spät war. Wo ich mir doch solche Mühe gegeben hatte, ihm aus dem Weg zu gehen. Nicht, dass ich es reiflich geplant hätte und zu der Überlegung gekommen wäre, dass es das Beste war. Im Gegenteil, wenn ich richtig und vernünftig nachgedacht hätte, wäre ich wohl schnurstracks wieder in seine Pizzabude gegangen und hätte den Kontakt erneuert. Um anschließend in aller Ruhe abzuwarten, ob die Bekanntschaft eine Wendung nahm, die ich nicht wollte.

Jetzt benahm ich mich dagegen wie ein dummer Teenager.

Aber etwas in mir schrie: Nein, ich will nicht. Will nicht lächeln, will nicht nett sein, will nicht haben, dass er an mir interessiert ist, mich mag.

»Hoppla, Entschuldigung«, sagte ich.

»Nein, meine Schuld«, sagte er.

Es dauerte ein paar Sekunden, bis er erkannte, dass ich es war. Sofort setzte er ein strahlendes Lächeln auf.

»Ach, hallo, Frau Pastorin. Wollen Sie nicht bald mal wieder kommen und eine Lasagne bei mir essen?«

Völlig verwirrt streckte ich ihm meine Hand entgegen. Er ergriff sie etwas unbeholfen, schien nicht zu wissen, was er damit anfangen sollte. Nach einer kleinen, peinlichen Pause schüttelte er sie. Mit rotem Kopf wegen der albernen Geste zog ich meine Hand zurück.

»Kommen Sie doch nachher mal vorbei«, sagte er. »Ich lade Sie auf eine Lasagne ein.«

»Ach, nein, das müssen Sie wirklich nicht ...«

»Das mache ich mit allen Gästen so, die mehr als hundertmal bei mir gegessen haben.«

»Habe ich das?«

»Nichts für ungut, war nur ein kleiner Scherz. Aber kommen Sie doch so gegen sechs, dann mache ich uns was Leckeres.«

Mir blieb nichts anderes übrig, als mich zu bedanken und ins Haus zu gehen. Jetzt saß ich in der Falle. Ich merkte, wie ich zu zittern anfing. Sein Scherz von wegen, dass ich schon so oft bei ihm gegessen hätte, war einfach blöd. So blöd, dass ich mich fast darüber ärgerte. Gut, ich würde heute Abend hingehen, aber ich würde alles tun, um nicht einsam und bedauernswert zu wirken. Vielleicht sollte ich so tun, als hätte ich einen festen Freund, irgendwo weit weg.

Tageslicht durchflutete meine Wohnung. Zeigte mir eine dicke Schmutzschicht auf den Fenstern, und als ich die Tür hinter mir schloss, wirbelte der Luftzug überall Wollmäuse auf. Die Sonne brach plötzlich hervor und schien in die Küche wie ein Scheinwerfer. Kleine Staubpartikel tanzten selige Reigen im Scheinwerferlicht.

Saubermachen war noch nie meine Stärke. Zum Aufräumen zwinge ich mich schon ab und zu. Aber Staubsaugen und den Boden wischen, das ist doch ein bisschen viel Aufwand für mich allein, finde ich.

Ich darf gar nicht laut sagen, zu welchem Ergebnis ich kam, als ich nachrechnete, wann ich das letzte Mal staubgesaugt hatte. Als mir klar wurde, dass es Monate her sein musste, ging ich, ohne den Mantel auszuziehen, direkt zum Besenschrank. So als würde mir jemand auf die Schliche kommen, wenn ich nur fünf Sekunden länger zögerte.

Ich schleifte den Staubsauger hinter mir her durch die Wohnung und schob die röchelnde Düse hierhin und dorthin. Nach einer Weile fiel mir auf, dass ich schwitzte, und ich zog den Mantel aus. Beschloss, den Fußboden in Küche und Bad am nächsten Tag feucht zu wischen. Setzte mich an den Küchentisch und holte den Brief aus der Handtasche.

Auf dem Telefontisch lag noch der Zettel, auf den ich die Nummern von Guns Geschwistern gekritzelt hatte. Rief zuerst Gudrun an. Sie meldete sich mit schriller Stimme. Als ich mich vorstellte und fragte, ob ich störe, blieb sie stumm. Ich erzählte, dass ich einen Brief von Grim bekommen hatte, und fragte, ob sie mit dem Inhalt einverstanden sei. Als sie antwortete, klang ihre Stimme gepresst und hastig.

»Also ich weiß wohl, dass er etwas geschrieben hat. Aber was genau, das weiß ich nicht. Wir in unserer Familie müssen ja dauernd darauf hinweisen, dass wir nichts mit dem zu tun haben, was Gun anstellt.«

»Nun, ich wollte auch nicht …«

Weiter kam ich nicht, denn Gudrun explodierte. Zweimal hatte ich bisher mit ihr telefoniert, und jedes Mal hatte ihre Wut auf Gun alle Dämme gebrochen.

»Wir kennen unsere Gun, das können Sie mir glauben. Immer

ist irgendwas. Wir wissen genau, was sie vorhat. Sie will uns in den Dreck ziehen, das steht fest.«

So langsam kam mir das zu interessant vor, als dass ich noch hätte lockerlassen können. Guns Geschwister dünsteten so viel Schuld aus, dass mein Herz zu klopfen begann und ich mich kaum noch auf das Telefonat konzentrieren konnte. Ich musste mir Mühe geben, ruhig und besonnen zu erscheinen.

»Gudrun, ich merke, dass es für Sie und Grim sehr schmerzhaft ist. Ich denke ... Was halten Sie davon, wenn wir uns treffen? Ich darf Sie daran erinnern, dass ich absolute Schweigepflicht habe, und ich versichere Ihnen, dass ich niemanden verurteilen will. Ich möchte nur helfen, dass wir alle Frieden finden, wie weit das auch immer möglich sein mag.«

Wieder Schweigen. Dann:

»Ach, ich weiß nicht. Na gut, meinetwegen. Kommen Sie morgen Nachmittag hierher. Ich werde Grim auch Bescheid sagen, aber ich weiß nicht, ob er will. Er hält nicht besonders viel vom Reden und so.«

Ich bedankte mich für das Vertrauen und sagte, dass ich hoffte, Grim werde auch dabei sein. Und sei es nur zur Unterstützung für sie. Gudrun murmelte etwas von ›wir werden sehen‹ und nannte mir eine Adresse in Skogås. Um fünfzehn Uhr sollte ich dort sein.

Kapitel 14

Als ich auflegte, fühlte ich mich völlig aus dem Häuschen. Herr, ich würde einen Teil der Wahrheit erfahren, dessen war ich mir sicher. Wenn ich dorthin ging, würde ich herauskriegen, was für eine Familie das war.

Auf meinem Schmierzettel stand auch die Nummer von Gabriel. Ihn anzurufen kam mir schwerer vor. Vielleicht, weil mein Herz ein paar Extraschläge tat, wenn ich an sein außerirdisch schönes Gesicht dachte, an die schmalen, sehnigen Arme und seine kühlen Hände, die mich so zart berührt hatten.

Das Seltsame war, dass er abnahm, aber nichts sagte. Ich hörte nur ein Atmen, mehr nicht. Ich rief mehrere Male, dass ich es war, Ingrid, die Pastorin, hallo, hallo.

»Ach, du bist es«, sagte er nach einer Weile. »Ich dachte, es wäre … jemand anderes.«

Nach ein paar einleitenden Worten erzählte ich ihm von dem Brief, den Grim geschrieben hatte.

»Deshalb wollte ich fragen, ob du dir auch solche Sorgen machst und ob du vielleicht darüber sprechen möchtest?«

»Sorgen? Worüber?«

Ich hatte den Eindruck, dass Gabriel gar nicht richtig zuhörte. Und vor allen Dingen, dass es ihn nicht interessierte.

»Na ja, wegen der Sache mit Gun, dass ich Kontakt zu ihr habe und was sich daraus ergeben könnte …«

»Was? Ach, Unsinn. Keine Ahnung. Aber du, wenn ich dich was fragen darf: Wo wohnst du?«

Eine solche Frage hatte ich nicht erwartet. Ich gab ihm brav meine Adresse, ohne zu fragen, was er damit wollte.

»Kann ich dich nicht heute Abend besuchen? Ich würde gern über eine Sache mit dir reden. Ich ... Na ja, ich brauche Hilfe, weißt du. Darf ich?«

Noch nie war meine Wohnung mir so voll gepfropft und ungemütlich vorgekommen wie in diesem Moment, als ich meine Augen rasch darüber hinweggleiten ließ. Irgendwie war mir bisher nicht in den Sinn gekommen, dass ich Gäste haben könnte. Ich war diejenige, die andere besuchte, dass Leute mich besuchten kam so gut wie nie vor.

»Ja, schon«, sagte ich. »Aber es ist nicht aufgeräumt, und ich habe eigentlich nicht damit gerechnet, dass ... wie soll ich sagen ...«

»Kein Problem. Ich komme nachher vorbei. Also bis dann.«

Nachdem ich aufgelegt hatte, blieb ich wie gelähmt sitzen. Angst. Nicht, dass ich fürchtete, er könnte sich herrisch aufführen oder gewalttätig sein. Ich hatte einfach Angst davor, wie ich diesen Besuch überstehen sollte. Bekam Zwangsvorstellungen, dass ich mich lächerlich machen könnte, ohne die geringste Ahnung, wie und warum.

Dumpf dröhnende Stimmen verrieten mir, dass mein Nachbar seinen Fernseher eingeschaltet hatte. Ich sah zur Uhr. Fast sechs. Miki! Höchste Zeit, nach unten zu gehen.

Während ich nach einer sauberen Bluse zum Anziehen suchte, merkte ich, dass ich ärgerlich war. Ich stieß die Sachen, die im Weg lagen, mit dem Fuß beiseite. Mein Ärger richtete sich gegen den armen Miki, der einfach nur so nett gewesen war, mich zum Essen einzuladen. Dass man nie seine Ruhe haben kann, murrte ich vor mich hin. Dass man nicht einfach in Ruhe seine Lasagne essen kann, ohne dass gleich ein solches Trara daraus gemacht wird. Wieso durfte ich das nicht? Herrgott, war das vielleicht zu viel verlangt?

Als ich dann in die Pizzeria kam, muss ich wohl ziemlich verärgert ausgesehen haben. Miki warf mir einen fragenden Blick zu, aber ich tat so, als bemerkte ich es nicht. Er war dabei, zwei

Pizzen für einen jungen Kerl im Blaumann fertig zu machen, der am Tresen stand und wartete.

Der Bursche sprach so laut in sein Handy, dass seine Stimme durch den ganzen Raum hallte. Manche jungen Männer haben eine dermaßen selbstsichere Art, dass sie unbekümmert lautstark in ihre Handys quatschen, ganz egal, ob andere Leute in der Nähe sind. Die finden überhaupt nichts dabei, dass sie alle Blicke auf sich ziehen, während sie ihre Ansichten über dieses und jenes in den Raum brüllen.

Ich werde mir ein Handy anschaffen. Bisher ist nur noch nichts daraus geworden. Es ist nicht so, dass ich etwas gegen Handys hätte. Aber ich weiß genau, was passieren wird, wenn ich endlich eines gekauft habe. Ich werde mir einen Klingelton aussuchen, der ein diskretes kleines Piepsen ist und nicht eine nachgeäffte Orchesterouvertüre. Trotzdem werde ich mich nervös nach allen Seiten umsehen, wenn es klingelt, um mich zu versichern, dass sich niemand gestört fühlt. Dann werde ich das Ding fest ans Ohr pressen und mich in eine unbeobachtete Ecke verziehen.

Dieser Kerl hier schlug alle Rekorde. Er stand mitten im Raum, breitbeinig und von sich selbst überzeugt, und redete genauso laut und deutlich, als stünde er auf einer Theaterbühne und versuchte die Zuschauer in der dritten Reihe zu erreichen.

»Is doch voll krass, oder … ja, du lachst, Alter … ich also hin zu ihm und sach, ey, Freundchen, entweder du machst hier ganz fix den Abgang oder … warte kurz, ich muss mal eben zahlen, äh, was macht das? … achtundvierzig … hier, stimmt so … Was? Nee, hol mir grad Pizza … Ja, das kannst du laut sagen …«

Noch bevor er aus der Tür war, hatte er ganz allgemein über Pizza als Abendessen geschimpft und auch ein paar abfällige Bemerkungen über Miki nicht vergessen. Als er endlich raus war, senkte sich eine summende Stille über das Lokal. Es roch gut nach den Pizzen, mit denen der Flegel abgezogen war. Miki seufzte und schüttelte den Kopf.

»Wieso haben sie Telefone? Es hat doch sowieso jeder in Stockholm mitgekriegt, was er gesagt hat.«

Ich fand, das war eine witzige Bemerkung. Miki trocknete sich die Hände an der Schürze ab. Dann streckte er mir die Hand hin und sagte, er heiße Miki, aber das wusste ich ja schon. Ich sagte, mein Name sei Ingrid, und er fragte, ach, nach der Filmschauspielerin? Wie üblich, wenn jemand das fragt, antwortete ich, nein, nach meiner Großmutter väterlicherseits in Västerås.

Miki erzählte, dass er immer montags frische Lasagne zubereitete. Die hielt sich dann die ganze Woche, er brauchte nur die einzelnen Portionen in die Mikrowelle zu schieben.

»Heute ist sie also ganz frisch.«

Ich beschloss insgeheim, künftig freitags ein anderes Gericht zu bestellen, und setzte mich an meinen gewohnten Platz. Miki kam mit einer Tischdecke und einer kleinen Vase mit einer Blume darin. Mit übertrieben höflichen Gesten legte er die Decke auf und stellte die Vase auf den Tisch. Ich lächelte ihn an und fühlte mich hin und her gerissen zwischen albernem Gekicher und schlechter Laune. Er erhofft sich etwas, sagte eine strenge Stimme in mir.

Als er zwei Portionen Lasagne auftischte, anschließend die Tür versperrte und das Schild »Geschlossen« einhängte, nahm meine schlechte Laune überhand. Er würde enttäuscht sein. Er sah so fröhlich aus bei allem, was er machte, und ich würde ihn enttäuschen müssen. Es war richtig gemein.

»Oh ... so viel Mühe ... was für ein schönes Fest!«

Ich wusste nicht, was ich sagen sollte.

»Kostet dich das nicht eine Menge Kundschaft?«

Miki zuckte die Schultern.

»Manchmal muss man auch an sich selbst denken. Ich möchte dich zum Essen einladen. Ist das so ungewöhnlich?«

Das war es natürlich nicht, und Miki tischte sogar Rotwein auf. Er zeigte mir die Flasche und ließ mich probieren. Ich roch, schmeckte und nickte zustimmend. Ich habe keine Ahnung von

Wein. Kaufe immer den billigsten, aber ich lade ja auch niemanden dazu ein, sondern trinke gelegentlich an den Wochenenden ein paar Gläser vor dem Fernseher.

Miki holte zwei Kerzen und zündete sie an. Die eine wollte nicht brennen. Beim fünften Streichholz tat er mir direkt Leid, denn seine Hand zitterte ein wenig. Ich bat ihn, es mich versuchen zu lassen, und erleichtert gab er mir die Streichholzschachtel. Zum Glück ging er die Lasagne holen, als ich es versuchte, denn meine Hand zitterte genauso. Aber es gelang mir immerhin, den Docht frei zu bekommen und ihn anzuzünden.

Wir saßen am Fenster, das Kerzenlicht spiegelte sich in der Scheibe. Draußen sanken schwere, nasse Schneeflocken herab. Es war, als würden die Geräusche der Welt durch den Schnee gedämpft. Die Menschen, die vorbeigingen, hatten weiße Tupfer auf ihren Mützen oder Haaren. Der Schnee legte sich auf alles, rasch weichte er Ponysträhnen auf und lief die Stirnen hinab.

Dass es draußen schneite, machte es drinnen nur noch gemütlicher. So als sei es ein besonderes Glück, das Schmuddelwetter betrachten zu können, ohne ihm ausgesetzt zu sein. Miki trank einen großen Schluck Wein, und ich tat es ihm nach. Ein Mann mit hochgezogenen Schultern hinkte auf die Eingangstür zu und rüttelte daran. Er starrte Miki und mich ärgerlich an und klopfte auf seine Armbanduhr. Miki schüttelte nur den Kopf und formte das Wort »Feierabend« mit übertriebenen Lippenbewegungen. Der Mann verschwand in gebückter Haltung, den aufgeschlagenen Kragen mit den Händen unter dem Kinn zusammenhaltend. Es machte mich nervös, dass Miki angesichts seiner verlorenen Kunden so sorglos wirkte. Ich sah die Fünfzigkronenscheine nur so davonfliegen und wusste, dass ich schuld daran war.

»Weißt du, warum ich dich heute Abend zum Essen eingeladen habe, Ingrid?«, fragte Miki, als hätte er meine Gedanken gelesen.

»Nein«, antwortete ich und zitterte davor, dass er etwas Romantisches sagen könnte.

»Erstens: Weil ich noch nie vorher einen weiblichen Pfarrer aus der Nähe gesehen habe. Allein schon die Tatsache, dass es dich gibt, würde meinem alten Großonkel, dem Priester, die Galle hochkommen lassen. Und ich muss dir sagen, ich genieße die Vorstellung, wie zornig und frustriert er darüber wäre.«

Er gab ein kindisches Kichern von sich und grinste über das ganze Gesicht bei dem Gedanken an seinen empörten Großonkel. Miki hatte normalerweise grobporige Haut, aber das Kerzenlicht milderte die Unebenheiten, sein Gesicht sah jetzt ganz glatt und weich aus. Ich sah, dass er sich besonders sorgfältig gekämmt und rasiert hatte. Der Duft von Rasierwasser mischte sich mit dem des Essens. An einer Wange saß ein winziger Fleck von getrocknetem Blut. Sonst hatte er oft einen kleinen Stoppelbart. Sein Bart schien von der schnell wachsenden Sorte zu sein und außerdem sehr dicht und schwarz.

»Ich sitze also hier, damit dein verstorbener Großonkel sich im Grab umdreht«, sagte ich und merkte, dass ich mich gekränkt anhörte, obwohl ich nicht gedacht hätte, dass mich eine solche Situation wie diese hier jemals kränken könnte. Aber ich kam mir lächerlich vor, wie eine unfreiwillige Beteiligte an einem großen Spaß.

Miki wurde auf einmal sehr ernst.

»Das ist ein Teil der Geschichte. Aber nur ein kleiner. Ich habe immer über dir gewundert« (Ich dachte: soll ich sein Schwedisch jetzt berichtigen, oder ist das kleinlich? Ich ließ es sein) »und gedacht, warum sitzt sie alleine hier, sie sollte mit einer Familie hier sitzen oder mit einem Mann oder so. Es geht mich nichts an, ich weiß. Ich werde dich auch nicht danach fragen. Ich wollte nur sagen, dass ich meine Gedanken darüber gemacht habe.«

»Ich arbeite immer sehr viel«, sagte ich, und mir schien, dass meine Stimme etwas angestrengt klang.

Herr, ich beklage mich nicht, dass ich allein lebe. Ich habe es so gewollt. Habe es als meine Aufgabe angesehen, mich selbst hintanzustellen. Deshalb war es merkwürdig und albern, dass ich mich jetzt schämte. Vor dir, Herr, erscheint es mir selbstverständlich, für andere da zu sein. Aber aus der Perspektive eines weltlicheren Lebens gesehen fühle ich mich als Versagerin.

Wir aßen ein paar Bissen von unserem Essen. Ich wusste nicht, was ich sagen sollte. Er aß gierig, blickte mich aber ständig mit erwartungsvollem Gesichtsausdruck an.

»Es muss wohl ein trauriger Anblick gewesen sein, als ich hier so allein saß«, sagte ich.

Miki zuckte wieder mit den Schultern. Anscheinend ging ihm nichts so richtig nahe, weder einsame Gäste noch hungrige Kundschaft, die vor seiner verschlossenen Tür stand.

»Vielleicht ein bisschen«, sagte er. »Aber ich wusste ja nicht, dass du Pastorin bist. Dann ist man doch sicher niemals einsam, oder?«

Das ist eine Vorstellung, die viele Menschen von uns Pastoren haben. Sie denken, wir seien so vollauf mit unseren geistlichen Kontakten beschäftigt, dass Menschen in unserem Leben eine nachrangige Rolle spielen. Sie verstehen nicht, dass ich dich, Herr, erblicke, wenn ich in das Gesicht eines Menschen sehe, den ich gern habe.

Miki hatte eine so verständige Miene aufgesetzt, als er das von den niemals einsamen Pastoren sagte, dass ich laut lachen musste.

»Weißt du, manchmal vermisst man jemanden, den man richtig anfassen kann«, sagte ich und wurde im selben Moment rot, als die Worte über meine Lippen kamen, denn mir fiel auf, dass man das auch sexuell auslegen konnte.

Miki errötete ebenfalls, offensichtlich hatte er die Zweideutigkeit ebenfalls bemerkt. Er schluckte mühsam und wechselte das Thema.

»Ich habe zwei Kinder. Einen Jungen und ein Mädchen. Achtzehn und zweiundzwanzig.«

»Ah ja«, entgegnete ich, etwas aus der Fassung geraten. Verstand nicht, was das mit der Sache zu tun hatte. Aber es war schön, über etwas anderes zu reden als über mich.

»Meine Frau ist tot. Vor vier Jahren gestorben. Krebs.«

Mikis Gesicht sah auf einmal grau und versteinert aus. Da waren sie, seine Gefühle. Sein achselzuckendes Pendeln zwischen Unbekümmertheit und Gleichgültigkeit wurde durch eine deutliche Schwermut ersetzt. Ich bildete mir ein, dass er nicht mit vielen Menschen über seine Frau gesprochen hatte.

»Sie liebte gutes Essen und war dick wie ein Fass. Aber in den letzten Jahren sah sie aus wie ein kleines Vögelchen. Es war unheimlich.«

Miki wandte mir sein graues Gesicht zu, und die Ränder seiner melancholischen Augen schienen mir leicht gerötet zu sein.

»Weißt du was, Ingrid? Man soll nicht allein sein. Es ist nicht gut für einen Menschen, wenn er allein ist. Man wird komisch. Denkt komische Sachen. Nicht gut.«

Um Mikis Hals hing ein goldenes Kreuz, und ich fragte ihn nach seinem Glauben. Er erzählte, dass er ihn mit der Muttermilch eingeflößt bekommen hatte. In seiner Familie war man gläubig, fertig, aus. Also gläubig war er. Seine Frau auch. Die Kinder waren getauft, aber wie sie es heute dem Glauben hielten, das wusste er nicht genau.

»Sie leben ihr eigenes Leben. Ich weiß nicht, ob sie in die Kirche gehen. Ich weiß nicht einmal, ob sie das Grab ihrer Mutter besuchen. Aber ich denke, das tun sie doch hin und wieder.«

Seit seine Frau tot war, ging Miki nicht mehr in die Kirche. Sie waren immer gemeinsam hingegangen. Hatten eine Kerze angezündet und sonntags die Predigt gehört. Er hatte dabei meist gedöst, aber seine Frau hatte aufmerksam zugehört und gekniet, wenn sie betete.

»Auch wenn ich meistens schlief, fühlte ich mich doch wohl dort«, erzählte er. »Wir ... wie soll ich sagen ... wir kamen dort zur Ruhe, Anna und ich. Wenn wir aus dem Gottesdienst gingen, hielten wir uns bei den Händen. Das taten wir sonst nie. Anschließend gingen wir nach Hause und aßen mit unseren Kindern gemeinsam zu Mittag, und die Stille in uns blieb bis zum nächsten Morgen. Dann war Montag, und der Stress ging wieder los.«

Miki lachte flüchtig. Aber dann sah er wieder traurig aus.

»Ich gehe heute nicht mehr in diese Scheißkirche. Ich hasse sie, und ich hasse Gott.«

Er sah mich verstohlen an, als erwarte er, dass ich nun aufstehen und gehen würde. Wenn er wüsste, wie oft ich so etwas von Menschen gehört habe, die trauern. Du trägst ihren Hass, Herr. Du hilfst ihnen, zu hassen, zu toben, wenn sie es brauchen. Aber du bist auch da, wenn der Hass sich legt und derjenige, der hasste, wieder beginnt, die Frühlingssonne zu genießen. Oder jemanden trifft, der ihn in eine neue Liebe hineinlockt.

Miki war mit seiner Trauer noch nicht fertig, das war offensichtlich. Andererseits: Wird man das jemals? Dass er mich zum Essen eingeladen hatte, war aber doch ein Zeichen, dass etwas in seiner Trauer milder zu werden begann.

»Du hasst die Krankheit, die dir deine Frau genommen hat. Du hasst es immer noch, an den Ort erinnert zu werden, an den ihr so gerne gemeinsam gegangen seid«, sagte ich.

So etwas sage ich für gewöhnlich auch in meiner Rolle als Pastorin. Aber etwas an meiner Stimme war jetzt anders. Sie klang dünner und, wie soll ich es ausdrücken, privater. Die Sicherheit und Autorität, die mir diese Rolle normalerweise verlieh, stellte sich nicht automatisch ein. Gegenüber Miki fühlte ich mich versucht, einfach Ingrid zu sein.

Mikis Augen wurden von einer dünnen, feuchten Schicht verschleiert. Sein Blick verlor sich eine Weile an der Wand hinter mir, dann sagte er: »Vielleicht hast du Recht.« Erst als er den Blick abwandte, wagte ich es, ihn mir genauer anzusehen. Er hatte wirklich eine imposante Nase, und imposante Nasen haben mir schon immer gefallen. Große Nasen haben etwas Direktes, sie deuten auf eine markante Persönlichkeit hin. Menschen mit kleiner Nase kann man schwerer fassen. Mikis Nase war zur Spitze hin leicht gebogen, ansonsten aber gerade und schlank, nicht fleischig oder knubbelig, alles nur Haut und echter Knochen. Wirklich ästhetisch.

Seine Augen bekamen leicht einen etwas stechenden Ausdruck. Normalerweise, wenn er hinter dem Tresen stand und seine Pizzen zubereitete, war ihr Ausdruck konzentriert und leicht aggressiv. Diesen Anblick war ich gewohnt. An dem Tag, als er begonnen hatte, mit mir zu sprechen, war der Blick ein anderer gewesen. Das Stechende verschwand, und der Wechsel war so deutlich, dass sein Gesicht ein anderes zu werden schien. Einen merkwürdigen, wehmütigen Ausdruck bekam. Seine Hände sahen so rein aus, obwohl sie immer etwas mehlig waren. Aber vielleicht war es gerade das Mehl, das sie rein aussehen ließ, weil seine Fingernägel weiße anstatt schwarze Ränder hatten.

Miki wandte sich mir zu und legte seine Hand auf meine.

»Möchtest du einen Kaffee? Ich habe eine kleine Torte besorgt.«

Gerade als ich »ja, gern« sagen wollte, klopfte es energisch an Mikis Ladentür. Miki zeigte auf das »Geschlossen«-Schild und winkte abwehrend mit der Hand. Der Mann klopfte immer noch und deutete auf mich.

Da sah ich, wer es war.

Gabriel.

Ich hatte ganz vergessen, dass er kommen wollte. Da stand er nun, die Hände tief in den Hosentaschen vergraben, ohne Mütze und nur in einer dünnen Jeansjacke. Die Haare hingen in nassen Strähnen herunter, er war sehr blass, und seine Füße in verschlissenen Turnschuhen stampften abwechselnd im Schneematsch.

»Na, das ist ja vielleicht ein sturer Kerl«, schimpfte Miki.

»Oh«, sagte ich und merkte, wie ich rot anlief.

»Das ist … das ist mein … ich kenne ihn. Es ist ein Bekannter von mir …«

Miki sah verblüfft aus und auch ziemlich enttäuscht. Er ging zur Tür und öffnete sie für Gabriel, der fast nach drinnen fiel.

»Mann, ihr habt euch aber wirklich Zeit gelassen«, sagte Gabriel, vor Kälte mit den Zähnen klappernd. Aber ich merkte schnell, dass es nicht nur die Kälte war. Seine unruhigen, zuckenden Bewegungen ließen noch auf etwas anderes schließen. Aufputschmittel oder Ähnliches.

»Wir wollten uns doch bei dir treffen, oder?«, sagte Gabriel, ohne sich im Geringsten um Miki zu kümmern. Ich hätte außerdem schwören können, dass er in diesem Moment nicht mal mehr wusste, wie ich hieß.

»Ich ... zu dumm ... ich dachte wohl, du würdest später kommen ...«

»Ja, okay, aber jetzt bin ich hier. Komm, lass uns gehen.«

Gabriel warf nervöse Blicke auf die Straße. Ich begriff, dass er auf der Flucht war. Wohl vor Dealern, bei denen er seinen Stoff nicht bezahlt hatte. Meine Zeit in den verschiedenen Gefängnissen hatte mich eine Menge gelehrt. Aber dass mit Gabriel etwas nicht stimmte, konnte jedes Kind sehen. Miki hatte wieder seinen stechenden Blick, er stand mit verschränkten Armen da.

»Gabriel, ich möchte, dass du meinem Freund Miki hallo sagst.«

Ich machte eine Geste zu Miki. Gabriel blinzelte eine Sekunde lang in seine Richtung. Oder vielleicht eine halbe Sekunde. Dann packte er mich am Ärmel meines Pullovers.

»Ja, schön, gut, hallo«, sagte er hastig und ärgerlich. »Aber jetzt komm, du hast doch gesagt, ich kann zu dir.«

Er zerrte leicht an meinem Pullover. Miki hatte begonnen, unser Geschirr abzuräumen, und stellte es klappernd auf die Spüle. Das Besteck landete klirrend im Becken. Er war sauer, ganz eindeutig, auf Gabriel und vielleicht auch auf mich.

»Miki, es tut mir Leid, ich hatte es ganz vergessen. Es war so gemütlich hier.«

Miki nickte kurz und faltete die Tischdecke mit übertrieben heftigen Bewegungen zusammen.

»Wir können doch die Torte sicher ein andermal essen? Oder vielleicht jetzt? Wir drei zusammen?«

So etwas mache ich oft. Betrachte es als meine Aufgabe, alle unter einen Hut zu bringen. Verpatzte Situationen wieder gerade zu biegen. Die schlechte Stimmung zu verschlucken. Da kann sie dann liegen und meine Magensäfte ankurbeln, während ich ein Lächeln aufsetze und versuche, unberührt zu wirken.

Dass wir die Torte zu dritt essen sollten, war eine hirnverbrannte Idee.

»Ich will keine verdammte Torte«, maulte Gabriel.

Er weigerte sich immer noch, in Mikis Richtung zu sehen. Miki war angelegentlich mit Aufräumen beschäftigt.

»Nein, ich muss den Laden jetzt wieder aufmachen«, sagte er leise und mehr zu sich selbst.

Gabriel zog wieder an meinem Ärmel. Wie ein Dreijähriger, der will, dass seine Mutter zum Bonbonregal mitkommt. Er überschritt alle Grenzen.

»Jetzt lass das doch mal. Lass los, hörst du!«

Ich riss meinen Arm zurück. Miki kam mit großen schnellen Schritten auf uns zu, ein Schwammtuch in der Hand. Gerade als er Gabriel packen und von mir wegziehen wollte, ließ Gabriel los, so abrupt, dass ich für ein paar Sekunden das Gleichgewicht verlor und beinahe hingefallen wäre. Miki fing mich auf.

»Hörst du nicht, was sie sagt, oder was?«, brüllte er.

Gabriel machte ein paar Schritte auf die Tür zu, drehte sich um und sagte mit erstickter Stimme, so als würde er gleich losheulen:

»Aber du hattest es versprochen, das hattest du. Ich sag dir eins, ich verschwinde jetzt. Dann siehst du mich nicht wieder. Pfui Teufel, sag ich nur. Pfui Teufel. Mich wie ein Stück Dreck zu behandeln.«

»Gabriel, warte!«

Ich drehte mich zu Miki um und überschüttete ihn mit einem Schwall von Entschuldigungen und bitte sei nicht böse und es war unheimlich nett, aber lass uns jetzt in Freundschaft auseinander gehen. Das Letzte sagte ich nicht so direkt, sondern ich nahm seine Hände und drückte sie fest. Miki nickte nur, mit versteinertem Gesicht und ohne die kleinste Andeutung eines Lächelns.

Kapitel 15

Dann ging ich hinaus zu Gabriel. Er nahm die wenigen Schritte bis zu meiner Haustür in einem einzigen Satz. Während ich die Ziffern des Türcodes eingab, hörte ich, wie er hinter mir stand und die Nase hochzog. Sobald ich die Haustür aufgemacht hatte, schlüpfte er hinein und verschwand im dunklen Treppenhaus.

»Welche Etage?«, wollte er wissen.

Ich hatte kaum »dritte« gesagt, da war er schon weg, mit großen Sätzen auf dem Weg nach oben. In meinem Haus gibt es keinen Fahrstuhl. Als ich etwas außer Atem den dritten Stock erreichte, stand Gabriel auf halber Treppe zum vierten, fast völlig im Dunkeln versteckt. Während ich die Wohnungsschlüssel aus meiner Tasche nahm und aufschloss, hörte ich ihn wieder ungeduldig die Nase hochziehen. Kaum war die Tür auf, drängte er sich an mir vorbei nach drinnen. Trampelte über ein paar Reklamezettel auf der Fußmatte und verschwand in meiner Wohnung, feuchte Fußspuren hinterlassend.

»Gabriel, würdest du dir bitte die Schuhe ausziehen. Ich habe gerade erst den Boden gewischt.«

Er kam zurück und streifte die durchgeweichten Turnschuhe von den Füßen, ohne sich zu bücken. Die Jeansjacke zog er dagegen noch enger um sich, obwohl sie triefnass aussah. In meinem kleinen Flur wirkte er riesig. Beinahe unwirklich. Seine Schuhe lagen wie zwei gestrandete Wale neben meinen in Größe siebenunddreißig. Wie verworren die Situation auch sein mochte, wie sehr es mir wegen Miki Leid tat und wie beunruhigt ich wegen Gabriels Zustand war, so sehr erregte es mich doch, so viel Männlichkeit in meinem dürren, uneingeweihten Flur zu haben.

»Willst du nicht deine Jacke ausziehen? Möchtest du ein heißes Bad nehmen? Hier drinnen tut dir niemand was.«

Gabriel schien ein wenig ruhiger zu werden. Er hörte auf, so verzweifelt zu schlottern, zog seine Jacke aus und hielt sie mir entgegen.

»Ich weiß nicht, wohin damit. Sie ist triefnass.«

Ich nahm die Jacke und hängte sie auf einen Kleiderbügel in die Nähe des Heizkörpers im Flur. Sie war schwer und groß. Wenn ich sie angezog, würden mir die Ärmel bis weit über die Hände reichen. Unter der Jacke trug Gabriel ein enges schwarzes T-Shirt mit langen Ärmeln. Es reichte nicht ganz bis über den Bauch. Ein schmaler Streifen schwarzer Haare, der sich Richtung Nabel zog, blitzte darunter hervor. Ich versuchte, mir nichts anmerken zu lassen, aber dieser Haarstreifen verhexte mich. Die hellblauen, abgetragenen Jeans saßen wie angeklebt auf seinen schmalen Hüften.

»Entschuldigung«, sagte Gabriel.

Ich blickte verwirrt zu ihm hoch und fühlte mich ertappt. Obwohl Gabriel in schlechter Verfassung zu sein schien, die Haare strähnig, die Gesichtsfarbe grünlich-bleich, die trockenen Lippen aufgesprungen, die Augen wie Flipperkugeln, war er immer noch absolut atemberaubend.

»Ich meine das wirklich. Entschuldige bitte, aber ... ja, es ist schwer zu erklären, aber es war alles ein bisschen viel in der letzten Zeit. Ich brauchte einfach mal Abstand und ... jemanden zum Reden.«

Während Gabriel sprach, schlugen seine Zähnen aufeinander, und er hielt die Arme eng um den Körper geschlungen.

»Hätte wohl besser eine dickere Jacke anziehen sollen.«

Wieder schlug ich ihm vor, ein heißes Bad zu nehmen, und Gabriel war einverstanden. Ich ging ins Badezimmer. Als ich meine Flaschen im Schrank auf der Suche nach dem Badeöl durchsah, zitterten meine Finger so sehr, dass die Flasche mit dem Mittel gegen Hautausschlag zu Boden fiel.

Im selben Moment, als ich das Fichtennadelöl entdeckte, schoss mir durch den Sinn, dass er vielleicht nichts in seinem Badewasser haben wollte, was duftete. Waren Männer so? Was wusste ich schon davon?

Es war mir zwar peinlich, aber ich ging doch mit der Flasche in der Hand zu Gabriel und fragte. Erst begriff er nicht, wovon ich redete, starrte nur auf die Flasche, als glaubte er, ich wollte ihm einen Schnaps anbieten. Als ihm dann klar wurde, dass es Fichtennadelöl war, prustete er los.

»Du lieber Himmel, ich will doch nicht riechen wie ein frisch geschrubbtes Pissoir.«

Ich muss verletzt ausgesehen haben, denn er änderte seine Meinung sofort.

»Oder doch, ja. Mach einfach.«

Ich gab nur ganz wenige Tropfen davon ins Badewasser. Als ich den wohl vertrauten Duft einsog, der zu einem der wenigen luxuriösen Dinge gehört, die ich mir gönne, nämlich ein Fichtennadelbad zu nehmen, verstand ich, was Gabriel meinte. Es erinnerte entfernt an die Duftsteine in gewissen öffentlichen Einrichtungen. Und ich war mein ganzes erwachsenes Leben durch die Gegend gelaufen und hatte danach gerochen.

Gabriel ging ruhelos in meinem Wohnzimmer auf und ab, fummelte an allem herum, ohne genau hinzusehen. Er musste ruhiger werden, so viel war klar. Ein Bad und vielleicht ein Glas Wein, das würde helfen. Das Bad war fertig, und man kann über Fichtennadelöl sagen, was man will, aber es gibt dem Wasser eine schöne grüne Farbe. Als ich aus dem Badezimmer kam und zu Gabriel sagte, dass alles bereit sei, zog er schnurstracks sein T-Shirt über den Kopf.

Ich flüchtete in die Küche. Rief von dort aus, ob er vielleicht ein Glas Wein haben wollte. »Gern«, antwortete er, und ich schenkte mit unruhiger Hand ein. Und jetzt? Was sollte ich jetzt machen?

Innerlich zitternd ging ich mit dem Glas Richtung Badezimmer. Neben der Tür steht ein Telefontisch, und ich rief mit gespielt munterer Stimme, das Glas stünde gleich neben der Tür. Da hörte ich ein Planschen und begriff, dass er schon in der Wanne war.

»Könntest du wohl so lieb sein und es mir bringen?«

Zum Glück ist mein Badezimmer so klein, dass man sich von der Tür beinahe bis zur Badewanne strecken kann, ohne hineinzugehen. Ich sah nicht hin, merkte nur, wie Gabriel nach dem Glas griff.

»Willst du mir nicht Gesellschaft leisten?«

»Nein, bade du nur in aller Ruhe, dann können wir uns anschließend unterhalten.«

Herr, du weißt, dass ich Sex nicht für etwas Schmutziges halte. Ich will ihn nicht schmutzig finden.

Ich bin durchaus nicht der Meinung, dass Menschen sich gegenseitig betrügen oder auf andere treulose Art wehtun sollen. Vielmehr bin ich der – ich sollte wohl hinzufügen: theoretischen – Überzeugung, dass Lust etwas Lebensbejahendes und Herrliches ist. Etwas Magisches, bei dem deine Anwesenheit stärker als irgendwo sonst empfunden wird. Ich weiß, dass Menschen, die von sich selbst sagen, dass sie mit dir nichts am Hut haben, in den Momenten der höchsten Ekstase trotzdem deinen Namen rufen.

O Gott, o Gott. Ich glaube, das sagen wohl viele Leute, ohne sich dessen überhaupt bewusst zu sein. Instinktiv wissen sie, dass du gerade dann dort bist.

Trotzdem ist Sex nichts für mich. Mir ist, als ob gerade ich ohne ihn leben soll. Das ist so ähnlich wie mit Kuchen und Blumen. Etwas in mir findet, dass es eine Leistung ist, auf all das zu verzichten.

Ich wusste, dass ich mir mehr Lust gönnen sollte, aber gleichzeitig hatte es auch etwas Befriedigendes, streng zu mir selbst zu sein. Ich war, wie falsch das auch immer sein mochte, stolz auf meine Enthaltsamkeit.

Und außerdem, selbst wenn ich mehr Lust in meinem Leben bejahen würde, verlangt eine sexuelle Beziehung immer noch die Mitwirkung eines anderen Menschen. Wenn ich daran denke, werde ich immer müde. Störrisch. Will mich entziehen.

Meistens gelingt es mir, den Sex zu vergessen. Es gibt so viel anderes. Aber wenn diese Art von Gefühl mich doch mal überfällt, dann heftig.

Vor zwei Jahren sprach ich mit einem Mann, der in einem Gefängnis in der Nähe von Norrköping einsaß. Er war ungefähr fünfundzwanzig und wegen Raub und Körperverletzung verurteilt. Mit mir wollte er reden, weil er auch seine Freundin verprügelt hatte, und das belastete ihn.

Als ich den Raum betrat, in dem wir miteinander reden sollten, saß er tief zusammengesunken dort, die Nase fast auf den Knien. Als er mich hörte, hob er langsam den Kopf. Er hatte nur eine Lederweste auf dem nackten Oberkörper, und die meiste Zeit im Gefängnis verbrachte er mit Gewichtheben. Seine Haut war ganz glatt, und darunter wölbten sich von Adern überzogene, feste Muskelpakete. Seine langen Haare waren zu einem Pferdeschwanz gebunden, und in beiden Ohrläppchen trug er dicke Ohrringe. Die schwellenden Oberarme waren tätowiert.

Pfeile durchbohrten mich. So kam es mir vor. Ich musste mich an der Lehne des Stuhls vor mir festhalten, so schwindelig wurde mir beim Anblick der geschmeidigen, weißen Haut, die sich über die harten Muskeln spannte. Mir war, als ob eine verrückte kleine Feuerkugel durch meinen Körper raste und überall kleine Brände entfachte, die loderten und sengten.

Ich weiß bis heute nicht, ob er etwas gemerkt hat. Es gelang mir, mich an meine Aufgabe zu halten und das Gespräch zu führen. Aber die ganze Zeit wollte ich nur eines: dass er mich anfasste. Hart und fordernd. Ich wollte die Hand unter seine Lederweste stecken und mit den Fingernägeln seinen Rücken zerkratzen. Die Nase an seine Brust pressen, seine Haut riechen und schmecken. Meine Zunge gegen seine Zunge flattern lassen und den ganzen Körper alarmieren, wie ein kleines drängendes »Steh auf!«

Ich bin kein Unschuldsengel, aber es ist bestimmt vier Jahre her, dass ich einen Mann anders berührt habe, als ihm die Hand zu geben oder ihm kameradschaftlich auf die Schulter zu klopfen. Als die Lust mich jetzt überfiel, beim Anblick von Gabriels flachem, halb entblößtem Bauch mit dem Streifen emporkletternder schwarzer Haare, fühlte ich mich, als sei ich aus einem finsteren Verlies entkommen. Direkt hinauf ins Tageslicht, hilflos blinzelnd. So gewöhnt an einen unnatürlichen Zustand, dass der Tag und das Licht nur wehtaten, störten und mich verwirrten.

Meine Lust war außerdem ziellos. Ich hatte nicht vor, Gabriel zu verführen. Obwohl ich dermaßen aufgewühlt war, dass meine Beine fast unter mir nachgaben.

Während ich in der Küche saß und über all das nachdachte, entfernte ich kleine verwelkte Blüten von meiner rosa Hyazinthe. Es waren nicht mehr viele Blüten übrig, als ich fertig war. Ich schnupperte an meinen Fingern, und es war noch ein schwacher Hauch des guten Duftes zu ahnen, aber überwiegend roch es nach Fäulnis.

Dummes Ding, warum verblühst du so schnell.

Ich goss mir selbst auch ein Glas Wein ein. Bemerkte auf einmal, dass der ganze Küchentisch voller Krümel, Käserinden und anderen Resten meiner diversen Frühstücksmahlzeiten war. Ich riss schnell ein Blatt Küchenpapier ab und wischte die Krümel in die hohle Hand. Machte ein weiteres Blatt Küchenpapier nass und rieb an den kleinen klebrigen Flecken herum. Es können Tage vergehen, bis mir solche Sachen auffallen. Meist wische ich die Krümel nur mit der Hand zur Seite, damit die Zeitung nicht fettig wird oder alles am Ärmel meines Morgenrocks hängen bleibt.

Man macht immer Witze darüber, wie schlampig Junggesellen sein können. Manche Leute finden das lustig. Aber wenn eine allein lebende Frau ebenso schlampig ist, findet das bestimmt niemand charmant oder witzig.

Vielleicht stimmt das, was Miki gesagt hat. Menschen sollten nicht alleine sein. Wie es bei mir zu Hause aussieht, sehe nur ich. Man braucht wohl mehr oder weniger zufällige Besucher, und sei es nur, damit das Schamgefühl dafür sorgt, dass man nicht völlig verlottert.

Mir fallen die Krümel fast nie auf, und das erschreckt mich. Vielleicht habe ich ja noch mehr peinliche Eigenarten entwickelt, die ich selbst gar nicht bemerke.

Ich hörte, wie Gabriel den Stöpsel zog und laut planschend aus der Wanne stieg. Feuchter Fichtennadelduft drang sogar bis in die Küche. Obwohl ich mir wegen des Badeöls ziemlich dumm vorkam und mir schwor, diese Sorte nie wieder zu kaufen, nachdem ich es zwölf Jahre lang getan hatte, spürte ich doch eine gewisse Genugtuung, dass Gabriel etwas an sich trug, was aus meinen geheimen Vorräten stammte.

Er kam in die Küche, das Handtuch um die Hüften geknotet und die breiten Schultern nackt. Der Streifen auf seinem Bauch mündete in einer kleinen schwarzen Matte auf seiner Brust. Er lachte mich an, und wieder hatte ich das unangenehme Gefühl, dass ich auf höchst private Stellen seines Körpers starrte, ohne mir dessen bewusst zu sein.

Gabriel hielt mir sein leeres Glas hin. Das Bad und der Wein hatten ihn beruhigt. Aber seine Pupillen waren immer noch groß und starr.

»Hast du noch mehr?«, fragte er.

Gabriel setzte sich auf meinen zweiten Küchenstuhl und fuhr sich mit den Fingern durch das feuchte, schwarz glänzende Haar. Sein Knie wippte auf und ab. Das Bein war unablässig in Bewegung, aber er schien es nicht zu merken. Ich goss sein Glas voll, und er stürzte sofort die Hälfte in sich hinein. Es war wohl am besten, die Flasche erst mal wegzustellen.

»Warum bist du so nervös?«

Diese Frage hätten wir beide stellen können, aber sie kam von mir.

»Ach, dumme Sache. Es gibt da so 'n paar Typen, die ... na ja, die im Moment eine Stinkwut auf mich haben. Ist einfach besser, 'ne Weile unterzutauchen.«

Meine langjährige Arbeit in verschiedenen Haftanstalten hat mich gelehrt, niemals nach Details aus dem kriminellen Leben der Gefangenen zu fragen. Das ist nicht meine Aufgabe, und je weniger ich weiß, desto besser. Gabriel brauchte einen Unterschlupf, Ruhe und vielleicht jemanden zum Reden. All das konnte ich ihm bieten. Aber seine krummen Geschäfte musste er selbst in Ordnung bringen, oder er musste zur Polizei gehen.

»Du brauchst es mir nicht zu erzählen«, sagte ich zu ihm. »Du kannst reden, worüber du möchtest. Hier kann dir jedenfalls keiner was tun.«

»Bist du sicher?«

Gabriels Stimme klang dünn, und er wirkte ängstlich, wie er da sein Weinglas umkrampfte.

»Da kannst du ganz beruhigt sein. Frierst du? Warte, ich hole dir eine Decke.«

Ich ging ins Zimmer und zog eine gelbe Wolldecke hervor, die unter einem Haufen Kleider lag. Meine Mutter hatte sie mir mal zu Weihnachten geschenkt. Sie macht mir gerne diese Art von Geschenken, solche, die »das Zuhause ein bisschen wohnlicher machen«, wie sie immer sagt.

Ich legte die Decke um Gabriels nackte Schultern und er wickelte sich darin ein. Zwei, drei heisere, trockene Schluchzer erschütterten seinen Körper. Er legte den Kopf in seine Hände und beugte sich nach vorn, so als hätte er Magenschmerzen.

»Was für eine verdammte Scheiße«, sagte er mehrere Male. »Was für eine verdammte Scheiße.«

Ich hatte mich wieder auf meinen Stuhl gesetzt. Gabriel schluchzte ab und zu auf. Es klang nicht wie normales Weinen, eher wie eine Art Winseln. Das deutete darauf hin, dass Gabriel es nicht gewohnt war, in Tränen auszubrechen. Er schien nicht recht zu wissen, wie man das macht.

Ich sah seine große Schwester Gun vor mir, wie sie ihren Urschrei ausstieß. Es war, als ob sie beide schwere, unsichtbare Fußfesseln mit sich herumschleppten, die ins Fleisch eingewachsen waren, und das Einzige, was ihnen übrig blieb, war hin, und wieder ihre Angst und ihren Schmerz hinauszulassen.

Gabriels Schultern zuckten unter der Decke, und ich legte meine Hand auf seinen Arm. Er packte ihn und drückte fest. Das Schluchzen und Winseln ging noch eine Weile so weiter, aber dann beruhigte er sich. Meine Hand tat mir weh. Aber sie zurückzuziehen wäre das falsche Signal gewesen. Jetzt hieß es durchhalten. Ich versuchte, meine Finger ein wenig zu spreizen.

»Entschuldige.«

Gabriel hatte anscheinend gemerkt, dass er meine Hand doch ein bisschen zu fest gedrückt hatte.

»Entschuldige. Ich weiß nicht, was ... ich wollte nur ...«

Er richtete sich auf. Die Augen waren rot, die Wangen erhitzt vom heißen Bad, dem Wein und dem seltsamen Zusammenbruch.

Du lieber Gott, was für ein kaputter Typ, dachte ich, während ich ihn ansah. So schön, dass es einem den Atem raubt, und dabei so kaputt.

Das Mitgefühl schnürte mir den Hals zu. Gabriel tat mir so schrecklich Leid.

»Meinst du, ich kann heute Nacht hier schlafen?«

»Was?«

Ich hatte seine Frage genau verstanden, sagte aber ganz instinktiv »Was?«, um Zeit zu gewinnen und die Wellen von widerstreitenden Gefühlen ausrollen zu lassen. Gabriel drehte sich auf dem Stuhl herum und betrachtete das Zimmer. Er musterte mein schmales Bett, das abgenutzte Sofa, das Bücherregal und den hässlichen Sessel vor dem Fernseher.

»Es wäre so schön, wenn ich nicht wieder weg müsste ... wenn ich nur für ein paar Nächte bleiben könnte.«

»Ich weiß nicht recht. Ich habe doch nur das eine Bett, und das ist sehr schmal … und das Sofa ist ein bisschen kurz …«

Gabriel stand auf und ging ins Zimmer. Ich folgte ihm und meine Augen glitten, genau wie seine, durch den Raum, um nach Möglichkeiten zu suchen.

»Ich könnte doch darauf schlafen«, sagte Gabriel und prüfte mit der Hand die Sofapolster.

Damit hatte ich nun gar nicht gerechnet.

»Aber nur heute Nacht, okay? Nur weil es schon so spät ist und du in der Klemme steckst, oder wie man das nennen will.«

Gabriel half mir, die Bettwäsche aus dem Schrank zu holen. Ich nahm das Kissen vom Sessel und steckte es in den Kopfkissenbezug. Bisschen hart zum Schlafen, aber ein anderes hatte ich nicht. Die gelbe Wolldecke kam in einen Bettbezug, damit sie nicht kratzte. Gabriel probierte das Arrangement aus und sagte, es sei völlig okay.

»Aber ich schlafe auf dem Sofa«, sagte ich. »Es ist viel zu kurz für dich.«

»Kommt nicht infrage«, sagte Gabriel nur.

Es war spät geworden, fast halb zwölf. Ich ging ins Bad, zog mich aus und ein langes T-Shirt an, das ich als Nachthemd benutzte. Als ich wieder ins Zimmer kam, lag Gabriel zugedeckt auf dem Sofa. Was er am Leib hatte, konnte ich nur raten. Ich sah seine nackten Schultern, die Hose hatte er über den Sessel geworfen.

Gabriel starrte nach oben. Ich schlüpfte hastig unter meine Decke.

»Ist ein bisschen unbequem, so ein schmales Bett. Aber was soll man machen, wenn man so beengt wohnt wie ich«, sagte ich. Vergib mir, Herr, meine kokette Schwindelei.

»Mhm«, machte Gabriel, der immer noch an die Zimmerdecke starrte und mit seinen Gedanken ganz woanders zu sein schien.

»Hast du es bequem?«

Er musste mit angewinkelten Beinen liegen, anders war kein Platz.

»Ja, ja, ich sag doch, es ist okay.«

Gabriel klang leicht gereizt, so als wollte er nicht gestört werden.

»Na, dann gute Nacht.«

»Gute Nacht.«

Es wurde still. Ich wusste nicht, wie ich liegen sollte. Ich versuchte es auf der Seite, zur Wand gedreht. Platt auf dem Rücken zu liegen wie Gabriel hätte komisch ausgesehen. Mit dem Gesicht zu ihm gewandt, kam mir aufdringlich vor. Auf dem Bauch liegend hätte ich irgendwie keine Kontrolle mehr gehabt, und die wollte ich behalten, wenn ich auch nicht genau wusste, über was.

Ich bemühte mich, nicht gleich einzuschlafen, ich wollte am liebsten, dass er vor mir einschlief. Was, wenn ich schnarchte? Oder pupste. Oder irgendetwas in der Art. Ich schlief immer allein und hatte keine Ahnung, was ich nachts tat. Vielleicht redete ich im Schlaf oder sabberte.

Und was, wenn ich mich auf eine unanständige Art entblößte? Als ich das dachte, machte es »klick« in meinem Kopf, und ich begriff, dass dahinter auch ein Wunschdenken lauerte. Dass ich mich im Schlaf auf eine Weise loslassen könnte, die mir sonst nicht möglich war. Oder eine so einladende Körperhaltung einnahm, dass Gabriel einfach nicht widerstehen konnte.

Wie schwiegen beide. Ab und zu zog Gabriel die Nase hoch, kurz und heftig.

»Geht es ihr gut?«

Ich zuckte zusammen, als er plötzlich sprach. Fast hätte ich gesagt ›wen meinst du?‹, aber ich verkniff es mir im letzten Moment.

»Ich darf nicht darüber sprechen«, antwortete ich. »Aber warum besuchst du sie nicht einfach?«

Es war wieder eine Weile still.

»Man hat sie nicht gut behandelt«, sagte Gabriel. »Sie hat es unheimlich schwer gehabt.«

Ich drehte mich zu Gabriel um, ich konnte ja schlecht gegen die Wand reden. Er lag unverändert auf dem Rücken, die Augen zur Zimmerdecke gerichtet.

»Sie ist ein so abstoßender Mensch«, fuhr Gabriel fort. »Aber dafür kann sie ja nichts. Wenn du als Ekelpaket geboren bist, dann verhältst du dich auch so.«

»Ist sie denn als Ekelpaket geboren? Warum sagst du das?«

Gabriel warf mir einen schnellen Blick zu.

»Du weißt doch, dass ich nicht mit ihr zusammen aufgewachsen bin. Und Gun ist keine, mit der man redet, auch wenn wir uns ein paar Mal gesehen haben.«

»Was meinst du damit, dass sie keine ist, mit der man redet?«

»Niemand tut das«, sagte Gabriel. »Mit Gun darf man nicht reden. Keiner macht das, und wenn es einer versuchen würde, wären Grim und Gudrun sauer.«

»Wie bitte? Das verstehe ich nicht.«

Gabriel rollte sich auf die Seite, mit dem Gesicht zu mir und dem Kissen vor der Brust. Jetzt, als wir uns so gegenüberlagen, kam es mir vor, als wären wir zwei Kinder, die zusammen übernachten durften. Ich erinnerte mich daran, wie meine Spielkameradin Katarina und ich uns immer lange flüsternd unterhalten hatten. Der Unterschied zu jetzt war, dass unsere Gespräche damals von Ruhe durchdrungen waren, von einer Art behaglicher Lust. Einer innigen Vertrautheit. Einem Gefühl der Geborgenheit, das uns in den Schlaf wiegte. Bei dem, worüber Gabriel und ich gerade sprachen, zog sich mein Magen zu einem nervösen Klumpen zusammen.

Er seufzte und setzte bestimmt dreimal an, um etwas zu sagen, brachte aber kein einziges Wort vollständig heraus, sondern seufzte jedes Mal und versank wieder in seinen Gedanken.

»Es ist so schwer«, sagte er schließlich.

»Es gibt wohl keine Familie, die nicht ihre Macken hat. Man

wächst damit auf und hält es für ganz normal, denkt, das soll so sein. Dann spricht man mit jemandem darüber, und plötzlich erscheint es als abartig.

Genauso war es auch bei uns«, fuhr Gabriel fort. »Eigentlich kann man hinterher überhaupt nicht mehr erklären, wie so etwas zustande kommt. Aber es war wirklich so, dass man mit Gun nicht reden durfte.«

Ich setzte mich halb im Bett auf und stützte mich auf einen Ellbogen. Achtete sorgfältig darauf, meinen Busen bedeckt zu halten.

»Bitte, Gabriel, ich möchte so gern mehr darüber erfahren. Ich habe dir ja schon gesagt, dass ich Gun helfen will. Ich bin nicht darauf aus, über irgendjemanden von euch ein Urteil zu fällen, das weißt du. Ich möchte nur helfen und verstehen.«

»Ehrlich gesagt, habe noch nicht darüber nachgedacht«, sagte Gabriel. »Bisher habe ich wohl immer nur gedacht, dass es so kam, wie es kommen musste, wo sie doch so ein Monstrum, so ein Ekelpaket war. Ich hatte irgendwie immer genug mit mir selbst zu tun. Und ich kann mich auch nicht erinnern, dass jemand so geradeheraus gesagt hätte, wehe, du redest mit Gun. Aber wenn sie einen Raum betritt, dann kommt sie einfach so herein, ohne was zu sagen. Und man gibt ihr einfach die Schüssel mit Reis oder was auch immer. Sagt nichts. Obwohl, ein paar Mal habe ich es doch getan. Hab sie einfach irgendwas gefragt in dem Stil, was hast du im letzten Sommer gemacht, Gun. So Höflichkeitssachen. Vor allem, weil ich sauer auf Grim und Gudrun war, denn die kriegen jedes Mal einen Anfall, wenn man es macht. Es ist schon so, wie ich gesagt habe. Mit Gun redet man nicht. Ich weiß nicht mal, ob sie überhaupt sprechen kann.«

»O doch, das kann sie.«

»Ja, und davor haben sie bestimmt eine Heidenangst«, sagte Gabriel. »Die sind so dermaßen krank alle zusammen.«

Und nach einer kleinen Pause fügte er hinzu: »Und ich auch, auf meine Art.«

»Vielleicht sind wir das alle«, sagte ich. Eher mechanisch, denn meine Gedanken waren bei Gun, mit der niemand sprach, und beim schönen Gabriel, der irgendwie so weltfern wirkte, der sich so auffallend wenig bewusst zu sein schien, was richtig oder falsch, normal oder unnormal war. Ich fragte mich, in welches Wespennest er seine Nase gesteckt hatte. Etwas musste ihn so schmerzhaft und so tief ins Gehirn gestochen haben, dass es ihm nicht möglich war, vernünftige Überlegungen anzustellen.

»Ich glaube, da irrst du dich«, sagte Gabriel.

»Was?«, sagte ich und merkte, dass ich einen Moment abgeschweift war, ich wusste kaum noch, was ich eben gesagt hatte.

»Du sagst denselben Quatsch, den alle sagen. Hahaha, wer von uns ist schon normal. Nee, so einfach ist das nicht. Manche Sachen sind so verrückt, das kannst du dir gar nicht vorstellen.«

»Da hast du wohl Recht«, sagte ich. »Im Grunde war es genau das, was ich im Moment dachte. Dass alles, was du über deine Familie und über Gun erzählst, verrückter erscheint, als es normal wäre.«

Gabriel schien sich mit der Antwort zufrieden zu geben, aber er begann etwas heftiger zu atmen, und ich merkte, dass es ihn aufwühlte.

»Aber weißt du, Inger …«

»Ingrid.«

»Entschuldige. Ingrid. Weißt du, es stimmt wirklich, dass ich vorher nie darüber nachgedacht habe, wie komisch das alles mit meiner Familie und so ist. Ich kann mich noch an das Jahr erinnern, als ich zu meinen Pflegeeltern kam. Von der Zeit davor weiß ich nichts mehr, aber auf irgendeine verdammte Art muss sie ihre Spuren bei mir hinterlassen haben. Ich kriege heute noch Bauchschmerzen, wenn ich Gun sehe. Und wenn ich mit denen allen zusammen bin, will ich nur noch weg. Und das sitzt tief. Ist wie ein Muster für mich geworden. Wo ich auch gerade bin auf der Welt, ich will weg. Ich kann nie irgendwo bleiben, nirgends. Muss immer weiter.«

»Was ist deine erste Erinnerung an Gun?«

»Ich weiß nur noch, dass sie immer ganz merkwürdig war. Fies. Unheimlich. Und dass man sich nicht mit ihr abgeben sollte. Es war erlaubt, sich über sie lustig zu machen, über sie herzuziehen, als ob sie taub wäre oder nichts mitbekäme. Meistens saß sie da und starrte vor sich hin. Fraß und glotzte. Wirkte unnahbar.«

»Gab es jemanden, der an sie herankam?«

»Nicht, dass ich wüsste. Doch, das andere Monstrum in der Familie, die Bescheuerte, die manchmal ein ›Hallo, Gun‹ oder etwas in der Art brabbelte, aber mir kam es immer so vor, als ob Gun es nicht mal bemerkte.«

»Aber wenn du sie etwas gefragt hast, und du sagtest ja, dass du es manchmal getan hast, hat sie dir dann nicht geantwortet?«

»Es kam vor, dass sie sich dann einfach umdrehte und mich anstarrte. Als hätte sie nicht gerafft, was man von ihr wollte. Aber sofort war immer Grim oder Gudrun zur Stelle und mischte sich ein. Grim konnte richtig höhnisch werden, so nach dem Motto, was redest du überhaupt mit der Beknackten. Gudrun versuchte immer abzulenken.«

Ich sah Gun vor mir. Gun als kleines Mädchen. Drei Jahre alt. Irgendwann einmal musste sie ein zutrauliches, offenes Kind gewesen sein. Sechs Jahre. War sie da schon verstummt? Acht Jahre. Wann hatte sich der Schrei in ihrem Inneren festgesetzt? Wann begann der Selbsthass sich einzunisten? Und wer ließ das zu?

Mein Hals tat weh. Ich sah die Bilder mit den Babys und den kleinen Kätzchen in Guns Zelle vor mir und dachte, wie viel Sehnsucht sie doch ausdrückten.

Dass Gun emotional und psychisch gestört war, wusste ich ja schon. Ich hatte auch nie einen Gedanken darauf verschwendet, dass es ihr eigener Fehler sein könnte. Und was Gabriel mir jetzt erzählte, zeugte von seelischer Folter. Ich fragte ihn, ob er eine Ahnung hatte, wie es so weit kommen konnte, dass niemand mit Gun redete.

»Ach, du weißt doch, wie sie ist. So abweisend, irgendwie komisch.«

»Das finde ich nicht. Man kann mit ihr reden wie mit jedem normalen Menschen.«

»So, und Leuten mit einer Bratpfanne den Schädel einzuschlagen ist völlig normal, oder wie?«

Gabriel blieb in der Defensive. Ich betonte erneut, dass es mir nicht darum ging zu richten, sondern nur, zu helfen und zu verstehen.

Obwohl, dass ich nicht richten wollte, wurde immer mehr zu einer Unwahrheit. Herr, ich wollte richten. Ich wollte zur Verantwortung ziehen, wollte Rache, wollte dem Menschen, der schuld an Guns Ausgrenzung war, vor Augen halten, was er ihr angetan hatte, wollte ihn zwingen, zu bereuen, zu leiden und um Vergebung zu betteln. Ich wollte, dass Gun aufstand, dass sie geachtet wurde und dass sie ihre Ruhe fand.

Ich weiß, dass es kindisch ist, sich über dich zu ärgern, Herr, wenn wir uns selbst die Hölle auf Erden schaffen. Oft begegne ich Menschen, die sich von dir abgewandt haben, weil du so viel Leid zulässt und zwischen den Menschen eher Konflikte schaffst, als dass du ihnen Sicherheit und Geborgenheit gibst. Ich habe Leute getroffen, die an den Särgen ihrer Kinder standen und sagten, dass sie in ihrer Not zu dir geschrien hätten, weil sie den Sinn der Prüfung, die du ihnen auferlegt hattest, begreifen wollten, weil sie verstehen wollten, weil sie getröstet werden wollten, aber dass sie nur deine Abwesenheit gespürt hätten, nur Leere.

Bisher ist es mir immer leicht gefallen, an dir festzuhalten, auch in den schwierigsten Situationen. Aber wenn ich ganz ehrlich sein soll, habe ich jetzt das Gefühl, nie richtig dabei gewesen zu sein, jedenfalls nicht bei denen, die betroffen waren. Anscheinend hatte ich eine Regelung gefunden, die es mir leicht machte, mich neben dich zu stellen und die Welt und die Menschen ein wenig von oben herab zu betrachten.

Aus irgendeinem Grund, den ich selbst nicht verstehe, bin ich bei Gun. Etwas hat mich dazu gebracht, herabzusteigen und dem Chaos zu begegnen, und jetzt habe ich das Gefühl, Herr, dass du abwesender bist, als ich es jemals erlebt habe.

Dass ich Gun verteidigte, ließ die Stimmung im Zimmer abkühlen. Die Vertrautheit zwischen mir und Gabriel war weg. Er setzte sich auf und stützte das Kinn auf die Knie. Die kleinen Vorsprünge seiner Wirbelsäule zeichneten sich im Licht der Straßenlaternen ab, das durch das Fenster hereinfiel. Er sagte, er sei viel zu ruhelos, um auf dem Sofa zu liegen. Und er müsse unbedingt eine rauchen. Ob ich etwas dagegen hätte, wenn er sich einen Moment in die Küche setzte?

Er stand auf, und nach einer Weile roch ich den Tabakduft aus der Küche. Hin und wieder schniefte er auf seine nervöse Art.

Ich machte die Augen zu und versuchte zu schlafen, was natürlich unmöglich war. Guns Tragik, Gabriels Anwesenheit und vielleicht auch der Zigarettenrauch ließen mein Herz heftig klopfen. Es fiel mir sogar schwer, die Augen geschlossen zu halten. Ich musste dringend pinkeln. Ging aufs Klo und huschte leise zurück ins Bett. Nach fünf Minuten musste ich schon wieder, aber es erschien mir doch zu auffällig, immer hin und her zu rennen. Hatte Durst, aber keine Lust, in die Küche zu gehen. Wollte lesen, aber kein Licht machen und die Aufmerksamkeit auf mich ziehen.

Gabriels Zigarettenrauch quoll durch die Ritzen der geschlossenen Küchentür und machte das Atmen schwer. Eigentlich hasse ich es, wenn in meiner Wohnung geraucht wird. Aber es wäre mir nicht im Traum eingefallen, Gabriel zu bitten, hier drinnen nicht zu rauchen. Jemandem nahe zu legen, meinetwegen auf etwas zu verzichten oder mir zuliebe ein Opfer zu bringen, war nicht meine Art.

Ich zog die Bettdecke über die Nase und versuchte stattdessen, den Duft des Waschmittels einzusaugen. Davon war so gut wie nichts mehr vorhanden. Wäre am liebsten aufgestanden und hätte mir notiert, dass ich einen Termin in der Waschküche reservieren musste, aber konnte mich auch dazu nicht aufraffen.

Drehte mich zur Wand und kniff die Augen fest zu. Sah Gun vor mir, wie sie vor vielen Jahren ganz allein in Ohlssons Konditorei saß. Damals waren meine Phantasien darüber, wie ich ihr helfen würde, so selbstbezogen gewesen. Als bräuchte ich nur auf einen Knopf zu drücken, um ihr Herz in meinen Händen zu halten. Als wäre ich Jesus für sie, nur durch bloßes Handauflegen.

Jetzt fühlte ich mich eher ratlos. Ich musste Gun mehr nach ihrer Kindheit ausfragen, dachte ich. Und Grim und Gudrun musste ich auch befragen. Irgendwie musste ich es schaffen, ihr Vertrauen zu gewinnen, sie dazu bringen, mir bei meiner Suche nach der Wahrheit behilflich zu sein. Aber sie wirkten so misstrauisch und nervös. Kein Wunder, wenn man an die Grausamkeiten dachte, von denen Gabriel erzählt hatte.

Irgendwann musste ich dann doch eingeschlafen sein.

Das Flüstern kommt von überall her im Zimmer. »Ich werde dich mitnehmen«, scheint es zu sagen, röchelnd und gurgelnd. Die Worte sind schwer zu unterscheiden, und außerdem weiß ich nicht, ob ich mitgehen will oder nicht. Ich versuche, in die Richtung zu lächeln, aus der das Flüstern zuletzt kam.

Im Halbdunkel kann ich einen Mund und rötliche Zähne ausmachen. Wieder das Blut. Es ist das Blut, das die Stimme erstickt und undeutlich macht. Das Blut, das die Zähne färbt.

Der Tod ist bei mir.

Ich will nicht mitgehen. Gütiger Gott, ich will nicht.

Als ich aufwachte, war Gabriels Platz auf dem Sofa immer noch leer. Ich schielte auf den Wecker, es war fünf Uhr morgens. Die Küchentür war nicht ganz geschlossen, sie stand einen kleinen Spalt offen. So leise wie möglich ging ich hin und spähte hindurch. Gabriel saß auf einem Stuhl, mit gespreizten Beinen und meinem Morgenmantel um die Schultern. Er starrte mit gläsernem Blick vor sich hin.

Ich ging aufs Klo, auf Zehenspitzen und leise wie ein Mäuschen. Zuerst überlegte ich, überhaupt nicht zu spülen und einfach zurückzuschleichen. Aber bei genauerem Nachdenken kam es mir eklig vor. Die Vorstellung, wie Gabriel die benutzte Toilette entdeckte, ließ mich doch abziehen. Ich wartete mit dem Öffnen der Badezimmertür, bis das letzte Geräusch der Spülung verstummt war, und huschte dann schnell wieder in mein Bett. Zu meiner Verblüffung lag Gabriel jetzt auf dem Sofa. Seine Augen waren geschlossen und nichts deutete darauf hin, dass er wach war.

Seine Wimpern warfen kleine Schatten an der Nasenwurzel. Die Lippen sahen jetzt viel voller aus, als wenn er sprach. Ein paar Haarsträhnen lagen auf der Stirn wie scharfe, dunkle Striche. Plötzlich schlug Gabriel die Augen auf und sah mir direkt ins Gesicht. Dann streckte er seine Hand nach meiner Hand aus und umschloss sie. Wenige Minuten später hörte ich, wie seine Atemzüge tiefer wurden und er leicht zu schnarchen begann.

Als ich die erste Tram der Linie 46 unter dem Fenster hörte, stand ich auf. Jetzt war die Reihe an mir, in der Küche zu sitzen. Ich las die Zeitung, vergaß aber nach jeder dritten Zeile, was ich gelesen hatte. Gabriels T-Shirt lag achtlos auf dem Stuhl, ich nahm es und roch daran. Es hatte immer noch seinen eigenen Geruch, hatte noch nicht den Geruch meiner Wohnung angenommen. Der Geruch war fremd. Ein bisschen Schweiß, viel Rauch, aber der Rest waren Duftpartikel aus einer Welt, die ich mir nicht einmal vorstellen konnte.

Ich machte Tee und schmierte mir ein Butterbrot, das ich dann doch nicht aß. Schlich ins Badezimmer und zog mich dort an. Setzte mich wieder in die Küche, um einen Zettel für Gabriel zu hinterlassen. Was sollte ich schreiben? Was wollte ich sagen? Sein Schnarchen war lauter geworden, und ich hatte nicht vor, ihn wachzurütteln. Wollte ich ihn einfach so gehen lassen? Wollte ich, dass er, wenn ich abends nach Hause kam, verschwunden war und wir uns nie mehr wiedersahen?

Also schrieb ich: »Du hast so tief geschlafen, dass ich es nicht übers Herz gebracht habe, dich zu wecken. Bitte mach dir Frühstück. Ich komme gegen fünf nach Hause. Wenn du möchtest, können wir zusammen Abendbrot essen. Bis dann, Ingrid.«

Ein bisschen unsicher fühlte ich mich schon, als ich den Zettel auf den Küchentisch legte. Das konnte er doch wohl nicht falsch verstehen? Würde er es als Einladung auffassen? Plötzlich fiel mir ein, dass ich mich um drei mit Grim und Gudrun treffen wollte. Ich strich »fünf« durch und schrieb »sieben« darüber. Fügte ein PS hinzu: »Wenn du gehen möchtest, zieh einfach die Tür hinter dir zu.«

Ich rannte die Treppen hinunter. Wenn ich jetzt stehen blieb, würde ich es mir womöglich anders überlegen. Die Müdigkeit und die Verwirrung sorgten dafür, dass ich nicht richtig beurteilen konnte, was ich tat.

Obwohl, Herr, wann hatte ich das zuletzt gekonnt? Die Zeit im Frauengefängnis war bisher die turbulenteste in meinem ganzen Leben.

Kapitel 16

Draußen war es immer noch dunkel. In Mikis Pizzeria war Licht, und ich lief so schnell wie möglich daran vorbei. Ich verlor den Autoschlüssel in einer Schneewehe und musste lange im kalten, nassen Schnee danach graben. Als ich ihn endlich wiedergefunden hatte, zitterte ich so sehr, dass es eine Weile dauerte, bis ich das Türschloss traf. Ich warf einen schnellen Blick zur Pizzeria und bemerkte die Silhouette von Miki, der aus dem Fenster schaute. Vielleicht sah er mich, ich weiß nicht.

Als ich die Autotür aufbekommen hatte, waren meine Hände ganz steif gefroren, sodass ich kaum den Schaltknüppel halten konnte. Mikis Silhouette hinter dem Fenster war verschwunden.

Heute war es Lagersson, die mir öffnete. Sie nickte kurz auf ihre barsche Art. Musterte mich mit kritischem Blick. Mir fiel plötzlich etwas ein, was Anita über sie gesagt hatte, dass sie eigentlich ganz in Ordnung war, aber meinte, sie könne besser als andere beurteilen, was »gut für die Mädels« war. Wegen ihrer eigenen Vergangenheit identifizierte sie sich mehr mit den inhaftierten Frauen als mit dem Personal. Dagegen wäre ja nichts zu sagen, hatte Anita gemeint, aber manchmal habe sie den Eindruck, als ob Lagersson einen privaten Rachefeldzug gegen die Obrigkeit führte und diesen auf die Inhaftierten übertrug.

Ich vermutete stark, dass sie keine besondere Sympathie für kirchliche Seelsorger hegte.

Als ich anklopfte, saß Gun auf ihrer Pritsche und war gerade dabei, ihre Strümpfe anzuziehen. Sie tat es langsam und umständlich, so als erforderte es eine enorme Konzentration.

»Hallo, Gun. Möchtest du, dass ich eine Tasse Kaffee für dich hole?«

Sie drehte mir langsam den Kopf zu.

»Ja, danke, das wäre nett.«

Sie knickte den Oberkörper ruckartig ein, so als versuchte sie, im Sitzen einen Knicks zu machen. Ich ging ins Personalzimmer und goss zwei Tassen Kaffee ein. Nahm auch eine Hand voll Pfefferkuchen. Kvarnström saß am Tisch und las im *Svenska Journalen*.

»Die sollen für alle reichen«, brummte er, als er mich nach den Keksen greifen sah.

Ich beeilte mich, ein paar Pfefferkuchen zurückzulegen, aber da meckerte er, dass die ja wohl nun keiner mehr essen wolle. Also nahm ich sie zurück, und Kvarnström nickte gnädig und wandte sich wieder seiner Lektüre zu. Torkel, Torkel, dachte ich, als ich mit dem Kaffee und den Keksen und zornrotem Kopf zur Tür ging. Torkel, Torkel, dir sollte bald mal einer den Marsch blasen.

Bevor ich hinausging, drehte ich mich zu ihm um und sagte:

»Ach übrigens, Torkel. Wenn ich Sie demnächst zum Kaffee einlade, dürfen Sie so viele Kekse essen, wie Sie möchten.«

Torkel Kvarnström blickte kurz zu mir auf, als wüsste er nicht, wovon ich rede. Als er begriffen hatte, blickte er rasch wieder in seine Zeitschrift, aber in seinen Augenwinkeln begann es zu zucken. Die Seite, die er bisher ziemlich zerstreut überflogen hatte, schien ihn nun mächtig zu fesseln. Es war direkt rührend.

Ich war so zufrieden über meine Antwort, dass mir die bösen Blicke der Gefangenen, die mich den Gang hinunter verfolgten, nichts anhaben konnten. Lydia Silverstolpe stand in ihrer offenen Zellentür. Hatten wir uns zu einem Gespräch verabredet? Ich durchforstete mein Gedächtnis, konnte mich aber nicht recht erinnern.

»Sehen wir uns nachher?«, fragte ich.

Lydia nickte, ihre Kiefermuskeln waren angespannt.

»Um eins«, warf sie mir mit ihrer dünnen Stimme zu.

Ich lächelte sie an. Sie lächelte nicht zurück.

Alle Blicke folgten mir in Guns Zelle. Als ich die Tür hinter mir zuzog, brach eine Flut roher Beschimpfungen los. »Verdammte Fotzen«, hörte ich Marja sagen.

Gun schien es nicht zu bemerken. Sie saß wie üblich geistesabwesend da und musste sanft in die Gegenwart zurückgeholt werden. Ich stellte Kaffee und Kekse auf ihrem Schreibtisch ab. Sie öffnete ihren kleinen Schrank neben dem Bett und holte eine offene Schachtel Negerküsse heraus. Zwei waren noch übrig, und sie hielt mir die Schachtel hin.

»Nimm einen.«

Das tat ich, und sie nahm den anderen. Schweigend aßen wir die Negerküsse und die Pfefferkuchen. Ich hatte es so eilig gehabt, Gun zu besuchen, dabei wusste ich gar nicht, wie ich sie zum Reden bringen sollte. Jemand anderen zu erwähnen, beispielsweise Manno, hatte sich als verhängnisvoll erwiesen. Dass Gabriel bei mir übernachtet hatte, konnte ich nun wirklich nicht erzählen. Guns Wangen wabbelten bei jeder Kaubewegung, und ihre Art zu essen erinnerte mich an Babys, die an der Brust oder an der Flasche nuckeln. So als ob sie mehr in sich hineinsaugen als nur Milch oder Haferschleim. Etwas, von dem sie erwarten, dass es sie tröstet und beruhigt.

»Wurde es denn dann besser mit Håkan und Lotta?«, fragte ich endlich, als mir schien, dass wir schon zu lange stumm dagesessen hatten. Gun konnte offenbar unendlich lange in ihre Gedankenwelt abtauchen.

Keine Reaktion. Gun schien mich nicht gehört zu haben.

»Hast du ordentlich sauber gemacht, am nächsten Tag?«

Das hatte sie gehört, sie drehte mir langsam das Gesicht zu.

»Ja. Am nächsten Tag, nachdem ich gesehen hatte, wie sie zur Arbeit fuhren, ging ich hinüber. Es war ein bisschen unaufgeräumt. Kleider lagen überall herum, aber ich wagte nicht, sie anzurühren. Sie durften ja nicht wissen, dass ich dort gewesen war. Sonst hätte Håkon vielleicht noch geglaubt, er müsste mich extra dafür bezahlen. Ich saugte und wischte den Boden und staubte die Möbel ab und stellte alles wieder genau an seinen Platz, damit sie nichts merkten. Dabei habe ich es entdeckt. In Lottas Nachttischschublade fand ich ein Heft, wo drinstand, was im wievielten Monat passiert.«

Gun nahm ihre Halskette, die sie wieder aufgefädelt hatte, und drückte sie an ihre Brust.

»Sie erwarteten ein Kind«, sagte sie. »Ein kleines Baby. Das hatte ihnen noch gefehlt. Ein Baby. So eins.«

Gun zeigte auf eine Windelreklame mit einem rosigen Baby, das zahnlos lachte. Das Detail mit der Nachttischschublade zeigte, dass Gun sich nicht immer besonders diskret verhalten hatte. Vermutlich hatte sie ganz schön herumgeschnüffelt.

Jetzt klatschte sie in die Hände und sagte immer wieder Sachen wie »ein kleines Baby« und »ach, wie süß«. Sicher war das auch für sie eine freudige Nachricht gewesen. Aber jetzt hatte ihr Verhalten etwas Aufgedrehtes, das mich überraschte. Der Gedanke an ein Baby in der Familie schien ihr auch Angst zu machen. Ihre entzückten Ausrufe zeigten allerdings, dass dies etwas war, was sie sich selbst nicht eingestand.

»Ich würde natürlich ganz vorsichtig sein«, sagte sie mit einer plötzlichen Schärfe in der Stimme zur mir. »Ganz vorsichtig. Nur ganz vorsichtig anfassen.

Das mit dem Baby würde ganz wunderbar werden. Ganz toll. Ich musste das berücksichtigen, wenn ich das Essen für sie kochte. Nur noch gesunde Zutaten. Und ihre Wohnung wollte ich noch viel sauberer halten. Es dauerte lange, bis Lotta es mir sagte. Mehrere Wochen. Sie bekamen ihr Essen. Ich bügelte ihre Kleidung und besserte aus, was ausgebessert werden musste. Wir waren so glücklich. So wahnsinnig glücklich. Sie waren unheimlich lieb. Zu Weihnachten bekam ich eine Blume von ihnen. Einen roten Weihnachtsstern im Topf, mit süßen kleinen Fliegenpilzen und einem winzigen Weihnachtsmann. Vorne auf der Karte stand ›Für einen ganz besonders lieben Menschen‹.«

Kunstpause.

»Damit war ich gemeint. Ein ganz besonders lieber Mensch. Und dann klappte man die Karte auf und da stand: ›Danke, liebe Gun, dass du dieses Jahr so vieles leichter für uns gemacht hast. Frohe Weihnachten wünschen dir Håkan und Lotta.‹ Ich habe sie hier.«

Gun kramte in ihrem Nachtschrank und zog eine Karte hervor. Der Spruch mit dem ganz besonders lieben Menschen war aufgedruckt, es war eine von diesen Karten, unter denen man im Blumengeschäft wählen kann, wo das Angebot von »Alles Liebe zum Muttertag« bis »Unser tief empfundenes Beileid« reicht. Die Handschrift im Innenteil war verschnörkelt und kindlich, und meine Finger wurden eiskalt, als ich die Karte in Händen hielt. Die Grüße einer Todgeweihten.

Der Umgang mit Toten ist mir nicht fremd. Ich habe ziemlich viele gesehen, habe an ihren Sterbebetten gesessen, ihre Körper zur Aufbahrung in die Leichenhalle begleitet. Das schreckt mich nicht. Aber das hier war ein Schlag unter die Gürtellinie.

»Sehr schön«, sagte ich mit belegter, bemühter Stimme und gab die Karte zurück. Gun verstaute sie sorgfältig wieder im Schrank.

»›Ganz besonders lieb‹. Das war ich für sie.«

Gun strich sich die Haare mit einer koketten Bewegung hinter die Ohren.

»Aber was sollte ich ihnen zu Weihnachten schenken? Darüber habe ich so viel nachgedacht. Wenn man ein ganz besonders lieber Mensch für jemanden ist, muss man genau überlegen. Da kann man nicht einfach irgendwas schenken. Schließlich fand ich zwei Schwäne aus Kristall. Die waren genau das Richtige, das wusste ich sofort. Schwäne sind dem Partner treu bis in den Tod, und das würden Håkan und Lotta auch sein. Lotta mochte die Schwäne sehr. ›Wie entzückend‹, sagte sie. Sie wollten sie in den

Schrank stellen und nur bei ganz besonderen Anlässen hervorholen, sagte sie.

Es war ein wirklich gelungenes Geschenk«, sagte Gun scharf und beinahe trotzig zu mir, so als hegte sie den Verdacht, ich könnte womöglich etwas anderes denken. Und der Gedanke flog mir wohl auch tatsächlich durch den Kopf.

»Ja, und eines Tages haben sie es mir dann gesagt. Es war ein Freitag. ›Komm bitte rüber zu uns‹, sagte Lotta. ›Wir möchten dir etwas sagen, Gun.‹ Sie baten mich in die Küche. Ich hatte Gebäck mitgebracht.

Freitags nehme ich mir immer Kuchen aus der Konditorei mit. An dem Tag hatte ich vormittags gearbeitet, deswegen waren die Sachen ganz frisch. Zuerst sagte Lotta, um Himmels willen, Gun, denk an unsere Figur. Da ärgerte ich mich über mich selbst, wie damals mit der Sahne und der Butter im Essen.

Aber diesmal tat sie irgendwie nur so streng. Sie wollte schon gerne auch davon essen, das merkte ich. Und Håkan freute sich sehr. Er machte sich immer einen Spaß daraus, in die Tüte zu spähen. Deshalb überlegte ich freitagvormittags immer genau, was ich mitnehmen sollte. Damit es jedes Mal neue, spannende Überraschungen waren.«

»Und was meinten sie in der Konditorei dazu?«

»Ich sagte ihnen, dass es für meine neue Familie war. Ich musste ein bisschen was bezahlen, und es kam vor, dass sie mich aufzogen, wenn ich von Håkan und Lotta erzählte und wie viel wir uns bedeuteten. Aber sie waren ja nur neidisch.

An diesem Freitag hatte ich Ambrosiakekse, kleine Schokoladenbisquits und einen Karlsbader Hefezopf dabei. Håkan schnupperte und sagte, mein Gott, wie himmlisch das duftet. Was ich mitgebracht hatte, war himmlisch. Sie wollten, dass ich auch was davon essen sollte, aber ich sagte nein. Ich hatte mir das so gedacht, dass sie das ganze Wochenende etwas davon haben sollten. Håkan schlang das Zeug gierig in sich hinein ...«

Gun kicherte begeistert.

»… und Lotta knabberte ein wenig an ihrem Ambrosiakeks. Und dann sagte Håkan: ›Es gibt da eine Sache, die du wissen solltest, Gun. Wo du uns doch so verwöhnst.‹ Und dann erzählte er es. Sie bekamen ein Baby! Ein neuer kleiner Mensch wuchs in Lottas Bauch heran! Sie hatte inzwischen schon einen richtigen kleinen Kugelbauch.

Lotta umarmte mich, nachdem sie mir ihr Geheimnis anvertraut hatten. Sie drückte mich richtig fest an sich, wirklich. Da wusste ich gar nicht, wohin mit mir. Und auch nicht, was ich machen sollte. ›Oh, jetzt habe ich dich sicher überrumpelt‹, sagte Lotta, und dann sagte sie noch, dass sie einfach nicht anders konnte, weil sie doch so glücklich war.«

Gun reckte sich und begann an einem der Katzenbilder zu fummeln. Sie wollte eine der Reißzwecken fester andrücken, aber stattdessen fiel sie herunter. Mühsam sammelte sie die Reißzwecke auf und versuchte es nochmal. Sie fiel wieder herunter. Guns Hände zitterten. Plötzlich schluchzte sie auf und riss wutentbrannt das ganze Bild ab. Knüllte es zusammen und zerriss es schluchzend in ganz kleine Fetzen.

»Ich bin so dumm. So dumm, so dumm. Dumme Gun. Eklige Gun. Kotz-Gun, Kack-Gun. Gun ist so dumm und macht so schreckliche Sachen …«

Sie ließ sich auf die Pritsche fallen und versuchte nun, die kleinen Papierfetzen wieder zusammenzusetzen.

»Es war alles zu spät. Lotta würde mich nie wieder umarmen. Ich wollte nur noch zurück in meine Wohnung. Lotta und Håkan zeigten mir ein verschwommenes Foto, das sollte ihr Baby sein, aber ich kapierte das nicht, ich bin ja so dumm. ›Ist das süß‹, sagte ich, und da lachten Lotta und Håkan, also hatte ich sicher was Dummes gesagt. Ich ging in meine Wohnung. Jetzt habe ich keine Lust mehr zu reden. Geh weg.«

Guns Schultern hingen schlaff herab, und die Hände lagen linkisch auf den Knien. Sie zupfte an ihrem zerrissenen Katzenbild herum, und ich musste daran denken, was Gabriel erzählt hatte, von der Gun, mit der niemand redete und die von ihrer eigenen Familie ausgestoßen worden war. Das Ganze war unbegreiflich, grausam, bizarr.

»Du hast gesagt, dass deine Geschwister Satanisten sind. Wieso das?«

»Reine«, sagte Gun nur, und in ihren Augen glomm ein Funke auf, als sie seinen Namen aussprach.

»Wer ist Reine?«

»Er war mein Freund. Wir waren in derselben Kirche und wir hatten denselben Gott.«

»Welcher Gott ist das?«

»Der, von dem alle sagen, dass es ihrer ist. Grim und Gudrun und alle anderen sagen das, aber das stimmt nicht. Reine und ich hatten denselben Gott, und wir waren Freunde.«

»Wie alt warst du, als du Reine kennen gelernt hast?«

»Dreizehn.«

»Und er?«

»Er war neunzehn.«

»Und wo ist Reine jetzt?«

Gun zuckte die Schultern.

»Weiß nicht.«

»Hat er gesagt, dass deine Geschwister Satanisten sind?«

»Sie sind es. Sie haben so viel Böses getan, so viel Böses.«

»Wem haben sie das getan? Dir?«

»Reine hatte mich gern. Er hat gesagt, dass ich schön weich bin, gut zum Anfassen. Dass ich überhaupt nicht stinke, sondern dass ich gut rieche. Und dass alle in meiner Familie Satanisten sind. Damals habe ich es zuerst nicht geglaubt. Später habe ich es dann kapiert.«

»Was ist passiert, dass du es begriffen hast?«

»Reine und ich sind immer ganz allein ausgegangen. Er hat gerne mit mir geredet. Wollte, dass ich von den Satanisten zu Hause erzähle. Was sie taten und so. Und er umarmte mich gerne. Zuerst hatte ich Angst. Aber dann nicht mehr. Reine war so lieb.«

»Und was ist dann passiert?«

»Sie haben auch das kaputtgemacht. Alles geht kaputt. Alles verschwindet und verbrennt in der Hölle. Alles stirbt und ist weg. Brennt und stirbt und ist kaputt und atmet nicht und hört auf zu leben und wird zertrampelt und ist tot und kaputt.«

Gun ließ sich auf die Seite fallen, die Arme eng um den Körper geschlungen. Sie starrte leer vor sich hin.

»Gun?«

Sie reagierte nicht. Starrte mit weit offenen Augen an die Wand. Ich berührte sie leicht am Arm. Keine Reaktion. Ich sah die Kinderhalskette auf ihrem Nachtschrank liegen und drückte sie ihr in die Hand. Sie merkte es nicht. Da streichelte ich ihr über die Wange, aber nichts geschah.

»Gun, bitte.«

Herr, was hatte ich getan? Ich fühlte mich so ohnmächtig. Sie schien völlig erstarrt. Und Anita war nicht da. Plötzlich sehnte ich mich heftig nach ihrem kompetenten, robusten Auftreten.

Ich verließ Guns Zelle und machte mich auf die Suche nach Ingeborg. Zum Teufel mit der Schweigepflicht. Ich brauchte Hilfe.

Sie saß in ihrem sauberen, aufgeräumten Büro und trank Tee. Neben der Teetasse lag ein grüner Apfel. Auf dem Schreibtisch ein Foto mit einem gut aussehenden blonden Mann, der ein kleines Mädchen mit asiatischen Gesichtszügen auf dem Schoß hatte. Ingeborg bemerkte meinen Blick und sagte kurz, das seien ihr Mann und ihre Tochter Johanna.

Ingeborg trug einen flaumigen grauen Pulli, und ich überlegte, ob das Material des Pullis wohl das war, was man Cashmere nannte. Davon hatte ich als junges Mädchen in meinen Pferdebüchern gelesen und mich seitdem immer gefragt, wie das wohl aussah.

»Ingeborg, entschuldige, dass ich dich störe. Aber ich bin ziemlich besorgt ... Es geht um Gun. Ich weiß nicht, was ich machen soll. Sie ist nicht mehr ansprechbar. Ich habe solche Angst, dass ihr etwas zugestoßen ist.«

Ingeborg sagte nichts, aber zwischen ihren Augenbrauen erschien eine kleine Falte, und sie stand rasch auf und ging mit mir hinaus. Wir hasteten den Gang hinunter.

Eva-Lena, die kleine schmächtige und geschwätzige Amphetaminabhängige, sah uns, und wir müssen besorgt ausgesehen haben, wie wir da mit eiligen Schritten auf Guns Zelle zusteuerten.

»Jetzt hat die Pastorenschlampe schon wieder Mist gebaut«, schrie sie, und auch Marjas Gelächter war zu hören.

Zufällig begegnete ich Harriets Blick. Er war einfach nur gehässig und grau.

Gun lag noch genauso da, wie ich sie verlassen hatte, aber jetzt waren ihre Augen geschlossen. Ingeborg ging zu ihr und fühlte ihren Puls, horchte mit dem Ohr dicht an ihrem Mund. Legte ihr eine Wolldecke über und sagte, dass sie schliefe.

»Ich versichere dir, dass sie eine lange Zeit ganz weggetreten wirkte.«

Wir saßen in Ingeborgs Zimmer, und ich versuchte ihr begreiflich zu machen, dass irgendwas mit Gun nicht stimmen konnte. Ingeborg war nicht unfreundlich, aber sie lächelte kein einziges Mal und sprach auf eine kühle, neutrale Art.

»Doch, das habe ich schon verstanden. Man braucht eine besondere Ausbildung, um über traumatische Erlebnisse zu reden. Ich glaube dir deine guten Absichten, aber einen Menschen wie Gun in die eigene Vergangenheit zurückzuführen, ohne zu wissen, wie …«

»Ingeborg, sie wollte mit mir reden. Sie will es doch. Da ist etwas, was sie erzählen will.«

Ingeborgs abweisender Reaktion entnahm ich, dass sie der Meinung war, ich mischte mich in ihr Arbeitsgebiet ein und brächte alles nur durcheinander.

»Bist du gläubig?«, fragte ich Ingeborg.

»Was hat das damit zu tun?«

Sie war so glatt, so schneidend.

»Ich weiß nicht. Vielleicht bilde ich mir ein, dass du es einfach nicht magst, wenn … ach, vergiss es.«

Ingeborg hatte ihre Designer-Lesebrille aufgesetzt und begonnen, die Papiere zu studieren, die auf ihrem Schreibtisch lagen. Was ich sagen wollte, wusste ich selbst nicht. Ich gab es auf und bedankte mich für ihre Hilfe. Ingeborg blickte auf und sagte, das sei doch nicht der Rede wert.

Als ich aus Ingeborgs Zimmer kam, war mir, als klebte ihre Art, mich anzusehen, an mir fest.

Herr, wo warst du da? Ich fühlte mich so nutzlos, richtiggehend unnütz.

Als ich Lydia Silverstolpes Zelle betrat, war ich völlig einsam, ohne Glauben, ohne jemanden, der mich an der Hand hielt. Ich setzte mich vor sie hin und war nur ein ängstliches Häuflein Mensch, das nichts zu geben hatte.

Lydia war gespannt wie eine Stahlfeder, und ich ahnte, dass sie wirklich auf mich gewartet hatte, was mich nur noch verzagter machte.

»Ich wollte dich sprechen, um Klarheit über eine Sache zu kriegen.«

Lydia begann schon zu reden, als ich noch kaum saß. Sie hatte eine Art, beim Sprechen die Nasenflügel vibrieren zu lassen.

»Ist Gott immer bei einem, in allen schweren Stunden?«

»Ja, das glaube ich ganz bestimmt. Ich glaube, dass Gott immer bei uns ist, auch wenn wir es nicht so empfinden.«

Ich suchte nach Worten. Ich heuchelte. Ich wusste es nicht wirklich.

»Also Gott ist da, auch wenn ich es nicht so empfinde?«

Als Lydia »empfinde« sagte, tat sie es auf eine höhnische Art, so als wollte sie mich nachäffen.

»Nun, das sagt mir jedenfalls mein Glaube und meine Überzeugung …«

»So, du weißt das also. Was andere nicht fühlen, das weißt du. Besser als sie selbst, aha.«

Es war ungewohnt, einer Person gegenüber zu sitzen, die so viel dünner war als Gun, so anders, so lauernd, so scharf und aggressiv. Eine verhinderte Rhetorikerin.

»Was glaubst du denn selbst?«, fragte ich müde.

Lydia begann rastlos in der Zelle auf und ab zu gehen. Auf ihrem Schreibtisch und auf dem Fußboden entlang der Wände lagen Papiere, Papiere, Papiere. Auf einigen erkannte ich die Signets von diversen Behörden, und ich begriff, dass Lydia ihren Kampf auf diese Art führte. Unter anderem. Abgesehen von der Bombe, wegen der sie einsaß.

»Ich stelle hier die Fragen«, sagte Lydia scharf. »Ich will von dir wissen, ob es Garantien gibt. Ob du das garantieren kannst. Dass es Gott gibt, dass man nicht weg ist, wenn man stirbt, dass danach noch was kommt. Kannst du das beweisen?«

Hatte Lydia nicht auch etwas Verunsichertes an sich? Natürlich, so musste es sein, rein verstandesmäßig war mir das klar. Solche Fragen stellt man nicht, wenn man nicht verzweifelt ist. Aber gerade jetzt im Moment konnte ich mich ihrer Suche nach den existenziellen Fragen nicht annehmen. Mir schien, dass sie in ihrem barschen Verhör dieselben Fragen stellte, die auch schon in mir rumorten. Sie fasste meine Zweifel in Worte, was mir um so bitterer klarmachte, wie sehr ich versagt hatte.

»Ich glaube, dass man Gott zu sich einladen muss, und auch, dass man Gott aussperren kann«, sagte ich. »Aber wenn man ihn wirklich erreichen will, dann geht das.«

»Also in bestimmten Momenten kann man das? Wenn man will? Das weißt du genau? Da bist du dir verdammt sicher?«

Ich nickte, aber ich muss wohl resigniert ausgesehen haben. Ich fragte Lydia, ob sie wollte, dass wir zusammen beteten, bekam aber nur ein knappes »Beten kann ich auch alleine« zu hören, woraufhin ich mich verabschiedete und ging.

Kapitel 17

Ich hatte keine Lust, mit dem Auto nach Skogås zu fahren, wo ich mit Gudrun und Grim verabredet war. Stattdessen nahm ich den Vorortzug vom Hauptbahnhof. Die Bahn war voll, es roch feucht und nach geschmolzenem Schnee, und der Fußboden war voller Streusalz. Die Leute hatten Einkaufstüten und in grelles Weihnachtspapier eingewickelte Kartons dabei. Lauter verpackte Erwartungen, auf Freude, auf Überraschung. Die erschöpften, gestressten Menschen standen in scharfem Kontrast zu den farbenfrohen Zeichen kommender Festlichkeiten, die sie in ihren müden Händen hielten.

Ich hatte nur meine übliche abgeschabte Handtasche dabei. Von meinem Fensterplatz aus sah ich Villenviertel und Hochhaussiedlungen vorbeigleiten. Da wohnt eine Familie, und da, und da auch, dachte ich. Da vielleicht ein einsamer Mensch und dort vielleicht ein Paar, das sich scheiden lassen will. All diese Menschen hinter all diesen Fenstern.

Skogås sah aus wie die meisten anderen Vororte. Es gab ein kleines Einkaufszentrum mit Supermarkt, Bibliothek und Videothek. Am Markt eine Versicherungsagentur, der Schnapsladen, die Post. Ein paar Marktstände verkauften Weihnachtssterne, Heidelbeerkränze und Steckmoos. Alles war wie üblich, aber doch auch fremd und weit weg. Die Welt um mich herum sah aus wie immer. Nur ich hatte das Gefühl, nicht mehr dieselbe zu sein.

Ich zog den Zettel hervor, auf dem ich die Adresse notiert hatte. Es war leicht zu finden. Gleich hinter der Hausstür stapelten sich haufenweise Zeitungen. Die waren für die Altpapiersammlung bereitgestellt worden, aber es sah aus, als hätte jemand sie auseinander gefleddert, um darauf zu schlafen. Die Türen waren zahnfleischrosa gestrichen, und jemand hatte PISSER quer über die Fahrstuhltür gesprüht. Als ich auf den Klingelknopf neben der Wohnungstür mit dem Namensschild Andersson/Johansson drückte, musste ich mich innerlich zur Ordnung rufen: Du klingelst bei Gudrun und Grim, also reiß dich zusammen.

Die Frau, die die Tür öffnete, hatte sowohl Ähnlichkeit mit Gun als auch mit Gabriel. Genau in diesem Moment wurde mir bewusst: Wenn es jemandem gelänge, Gun aus ihrem lebensverleugnenden Kokon herauszuholen, könnte sie richtig hübsch sein. Gudrun hatte viel von einer Gun mit schlanker Figur, und sie sah gut aus. Aber dass sie eine Unruhe in sich trug, die sie innerlich auffraß, war ihr deutlich anzumerken. Ihr schlaffer Händedruck war feucht, und sie hatte ihre Stimme nicht richtig unter Kontrolle, als sie mich hereinbat. Ein großer Schäferhund bellte wie verrückt und zerrte an dem Halsband, an dem Gudrun ihn mit der anderen Hand festhielt.

»Ich sperre nur eben den Hund in die Küche«, sagte sie mit auf und ab hüpfender Stimme. »Gehen Sie doch schon hinein, Grim ist im Wohnzimmer.«

Der Hund sträubte sich heftig, aber Gudrun zog ihn mit harter Hand in die Küche.

Ich kam in ein Wohnzimmer mit einer großen ledernen Sitzgruppe und einem Couchtisch aus dunklem Holz. Auf dem Tisch standen eine Thermoskanne, kleine Kaffeetassen und eine Platte mit verschiedenen Kuchenschnitten. Auf dem Sofa saß ein Mann, der zwischen vierzig und fünfzig sein mochte. Er hatte dunkle zurückgekämmte Haare, trug eine dicke Goldkette um den Hals und einen Anzug mit offenem Hemdkragen. Die Handrücken waren mit dunklen Haaren bewachsen, und er hielt eine Zigarette zwischen den Fingern. Als ich das Zimmer betrat, stand er auf, gab mir höflich die Hand und sagte seinen Namen, mehr aber nicht. Gudrun kam herein, und im Hintergrund hörte man den Hund, der kläffend versuchte, sich durch den Linoleumbelag zu scharren.

Mit der Bestie im Hintergrund wirkte unser Treffen noch seltsamer.

»Soll ich?«, fragte Grim, und Gudrun antwortete, ja, versuch du mal dein Glück.

Grim ging hinaus und brüllte irgendwas. Dann hörte man ein paar heftige Geräusche, ein erschütterndes Aufjaulen, und gleich darauf war Grim zurück.

»Danke«, sagte Gudrun.

Sie bedeutete mir, mich hinzusetzen, und begann die Kaffeetassen aufzustellen. Die Kaffeelöffel schepperten auf den Untertassen.

Grim zupfte sich mehrmals seine Hosenbeine zurecht und kontrollierte seinen Hemdkragen. Er hatte sich für dieses Treffen in Schale geworfen. Der Hund in der Küche muckste sich nicht.

Grim räusperte sich.

»Ja, also wir haben Kenntnis davon erhalten, dass Gun, die früher unserer Familie angehörte, beschlossen hat, mit Ihnen über uns zu sprechen. Wir wollen deshalb einige Dinge klarstellen, um die Lügen zu entkräften, die sie über uns verbreitet.«

Hatte ich je irgendwas davon erwähnt, worüber Gun und ich gesprochen hatten? Ich durchforstete mein Durcheinander im Kopf, konnte aber nichts dergleichen finden.

Grim ließ ein Stück Würfelzucker in die Kaffeetasse fallen, die in seiner großen Hand beinahe verschwand. Gudrun reichte die Kuchenplatte herum. Grim griff sich irgendein Stück, ohne hinzusehen, und ich nahm eine Blätterteigtasche mit einem roten Marmeladenklecks in der Mitte.

Was glaubten sie, was Gun gesagt hatte? Das Einzige, was mir in dem Moment aus Guns Erzählungen einfiel, war, dass Reine behauptet hatte, ihre Geschwister seien Satanisten. Aber so etwas konnte sie doch wohl nicht ernsthaft beunruhigen?

Ich zwang mich, den Mund zu halten und nichts zu fragen. Es war besser, wenn sie von sich aus erzählten. Gudrun und Grim sahen mich während der stummen Kuchenrunde forschend an, so als wollten sie an meinem Gesicht ablesen, was ich wusste.

»Zum Ersten«, sagte Grim«, »haben wir Gun immer gut behandelt. Wir haben uns ihr gegenüber niemals Unregelmäßigkeiten zuschulden kommen lassen oder etwas anderes Unstatthaftes getan.«

Grim gab sich große Mühe, so offiziell wie nur irgend möglich zu klingen. Er dachte wohl, damit bekämen seine Worte mehr Gewicht, aber in Wirklichkeit wurde dadurch alles nur noch seltsamer. Er redete, als stünde er vor Gericht, was dazu führte, dass eine diffuse Schuld im Raum hing.

»Zum Zweiten hat Gun mehr Unglück über unsere Familie gebracht, als irgendjemand sich vorstellen kann. Wir sind eine großherzige und liebevolle Familie, die nichts von dem, was passiert ist, nach außen dringen lässt. Dafür kann Gun uns verdammt dankbar sein.«

Dieses »verdammt« deutete darauf hin, dass Grim auch ganz anders konnte.

»Zum Dritten möchten wir, in Anbetracht ihres abscheulichen Verbrechens, unsere Verwandtschaft mit ihr für nichtig erklären. Wir wissen, dass uns das rein gesetzesmäßig nicht möglich ist. Aber es ist unser ausdrücklicher Wunsch, dass Sie uns, was Ihren Kontakt zu Gun angeht, heraushalten.«

Grim lehnte sich im Sofa zurück. Das Leder knarrte und knurrte. Offenbar hatte er seine Rede eingeübt. Gudrun blickte starr in ihre Kaffeetasse und sagte nichts. Nickte nur zustimmend bei seinen Worten.

»Ich habe keinen Einfluss darauf, was Gun erzählt. Das entscheidet sie selbst. Ich höre zu, das ist alles.«

Herr, schon wieder eine Lüge. Ich habe mich vermutlich noch nie so manipulativ verhalten wie bei Gun.

»Und übrigens, bevor ich es vergesse«, sagte Grim. Beugte sich vor und sah sehr aufgebracht aus.

»An Guns altem Arbeitsplatz herumzuschnüffeln ist ja wohl völlig inakzeptabel.« Er sagte »inaxeltabel«.

»Ich würde niemals …«

»O doch, wir wissen Bescheid«, rief Grim. »Sie sind hingegangen und wollten Manno aushorchen. Er ist ein Freund der Familie, wissen Sie. Und was er zu hören bekommt, das erfahren wir auch.«

Manno und Gun am Spülbecken, wie er Gun an den Haaren packte, ihre Tränen, die Vergewaltigung, all das erschien wieder vor meinem inneren Auge. Ob die Familie darüber auch Bescheid wusste?

»Ich wollte doch nicht …«

»Ja, ja, das haben wir gehört. Ich weiß nicht, was Gun, diese teuflische Schlange, gesagt hat, aber sie kann Manno nur dankbar sein, dass er ihr den Job besorgt hat. Es gab nicht viele, die so eine … ja, wie soll man das nennen, so eine …«

Grim vollendete den Satz nicht, sondern schnaubte nur laut und winkte ab. Steckte sich eine Zigarette an und inhalierte tief, als wäre es ein Asthmaspray.

Gudrun beobachtete uns mit nervösen Augen.

»Was sagen Sie dazu, Gudrun? Sind Sie auch besorgt?«

An Gudruns Hals erschienen rote Flecken. Sie schielte zu Grim, der sie streng ansah, während der Rauch aus seiner Nase quoll. Tränen schossen ihr in die Augen.

»Keiner kann sich vorstellen, was Gun getan hat. Und auch nicht, welchen Fluch sie über unsere Familie gebracht hat. Wenn Gun nicht gewesen wäre, würden wir …«

Hier begann Gudrun zu schluchzen. Die Tränen drohten überzulaufen, und sie riss die Augen auf, um sie am Fallen zu hindern, aber es war zwecklos. Jede Träne wurde mit dem Zeigefinger abgeholt. Sie hatte knallrote lange Fingernägel, und es gelang ihr, die einzelnen Tränen mit der äußersten Nagelspitze aufzufangen.

»Würden Sie was?«

»Würden wir nicht hier sitzen und über so eine Scheiße reden müssen«, brüllte Grim derartig laut, dass Gudrun zusammenschreckte, aufsprang und laut schluchzend hinaus ins Bad lief.

Der Hund hatte wieder angefangen zu kläffen und zu scharren. Grim schien nichts daran ändern zu wollen, er fixierte mich mit starrem Blick. Ich weiß nicht, was ich mir von diesem Treffen versprochen hatte, aber dieses seltsame Inferno aus Kummer und Aggression verschlug mir die Sprache. Grim und ich sagten beide nichts. Gudrun heulte im Badezimmer, nur das Bellen des Hundes erfüllte die Stille.

»Entschuldigung, Grim, aber ich verstehe wirklich nicht ...«

»Nein, einen verdammten Dreck verstehen Sie.«

»Dann helfen Sie mir doch. Ich weiß, dass Gun wegen eines schrecklichen Verbrechens im Gefängnis sitzt. Ich kann mir vorstellen, wie so etwas eine Familie belastet.«

»Das glaube ich kaum. Aber ich will Ihnen noch was sagen, Fräulein Pastor, das ist nicht das Einzige, was Gun getan hat. Das ist nicht das einzige Verbrechen, was sie begangen hat. Sie ist böse. Böse, verstehen Sie. Schon als kleines Kind ... ja, hol mich der Teufel, aber man hätte sie gleich nach der Geburt ertränken sollen wie ein Katzenjunges. Das hört sich brutal an, aber dann wäre uns all das erspart geblieben, was sie uns angetan hat.«

»Ich glaube nicht, dass Bosheit angeboren ist. Ich glaube nicht, dass Kinder ...«

»Pah!«

Grims Hohngelächter ging los wie ein Pistolenschuss. Er schlug mit der Faust so hart auf den Tisch, dass die Kaffeetassen umkippten. Gudrun kam aus dem Bad gelaufen und packte seinen Arm.

»Bitte, Grim, beruhige dich. Beruhige dich.«

Grim begrub sein Gesicht in den Händen. Gudrun setzte sich neben ihn und nahm ihn in die Arme. Sie wiegte und streichelte ihn, als wäre er ein kleines Kind, das man trösten muss. Kaffee war auf dem Tisch ausgelaufen, und ich nahm ein paar Servietten und versuchte, die Pfützen aufzuwischen, aber das dünne Papier taugte nicht dazu, irgendetwas aufzusaugen. Einen Moment lang war ich versucht, in die Küche zu gehen und einen Lappen zu holen, aber die kläffende Bestie da drinnen hielt mich davon ab. Stattdessen ging ich ins Bad und holte Toilettenpapier.

Als ich zurückkam, saßen die beiden noch genauso da. Gudrun blickte zu mir hoch, schwarze Rinnsale zogen sich über ihre Wangen. Grims Finger schienen sich in seine Haut zu krallen, sein Gesicht lag beinahe auf den Knien, aber er gab keinen Laut von sich.

»Gehen Sie«, sagte Gudrun. Schnodder lief ihr aus der Nase. »Bitte, gehen Sie doch einfach.«

Ich nahm meine Handtasche, trat in den Flur und zog meinen Mantel an. In Gudruns Garderobenspiegel begegnete mir mein Gesicht, blass und stumm. Erst da begriff ich, dass ich das hier wirklich erlebte. Dass ich dabei gewesen war, wie eine verschorfte Wunde wieder aufplatzte, dass ich Zeugin eines tiefen Kummers geworden war, den ich nicht ermessen konnte und von dem ich nur die oberste Schicht sah.

Herr, ich bin Seelsorgerin, ich habe es mir zur Aufgabe gemacht, meinen Mitmenschen in ihren schweren Stunden beizustehen. Sollte ich diese beiden ihrer Verzweiflung überlassen und einfach weggehen? Wo ich doch diejenige war, die den Kummer wieder aufgerissen hatte, an dem sie jetzt litten, ein Kummer, der so bodenlos schien und so unlösbar mit ihrem Leben verwachsen?

Ich ging wieder ins Wohnzimmer.

»Gudrun, Grim, bitte, ich würde Ihnen so gern helfen …«

Mit einem Aufbrüllen schoss Grim vom Sofa hoch, so heftig, dass der Couchtisch umkippte. Porzellangeschepper und Gudruns Geschrei durchschnitten das Zimmer. Grim stürmte mit hochrotem Gesicht auf mich zu und packte mich grob am Arm. Er zerrte mich in den Flur und machte mit der anderen Hand die

Wohnungstür auf. Während er die Tür öffnete, rammte er mir seinen Fuß mit aller Kraft in den Schenkel. Das tat so weh, dass mir die Luft wegblieb und ich auf die Knie sank.

Gudrun hatte Grim inzwischen eingeholt und umklammerte ihn wie eine Ertrinkende.

»Hör auf, Grim, hör auf«, schrie sie. »Bitte, lieber Grim, hör auf.«

Mein anderes Bein war der Tür im Weg. Grim trat auch nach diesem Bein, aber diesmal nicht ganz so hart. Nachdem er mich endlich komplett hinausgetreten hatte, knallte er die Tür hinter mir zu.

Meine Beine schmerzten nach den harten Tritten. Ich konnte zuerst nicht aufstehen. Ich saß auf der kalten Treppe und zitterte. Du lieber Gott, stammelte ich laut vor mich hin. Du lieber Gott, du lieber Gott. Hilf mir. Was soll ich nur tun, du lieber Gott.

Im Stockwerk über mir öffnete jemand die Wohnungstür, was mich veranlasste aufzustehen. Anscheinend war nichts gebrochen, ich konnte stehen, auch wenn meine Beine wie Pudding waren. Vom oberen Stock war nichts zu hören, keine Schritte und kein Türenschließen, deshalb vermutete ich, dass jemand lauschte, was da vor sich ging, sich aber nicht ans Treppengeländer traute, um nachzusehen.

Ich hinkte zum Fahrstuhl und versuchte mein Schluchzen zu unterdrücken. Als sich die Fahrstuhltür hinter mir schloss, hörte ich, wie oben die Tür zugeschlagen wurde.

Draußen war es dunkel und grimmig kalt. Weißer Pulverschnee lag auf dem eisglatten Gehweg. Überall leuchteten kleine Lichter, Adventssterne und Kerzen in den Fenstern, Lichterketten über der Straße, Weihnachtsbäume auf dem Marktplatz. Meine Tränen brannten in den Augen und ließen alle Lichter verschwimmen. Ich saugte die kalte Luft tief in die Lungen und lehnte mich einen Moment an die Hauswand. Dann machte ich mich hinkend auf den Weg zum Bahnhof. Jeder Schritt tat so weh, dass ich aufstöhnte. Der Mann hinter dem Fahrkartenschalter sah mich verwundert an, als ich mit zitternden Händen einen Geldschein hervorzog, ohne darauf zu achten, wie viel es war oder was die Fahrkarte kostete. Es dauerte ein Weile, bis mir bewusst wurde, dass er mich etwas gefragt hatte. Ich sah, wie seine Lippen bestimmt dreimal dieselben Worte formten, bevor ich begriff, dass er nach meinem Fahrziel fragte. Und selbst nachdem ich die Frage verstanden hatte, brauchte ich noch eine ganze Zeit, um meine Gedanken so weit zu sammeln, dass ich es ihm sagen konnte.

»Stockholm Södra«, nuschelte ich.

Der Mann schüttelte den Kopf, während er meine Fahrkarte ausdruckte und mir das Wechselgeld zurückgab. Er hält mich für betrunken, dachte ich.

Als der Vorortzug in der Station Södra hielt, wusste ich kaum, wie wir hierher gekommen waren. Der Schmerz in meinem Bein machte mich ganz benommen, er ließ das Blut so heftig in meinem Körper pulsieren, dass es auf eine seltsame Art schön war, solange ich ganz regungslos saß. Der Schmerz war real und irgendwie befriedigend, etwas Handfestes und Konkretes inmitten von all dem psychischen Leid. Aber sobald ich aufstand, tat es dermaßen weh, dass mir wieder die Tränen in die Augen schossen.

Es kommt so gut wie nie vor, dass ich mir ein Taxi leiste, aber jetzt tat ich es. Vielleicht war es Einbildung, aber ich hatte den Eindruck, dass der Taxifahrer die ganze Zeit schnelle Blicke in den Rückspiegel warf, um zu sehen, was ich machte.

Das Aussteigen fiel mir schwer, der Taxifahrer musste mir helfen. Ich sagte, ich sei ausgerutscht und gefallen. Er entgegnete etwas von wegen, wirklich ein Skandal, jetzt streuen sie schon nicht mehr, nur weil die Stadt auf Deubel komm raus sparen muss.

Miki kam aus seinem Laden gelaufen.

»Ingrid, Ingrid, was ist passiert?«

Er packte mich an den Schultern und sah mir in die Augen. Ich wich zurück. Lass mich in Ruhe, dachte ich. Bitte, lass mich. Hör auf, dich um mich zu kümmern, ich will das nicht.

»Ach, es ist nichts. Ich bin nur gefallen. Lass mich nach oben gehen, ich möchte mich hinlegen, dann wird es gleich besser. Bitte, ich möchte nur … ich muss …«

Miki sah mich misstrauisch an, und mir schoss plötzlich durch den Kopf, dass er vielleicht dachte, Gabriel hätte was damit zu tun. Er versuchte, den Arm um mich zu legen, aber ich drehte mich weg.

»Ingrid, lass dich nach oben bringen.«

»Nein …«

Die Tränen kehrten zurück.

»Bitte, ich möchte nur meine Ruhe …«

Ich humpelte zur Haustür. Miki in seinem dünnen Baumwollhemd starrte mir hinterher. Jede Treppenstufe kostete mich Überwindung. Wenn nur Gabriel nicht mehr da ist, dachte ich. Wenn nur Gabriel nicht mehr da ist.

Er war noch da, das wusste ich schon, noch bevor ich die Wohnungstür aufgeschlossen hatte. Der Zigarettenrauch quoll aus dem Schlüsselloch, und ich hörte ihn drinnen telefonieren.

Als ich die Tür öffnete, hörte ich ein hastiges »sie kommt, ich muss auflegen«.

Mit Grim oder Gudrun konnte er nicht gesprochen haben, denn als er mich sah, machte er ein verdutztes Gesicht.

»Mensch, Inger, was ist denn mit dir los?«

»Ingrid«, schrie ich ihn an und ließ mich schluchzend auf den Stuhl im Flur fallen.

Gabriel hockte sich vor mich hin und löste vorsichtig meinen Schal. Nahm mir behutsam die Mütze ab und knöpfte den Mantel auf.

»Hoch mit dem Po«, sagte er, und ich gehorchte, damit er mir den Mantel ausziehen konnte.

Ich weiß nicht, wie es kam, aber plötzlich hatte ich meine

Arme um ihn geschlungen. Meine Nase lag an seinem Hals, der warm war und pulsierte. Mein Weinen war jetzt mehr ein Winseln. Alles tat mir weh, das Bein, die Augen, das Herz, die Seele.

»Schhh«, machte Gabriel und strich mir übers Haar. »Schhh, ist ja gut.«

Er küsste mir die Tränen weg, und ich suchte seinen Mund. Wir küssten uns, und ich klammerte mich an ihm fest, völlig benommen. Sein Mund war fest und weich zugleich, trockene, feste, schöne Lippen und die zärtlichste Zunge, die je mit meiner gespielt hatte. Tränen und Schnodder verstopften meine Nase, sodass ich kurze Zeit später nach Luft schnappen musste. Gabriel sah mich mit seinen wunderschönen Augen fragend an.

Dann packte er mich resolut unter den Armen und schleifte mich zum Bett. Knöpfte meine Bluse auf, öffnete den Reißverschluss meiner Hose. Ich ließ ihn einfach machen. Als er mir die Hose von den Beinen zog, sog er scharf die Luft durch die Zähne.

»Wer war das?«

Ein Bluterguss bedeckte fast den ganzen Schenkel. In Gelb, Lila, Blau, Rot. Wie eine Art Marmorierung, und ich dachte an die Fotos von misshandelten Frauen, die ich während meiner Zeit im Untersuchungsgefängnis in den polizeilichen Ermittlungsakten gesehen hatte.

»Ich bin hingefallen«, murmelte ich.

»Quatsch, bist du nicht. War das der Pizzaheini da unten?«

»Das war Grim«, flüsterte ich.

Wusste nicht, wohin das führte, ich sagte es einfach.

Gabriel sagte nichts, aber er strich mit seiner Hand vorsichtig, ganz vorsichtig über den Bluterguss. Dann beugte er sich darüber und küsste ihn. Still küsste er ihn, ein ums andere Mal. Mein Bein begann wieder zu zittern, vor Angst, Schmerz und Wollust. Er küsste die Innenseite meines Oberschenkels, und die Wollust nahm zu.

Er zog mir den Slip aus und küsste mich dort. Ich sah krampfhaft an die Zimmerdecke. Das Licht von der Straße warf bunte Schatten, gelbe, rote. Busse und Autos brummten, jemand hupte. Das Erste, was ich fühlte, war, dass meine Wangen brennend heiß wurden. Dann überwältigte mich die Lust, gipfelte in einem rasenden Schwindel und ich schrie. Herr, ich schrie einfach heraus. Hinterher wagte ich nicht, Gabriel anzusehen. Meine zittrigen und seine heftigen, schweren Atemzüge kamen im selben Takt. Ich hörte, wie er sich auszog, ein leises Sswisch, als er das T-Shirt über den Kopf streifte, das leise Klirren einer Gürtelschnalle. Die Silhouette seiner Arme und seiner herrlich breiten Schultern in den Fensterscheiben, als er sich über mich beugte. Jedes Mal, wenn er in mich hineinstieß, wurde mir schwindelig, jedes Mal, wenn er sich zurückzog, lief ein Kribbeln meine ganze Wirbelsäule hinunter. Lieber Gott, lass mich immer hier sein, dachte ich. Immer. Hier. Nur hier.

Hinterher lagen wir stumm aneinander gekuschelt, so nah, wie zwei Menschen sich nur sein können.

Nach einer ganzen Weile murmelte Gabriel in mein Ohr:

»Glaub mir, Ingrid«, er sprach meinen Namen mit einer gewissen Sorgfalt aus, damit ich auch mitbekam, dass er sich endlich gemerkt hatte, wie ich hieß, »ich weiß nicht, was in meiner Familie vorgefallen ist. Ich erinnere mich nicht, ob ich es je gewusst habe. Aber ich könnte mir vorstellen, dass Grim dem Kontakt zwischen Gun und den Nachbarn einen Riegel vorgeschoben hat. Vielleicht hat er Schuldgefühle deswegen. Vielleicht denkt er, es ist sein Fehler, dass alles so gekommen ist.«

Ich war ganz weit weg. Schwebte an einem Ort, wo keine Wirklichkeit existierte. Gabriels Worte holten mich langsam zurück.

»Woher hat er denn gewusst, dass sie so oft mit ihnen zusammen war?«

»Ich nehme an, dass dieser Typ an ihrer Arbeitsstelle, dieser Manno, dass er Grim erzählt hat, was Gun so treibt. Ich weiß es nicht, aber ich glaube, es hat Grim Sorgen gemacht, dass die Bekanntschaft immer enger wurde. Wie gesagt, ich weiß es nicht, aber ich glaube, es war so was in der Art.«

Gabriel begann sich wieder anzuziehen. Es wurde sofort kalt im Bett, und ich wickelte mich in die Decke ein. Sie war ein höchst armseliger Ersatz für seinen warmen Körper.

»Du«, sagte er. »Ich muss weg. Hab ein paar Sachen zu erledigen, wenn du verstehst. Und entschuldige, wenn ich frage, aber hättest du vielleicht 'nen Fünfhunderter oder so, den du mir leihen könntest? Ich schwöre, dass du ihn zurückkriegst. Gleich nächste Woche.«

Die Rastlosigkeit hatte ihre Krallen wieder in Gabriel geschlagen. Er begann auf und ab zu gehen, und jedes Mal, wenn sein Blick auf mein Bett fiel, wandte er ihn ab. Es war so offensichtlich, dass er weg wollte, dass er nicht hierher gehören wollte. Das mit Gabriel war passiert, ohne dass ich nachgedacht hatte, und ich wusste ja, dass es nicht der Anfang von etwas, wie soll ich sagen, Festem war.

Aber trotzdem. In dem Augenblick war mir absolut klar, dass Momente wie dieser der Grund waren, warum ich keine Nähe zulassen wollte. Hinterher wird es nur noch kälter. Noch schwieriger, öder und einsamer.

Ich stieg aus dem Bett, die Decke fest um den Körper gewickelt. Humpelte auf unsicheren Beinen herum, bis ich meine Tasche gefunden hatte. Nahm meine Brieftasche heraus. Gabriel trat von einem Fuß auf den anderen, sichtbar peinlich berührt, aber er brauchte das Geld so sehr, dass er gezwungen war zu warten.

Was tust du da? Der Gedanke durchfuhr mich wie ein innerer wütender Aufschrei. Wieso willst du ihm Geld geben? Du weißt doch genau, dass du es nie wiedersiehst. Hast du denn gar keinen Stolz mehr?

Ich hatte die Brieftasche schon geöffnet, machte sie aber gleich wieder zu.

»Nein«, sagte ich. »Ich gebe dir kein Geld.«

»Was?«

Gabriel war ehrlich verblüfft. Sein hübsches Gesicht öffnete sich, und einen Augenblick lang sah er völlig schutzlos aus. Der Junge ist es nicht gewohnt, dass man ihm etwas verweigert, dachte ich. Die Idee ist ihm noch nie gekommen, dass man das tun könnte. Die Schutzlosigkeit verschwand, und er fand zu seinem geschmeidigen, smarten Ich zurück. Ich hatte wohl damit gerechnet, dass er wütend werden könnte, denn meine Finger umklammerten die Brieftasche, und meine Lippen bereiteten sich darauf vor, nichts anderes als ein weiteres Nein durchzulassen.

Aber Gabriel lächelte nur.

»Du bist echt taff, weißt du das?«

Er hauchte mir einen Kuss auf die Wange, und dann war er weg. Ich fand zwei Schlaftabletten im Badezimmerschrank, die noch aus der Zeit stammten, als ich mal einen Hexenschuss hatte. Ich nahm sie und schlief tief und traumlos durch bis zum nächsten Morgen.

Kapitel 18

Als ich aufwachte, war es dunkel. Der Wecker zeigte sechs Uhr. Es lag nicht nur an dem pochenden Bein, dass mein Körper sich fremd anfühlte. Jemand hatte ihn angefasst. Die Wärme, die Hände, der Mund, alle Spuren waren noch da. Ich lag im Dunkeln und war so sehr Körper. Die Gedanken huschten hin und her, aber es war der Körper, der am lautesten sprach. Er versuchte mir etwas zu sagen. Eine empörte Klage vorzubringen, aber ich wusste nicht, ob wegen der brutalen Behandlung gestern oder weil er daran erinnert worden war, dass man ihn so lange nicht angefasst hatte.

Als ich das nächste Mal auf die Uhr sah, war fast eine Stunde vergangen.

Am liebsten wäre ich den ganzen Tag im Bett geblieben, um nur noch zu fühlen. Die Spuren von gestern zu fühlen, sie unter meine Haut einsinken und ein Teil meiner selbst werden zu lassen.

Aber Anita würde heute zurückkommen, das wusste ich. Mühsam kletterte ich aus dem Bett. Der Oberschenkel war blau und geschwollen. Wenn ich mich anstrengte, konnte ich beinahe gehen, ohne zu humpeln. Aber nur beinahe.

Mechanisch aß ich mein Frühstück. Dachte daran, was Gabriel über Grim gesagt hatte, dass er sich vermutlich in Guns Beziehung zu Håkan und Lotta eingemischt hatte. Mein Bein zeugte davon, wie schnell Grim gewalttätig werden konnte. Ob er es gewesen war, der Håkan und Lotta umgebracht hatte?

Ich fragte mich auch, wie es Gun wohl ging. Und was ich sagen sollte, wenn Anita immer noch an ihrer Idee festhielt, dass ich der gesamten Abteilung meine Einstellung zur Homosexualität erläutern sollte.

Die Fragen häuften sich, aber ich konnte keine Nervosität entwickeln. Dazu war ich viel zu weit davon entfernt.

Als ich später ins Gefängnis kam, merkte ich sofort, dass etwas passiert war. Vielleicht lag es an Kvarnströms aufgeregtem Gesichtsausdruck. Am liebsten wäre er wohl vor Eifer auf und ab gehüpft und hätte »ich weiß was, ich weiß was« gerufen, aber er beherrschte sich und versuchte, wenn auch vergeblich, unberührt zu wirken.

Ich ging in Anitas Büro und sah ihr sofort an, dass das, was passiert war, etwas Schreckliches sein musste. Sie wirkte völlig aufgelöst und ihre Hand zitterte, wenn sie die Zigarette zum Mund führte. Sie telefonierte gerade und wischte sich hin und wieder Tränen aus den Augenwinkeln.

»Ja, aber wir haben eine Pastorin hier«, hörte ich sie sagen. »Sie kann uns dabei helfen.«

»Gun!«

Ich schrie es heraus, ohne zu überlegen. Anita legte rasch die Hand auf die Sprechmuschel und schüttelte den Kopf.

Es war Lydia Silverstolpe, die sich das Leben genommen hatte. Gestern, am späten Abend, hatte sie ihr Laken in Streifen gerissen und daraus ein Seil geknüpft, mit dem sie sich erhängte.

»Du hättest es sehen sollen. Absolut steinhart geflochten und geknotet. Sie muss Stunden daran gearbeitet haben. Ach, die Ärmste. Es ist so entsetzlich.«

Lagersson steckte ihren Kopf in Anitas Büro und bat sie, kurz herauszukommen.

»Bin gleich zurück«, sagte Anita zu mir und bat mich, hier zu warten.

Anita schloss die Tür hinter sich, und ich bekam die erste echte Panikattacke meines Lebens. Furchtsam war ich schon immer gewesen, ängstlich und nervös. Aber das hier war wie ein Boxhieb in den Magen. Ich keuchte und beugte mich nach vorn, die Hände auf den Bauch gepresst. Die Angst war so enorm und so ungreifbar, sie durchdrang mein ganzes Ich und es war unmöglich, sie mit beruhigenden Gedanken abzulenken.

Ich kniete mich auf den Fußboden und legte die Stirn auf die Sitzfläche des Stuhls. Faltete meine zitternden Hände und rief dich an. Herr, verlass mich nicht. Halte mich. Als ich die Augen schloss, sah ich Lydia Silverstolpes harten, verkniffenen Mund, den kleinen schmächtigen Körper und die hasserfüllten Augen. Sah, wie sie auf dem Boden saß, riss und flocht und zusammenknotete. Erhitzte Wangen und frenetische Finger.

Voller Ungeduld, dem eigenen Tod zu begegnen.

Sie hatte mich um Hilfe gebeten. Herr, sie wollte Hilfe. Ich erkannte es nicht. Tatest du es? Warst du bei ihr, wie ich es ihr ein wenig zerstreut und leichtfertig versprochen hatte?

Anita kam ins Zimmer und stürzte auf mich zu. Hielt inne. Schien mir aufhelfen zu wollen, blieb aber stehen, abwartend. Vielleicht glaubte sie, dass Pfarrer sich so verhalten, wenn etwas Schlimmes passiert.

»Meine Liebe, das geht uns allen nahe …«

Anitas vertraute, heisere Stimme jagte einen Teil der Angst in die Flucht, obwohl ich einsah, dass diese Angst mir ab sofort mein Leben lang wie ein dunkler, bedrohlicher Schatten folgen würde. Ich ergriff Anitas Hände und ließ mir von ihr aufhelfen.

»Anita, sie hat mich um Hilfe gebeten. Gestern. Ich habe es nicht erkannt. Es war so viel. Gun auch. Wir redeten über … Sie war so wütend.«

»Hör mir zu, Ingrid. Es war nicht das erste Mal, dass sie es versuchte. Sie war ein sehr zerrissener Mensch, weißt du. So kaputt, der kleine Spatz …«

Anita starrte intensiv zum Fenster und zwinkerte ein paar Tränen weg.

Anita ist diejenige, die hilft, dachte ich. Nicht ich. Nicht Gott oder Jesus. Sondern gute Menschen wie Anita.

Ihr Bettelarmband klirrte, als sie in ihrer Handtasche nach dem Feuerzeug kramte. Ihr Raucherhusten war schlimmer denn je. Anita fand das Feuerzeug, nahm einen tiefen Zug und sah mich mit ernsten Augen an.

»Ich hätte gern, dass du heute eine Trauerandacht für Lydia hältst«, sagte sie. »Und im Anschluss daran kannst du vielleicht etwas über die andere Sache sagen, damit endlich Schluss mit dem ganzen Gerede ist.«

»Kannst du mir ein paar Stunden Zeit geben?«

»Natürlich. Sagen wir drei Uhr heute Nachmittag.«

Eigentlich hätte ich mich am liebsten auf Anitas Schoß zusammengerollt. Fühlte mich einfach nicht imstande, der Fels in der Brandung zu sein, den sie gerade jetzt von mir erwartete. Früher hatte ich mich immer dahinter verstecken können. Viele gehen davon aus, dass man stark sein muss, wenn man ein Fels für andere ist. Aber eigentlich ist es eine sichere Position, hoch über allem aufzuragen und nicht da unten zu sein.

»Du musst entschuldigen, falls ich ein bisschen ... na ja ... seltsam wirke, Anita. Manchmal fühlt man sich einfach so daneben und unfähig. Das hier mit Lydia ...«

Anita studierte mich. Schien kaum gehört zu haben, was ich sagte, sah mich aber forschend an.

»Ich will ganz aufrichtig zu dir sein, Ingrid, auch wenn es vielleicht nicht sehr angenehm ist. Dass die Inhaftierten, aufgehetzt von Marja, sich auf dich eingeschossen haben, brauchen wir nicht weiter zu diskutieren. Aber jetzt steht auch Ingeborg deiner Arbeit ... wie soll ich sagen ... skeptisch gegenüber. Sie ist der Meinung, dass es heikle Sachen sind, an denen die Mädels zu knabbern haben, und dass man speziell ausgebildet sein muss, um in ihrem Innenleben zu graben.«

»Ja, das hat sie mir auch gesagt.«

Anita sah mich immer noch prüfend an. So als wartete sie darauf, dass ich noch mehr sagte. Aber wie sehr ich auch in meinen Gedanken kramte, sie blieben stumm. Ich bat dich um einen

Tipp, Herr, aber ich hörte nichts. Bekam überhaupt keinen Impuls. Ich konnte Ingeborg verstehen. Ich war so unsicher. Lydias Selbstmord und Guns Erstarrung. Die verzweifelten Geschwister gestern und dass ich mit Gabriel geschlafen hatte. Meine Scham und das Gefühl, versagt zu haben, begannen gigantische, unübersteigbare Proportionen anzunehmen.

»Tja, ich weiß nicht«, sagte Anita schließlich. »Ich bilde mir ein, dass die Zeit hier in der Anstalt mich gelehrt hat, Menschen zu erkennen, die gute – oder schlechte – Dinge tun. Und aus irgendeinem Grund glaube ich an dich. Du hast immer noch mein Vertrauen.«

Anita lächelte mich an, und ich versuchte zurückzulächeln. Etwas in mir wollte protestieren: nein, vertrau mir nicht. Wirf mich raus. Ich weiß nicht, was ich tue.

Mein Bein tat weh, als ich aufstand. Anita fragte, was ich gemacht hatte, und ich sagte, ich sei hingefallen. Aber es war kein gutes Gefühl, sie anzulügen.

Gun saß in ihrer Zelle und fingerte an der Halskette herum. Ich hatte angeklopft, bevor ich eintrat, aber sie schien es nicht gemerkt zu haben. Sie saß mit dem Gesicht zum Fenster gewandt. Ich setzte mich auf ihre Pritsche und schloss die Augen. Was mache ich hier, dachte ich. Auf welche Weise werde ich sie heute quälen?

»Sie haben mein Kind umgebracht«, sagte Gun plötzlich.

Ich schlug die Augen auf und sah, dass Gun sich zu mir umgedreht hatte. Ihr Blick wirkte völlig klar.

»Was? Wer?«

»Grim, Greger und Gusten. Und Papa. Sie haben es getötet. Mein Mädchen. Ich sah es nur einen kurzen Moment, dann haben sie es genommen und umgebracht.«

Die Art, wie Gun sprach, war neu. Entschlossen. Sachlich. Das Wirre, Faselnde war verschwunden.

»Erzähl.«

Ich konnte kaum atmen.

»Reine und ich erwarteten ein Kind. Ich war erst vierzehn. Aber wir wussten, dass alles gut werden würde. Wir liebten uns. Er wollte mich da wegholen. Aber sie haben alles kaputtgemacht. Alles, was schön war. Sie machen immer alles kaputt, was schön ist. Als sie mitkriegten, was los war, jagten sie Reine weg. Mich sperrten sie zu Hause ein. Und als ich mein Kind zur Welt gebracht hatte, nahmen sie es mir weg. Brachten es um.«

»Gütiger Himmel, Gun, was sagst du da? Aber ...«

Die Gedanken wirbelten mir durch den Kopf. Wenn ich mir jetzt auch nur den geringsten Zweifel anmerken ließ, würde Gun sich für immer verschließen, dessen war ich mir sicher. Trotzdem fragte ich mich, ob das wirklich möglich war.

»Hat denn keiner gemerkt, dass du schwanger warst? In der Schule, zum Beispiel?«

»Nein. Ich habe doch gesagt, sie sperrten mich ein. Der Schule gegenüber sagten sie, ich hätte Probleme mit dem Rücken. Ein Arzt, den mein Vater kannte, er war Mitglied unserer Kirche, schrieb ein Attest, und ich bekam die Erlaubnis, zu Hause zu lernen.«

»Aber deine Freunde und Freundinnen ...«

»Ich hatte keine. Nur Reine. Und dann hatte ich Reine auch nicht mehr.«

»Aber sie konnten doch nicht ein Neugeborenes töten ...«

»Doch, das konnten sie«, schrie Gun. »Die können alles töten. Sie sagen, dass ich an allem schuld bin, aber das bin ich nicht. Sie sagen, dass ich böse bin, dabei bin ich bloß dumm. Aber ich werde dir was sagen.«

Gun beugte sich zu mir vor und senkte die Stimme.

»Ich rede jedenfalls mit ihr. Wir unterhalten uns. Es geht ihr gut. Wir werden uns wiedersehen. Mein Mädchen und ich. Mein kleines, kleines Mädchen und ich.«

»Aber Gun, das muss untersucht werden. Ich werde ... ja, ich werde dir helfen, die Sache ans Licht zu bringen.«

»Meinst du? Meinst du wirklich, du kannst mir dabei helfen?«

Die Luft um uns herum wurde stickig. Gun nahm meine Hände und zerrte ungeduldig daran. So als wollte sie, dass ich auf der Stelle losgehen und alles in Ordnung bringen sollte. Gleichzeitig merkte ich aber auch, dass ihre Hoffnung nur ein schwach züngelndes Flämmchen war. Sie war ein Mensch, der es gewohnt war, enttäuscht zu werden.

»Ja, irgendwie wird man sicher …«

Was? In meinem Kopf drehte sich alles. Das hätte schon vor gut zwanzig Jahren passieren müssen.

Gun seufzte schwer.

»Aber mir wird keiner glauben.«

»Ich glaube dir.«

Meine Antwort kam ohne zu zögern. Ich musste Gun glauben, musste sie ernst nehmen. Das war das mindeste, was das Leben ihr schuldete.

»Wenn du willst, rede ich mit der Anstaltsleiterin Anita Lagerström. Sie weiß, welche Wege man gehen muss, um eine solche Sache untersuchen zu lassen. Anita ist ein guter Mensch.«

Auf einmal schien Gun wieder ganz woanders mit ihren Gedanken zu sein. Sie nickte nur zerstreut, als ich Anita erwähnte. Dann legte sie den Zeigefinger an die Lippen.

»Schh. Ich möchte mich hinlegen. Ich glaube, sie ist jetzt hier bei mir. Lass uns allein, bitte.«

Gun begann vor sich hin zu summen. Ich verließ sie und ging in Ingeborgs Zimmer. Laila war auch dort. Als ich den Kopf durch die Tür steckte, verstummten beide. Sie reden über mich, dachte ich.

»Ja?«, sagte Ingeborg auf ihre korrekte, kühle Art.

Ich trat ein und setzte mich auf einen Stuhl. Laila lächelte, wenn auch das übliche Strahlen in ihren Augen sich nicht so recht einstellen wollte. Ingeborg lächelte überhaupt nicht, sondern runzelte verstimmt die Augenbrauen, als ich Platz nahm.

»Ich fürchte, ich habe nicht die Zeit …«

»Bitte, ich muss euch nur kurz etwas fragen.«

Ohne mich darum zu kümmern, was sie eventuell meinten, dachten oder ob sie Zeit hatten, berichtete ich, was Gun mir erzählt hatte. Wie ich an ihrer Art zu sprechen gemerkt hatte, dass sie wirklich die Wahrheit sagte. Und dass ich mich fragte, was man als Nächstes tun sollte.

Als ich fertig war, hatte Laila ein besorgtes Gesicht aufgesetzt. Bei Ingeborg dagegen zeigte sich ein nahezu amüsierter Zug um die Mundwinkel. Ein schnelles Zucken, dann war ihr übliches Nichtlächeln wieder da. Ich hätte gern gewusst, ob diese Frau durch irgendwas zu erschüttern war.

»Ja, gut möglich, dass sie es als real empfindet.«

Und dann hielt Ingeborg mir einen langen Vortrag, der darauf hinauslief, dass Gun jetzt ihre Schuld verarbeitete, indem sie ihre Familie dämonisierte, und dass die Sache mit dem Kind ein Wunschdenken war. Nach einer Weile hörte ich kaum noch, was sie sagte, ich ärgerte mich nur darüber, dass sie so viele unverständliche Ausdrücke benutzte, die mich veranlassen sollten nachzufragen, was sie meinte.

Ich fragte nicht nach, sagte nur, dass sie möglicherweise Recht habe, und ging. Im Grunde verstand ich nicht, wieso ich überhaupt versuchte, mit Ingeborg zu reden. Es war besser, auf Anita zu warten. Im Moment nahmen die polizeilichen Ermittlungen im Todesfall Lydia sie voll in Anspruch.

Und in drei Stunden sollte ich die Andacht halten.

Im Personalzimmer saß Kvarnström und löste Kreuzworträtsel. Ich goss mir eine Tasse Kaffee ein und drehte mich zu ihm um.

»Torkel, möchten Sie auch einen Kaffee?«

»Nein danke.«

Er sah nicht einmal von seinem Kreuzworträtsel hoch.

Anita hatte mir einen Ordner mit Lydias Unterlagen gegeben, vielleicht fand ich darin etwas, was ich für die Andacht verwenden konnte. Es waren dürre Fakten. Einziges Kind, Vater unbekannt, von der jungen Mutter im Stich gelassen und bei der Großmutter aufgewachsen. Wohnte als Kind in Djursholm, wurde von einem Internat zum nächsten weitergereicht.

Es waren so traurige, betrübliche Fakten. Nichts, worüber ich bei einer Trauerandacht sprechen wollte.

»Torkel?«

»Mhm.«

Er blickte immer noch nicht auf.

»Ich überlege, was ich bei der Trauerandacht über Lydia sagen soll.«

»Sie meinen die Terroristin, die die Leute in die Luft gesprengt hat?«

Seinen Blick immer noch auf die Zeitung gerichtet, konnte Torkel Kvarnström es sich nicht verkneifen, die Dinge klarzustellen. Hier gab es kein Pardon, nicht einmal für verzweifelte Selbstmörderinnen.

»Haben Sie irgendeine persönliche Erinnerung an sie? Ich möchte gerne etwas sagen, was nicht so allgemein ist.«

»Haben Sie nicht selbst mit ihr gesprochen, vor kurzem erst?«

Jetzt blickte er hoch. Legte die Stirn in Falten und versuchte so zu tun, als denke er nach.

»Warten Sie mal ... War das nicht sogar am selben Tag?«

»Doch.«

Ich merkte, wie ich rot wurde und sich in meinem Hals ein harter Kloß bildete. Alle denken, dass ich schuld bin, dachte ich. Sogar ich selbst.

Die Angst flammte wieder auf, und mir brach der kalte Schweiß aus. Ein Welle von Übelkeit überspülte mich, und die beiden Pfefferkuchen, die ich neben meine Kaffeetasse gelegt hatte, erschienen mir ungenießbar. Ich hatte Angst, mit dem fiesen Torkel hier zu sitzen, und ich hatte Angst vor Ingeborg und Laila. Vor den Inhaftierten hatte ich auch Angst, ich hatte eine solche Angst, dass ich nicht wusste, wohin mit mir.

Wo hätte ich auch hin sollen.

Das Einzige, was ich tun konnte, um der Angst zu entkommen, war, ihr entgegenzugehen.

Ich nahm einen leeren Schreibblock und einen Stift. Dann ging ich in den Aufenthaltsraum, wo die meisten der Gefangenen sich nach dem Essen die Zeit vertrieben.

Der Zigarettenrauch dort drinnen war zum Schneiden dick. Marja saß mit zwei anderen zusammen und machte einen Test in einer Frauenzeitschrift. Eine von ihnen las laut vor und sagte:

»Hey, Marja, das hier bist du: Du willst einen Arbeitskollegen verführen. Was machst du? Du ziehst Strapse an, hebst den Rock und gurrst ›Möchtest du den Rest sehen oder willst du neugierig sterben?‹ Haha, ja genau, das würdest du tun.«

Marja lachte ebenfalls und machte ein zufriedenes Gesicht.

»Aber hallo, da kannst du einen drauf lassen, hier sind ja eh Lesben.«

Harriet saß mit untergeschlagenen Beinen auf dem Sofa. Sie schien die anderen nicht zu hören. Gun war nicht zu sehen. Auf dem Couchtisch hatte jemand, vermutlich Anita, ein Porträt von Lydia aufgestellt und eine Kerze daneben angezündet. Es war ein schreckliches Foto, direkt von vorn aufgenommen. Lydia sah geradezu mörderisch darauf aus, wahrscheinlich war es aus der Polizeikartei. Abwartendes Schweigen breitete sich aus, als ich in das Zimmer kam.

»Hört bitte mal her«, sagte ich mit dünner Stimme. »Wir werden uns nachher versammeln, um Lydias Andenken zu ehren und über alles Mögliche zu reden. Ich möchte euch nur um etwas bitten. Hat eine von euch eine persönliche Erinnerung an Lydia, etwas, von dem ihr meint, dass es erwähnt werden sollte, wenn wir von ihr sprechen?«

Stille. Mein Bein schmerzte, und ich stützte mich auf einen Stuhl. Die Blicke der Frauen ätzten das letzte bisschen Würde fort, das ich hatte zusammenraffen können.

»Sag, dass sie ein aufgeblasene Kuh war, die es gerne laut krachen ließ«, sagte Marja.

Die beiden anderen neben ihr lachten laut und dreckig. Einige andere im Raum machten ein amüsiertes Gesicht. Außer Harriet. Sie starrte Marjas Bande an und sah alles andere als amüsiert aus.

»Ihr seid so was von … widerlich!«

Harriet stieß es geradezu heraus und stürzte zur Tür. Sie steuerte auf ihre Zelle zu, und ich humpelte hinterher. Hinter uns brach donnerndes Gegröle los, aber mir war nicht entgangen, dass Marja Anzeichen von nervöser Verwirrung zeigte. Doch sie hatte sich sofort wieder im Griff und feuerte noch mehr harte Worte über Lydia ab.

Vorsichtig klopfte ich an Harriets Tür. Sie stieß sie auf, und als sie sah, dass ich es war, fragte sie, was zum Teufel ich von ihr wollte.

»Ich spucke wieder, hörst du. Sieh bloß zu, dass du Land gewinnst.«

»Jetzt reg dich aber mal ab!«

Herr, ich brüllte aus tiefster Brust. Plötzlich hatte ich die Rolle der lieben netten Pastorin so satt. Niemand nahm mich ernst. Ein Spucknapf auf zwei Beinen, das war ich. Drinnen bei den anderen Gefangenen kam ich mir vor wie die feige Lehrerin, die man schikanieren durfte, sie, die wir in der Neunten hatten und die immer heulend aus dem Klassenzimmer rannte und rief, sie würde jetzt den Rektor holen. Und keinen kümmerte es.

»Hör mir einfach zu, was ich zu sagen habe! Wenn du und Lena ein Liebespaar seid, dann meinen Glückwunsch! Meinen Segen habt ihr! Ich weiß, dass es idiotische Pfarrer gibt, die meinen, sie müssten was gegen Homosexuelle haben. Aber so bin ich nicht! Hast du mich verstanden! Ich nicht!«

Harriet starrte mich mit offenem Mund an. Sogar ich war verblüfft.

»Außerdem kannst du verdammt froh sein, dass du einen Menschen gefunden hast, den du lieben kannst. Das ist nämlich nicht allen vergönnt.«

Das letzte Wort sagte ich mit bebender Stimme. Harriet fuhr sich mit den Fingern durchs Haar und wirkte sehr betroffen.

»Dann entschuldige bitte«, sagte sie schließlich. »Aber jetzt möchte ich allein sein, wenn es dir nichts ausmacht.«

In dem Ordner von Anita lag noch ein anderes Foto, das Lydia zeigte. Ich studierte es lange. Strich mit dem Zeigefinger über die hohe, klare Stirn, die strengen Lippen und die feindseligen Augen. Kleines Mädchen, was ist mit dir passiert? Was ist mit dir passiert? Gab es nur noch Hass für dich? Hätte ich dir in deiner letzten verzweifelten Stunde etwas sagen können, was dich auf andere Gedanken gebracht hätte?

Lydias Tod würde mich den Rest meines Lebens verfolgen. Ich wusste, dass ich von nun an ihr Gesicht oft vor mir sehen würde. Es würde überall auftauchen, der Hass in ihren Augen, der spröde, angespannte Körper. Immer wieder würde ich mich fragen, was ich anders hätte machen können.

Ich war nicht da. Herr, ich war nicht da.

Bei der Trauerandacht konzentrierte ich mich darauf, auf den Hass. Wie der Hass uns deformiert, uns verblendet und vernichtet. Dass Zorn und Hass nicht dasselbe sind. Dass Jesus kein sanftmütiger Feigling war, sondern ein Rebell, der oft aufbrauste, wenn er Falschheit und Ungerechtigkeit sah. Dass Zorn und Liebe zusammengehören, während Hass und Gleichgültigkeit die größten Feinde der Liebe sind. Dass manche in Bausch und Bogen hassen, wie Lydia mit ihrem Obrigkeitshass, und andere in Form von Vorurteilen, wie beispielsweise über Homosexuelle. Dass Hass oft ein Liebesverlust und Selbsthass ist, der sich nach außen richtet. In Lydias Fall hatte der Selbsthass die Oberhand gewonnen.

Gott sei Dank, es wurde richtig gut. Anita weinte, Laila lächelte sanft und wischte sich ein paar Tränen weg. Ingeborg war angemessen ernst. Gun schien nicht zuzuhören, sie saß abgewandt, und ihre Lippen bewegten sich leicht. Ihre Gedanken waren wie üblich zu stürmisch, um stumm gedacht zu werden. Es brodelte in ihrem Inneren.

Dass die anderen Gefangenen von meinen Worten ergriffen wurden, hätte ich nicht beschwören können, aber immerhin verhielten sie sich still. Kein Lachen, keine dummen Sprüche. Sogar als ich vorschlug, eine Schweigeminute für Lydia einzulegen und ihrer liebevoll zu gedenken, protestierte niemand.

Es war so schön, wieder eine funktionierende Pastorin zu sein. Zu spüren, dass es gehalten hatte, dass alles noch da war: mein Glaube, meine Routine und das Gefühl, deine Worte weitertragen zu können, Herr. Auch wenn sie, um ehrlich zu sein, gerade jetzt für mich nicht ausreichten.

Anita umarmte mich hinterher. »Danke«, murmelte sie. Mir selbst war, als stünde ich kurz davor, den Verstand zu verlieren, aber immerhin hatte ich jetzt einen Funken Hoffnung. Im Personalzimmer war niemand, und ich nahm das Telefonbuch und suchte Gudruns Nummer heraus. Auf ihrem Anrufbeantworter hatte sie eine Mobilfunknummer hinterlassen, ich schrieb sie schnell auf und warf immer wieder nervöse Blicke zur Tür. Bei diesem Gespräch wollte ich nicht gestört werden. Ich wählte ihre Handynummer, und sie meldete sich. Ich sagte meinen Namen und bat um Entschuldigung wegen gestern, wobei eine Stimme in mir protestierte: Entschuldigst du dich auch noch dafür, dass du halb krankenhausreif getreten wurdest?

»Grim ist manchmal etwas aufbrausend. Wir haben es nicht leicht gehabt«, antwortete Gundrun mit einer Stimme, aus der die schiere Todesangst klang.

»Es gibt da eine Sache, nach der ich Sie fragen muss, Gudrun. Ich habe etwas in Erfahrung gebracht, von dem Gun möchte, dass ich ihr bei der Aufklärung helfe …«

»Nein, das geht nicht. Bitte, ich will das nicht.«

»Ich würde gerne mit Ihnen sprechen, bevor ich die Behörden einschalte.«

Das zog. Gudrun stöhnte auf und schwieg eine Weile.
»Ich weiß nicht, ob Grim ...«, begann sie.
»Vergessen Sie Grim. Ich will mit Ihnen reden. Jetzt gleich.«

Kapitel 19

Ich war an einem Punkt angekommen, an dem ich keine Lust mehr hatte, auf Zehenspitzen herumzuschleichen. Ich fragte Gudrun nicht, ob wir uns treffen könnten, ich befahl es.

»Aber ich habe nichts ... Ich war nicht ... Na gut, kommen Sie zu meiner Arbeitsstelle.«

Sie nannte die Adresse eines Blumenladens am Karlavägen. Aber sie wollte nicht, dass wir uns direkt dort trafen, sondern im Humlegården. In zwei Stunden.

Der Schnee lag dick und schwer auf den Bäumen im Humlegården. Hunde jagten hintereinander her und tobten durch den Schnee. Ihre Herrchen und Frauchen standen beisammen und wirkten verfroren und rotnasig. Tauschten Höflichkeitsphrasen und Hundeanekdoten aus. Gudrun stand neben einer Parkbank und war sehr blass. Sie zuckte zusammen, als sie mich entdeckte. Kam mir entgegen, wobei sie rasche Blicke um sich warf.

»Ich möchte Ihnen nur sagen, dass ich nichts mit dem zu tun habe, was Gun erzählt«, sagte sie mit tränenerstickter Stimme. »Das sind alles unbewiesene Behauptungen, und ganz zurechnungsfähig ist sie schließlich auch nicht ...«

»Wovor haben Sie solche Angst?«

Da brach Gudrun zusammen. Sie schüttelte ihre blondierten Haare und verbarg ihr Gesicht in den Händen.

Sie hatte dicke rosa Fausthandschuhe an, einen wattierten rosa Mantel und passende Stiefel mit hohen Absätzen. Das ganze Rosa war wie eine Beschwörung gegen all das Schwarze, das Graue.

Ich hakte sie unter und führte sie humpelnd zu einer Bank. Nachdem ich den Schnee weggefegt hatte, setzten wir uns.

»Es ist so furchtbar«, schluchzte Gudrun. »Sie wissen ja nicht, was sie getan hat. Sie wissen nicht, was sie uns angetan hat.«

»Erzählen Sie.«

Ich versuchte, meine Stimme ruhig und geduldig klingen zu lassen.

»Es ist so eine große Tragödie, und daran ist Gun schuld«, schluchzte sie. »Was sollten wir denn mit einer schwangeren Vierzehnjährigen zu Hause, noch dazu von diesem … Schurken.«

»Wo ist Reine jetzt?«

Gudrun sah mich nervös an, zuckte zusammen, als ich seinen Namen sagte. So als verstünde sie jetzt erst, dass ich wirklich Bescheid wusste.

»Ich glaube, er sitzt im Gefängnis. Er ist ein Betrüger. Sie ahnen ja nicht, wie bereitwillig er das lächerliche bisschen Geld akzeptierte, das wir ihm anboten, damit er sie in Ruhe ließ. Gun war ihm völlig egal. Er wollte nur unseren Vater ärgern. Reines Vater und unser Vater hatten irgendein Hühnchen miteinander zu rupfen. Geschäfte, glaube ich. Irgendeine Sache, bei der sie sich gegenseitig beschuldigten, den anderen übers Ohr gehauen zu haben. Dass Reine Papas kleine Tochter geschwängert hatte, darüber hat sich seine Familie bestimmt ins Fäustchen gelacht.«

Gudrun wandte mir ihre frostrote Nase zu. Ihre mascaraschweren Wimpern schimmerten feucht im Licht der Parklaterne.

»Ich weiß nicht, ob Grim und Gusten ihm auch gedroht haben. Es war sicher nichts Ernstes, vielleicht so was wie ›lass dich hier nie wieder blicken, sonst setzt es Prügel‹. Und dann bekam er ein paar Tausender oder so. Mehr war nicht nötig, damit der Feigling sich verdrückte. Gun war natürlich untröstlich, aber das war ihm sicher egal.«

»Hat es einem von Ihnen was ausgemacht?«

»Dass Reine verschwand? Wir fanden das natürlich gut …«

»Nein, ich meine, dass Gun so verzweifelt war. Hat es niemanden in der Familie gekümmert? Sie war doch erst vierzehn.«

Gudrun sah verwirrt aus. So als hätte sie keine Ahnung, worauf ich hinauswollte.

»Ich weiß nicht. Sie hatte es sich doch selbst eingebrockt, kann man sagen.«

»Sie war vierzehn!«

»Ich glaube, Sie kennen Gun nicht. Sie hat es aus reiner Bosheit getan. Ach, das kann man als Außenstehender nicht begreifen.«

Gudrun holte ein Taschentuch aus ihrer Handtasche und putzte sich die Nase. Fuhr sich mit der Spitze des Taschentuches unter den Augen entlang und steckte es wieder in die Handtasche. Rutschte an die Kante vor und machte Anzeichen zu gehen.

»Und das Kind? Was passierte mit dem Kind?«

»Totgeburt«, sagte Gudrun kurz. »Wir haben das Begräbnis selbst geregelt. Grim und Gusten und unser Vater übernahmen das. Niemand durfte etwas erfahren. Sie verstehen das vielleicht nicht, aber in unserer Familie halten wir bestimmte Werte hoch.«

»Das habe ich gemerkt«, murmelte ich.

Gudrun erhob sich. Schüttelte sich die Haare aus dem Kragen und rückte ihre Mütze zurecht. Bürstete den Schnee vom Mantel.

»So, nun wissen Sie es. Jetzt können Sie uns anzeigen, weil wir Gun heimlich gebären ließen und nicht gemeldet haben, dass es eine Totgeburt war. Rein juristisch gesehen haben wir wohl falsch gehandelt. Wenn Sie eine Familie noch verzweifelter machen wollen, als sie schon ist, bitte sehr. Aber ich wäre mir nicht so sicher, was sich davon beweisen lässt und so. Ich muss jetzt zurück zur Arbeit. Ich habe Ihnen gesagt, was ich weiß, und will nichts mehr damit zu tun haben.«

Gudrun marschierte davon. Es hat schon etwas Komisches, wenn jemand entschlossenen Schrittes weggehen will und es glatt ist, so wie jetzt. Gudrun rutschte hin und wieder aus, versuchte aber, ihr Tempo zu halten. Hinten auf ihrem Mantel war ein großer feuchter Fleck, wo sie gesessen hatte. Ich stand da und sah ihr nach, bis sie aus meinem Blickfeld verschwunden war.

Ich ging ins Pastoratsbüro. Als ich Anders dort sitzen sah, über seinen Schreibtisch gebeugt, die Haare tief in der Stirn hängend, wurde mir ganz warm und leicht ums Herz. Wieso hatte ich mich Anders nicht anvertraut? Über unserer kleinen Kontroverse von neulich hatte ich völlig vergessen, was für eine Stütze er mir früher in schweren Stunden gewesen war.

Anders blickte auf, als ich hereinkam, und ein warmes Lächeln erschien auf seinem Gesicht. Nach ungefähr zwei Sekunden kühlte es eine Idee ab, vermutlich war ihm unsere letzte Begegnung wieder eingefallen.

»Anders«, sagte ich, »wie bin ich froh, dass du hier bist. Ich möchte dich um deinen Rat bitten.«

Anders kochte eine Kanne Tee, dann setzten wir uns in das Zimmer mit den Albtraumgardinen. Er schwieg und hörte zu. Das kann er gut. Er hat so eine Art, einen anzusehen, dass man sich ihm öffnen möchte. Freundlich, geduldig und mitfühlend.

Während ich meine kalten Hände an der Teetasse wärmte, sprudelte die ganze Geschichte heraus. Manchmal, wenn ich an bestimmte Stellen kam, wie beispielsweise, dass ich mich in Ohlssons Konditorei erkundigt hatte, runzelte er leicht die Augenbrauen. Mehr nicht, aber es war doch wie ein Hinweis, dass ich damit eine verbotene Grenze überschritten hatte. Ich betonte nachdrücklich, dass ich mir meiner Verstöße bewusst war und dass es nie wieder vorkommen sollte.

Was Gabriel und ich getan hatten, erzählte ich allerdings nicht.

Nachdem ich meinen Bericht mit Gudrun im Park abgeschlossen hatte, stopfte Anders sich stumm und bedächtig seine Pfeife. Dann sah er mich an.

»Und wie geht es dir, Ingrid?«

Das war mehr, als ich verkraften konnte. Schluchzend berichtete ich auch von Lydias Selbstmord und wie weit entfernt von meinem Glauben ich mir vorkam. Dass ich versagt und mich verirrt hatte.

Anders legte eine Hand auf meine, in der anderen hielt er die Pfeife. Er sollte sich rasieren, dachte ich. Er sollte sein Gesicht zeigen.

»Fangen wir mit dem Konkreten an«, sagte er auf seine sachliche Art. »Das eventuelle Verbrechen an Guns Neugeborenem, wenn sie es denn getötet haben sollten, ist wohl inzwischen verjährt. Wäre es nicht das Beste, die Überreste des kleinen Körpers auszugraben und sie auf eine anständige Weise zu bestatten? Du sagst, Gun akzeptiert nicht, dass ihre Tochter tot ist, und vielleicht würde ihr gerade das bei der Trauerarbeit helfen. Falls das zu makaber erscheint, könnte man vielleicht wenigstens eine Art Trauerfeier arrangieren. Wenn Gun einverstanden ist, schlage ich vor, dass du mit der Anstaltsleiterin sprichst und die Sache doch noch untersucht wird.«

Anders hatte natürlich Recht. Am nächsten Tag würde ich mit Anita reden, und ich war fest davon überzeugt, dass sie es verstehen würde. Aber da war noch etwas, was mir Sorgen machte. Ich versuchte es Anders so zu beschreiben: es war, als ob ich mich in meinem Kontakt zu Gun irgendwo anders befand, als ich es gewohnt war. Dass ich ihr als Mensch näher stand, und wie das dazu geführt hatte, dass ich einen Teil meiner Glaubenssicherheit verloren hatte. Dass ich so oft in die Situation geriet, nicht zu wissen, was ich sagen oder tun sollte. Dass ich mich ganz einfach nackt und verwirrt fühlte.

Anders lächelte sein mildes Lächeln.

»Gratuliere«, sagte er. »Ich glaube, du kommst langsam voran.«

Ich merkte, wie ich errötete und froh wurde. Vielleicht hatte das, was mit mir geschah, doch noch sein Gutes. Gleichzeitig ärgerte ich mich ein bisschen darüber, dass er so überlegen klang.

Wir verabschiedeten uns, und aus einem Impuls heraus umarmte ich Anders. Das hatte ich vorher noch nie getan. Es wurde eine linkische Angelegenheit. Anders wich spontan ein wenig zurück, als verstünde er nicht, was ich damit bezwecken wollte. Die Umarmung blieb halbherzig und genierte uns beide.

Ich war schon fast zu Hause, als ich merkte, dass mir vor Hunger beinahe schlecht war. Der Duft aus Mikis Pizzeria ließ mich zögern. Warum soll ich nicht hineingehen und etwas kaufen, dachte ich trotzig. Das hier ist doch lächerlich.

Mikis Gesicht verfinsterte sich, als er mich hereinkommen sah. Der Laden war leer, und er saß hinter dem Tresen und las Zeitung. Mein »Hallo, Miki« hallte keck von den Wänden wider, und er antwortete mit einem kurzen Nicken. Stellte sich an die Kasse und fragte, was es sein dürfe, ohne das geringste Anzeichen von Wiedererkennen oder Wärme.

»Einmal Hawaii, bitte«, sagte ich zahm.

Miki machte eine Kopfbewegung zum Tisch hinüber, um mir zu bedeuten, dass ich dort warten könne. So als wüsste ich nicht, wie der Ablauf hier war. Mikis Kiefer waren angespannt, als er den Pizzateig knetete. Nachdem er die Pizza in den Ofen geschoben hatte, faltete er eine Schachtel zurecht, was ich dahingehend deutete, dass er nicht wollte, dass ich hier aß. Während die Pizza aufging, wandte er sich wieder seiner Zeitung zu, ohne von mir Notiz zu nehmen.

»Heute mal keine Lasagne«, sagte ich. »Bisschen Abwechslung tut gut.«

Miki tat, als habe er es nicht gehört. Als es »pling« machte, holte er die Pizza aus dem Ofen und legte sie in die Schachtel. Fragte mit ausdruckslosem Gesicht, ob ich Salat dazu wollte. Bevor ich antworten konnte, stellte er eine kleine Schale gemischten Salat dazu, und dann kam nur noch ein knappes »macht achtunddreißig Kronen«.

Es dauerte ein bisschen, bis ich mein Portemonnaie gefunden

hatte, und Miki stieß einen ungeduldigen Seufzer aus. Als ich endlich zwei zerknitterte Zwanziger hinlegte, strich er sie demonstrativ glatt. Drückte mir zwei Einkronenstücke in die Hand und ging sofort zum Kühlschrank, öffnete ihn und kramte darin herum.

»Du musst mir verzeihen, dass alles so gekommen ist«, sagte ich mit der Pizzaschachtel in der Hand. »Wenn man so einen Beruf hat wie ich, hat man ab und zu mit ... ja, allen möglichen Leuten zu tun. Der junge Mann, der neulich hierher kam, war so einer, also ich meine, er hatte mit meiner Arbeit zu tun.«

Miki sah flüchtig in meine Richtung und winkte ab.

»Schon gut«, sagte er nur und kramte weiter.

»Na ja, es ist nur, ich fand es so gemütlich bei dir, wir hatten es so nett und ...«

»Ja, ja«, fiel Miki mir ins Wort. »Wiedersehen.«

Als ich zu Hause über meiner Pizza saß, hatte ich alle Mühe, die Begegnung mit Miki zu verdrängen. Es gab so viel anderes, worüber ich hätte nachdenken müssen, und ich versuchte mir einzureden, dass es nicht mein Fehler war, wenn er alles missverstand. Alle Kontakte, die ich zu anderen Menschen hatte, schienen in kleinen Katastrophen zu enden.

Das mit Miki wurmte mich, der Abend war so nett gewesen. Ich versuchte, wütend auf Gabriel zu sein, weil er alles kaputtgemacht hatte, aber es ging nicht. Die Erinnerung an ihn war mit zu viel Lust verbunden.

Jedes Mal, wenn meine Gedanken Gabriel streiften, lief ein Zittern durch meinen Körper. Was zwischen uns passiert war, war so unwirklich. Aber mein Körper sagte mir, dass es im höchsten Maße wirklich gewesen war und dass er mehr davon wollte. Nochmal.

Es ist komisch, aber meistens weiß man, wenn etwas nie wieder passiert. Wie wenig man es auch wahrhaben möchte, man weiß, dass man Abschied genommen hat.

So war es auch mit Gabriel, ich wusste das. Wir würden uns nicht wiedersehen. Ich hätte es natürlich gerne gewollt, auf eine törichte Weise, aber ich konnte nicht einmal traurig sein, weil es keinen Weg zurück zu ihm gab.

Er war ein Engel. Stieg herab und tat etwas Magisches. Ob Böses oder Gutes, ich wusste es nicht. Genau wie bei meinem Bild im Flur.

Die Pizza war tadellos, knusprig und dick belegt. Ich knautschte die Schachtel zusammen, warf sie in den Müll und setzte mich mit einer Tasse Pulverkaffee an den Küchentisch. Ich musste nachdenken. In solchen Momenten wünschte ich mir, ich würde rauchen oder priemen.

Nicht, dass ich ernsthaft vorhatte, damit anzufangen. Aber trotzdem.

Da saß ich nun und drehte den Kaffeebecher zwischen den Fingern.

Die Geschichte von Guns toter Tochter hatte mich schockiert. Die vierzehnjährige Gun, im Stich gelassen von dem Freund, den sie endlich gefunden zu haben glaubte. Hatte er sie tatsächlich so hintergangen, wie Gudrun behauptete? Ein junges Mädchen, das zu Hause ein Kind zur Welt bringt und das, was immer passiert sein mochte, überzeugt ist, dass die eigene Familie dieses Kind getötet hat.

Morgen würde ich mit Anita sprechen. Einen Moment lang war ich versucht, sie sofort anzurufen, aber das hier war etwas, was man besser unter vier Augen besprach. Anita kam mir so verlässlich vor. Sie würde wissen, was zu tun war, und mehr als das. Sie würde es gefühlsmäßig verstehen.

Und wie war das mit Håkan und Lotta gewesen? Was war passiert? Wieder tauchte der Verdacht in mir auf, dass es Grim gewesen war, der sie umgebracht hatte. Wenn er eine solche Angst davor hatte, dass die ganze Geschichte ans Licht kam, dann wäre das nicht völlig undenkbar.

Meine Phantasie ging mit mir durch. Ich würde mich um Gun

kümmern, würde sie dazu bringen, sich mit ihrer Trauer um das tote Kind zu versöhnen, würde einen Freispruch für sie erreichen, und sie würde wieder ein harmonischer Mensch werden. Würde einsehen, dass sie überhaupt nicht so dumm und böse war, wie ihre Familie es ihr von Kindesbeinen an eingeredet hatte.

Herr, das wäre ein Wunder. Ich will, dass es so etwas gibt.

Plötzlich klingelte es an der Tür, und ich war so versunken in meinen Phantasien, dass ich vor Schreck aufsprang und den kleinen Rest Kaffee verschüttete, der noch im Becher war. Meine Wohnungstür hat keinen Spion, deshalb konnte ich nicht sehen, wer draußen stand. Es war zehn Uhr. Ich fragte, wer ist da, hörte aber keine Antwort.

Als ich die Tür öffnete, stand Miki davor. Er hatte sein Pizzabäckerhemd ausgezogen und trug ein gewöhnliches Jeanshemd und ein Jackett. In der Hand hielt er eine Tüte, aus der es nach frischem Brot duftete.

»Ich wollte dir nur das hier geben«, sagte er und hielt mir die Tüte entgegen. »Ich habe gerade gebacken.«

»Ach, das ist ja nett«, sagte ich.

Die Tüte in meiner Hand fühlte sich schwer an, und das Brot war so heiß, dass ich sie nicht unter den Arm klemmen konnte. Wir standen ein wenig unbeholfen da. Miki schien noch auf etwas zu warten.

»Wirklich ganz lieb.«

»Ja, ich dachte, dass … ach, vergiss es, ich wollte dir das nur geben.«

Er machte immer noch keine Anstalten zu gehen.

»Kann ich dir vielleicht ein Glas Wein anbieten?«

Miki antwortete nicht, kam aber herein. Als er an mir vorbeiging, roch ich, dass er Alkohol getrunken hatte.

Er stand in der Tür zum Wohnzimmer und sah sich um. Sofort bildete ich mir ein, dass er nach etwas suchte, worüber er sich lobend äußern konnte, aber nichts fand.

»So, hier wohnssu also.«

Da begriff ich, dass er ziemlich betrunken war. Wieso hatte ich das nicht gleich gesehen? Nun fiel mir auch auf, dass er leicht schwankte und seine Augen nirgendwo richtig Halt fanden.

»Oder möchtest du lieber einen Tee?«

Miki stand da und schwankte und starrte mich an. Dann machte er plötzlich einen Schritt auf mich zu und schlang seine Arme um mich. Sein Mund suchte nach meinem, und als er ihn gefunden hatte, presste er seine Zunge tief hinein. Sie war hart wie ein Papageienschnabel, und ich bekam keine Luft mehr. Ansonsten fühlte ich nichts. Nur Unbehagen.

Als ich mich aus seiner Umklammerung zu lösen versuchte, hielt er nur umso stärker fest. Und als ich das Gesicht wegdrehte, versuchte er eigensinnig, meinen Mund wiederzufinden, obwohl seine Zunge nun an meiner Wange klebte.

»Bitte nicht, Miki, hör auf«, keuchte ich.

Er machte weiter, hart und verbissen. Wir fielen beide hin, direkt auf den Teppich. Jetzt sah ich meine Chance, ihn wegzustoßen.

»Schluss jetzt! Hörst du nicht, was ich sage!«

Da war es, als ob Miki zur Besinnung käme. Er saß auf dem Fußboden und brach in Tränen aus. Seine Arme hingen schlaff herunter, und er ließ ihnen freien Lauf.

»Ich bin so einsam«, schluchzte er. »Ich bin so einsam, so einsam, so einsam ...«

Gütiger Gott, was sollte ich sagen? Wenn ich ihn umarmte, würde er die Situation vielleicht wieder missverstehen. Schließlich ergriff ich seine äußersten Fingerspitzen und umschloss sie mit meinen Händen.

»Schhh«, machte ich. »Schhh.«

Nach einer Weile beruhigte er sich und seufzte schwer.

»Ich hab nich ma geweint, ass meine Frau starb«, sagte er und sah mich mit nassen roten Augen an.

»Dann war es jetzt sicher höchste Zeit.«

Miki lächelte schwach. Suchte in seinen Hosentaschen und zog ein Taschentuch heraus.

»Schulligung«, sagte er. »Ich dachte, dass du vielleicht auch einsam bist.«

Ich sagte Miki, dass er ins Bad gehen und sich das Gesicht waschen sollte. Während er im Badezimmer war, brühte ich eine Kanne Tee auf. Als er herauskam, saß ich in meinem Sessel. Ich deckte die Teetassen auf dem Couchtisch auf. Miki sah zusammengesunken aus. Auf seinen Wangen zeigten sich grauschwarze Bartstoppeln. Die große Nase leuchtete schwach rot, und das Jackett sah verknautscht aus.

Ich setzte mich aufs Sofa und goss den Tee ein. Stellte ihm eine Tasse hin, aber er schien es nicht zu merken.

»Entschuldige«, sagte er wieder.

»Wir vergessen das einfach«, sagte ich.

»Ich wollte nur …«

Er seufzte wieder schwer. Strich sich die Haare mit den Händen zurück.

»Glaubst du, dass ich Anna wiedersehen werde? Ich meine, wenn ich tot bin?«

»Ja«, sagte ich. »Obwohl ich nicht weiß, in welcher Gestalt.«

»Ja«, entgegnete Miki. »Daran habe ich auch gedacht. Wenn ich sie wiedersehe, wie ist sie dann? Wie die junge Frau, in die ich mich verliebt habe? Die runde, fröhliche Mama meiner Kinder? Oder wie das magere kleine Vögelchen, das sie zuletzt war?«

»Ich weiß es nicht«, sagte ich aufrichtig.

»Ich will sie nicht wiedersehen«, sagte Miki. »Nicht so krank wie am Schluss.«

Jetzt rollten ihm wieder Tränen die Wangen hinunter.

»Bitte, Ingrid, darf ich heute Nacht hier in diesem Sessel sitzen bleiben? Ich verspreche dir, dass ich nichts … Dummes machen werde. Nur hier sitzen.«

»Tu das«, sagte ich.

Mikis Kopf kippte zur Seite. Nur wenige Minuten später hörte ich die ersten, tiefen Atemzüge. Und ziemlich bald darauf schnarchte er. Ein wenig eitel fragte ich mich, ob es mich nicht doch ein bisschen freute, dass Miki zu mir gekommen war. Im Abstand von nur zwei Tagen hatten zwei Männer mich in meiner Wohnung besucht.

Gleichzeitig ging es mir düster durch den Kopf, dass es vermutlich nicht ich war, nach der Miki sich sehnte. Ebenso wenig wie Gabriel.

Es war wohl eher nur ein Schoß, egal welcher, um sich darin zu verkriechen. Oder sich darin auszuheulen.

Ich legte mich angezogen auf mein Bett. Mein vertrauter Wohnungsgeruch war durchdrungen von Rasierwasser und altem Fusel. Die Teetassen standen bis zum Rande gefüllt, unberührt. Ich trank aus meiner in tiefen Schlucken. Sah hinauf zur Decke, an die der Straßenverkehr wie üblich seine bunten Lichter warf.

So viel Leben da draußen. Und wie hilflos wir Menschen sind, wenn es um das eigene Glück geht.

Herr, warum ist das so? Warum zeigst du uns so selten den rechten Weg?

Auch in dieser Nacht war es nicht leicht einzuschlafen. Die fremden Geräusche von Mikis Schnarchen und das Bewusstsein, dass er dort saß, machten mich nervös. Als ich gegen Morgen langsam erwachte, war der Sessel leer. Er hatte seinen Kummer genommen und war gegangen. Hätte ich nicht die Tüte mit dem Brot im Flur gefunden, hätte ich alles für einen Traum gehalten.

Meine Kleider zwickten und juckten am Körper. Ich zog sie aus und ging fröstelnd ins Bad. Als ich mich über die Wanne beugte und heißes Wasser einlaufen ließ, gab ich ein paar Tropfen Fichtennadelöl hinein, obwohl ich eigentlich vorgehabt hatte, es wegzuwerfen und eine andere Sorte zu kaufen. Aber wenn ich schon mein halbes Leben lang wie ein frisch geschrubbtes Pissoir gerochen hatte, konnte ich es wohl auch noch einen Tag länger tun. Mein Bluterguss hatte eine gelbliche Farbe angenommen. Immer noch war mein Bein sehr, sehr empfindlich.

Kapitel 20

Anita saß schweigend da und rauchte, während ich ihr die Geschichte von Gun und ihrem Kind erzählte und wie Gun mich gebeten hatte, Licht in die ganze Sache zu bringen. Als ich am Schluss angekommen war, stiegen Anita wie üblich die Tränen in die Augen. In dieser Hinsicht war sie wirklich ein Phänomen. Jedes Wort traf sie direkt ins Mark.

»Die arme Kleine«, sagte sie. »Das ist ja entsetzlich.«

Gleich darauf begann sie einen Plan zu entwerfen, wie wir vorgehen sollten. Noch am selben Tag wollte sie die Polizei informieren, damit die eine Ermittlung in die Wege leitete. Aber nach ihrem Dafürhalten sollten wir besser keine allzu große Hoffnung darin setzen, dass man sich von Amts wegen dafür interessierte. Es waren zu viele Jahre vergangen.

»Wir werden zusehen, dass sie Kontakt mit diesen grausamen Geschwistern aufnehmen, damit die dabei behilflich sind, die Reste des kleinen Leichnams wiederzufinden. Es muss doch möglich sein, denen ein bisschen einzuheizen. Mein Gott, was für eine schauerliche Geschichte.«

Etwas stach mich, als Anita die grausamen Geschwister ansprach. Gegenüber Gun hatten sie sich offenbar wirklich grausam verhalten. Diesem Grim war alles zuzutrauen. Es hätte nicht viel gefehlt und er hätte mich halb tot getreten.

Aber der Anblick, wie Gudrun und Grim auf dem Sofa saßen und sich gegenseitig festhielten, stand wie ein protestierendes Kontrastbild vor meinen Augen.

Anita und ich machten uns auf die Suche nach Gun, um ihr zu berichten, dass wir mit polizeilicher Hilfe herausfinden würden, was damals vorgefallen war. Wir fanden sie im Aufenthaltsraum, wo sie saß und auf einen Fleck an der Wand starrte. Anita bat sie in ihr Büro, und Gun folgte ihr zögernd.

Anita berichtete, was sie erfahren hatte. Vielleicht hatte ich erwartet, dass Gun nun erleichtert und befreit wäre. Aber sie schien eher beunruhigt zu sein.

»Nicht Grim«, sagte sie und wiegte sich auf dem Stuhl vor und zurück. »Er soll nicht hierher kommen. Er soll auch nicht mit mir reden oder mit der Polizei. Will nur meine Ruhe haben. Hört ihr? Warum kann man uns nicht in Ruhe lassen?«

Als sie »uns« sagte, begriff ich, dass sie sich und ihre tote Tochter meinte. Ein Stich der Enttäuschung durchfuhr mich, und ein nagendes Gefühl von Angst breitete sich in mir aus. War ich schon wieder im Begriff, eine Dummheit zu begehen?

Als Gun in ihre Zelle zurückgegangen war, saßen wir eine Weile schweigend da. Vielleicht dachte sie dasselbe wie ich.

»Aber eine solche Sache muss untersucht werden«, sagte sie schließlich entschieden. »Auf lange Sicht ist das bestimmt besser.«

Wieder Schweigen.

»Schlimmer kann es ja nicht werden«, fügte Anita hinzu, klang aber nicht sehr überzeugt.

Als ich Anitas Büro verließ, begann die Angst in meinem Bauch zu mahlen. Ich wusste, dass heute Sitzung im Pastoratsbüro war, aber erst in vier Stunden. Plötzlich ging mir auf, was ich tun musste. Ich hatte das Gefühl, ihm das schuldig zu sein. Kein Polizist sollte Grim zum Verhör abholen, ohne dass er wusste, worum es ging. Ich wollte ihn selbst darauf vorbereiten, was ihn erwartete.

Eine weibliche Stimme meldete sich am Telefon, als ich anrief. Vermutlich seine Frau. Sie klang skeptisch, als sie mir die Telefonnummer seiner Arbeitsstelle gab, einer Autowerkstatt. Und als ich ihn endlich am Apparat hatte, klopfte mir das Herz bis zum Hals.

»Sie haben vielleicht von Gudrun gehört, was ich in Erfahrung gebracht habe«, sagte ich. »Und ich würde Sie gerne treffen, um mit Ihnen zu besprechen, wie wir weiter vorgehen. Und vielleicht möchten Sie ja auch Ihr Herz ausschütten.«

»Ihr Schweinepriester«, sagte Grim.

»Ich kann mir denken, dass Sie heute nicht mehr daran erinnert werden wollen«, sagte ich. »Aber für Gun ist …«

Weiter kam ich nicht, weil Grim mich unterbrach.

»Dann kommen Sie in drei Teufels Namen her und hören sich an, was ich zu sagen habe. Aber eins kann ich Ihnen versprechen, hinterher werden Sie keine Lust mehr haben, Gun noch länger mit Samthandschuhen anzufassen.«

Obwohl Grim so aufgebracht war, konnte ich aus ihm herausbringen, wo er war. Wir einigten uns darauf, dass ich jetzt gleich zu seiner Werkstatt draußen in Bagarmossen kommen sollte.

Nachdem ich aufgelegt hatte, merkte ich, dass ich eine Todesangst hatte. War ich im Begriff, den Fehler meines Lebens zu machen? Was, wenn er mich diesmal totschlug?

Es gab genügend Parkplätze in der Straße, wo Grim arbeitete. Zu meinem Erstaunen war die Autowerkstatt in einem Einfamilienhaus untergebracht. Ich hatte geglaubt, es würde sich um einen größeren Betrieb handeln. Aber das Garagentor stand offen, und drinnen stand Grim im Blaumann und hatte den Kopf unter eine Motorhaube gesteckt.

Als er mich sah, wurden seine Augen ganz schwarz.

»Sie können es nicht lassen, wie? Sie wollen sehen, wie wir in derselben Schande versinken wie Gun.«

»Ich betrachte es als meine Aufgabe, die Wahrheit herauszufinden. Um Guns willen. Nicht um zu richten.«

»Nein, das überlassen Sie Gott, nehme ich an. Aber das sage ich Ihnen, Gott hat bereits gerichtet. Und wenn Gun in dem Gefängnis verreckt sein wird, wartet eine noch schlimmere Strafe auf sie, darauf können Sie Gift nehmen.«

Grim knallte die Motorhaube zu. Wischte sich die Finger an einem schmutzigen Lappen ab. Seine Hände waren groß und schwarz. Am linken Ringfinger trug er einen dicken Goldring, er war also verheiratet. Ich hoffte inständig, dass sich eine liebe und besänftigende Ehefrau in der Nähe befand.

Mit einer kurzen Kopfbewegung deutete Grim auf den Garagenausgang und ging hinaus. Ich folgte ihm mit zittrigen Beinen.

Grim öffnete die Eingangstür des Hauses. Mehrstimmiges, lautes und tiefes Hundegebell drang aus einem verschlossenen Zimmer.

»Aus!«, brüllte Grim, und das Gebell verstummte augenblicklich. Es war dreckig im Flur, und an einem Wandhaken hingen eine schmuddelige Steppjacke und zwei Mechanikeroveralls. Darunter standen lehmverschmierte Stiefel und ein paar Holzschuhe. Hier wohnte niemand, begriff ich, es musste sich um Grims Arbeitsplatz handeln, und er schien der Einzige zu sein, der hier arbeitete. Meine Hoffnung auf eine besänftigende Gattin löste sich in nichts auf.

Wir gingen in einen Raum, in dem sich ein Schreibtisch befand, stapelweise Papiere, ein Telefon und ein Faxgerät. In einer Ecke stand ein Computer, und an der gegenüberliegenden Wand hatte er Quittungen und Ähnliches mit Reißzwecken angeheftet.

»Hier arbeiten Sie also«, sagte ich in dem Versuch, ihn eine Weile auf neutraleres Gebiet zu locken.

Grim antwortete nicht, sondern knallte mir einen Holzstuhl, der vor dem Computer gestanden hatte, vor die Füße. Er selbst nahm hinter seinem Schreibtisch Platz.

»Hinsetzen«, sagte er ungefähr im gleichen Ton, wie er mit den Hunden sprach.

Auf dem harten Holzstuhl mitten im Zimmer zu sitzen gab mir ein Gefühl des Ausgeliefertseins. Grim lehnte sich in dem bequemen Stuhl hinter dem Schreibtisch zurück. Ich überlegte, ob er die Tür abgeschlossen hatte. War da nicht so ein Klicken hinter mir gewesen, als wir das Zimmer betraten? Filmszenen tauchten in meinem Kopf auf, Verhöre, bei denen irgendwelche armen Kerle auf genauso einem Stuhl gequält wurden, bevor man sie umbrachte und irgendwo verscharrte.

Es sah aus, als überlegte Grim, was er mit mir machen sollte. Wut loderte aus seinen Augen, eine Wange zuckte, und seine Hände krampften sich um einen Brieföffner, der vor ihm auf dem Schreibtisch lag.

»Ich werde Ihnen von meiner Familie erzählen und wie ein einziger verfaulter Apfel einen ganzen Korb guter Äpfel verderben kann.«

Es war nicht leicht, so ungeschützt auf einem Stuhl zu sitzen. Wie sehr ich mich auch bemühte, ich fühlte mich doch klein und hilflos. So als würden meine Beine in der Luft hängen. Grim verstand sehr wohl, wie ich mich fühlte. Er ließ mich eine Weile schweigend und unbehaglich so sitzen, während er sich mit dem Brieföffner die Fingernägel säuberte und mich mit widerlicher Lüsternheit beobachtete. Dann legte er den Brieföffner weg und begann zu reden.

»Meine Eltern waren gottesfürchtige Menschen, die es mit allen gut meinten. Auch mit ihren Kindern. Unser Elternhaus sollte ein Haus der Liebe sein, eine Wohnung Gottes. Und das war es, wenigstens eine Zeit lang. Wir Kinder waren nicht verwöhnt, wir lernten früh, uns um uns selbst und die Geschwister zu kümmern. Mein Vater war streng, aber gerecht. Meine Mutter stand ihm zur Seite, sie bekam alle Kinder zu Hause, und obwohl sie es oft schwer hatte, beklagte sie sich nie. Es gab Leute, die uns misstrauisch beäugten, aber die waren nur neidisch. Denn uns ging es besser als vielen anderen freikirchlichen Gruppen. Die Menschen spürten, dass wir auf dem rechten Weg waren, und das war mehr, als sie ertragen konnten.«

Hier machte Grim eine kurze Pause, damit seine Worte über die Vortrefflichkeit seiner Familie in mich einsinken konnten.

»Bevor Gun geboren wurde, waren wir drei Jungs und dann noch Gudrun, der Liebling der Familie. Sie war ein liebes, artiges

Mädchen, machte nie Ärger. Wir waren eine perfekte kleine Gruppe. Mein Vater empfand das als ein Geschenk Gottes, und das war es wohl auch. Mutter war sicher erschöpft nach den vier Kindern, die so dicht aufeinander gekommen waren, aber auch sie liebte uns sehr.«

Grims Gesicht wurde weich, als er dieses Bild einer perfekten Familie malte, die Erinnerung daran schien für den Moment alle bösen Gedanken verdrängt zu haben.

Aber plötzlich war das Finstere in seinen Augen wieder da.

»Und dann kam Gun, die Heimsuchung. Schon als ganz kleines Kind war sie unglaublich anstrengend. Schrie ununterbrochen, als ob der Teufel in ihr säße. Was er vermutlich auch tat. Nichts half, weder liebe Worte noch Schläge. Unsere Mutter war ausgelaugt und mit den Nerven fertig, und wir Geschwister mussten uns oft um Gun kümmern. Wir hassten sie. Sie finden bestimmt, dass es hart klingt, aber es ist nur dummes Geschwätz, dass alle Kinder es wert sind, geliebt zu werden. Gun war es nicht wert. Sie machte alles kaputt, mit dem Tag ihrer Geburt wurde es die reinste Hölle.«

Eine diffuse Übelkeit stieg in mir auf. Ich wollte abschalten, so wie man einen Fernseher abschaltet, wenn es zu schrecklich wird. Sah wieder Guns massigen, wimmernden, jammervollen Leib vor mir, als Lena sie misshandelte, und jetzt sah ich auch das misshandelte Kind in ihr.

Grim fixierte mich forschend, und er lächelte tatsächlich. Es war ein sadistisches Lächeln, so als ob er wusste, was ich fühlte, und den Anblick meiner Qualen genoss. Vielleicht glaubte er, ich wollte nur das Gute in der Welt sehen, und jetzt wollte er mir eine bittere Lektion erteilen.

»O ja«, fuhr Grim fort, »auch das gibt es. Und Gudrun hatte es wirklich nicht leicht. So ein artiges kleines Mädchen, und was war Gun gemein zu ihr. Alles, was Gudrun gehörte, wollte Gun haben. Sie machte alles kaputt, was ihr in die Hände fiel.«

»Wie viele Jahre sind Gudrun und Gun auseinander?«

Grim hörte sich an, als spräche er über erwachsene Menschen und nicht über kleine Kinder.

»Zwei. Das scheint nicht viel zu sein, aber man kann relativ bald erkennen, in welche Richtung sich ein Kind entwickelt. Wir Brüder versuchten Gudrun zu beschützen, so sehr wir nur konnten. Versuchten Gun zu zeigen, was richtig und was falsch war, aber sie plärrte nur immer gleich los und wollte nichts begreifen.«

Das grausame Grinsen klebte noch immer auf Grims Gesicht. Er griff wieder nach dem Brieföffner und kratzte damit auf der Tischplatte herum. In seinen Mundwinkeln zuckte es leicht, so als ob sich die Einfälle in seinem Kopf drängten und er nicht wüsste, welchen er erzählen sollte. Vom Geradesitzen auf dem harten Stuhl tat mir langsam der Rücken weh, und ich konnte mich nicht mal auf einer Tischplatte abstützen. Zu den körperlichen Schmerzen kam noch ein anderes Unbehagen. Ich hatte schlicht und einfach Angst, was er noch alles erzählen würde. Herr, ich will es nicht hören. Der Bericht über die kleine Gun war widerlich. Es tauchten Bilder auf, die ich nicht sehen wollte. Bilder, von denen ich wusste, dass ich sie nicht wieder loswerden würde.

Viele haben mir von ihrer schlimmen Kindheit berichtet. Über Inzest, Misshandlung, Vernachlässigung. Aber es ist ein Unterschied, ob die Betroffenen selbst davon erzählen. Dann ist das ein Teil des Verarbeitungsprozesses, dann ist der Wille da, sich damit auszusöhnen.

Das hier war etwas anderes. Der Schmerz saß immer noch wie ein Krampf in Guns Körper, verzerrte ihre Gesichtszüge, verwirrte ihre Gedanken und ließ sie in ihrer Kindheit verharren. Wenn ich Gun ansah, dann sagte mir etwas an ihrer Gestalt, dass sie nicht weiter als bis hierher kam. Das Mädchen Gun würde nie erwachsen werden, dazu fehlte ihr ausreichende Nahrung.

»Wenn Sie damals dabei gewesen wären, bei uns, würden Sie jetzt nicht hier sitzen und so scheinheilig aussehen«, fuhr Grim fort. »Dann würden Sie verstehen. Unser Vater war meistens unterwegs und missionierte, und es war, als ob Gun unserer Mutter die Kraft raubte. Mutter war völlig verändert. Wirkte immer wie eine Schlafwandlerin. Wir anderen Kinder versuchten Rücksicht zu nehmen, waren ganz besonders artig und lieb.

Nicht so Gun. Sie schrie und klammerte sich an ihr fest. Nicht schmusig und liebevoll, sondern wie ein wütendes Raubtier. Einmal, als ich in die Küche kam, stand Mutter da und weinte. Gun zerrte an ihr und brüllte wie am Spieß. Holt sie weg, holt sie weg, schrie Mutter immer wieder. Wir Brüder mussten Gun in ein Zimmer schleifen, wo man sie nicht so laut hörte. Gusten hatte die Idee, ihr jedes Mal eine runterzuhauen, wenn sie schrie, dann würde sie schon aufhören. Aber ich schwöre, niemand hat sich an dem Gör vergiffen.«

Grim lachte auf, ein kurzes, hartes Lachen.

»Sie war so entsetzlich dumm. Man konnte sie wunderbar ärgern. Manchmal liefen wir weg und versteckten uns vor ihr, und sie hat uns nicht ein einziges Mal gefunden, auch wenn wir vielleicht nur hinter der Tür standen oder uns hinter einen Stuhl duckten oder so. Sie kapierte es nie, stand immer nur da und plärrte ...«

Grim sah mich triumphierend an. Merkte bestimmt, dass ich kurz davor war loszuheulen. Trotzdem begann ich etwas anderes in ihm zu ahnen. Einen hellen Schimmer in seinen hasserfüllten Augen, ein winziges Aufblitzen von Zweifel und Verletzbarkeit.

»Ich glaube Ihnen nicht«, sagte ich, ohne selbst recht zu wissen, was ich meinte.

Grim hörte auf, mit dem Brieföffner auf der Tischplatte zu kratzen.

»Ich meine, ich glaube, dass es so war, wie Sie erzählen«, fuhr ich fort. »Was ich Ihnen nicht abnehme, ist die grausame Überlegenheit in Ihrer Geschichte.«

»Was zum Teufel meinen Sie damit?«

»Sie und Ihre Geschwister waren doch auch Kinder. Ihr wart beunruhigt, eure Mutter war deprimiert, und irgendwo musstet ihr ja hin mit eurer Angst und eurer Wut. Gun bekam das alles ab. Ein ganz kleines Kind. Sie wissen, dass es falsch war. Das ist der Punkt, an dem ich Ihnen nicht glaube. Sie wissen, dass es falsch war.«

Grims Grinsen erlosch, wie wenn man eine Lampe ausknipst. Klick, aus. Seine Pupillen flackerten, als wollten sie aus den Augäpfeln springen, raus, weg. Für einen Moment war er ganz still. Sah plötzlich älter aus, so als hielte er sonst sein Gesicht mit Hilfe vieler kleiner Fäden in Form, die er jetzt losgelassen hatte.

»Einmal, als sie eingeschlafen war, sah ich ihre Hand auf der Bettdecke«, sagte Grim mit leiser Stimme.

Als redete er mit sich selbst.

»Und ich weiß noch, dass ich dachte, wie winzig sie war. So klein, so unglaublich klein.«

Es wurde still. Grim schluckte hart.

»Grim, ich …«

Plötzlich stand er auf und versetzte seinem Schreibtisch einen solchen Tritt, dass Papiere und Stifte in hohem Bogen auf den Fußboden flogen. Ich konnte mich gerade noch halb erheben, bevor er gegen den Stuhl trat, auf dem ich gesessen hatte. Der Stuhl knallte gegen die Wand, aber ich war glücklicherweise schon zur Seite gesprungen. Ich lief auf die Tür zu, doch Grim kam mir zuvor. Er packte mich brutal am Arm, riss mich zurück und presste mir sein hochrotes Gesicht vor die Nase.

»Du hast gedacht, jetzt hast du was herausgefunden, wie? Du hast gedacht, jetzt hab ich ihn! Du blöde Kuh, du weißt nichts, hörst du, gar nichts!«

Mit hartem Griff zerrte er mich in einen anderen Raum. Es war ein Wohnzimmer mit einer grünen Sitzgruppe aus samtartigem Material. An den Wänden Preisplaketten und Medaillen, die Grims Hunde auf Ausstellungen gewonnen hatten. Die Hunde bellten jetzt wieder, und Grim brüllte sein »Aus!« und trat gleichzeitig gegen eine Tür, hinter der sie sich vermutlich befanden.

In einem Bücherregal standen eine Menge gerahmte Fotos. Auf einem erkannte ich Grim wieder, es war sein Hochzeitsbild. Seine Frau sah schüchtern und unscheinbar aus. Ein anderes Foto zeigte Gudrun, aber Gun war natürlich nicht darunter. Doch auf einem Bild entdeckte ich Gabriels hübsches Gesicht. Und bei aller Angst und Verwirrung, die ich empfand, prickelte es in meinem Körper, als ich ihn sah.

Grim packte mit der freien Hand ein Foto mit einer mir unbekannten Frau darauf und hielt es mir vors Gesicht.

»Sieh dir das genau an, verdammt genau. Du sollst es dir ansehen, du Hexe!«

Er hielt mir das Foto vor die Nase, als wäre ich ein Hund, dem man einen voll gepinkelten Läufer an die Schnauze drückt, damit er sich seiner Ungezogenheit schämt. Es tat richtig weh. Als er seinen Griff lockerte und das Foto ein Stück zurücknahm, zitterten seine Hände dermaßen, dass ich kaum erkennen konnte, wen es zeigte. Nach einer Weile sah ich, dass es eine junge Frau war. Sie trug eine Brille mit so starken Gläsern, dass ihre Augen dahinter wie große schwarze Löcher wirkten. Das Kinn hing ein wenig herunter, und ich begriff, dass es Gertrud war, die geistig behinderte Schwester.

»Und jetzt pass mal genau auf.«

Grim nahm das gerahmte Foto und feuerte es aus Leibeskräften gegen die Wand, sodass die Glassplitter in alle Richtungen flogen. Wieder begannen die Hunde zu bellen, aber jetzt schien er es nicht einmal wahrzunehmen.

Er schubste mich brutal aufs Sofa, und ich verkoch mich in der Sofaecke, die Arme ängstlich um den Leib geschlungen für den Fall, dass er auf die Idee käme, mich zu schlagen.

Grim wanderte wie ein Irrer im Zimmer auf und ab. Packte eine Vase und pfefferte sie an dieselbe Wand wie das Foto.

»Das da war Gertrud, die Sechste von uns Geschwistern. Weißt du, was sie allein kann? Weißt du das? Scheißen, wenn überhaupt! Sie kann kaum sprechen, nicht ordentlich essen, sie brabbelt und schlingt und sabbert. Begreift nicht mehr als ein verdammter Affe!

Gertrud kam zur Welt, als Gun drei Jahre alt war. Unsere Mutter wäre fast dabei gestorben. Eine Hausgeburt, nur Großmutter war dabei. Ich hasste das, hasste das, hasste das ...«

Jedes Mal, wenn Grim »hasste« sagte, schlug er mit der Faust auf eine Glasvitrine, dass die Gläser darin klirrten.

»Dieses Blut und diese Schreie und die Angst. Mutter schrie immer nur ›ich sterbe, ich sterbe‹, und wir hatten solche Angst. Ich sah sofort, wie besorgt Großmutter war, als sie aus dem Zimmer kam. Es war etwas passiert, irgendetwas Schreckliches war passiert.

›Ihr habt ein Schwesterchen bekommen‹, sagte sie. ›Ein gesundes, hübsches Schwesterchen, aber eurer Mama geht es nicht sehr gut.‹ Aus dem Zimmer hörte ich Mutter schreien, ›ich will nicht, will nicht, ich kann einfach nicht mehr‹.

Plötzlich kam Großmutter heraus mit einem Baby auf dem Arm. Es war rot und verschrumpelt. Roch so komisch. Großmutter legte es auf das Sofa, eingewickelt in eine Decke. ›Passt mal einen Moment auf sie auf‹, sagte sie. ›Ich muss nach eurer Mama sehen und den Doktor rufen. Lasst sie einfach liegen, fasst sie nicht an. Ich bin gleich wieder da.‹ Das Baby gab ab und zu kleine Schreie von sich, ansonsten war alles still. Wir saßen alle fünf zusammen und hatten eine verfluchte Angst.«

Grim schrie die Worte »verfluchte Angst« geradezu heraus. Er stampfte mit dem Fuß heftig auf den Boden, und aus seinen Augen flossen zwei schmale Rinnsale. Er ging immer noch auf und ab, und jedes Mal, wenn er in meine Nähe kam, dachte ich, jetzt schlägt er dich. Er hob den Arm, die Hand zur Faust geballt, besann sich aber im letzten Moment. Jedes Mal duckte ich mich, die Arme schützend über dem Kopf, aber ich brachte keinen Laut über die Lippen.

»Nach einer Weile siegte die Neugier. Wir waren so aufgeregt, wir dachten, unsere Mutter läge im Sterben. Wir drängelten uns vor dem Schlüsselloch, hockten vor Mutters Tür und lauschten.

Wir hörten nur Großmutter, die immer wieder sagte ›ist ja gut, ist ja gut, das ging doch wunderbar. Gleich kommt der Doktor und dann wird alles wieder gut, mein tapferes Mädchen. Es ist so eine süße Kleine, alles wird gut. Bald kannst du dich ausruhen.‹ Aber Mutter schrie nur ›ich will nicht, ich will nicht‹.

Nach einer Weile merkte ich, dass Gun nicht bei uns war. Ich ging zurück in das Zimmer, wo das Baby lag, und da sah ich es. In dem Moment sah ich das, was uns seit diesem Tag verfolgt, das Böse, das in Gun saß und das wir die ganze Zeit gespürt hatten.«

Ich merkte, dass ich mir die Hände an die Ohren gelegt hatte, wie in Alarmbereitschaft. Als sei ich darauf gefasst dichtzumachen, um nicht wissen, nicht hören zu müssen. Aber ich hörte es trotzdem.

»Sie hatte ein Kissen auf das Baby gelegt. Sie hatte ein Kissen auf das Baby gelegt, und ich sah nur die kleinen Beinchen, die darunter strampelten. Und ich werde nie Guns Gesicht vergessen, ich werde nie Guns boshaftes kleines Gesicht vergessen. Drei Jahre alt und eine Gehilfin des Satans. Sie legte sich auf das Kissen, und ich sah es, ich war es, der das mit ansah. Ich schrie, meine anderen Geschwister kamen gelaufen und schrien auch. Da ließ Gun los und starrte uns an. Rotz floss ihr aus der Nase und sie bekam es selbst mit der Angst, als sie uns schreien hörte. Großmutter stürzte aus dem Zimmer und fand uns völlig aufgelöst. Sie hastete zu Gun, riss sie fort, stieß sie an die Wand und schrie ›bist du des Teufels‹. Großmutter nahm das Kleine hoch, es war leblos. Schlackerte und baumelte wie ein totes Äffchen. Großmutter drückte die winzige Nase mit den Fingern zusammen und blies Luft in den Mund des Babys. Wir standen da, völlig gelähmt. Nur Gun weinte. ›Ei, ei‹, sagte sie, saß auf dem Fußboden und hatte die Arme über dem Kopf verschränkt. ›Ei, ei.‹ Ich weiß nicht, ob sie es sagte, weil ihr etwas wehtat, oder weil wir es immer sagten, wenn sie etwas nicht anfassen sollte. Ei, ei, Finger weg.«

Grim packte meine Oberarme und zog mich vom Sofa hoch. Ich merkte, dass ich auch aufgelöst war, Tränen und Rotz rannten. Er schüttelte mich so heftig, dass mir schwindelig und übel wurde, aber ich fühlte es kaum, es war so unwichtig. Herr, verdammter Gott, verfluchter Gott, in dem Moment wünschte ich dich in die brodelnde Hölle, von wegen, die Güte Gottes, ein Dreck war das, du hattest sie verlassen, Gott, wo war sie, deine schützende Macht, dieses dreijährige Mädchen erhielt sein schlussendliches Urteil, ausgestoßen, schuldbeladen, einsam …

»Nein!«

Ich schrie Grim ins Gesicht, es war ein abgrundtiefes Brüllen, das aus mir herausbrach, direkt in sein Gesicht, ich wollte, dass er das alles zurücknahm, ich wollte, ich wäre niemals hier gewesen.

»Doch«, brüllte Grim zurück, »o doch, so war das! Da versickerte ein Leben, die Hülle ist bis heute übrig, eine Mahnung daran, was dieses Leben hätte sein können. Eine leere Hülle, das ist es, was von Gertrud noch übrig ist, ein kümmerlicher Rest, ein Überbleibsel. Das eigentliche Leben, das hat Gun ihr genommen, hat es weggeworfen …«

Grim schüttelte mich immer noch hin und her.

»Nein«, schrie ich. »Nicht, bitte, aufhören, aufhören.«

Grim gab mich frei. Dachte wohl, ich meinte sein Schütteln, aber das war es nicht. Das Leben sollte aufhören, es konnte nicht sein, nicht so.

Ich sank zurück aufs Sofa. Meine Arme taten weh, mein ganzes Ich tat mir weh. Grim ließ sich ebenfalls auf das Sofa sinken, den Kopf in den Händen verborgen.

»Niemand durfte das jemals erfahren«, sagte er in einem ruhigeren und sachlicheren Ton.

»Wir merkten ziemlich bald, dass mit dem Kind etwas passiert war, dass es einen Schaden davongetragen hatte. Großmutter sagte zum Doktor, es sei mit der Nabelschnur um den Hals geboren worden. Niemand fand es verdächtig. Nur tragisch. Dass meine Mutter hinterher in tiefe Depressionen versank, wunderte auch niemanden. Sie hat sich nie wieder davon erholt. Neun Jahre später brachte sie Gabriel zur Welt, aber da war sie schon am Ende. Ein Jahr später starb sie, erst zweiundvierzig Jahre alt. Krebs, hieß es, aber wir wussten es besser. Mein Vater, der zwanzig Jahre älter war als sie, starb kurz danach. Er wollte auch nicht mehr. Unser Leben verrann zusammen mit dem von Gertrud. Zurück blieben nur Schmerz und Verbitterung.«

Grim wandte sich zu mir um, wie in Trance. Leere Augen, nichts als tiefe Verzweiflung.

»So, nun wissen Sie es. Jetzt wissen Sie, wer wir sind. Mein Vater war verreist, als es passierte. Als er nach Hause kam, versuchte er eine Art Verhör mit Gun zu machen, aber er bekam nichts aus ihr heraus. Sie sagte immer nur ›ei, ei‹ und schüttelte den Kopf. Sagte sonst überhaupt nichts mehr. Und da kam unser Vater auf die Idee, dass Guns Strafe darin bestehen sollte, dass niemand mehr mit ihr sprach. Wir sollten sie ausgrenzen. Ihr nur noch so viel geben, dass sie körperlich überlebte. Das Böse zurückweisen, damit es uns nicht nochmal überfallen konnte. Aber es hatte sich bereits eingegraben, es saß seit diesem Tag in unserer Mitte.«

Ein Film lief vor meinem inneren Auge ab. Das dreijährige Mädchen, ich konnte ihre Augen vor mir sehen. Voller Kummer, Verwunderung, Verzweiflung. Der Hass und die Zurückweisung um sie herum.

Das war der Moment, wo ich mich erbrach. Das war der Moment, in dem ich dich verfluchte, Herr. Das, was Gun angetan wurde, war keine Prüfung, das waren verschlossene Türen. Zugeschlagen für alle Ewigkeit, so fest, dass nicht der kleinste Lichtstrahl durch irgendeine Öffnung fallen konnte.

Ich kam noch bis ins Schreibtischzimmer, aber weiter nicht. Mein Magen revoltierte, stülpte sich um, wollte nicht mehr.

»Ihr seid verrückt«, stieß ich zwischen den Würgeanfällen hervor. »Ihr seid komplett verrückt.«

Der ganze Fußboden war voll gekotzt. Ich wischte mir mit dem Ärmel den Mund ab. Ein artiger, wohlerzogener Gedanke meldete sich, dass ich mein Erbrochenes wegputzen sollte, aber ich vermochte mich nicht zu rühren. Ich stütze mich am Türrahmen ab.

Grim ging hinaus und kam mit Wischlappen und Eimer zurück.

»Machen Sie das weg«, sagte er.

Ich kniete mich hin und zog den Schnodder hoch, während ich die Sauerei mit dem Lappen aufwischte. Die Übelkeit klopfte wieder an meine Kehle, aber es gelang mir mühsam, sie zurückzudrängen. Aus den Augenwinkeln sah ich Grims Füße, er passte auf, dass ich auch ordentlich sauber machte.

Ich ging zur Toilette und spülte Lappen und Eimer aus. Als ich zurückkam, hatte Grim die Hunde herausgelassen. An jeder Hand hielt er einen großen Rottweiler. Sie zerrten an ihren Halsbändern, knurrten und bellten mich an.

»Sie gehen jetzt besser«, sagte Grim. »Und zwar schnell, sonst lasse ich die Hunde los. Und kommen Sie mir nicht mit dem Scheiß von wegen, Sie würden nicht richten, denn das tun Sie. Sie haben es gerade eben bewiesen. Und glauben Sie bloß nicht, Sie hätten irgendwas verstanden. So, und jetzt raus, aber dalli.«

Mit zitternden Fingern zog ich meinen Mantel an. Versuchte, es so schnell wie möglich zu tun, weil ich Angst hatte, dass Grim wieder explodieren könnte.

Schwankte, humpelte durch den Flur. Hörte die Hunde bellen, wagte aber nicht, mich umzudrehen. Ich wollte nur noch weg. Ließ den Motor meines Autos an, ohne darüber nachzudenken, was ich tat.

Jetzt wusste ich es. Ich musste es zugeben. Ich hatte verurteilt. Hatte zugehört und zurückgewiesen.

Es war glatt, und ich fuhr langsam zurück Richtung Stadt. Gun, sagte ich immer wieder laut vor mich hin. Kleine, kleine Gun.

Kapitel 21

Als ich zurück in die Stadt kam, hatte ich eine Idee. Parkte in der Nähe des Rings bei Skanstull, ging hinein und kaufte ein Handy. Es war umständlicher, als ich gedacht hatte. Papiere waren auszufüllen, und ich musste entscheiden, welche Art von Tarif ich wollte. Der Verkäufer erläuterte mir eine Alternative nach der anderen, aber ich sah, wie seine Lippen sich bewegten, ohne zu begreifen, wovon er redete. Ich wollte doch nur ein Handy, und zwar eins, mit dem ich sofort telefonieren konnte. Als ich dem Verkäufer das sagte, wirkte er ziemlich gekränkt. Vielleicht hatte ich ihn ein bisschen zu grob unterbrochen.

Eine halbe Stunde später stand ich auf der Götgata, das neue Mobiltelefon in der Hand. Es war ein ungewohntes Gefühl, die kleinen Tasten zu drücken. Das Handy kam mir vor wie ein Spielzeug, für das ich eigentlich schon zu alt war.

Ich rief Anders an. Ich sagte, er müsse mich für die heutige Sitzung leider entschuldigen. Ich wollte auf der Stelle zurück zum Gefängnis. Es schien mir lebenswichtig.

Als ich ihm von der anderen Sache erzählen wollte, gellte mir meine Stimme in den Ohren. Es war so laut um mich herum. Ich steckte mir den Finger ins andere Ohr und suchte Schutz hinter dem Würstchenstand an der Södermalmskirche. Stand dort inmitten von Taubenkot, alten Zigarettenkippen und Hingerotztem.

»Ich fürchte, ich habe die Beherrschung verloren«, sagte ich. »Ich habe einen Menschen angeschrien, der mir die Tragödie seines Lebens anvertraute, ich habe ihm ins Gesicht geschrien, dass er verrückt ist. Ich glaube, ich kann nicht länger Pastorin sein …«

»Es ist kein Fehler, auch mal Mensch zu sein«, sagte Anders auf seine gelassene Art.

Wir verabredeten, uns am nächsten Tag zu treffen, und beendeten das Gespräch. Seine Worte hätten mich eigentlich trösten müssen, aber er hatte wohl nicht ganz begriffen, was ich gesagt hatte. Er glaubte sicher, dass es sich um einen kleineren Ausrutscher gehandelt habe. Ich sah vor mir, wie ich geschrien hatte und fluchend in meinem eigenen Erbrochenen herumpatschte. Grims wutentbranntes Gesicht und das Kläffen der Hunde. Wenn Anders das gewusst hätte.

Es war inzwischen sechs Uhr, und die Geschäfte um mich herum begannen zu schließen. Plastikfähnchen wurden herein- und Besen herausgeholt. Ich setzte mich in mein Auto und fuhr zum Gefängnis.

Um diese Tageszeit war ich noch nie dort gewesen. Alles war still und ruhig. Der Korridor war schwach beleuchtet, aber aus Anitas Büro fiel helles Licht. Als ich ihr Zimmer betrat, machte sie ein erstauntes und beunruhigtes Gesicht.

»Du liebe Güte, Ingrid, wie siehst du denn aus. Ist was passiert?«

Ich konnte ihr nicht mitteilen, was Grim erzählt hatte. Ich hatte schon genug ausgeplaudert. Gleichzeitig kam es mir falsch vor, mich Anita nicht anzuvertrauen, und ich hatte nicht die Kraft, mir irgendwas auszudenken. Als ich nicht auf Anitas Frage antwortete, sondern nur darum bat, Gun aufsuchen zu dürfen, bemühte ich mich, so neutral wie möglich zu klingen.

Zum ersten Mal ahnte ich so etwas wie Misstrauen in Anitas Blick. So als hätte sie gerne gefragt, was es denn jetzt so Wichtiges zu besprechen gäbe, es aber nicht herausbrachte. Ohne auf meine Frage einzugehen, sah sie hinunter auf ein Schriftstück, das vor ihr auf dem Tisch lag.

»Ich habe gerade mit dem Staatsanwalt gesprochen«, sagte sie. »Die Sache mit Guns totem Kind ist verjährt, aber das dachten wir uns ja schon. Es gibt nicht einmal eine Untersuchung. Uns bleibt wohl nichts anderes übrig, als die Geschwister um Mithilfe zu bitten und zu versuchen, dass die Familie mit dem, was passiert ist, ihren Frieden macht. Glaubst du, dass das möglich ist?«

»Ich weiß nicht. Das kommt mir alles so krank vor.«

»Kann man wohl sagen«, entgegnete Anita. »Ist es das, worüber du mit Gun sprechen willst?«

Ich schüttelte den Kopf.

»Ich glaube nicht. Ich möchte sie einfach nur besuchen. Über praktische Dinge mit ihr reden.«

Das stimmte nicht. Herr, ich log Anita an. Es gab da eine große und wichtige Sache, über die ich Klarheit haben musste. Es kam mir plötzlich lebenswichtig vor, zu erfahren, was genau eigentlich mit Håkan und Lotta passiert war. War es wirklich Gun gewesen, die das getan hatte?

Zweifel lag in Anitas Stimme, als sie Kvarnström bat, Guns Zelle für mich aufzuschließen. Nicht, dass sie etwas gesagt hätte, aber man merkte es trotzdem. Sie murmelte etwas davon, dass ich Gun schonen sollte, es sei in der letzten Zeit ein bisschen viel für sie gewesen.

Gun saß auf ihrem Bett und schlürfte Saftsuppe in sich hinein. Dazu aß sie Weißbrotscheiben mit viel Butter drauf. Als ich sie so sitzen sah, sah ich auch die Dreijährige. Die Art, wie die Haare auf ihrem Kopf in Wirbeln wuchsen, musste damals schon so gewesen sein. Auch die Art, wie sich ihr Mund für den Löffel öffnete, war damals schon so gewesen. Sie sah so verzweifelt eingeschlossen aus.

Ich setzte mich ihr direkt gegenüber, aber sie schien mich kaum zu bemerken.

»Gun. Gun, hörst du mich?«

Sie blickte hoch, und als ihr bewusst wurde, dass ich es war, schwankte ihr Gesichtsausdruck zwischen Freude und Misstrauen.

»Will Grim hier nicht haben«, sagte sie.

»Nein, ich denke, wir machen es so, dass er nur hierher kommt, wenn du es möchtest. Ich wollte dich fragen, ob wir einen Kaffee zusammen trinken können, wenn du aufgegessen hast?«

Gun sah mich mit ausdruckslosen Augen an und antwortete nicht.

»Ich besorge uns was Süßes dazu. Warte, ich bin gleich wieder da.«

Ich war nicht sicher, ob Gun verstanden hatte, was ich sagte, aber das spielte keine große Rolle. Sie hatte sich jedenfalls nicht widersetzt. Ich ging und holte Kaffee. Schaute bei Aino vorbei, die gerade ihre Abrechnung machte und mit Bleistift in ein Notizbuch schrieb. Ich konnte sie überreden, den Kiosk nochmal aufzuschließen und mir zwei große Schokoladenplätzchen zu verkaufen.

Die Tür zu Guns Zelle stand offen, aber sie war nicht da. Vermutlich war sie auf der Toilette. Ich stellte den Kaffee auf ihrem kleinen Nachtschrank ab und legte die Schokoladenplätzchen daneben. Es war leichter, all die Katzen und Babys anzusehen, wenn Gun nicht dabei war. Sie hatte auf jedes Bild einen Namen gekritzelt. Unter einer Katze stand »Murre« und unter einem Baby »Benjamin«. Ich dachte daran, wie ich als Kind war, dass ich auch den Tick hatte, allem und jedem einen Namen zu geben. Wie ich zum Beispiel Ansichtskarten von Hunden sammelte und auf die Rückseite schrieb, wie sie hießen.

Eine Bibel lag an ihrem Bett. Ich griff danach, um zu sehen, ob sie vielleicht eine bestimmte Stelle mit einem Lesezeichen markiert hatte, fand aber nichts. Dann fiel mir plötzlich ein, dass man das auch als Schnüffeln auffassen konnte. Schnell legte ich sie wieder hin und stellte mich draußen vor die Zelle. Vielleicht war es Gun nicht recht, wenn ich drinnen alleine saß.

Sie kam aus Richtung der Toiletten in Kvarnströms Begleitung den Gang herunter. Wieder gab es mir einen Stich ins Herz. Der schaukelnde Gang, die plumpe Art, sich zu bewegen. Kleine Gun. Große Gun, die immer noch so sehr kleine Gun war.

Ich lächelte sie an, aber sie lächelte nicht zurück. Als ich ihr in die Zelle folgte, protestierte sie nicht. Sie setzte sich auf die Pritsche und nahm den Schokoladenkeks, den ich ihr gab. Ich setzte mich auf ihren Schreibtischstuhl. Trank einen Schluck Kaffee und gab Gun die zweite Tasse. Sie nippte daran.

»Heiß«, sagte sie und stellte die Tasse wieder weg.

»Du hast mir erzählt, wie glücklich du darüber warst, dass Lotta ein Kind erwartete«, sagte ich. »Aber du hast nicht erzählt, was dann passiert ist.«

Gun kaute lange, und ich wartete ungeduldig darauf, dass sie etwas sagte.

»Ich werde ganz vorsichtig sein. Das habe ich gesagt. Werde ganz vorsichtig sein. Nicht anfassen, nur ansehen. Da lachte Lotta und sagte, ich dürfte schon auch gerne anfassen. Sie konnte sich sehr gut vorstellen, dass ich ab und zu auf das Kleine aufpasste. Du weißt, wie sehr wir dir vertrauen, Gun. Das hat sie gesagt. Wir vertrauen dir, Gun.«

Gun kratzte sich die eine Hand und schien unruhig zu werden.

»Aber dann passierte etwas, oder? Was war das?«

Ich beugte mich vor. Guns Augen irrten umher. Weiter wollte sie in ihrer Erzählung nicht gehen, das merkte man. Trotzdem war da etwas in ihr, das kämpfte, etwas, das trotz allen Schmerzes hinauswollte.

»Es war so schön, eine Zeit lang«, sagte sie. »Wir waren eine Familie. Ja, das hat sogar Lotta gesagt. Als ich einmal ihre Wäsche brachte und sie von der Arbeit nach Hause gekommen war. Ihr Bauch war schon ziemlich dick geworden, das ging ganz schnell. ›Weißt du, Gun, du bist für uns beinahe schon wie ein Familienmitglied.‹ Da war ich wohl sehr glücklich. Ja, das war ich bestimmt. Denn ein bisschen beunruhigte mich das mit dem Baby. Vielleicht wollten sie mich nicht mehr bei sich haben, wenn es erst auf der Welt war. Und ich wollte doch so vorsichtig sein. Ich sagte das immer wieder zu mir selbst. Gun, sei vorsichtig.«

Ich legte meine Hand auf die von Gun. Sie zog sie weg, sie wollte allein sein, wenn sie redete.

»Was ist dann passiert, Gun?«

»Dann ging alles kaputt. Alles, was gut war, ging kaputt.«

»Und wie kam das?«

Ich musste es einfach wissen. Herr, es stand so viel auf dem Spiel. Lieber Gott, bring das in Ordnung. Lass das Schicksal gerecht sein oder einen Sinn haben. Lass die Dinge nicht aus deinen Händen rutschen, Herr. Lass Gun unschuldig sein. Mach, dass das Opfer kein Täter ist.

»Eines Tages, als ich gerade nach Hause gekommen war, klingelte es an der Tür. Es war Håkan. Ich sah ihm sofort an, dass etwas passiert war. Gun, sagte er, kannst du einen Moment zu uns rüberkommen. Wir müssen mit dir reden.

Ich bekam eine solche Angst«, stieß Gun wimmernd hervor und wiegte ihren Oberkörper vor und zurück. »Ich wusste, dass es etwas Schreckliches war. Dass alles wieder schlimm werden würde.«

Erneut versuchte ich, Guns Hand zu ergreifen, aber jetzt schlug sie meine Hand weg.

»Als ich hereinkam, saß Lotta mit ihrem dicken Bauch am Esstisch. Sie sah so merkwürdig aus. Rot im Gesicht, sie hatte geweint. Die beiden hatten gerade zu Abend gegessen. Die Teller standen noch auf dem Tisch und es war noch Essen übrig. Das war nicht richtig. Ich hatte ihnen doch gerade ihr Essen bringen wollen. Sie sollten kein Essen kochen, sollten nichts essen, was ich nicht gekocht hatte.

Håkan sagte, ich sollte mich hinsetzen, aber ich sagte, ich wollte lieber stehen bleiben. Ich hätte nicht lange Zeit, sagte ich. Wollte nur weg. Wollte nichts hören. ›Dein Bruder war hier‹, sagte Håkan. ›Und jetzt würden wir gerne von dir wissen: Warum hast du uns angelogen, Gun?‹ Ich sah Lotta an, aber sie drehte das Gesicht weg. Håkan dagegen, er starrte mich nur an. Sah nicht mehr freundlich aus. Hatte ich gelogen? Ich wusste es nicht.

Ich konnte nicht denken. Jetzt ist es aus, das war das Einzige, was ich dachte. Sie würden sich von mir abwenden. Jetzt war alles aus.«

Gun schüttelte den Kopf und sah ängstlich aus. Ich bekam auch Angst, und mir wurde klar, dass ich das hier wirklich nicht allein bewältigen konnte. Sollte ich Ingeborg hinzuziehen? Aber bevor ich einen Entschluss fassen konnte, sprach Gun weiter. Ihre Stimme war höher geworden, klang plötzlich heller und dünner.

»›Erstens‹, sagte Håkon, ›leben deine Eltern nicht mehr. Sie sind lange tot. Dass du Essen für sie kochst, ist also eine glatte Lüge. Dir ist kein Unglück passiert, du hast nie selbst ein Kind gehabt. Außerdem putzt du nirgendwo anders. Das hat dein Bruder erzählt, und noch eine Menge anderer Sachen, die nicht stimmen. Was willst du eigentlich von uns? Warum hast du gelogen, Gun?‹«

Während sie vor und zurück schaukelte, wiederholte Gun die Frage immer wieder für sich selbst, mit einer tiefen, autoritären Stimme: »Warum hast du gelogen, Gun? Warum hast du gelogen, Gun?«

Und dann wieder mit der Piepsstimme: »Ich weiß nicht.«

Dabei wandte sie sich an mich und sah ganz jammervoll aus.

»Ich wusste es doch nicht.

›Ich fürchte, dass reicht nicht als Antwort‹, sagte Håkon. ›Du wirst verstehen, dass wir deine Dienste nicht mehr länger in Anspruch nehmen können. Wir haben dich in unsere Familie aufgenommen und dir hundertprozentig vertraut. Ich hoffe, du siehst ein, dass wir niemanden gebrauchen können, der uns belügt. Wie du weißt, ist die Situation gerade jetzt sehr sensibel. Lotta braucht Ruhe und Entspannung.‹ Håkan ging zu Lotta und legte ihr seine Hände auf die Schultern.«

Plötzlich stand Gun auf. Stampfte mit dem Fuß wie eine wütende Dreijährige.

»Sie sahen so widerlich zufrieden aus. Wir und nicht du. Wir und nicht du. Lotta legte den Kopf schief und sah mich an und sagte: ›Liebe Gun, nun sag uns doch, warum du das getan hast.‹ Aber ich wusste es doch nicht! Wie sollte ich darauf antworten! Ich verstehe nicht und ich darf nicht mitmachen!

In ihrer Bratpfanne auf dem Tisch lagen die Reste von ihrem zufriedenen Abendessen in ihrem zufriedenen Heim, und plötzlich hasste ich sie. Sie hatten mich hereingelassen, und jetzt sollte ich raus! Jetzt würden sie nicht mehr mit mir reden, jetzt würden sie einfach die Tür abschließen und ihre Gesichter verschließen und mich ausschließen, und ich musste draußen vor ihrer Tür bleiben und sie würden so glücklich sein und ich durfte nicht dabei sein!«

Ich schluckte schwer und wäre am liebsten gegangen. Dachte wieder an dich, Herr, wie verdammt gleichgültig du bist, du hättest besser aufpassen müssen, das klingt vielleicht kindisch und naiv, aber nein, das hier wollte ich nicht, so durfte es einfach nicht sein.

Gun hatte ihre letzten Worte hinausgeschrien, sie war völlig außer sich.

»Die Bratpfanne war schwer und immer noch heiß, aber ich war plötzlich stark. Nicht mehr, nicht wieder. Als ich Lotta schlug, sah sie einfach nur erstaunt aus. Håkan packte mich und versuchte mich aufzuhalten. ›Bist du verrückt geworden, du verdammtes Weib‹, rief er. Und ja, ich bin verdammt. So verdammt, andauernd verdammt. Ich ließ den Griff nicht los, ich war so stark. Schlug wieder und wieder zu.

Drehte mich zu Håkon um und schlug mit aller Kraft zu. Lotta war vom Stuhl gerutscht und lag auf dem Fußboden und sagte ›nein, hör auf, bitte‹ und röchelte, aber ich konnte nicht aufhören.

Ich machte mich frei von ihnen und schwang die Pfanne und es machte nur Peng und Bong, und es war schön, ich tat ihnen weh, aber wenn ich nicht dabei sein durfte, sollten sie es auch nicht dürfen, ein einziges Mal musste es gerecht sein. Nicht mehr, nicht mehr sagen, nein, Gun, du nicht, Gun ...«

Gun bewarf mich mit allen Gegenständen, die ihr in die Finger kamen. Die Bibel, ihre Schuhe, Bücher, alles, was herumlag. Ihre Kraft war enorm. Ich konnte nicht mehr tun als zu versuchen, so gut es ging meinen Kopf zu schützen. Die Tür ging auf, und Torkel Kvarnström kam herein. Er stürzte sich auf Gun und versuchte, ihr einen Arm auf den Rücken zu drehen. Es gelang ihm nicht. Gun versetzte ihm einen harten Schlag, und Kvarnström stöhnte auf und ging zu Boden. Aber so leicht gab er nicht auf. Er kam schnell wieder auf die Beine, bekam Gun erneut zu fassen und konnte sie schließlich an die Wand drücken. Er nahm ein Paar Handschellen vom Gürtel und legte sie ihr an. Gun tobte wie ein Tier. Brüllte und schrie, trat mit Füßen und versuchte zu beißen.

»Laufen Sie zu Anita. Sie soll einen Arzt rufen«, keuchte er mir zu.

Ich rannte los. Sah undeutlich die Gesichter der Gefangenen hinter den Gucklöchern in ihren Türen. Wie sie die Köpfe verdrehten und neugierig zu Guns Zelle hinüberspähten. Alles um mich herum war trübe, ich konnte kaum etwas sehen. Tastete mich zu Anitas Büro vor, und kaum sah sie mich hereinkommen, sprang sie auf und lief den Gang hinunter zu Guns Zelle.

Sie ließ mich einfach stehen.

»Ruf einen Arzt«, sagte ich, aber sie hörte mich nicht.

Dann sank ich vor ihrer Tür zusammen und wollte nicht mehr leben.

Kapitel 22

Weihnachten und Neujahr gingen vorbei. Während der Weihnachtsfeiertage lag ich die meiste Zeit im Bett und ließ die Zeit verstreichen. Wollte nicht mit meiner Familie Weihnachten feiern. Log meine Mutter an, die über die Feiertage in Stockholm war, und sagte, ich sei krank. Heiligabendnachmittag kam sie mit einer großen Tüte weihnachtlicher Lebensmittel und einem Geschenk, das sich als besticktes Kissen entpuppte.

»Damit es hier ein bisschen wohnlicher wird«, sagte sie wie üblich und ließ den Blick zweifelnd durch mein Zimmer wandern, so als glaubte sie eigentlich nicht, dass das Kissen auch nur das Geringste helfen würde.

»Du siehst sehr blass aus«, sagte sie dann. »Wie geht es dir denn so?«

Ich stotterte etwas zusammen von wegen, ich sei überarbeitet, hätte überall Schmerzen und dass es weh täte, wenn ich schluckte.

Ich sagte nicht, wo es am meisten wehtat. Dass mein Herz schmerzte, als wollte es raus aus meinem Körper, als wollte es herausgeschnitten und irgendwo in Frieden begraben werden.

Sogar Anders log ich an, vernachlässigte alle meine Pflichten als Pastorin und sagte auch zu ihm, dass ich krank sei. Nach dem Dreikönigstag rief er mich an und fragte, ob wir zusammen spazieren gehen wollten. Du musst doch mal raus und an die frische Luft, sagte er. Nach anfänglichem Zögern willigte ich ein. Eigentlich wollte ich mit niemandem reden. Ich hatte sogar aufgehört, mit dir zu sprechen, Herr.

Als wir uns vor Blå Porten draußen in Djurgården trafen, machte Anders ein bestürztes Gesicht.

»Um Gottes willen, Ingrid, wie siehst du denn aus.«

Normalerweise hätte ich wohl in Tränen ausbrechen müssen, aber das ging nicht. Meine Empfindungen waren tot, ich war innerlich tot. Anders hatte keine Mütze auf, und seine Ohren waren ganz rot. Wieso kann der Mensch sich nicht angewöhnen, eine Mütze aufzusetzen, dachte ich. Seine Unfähigkeit, für sich zu sorgen, machte mich wütend.

Wir gingen Richtung Kanal, und Anders berichtete, wie die Weihnachtsgottesdienste verlaufen waren. Dass er jemanden gefunden hatte, der für mich einsprang. Aber alle hofften, dass ich bald wieder auf dem Damm sein würde, und dann erwähnte er irgendeine Frau, die sich speziell nach mir erkundigt hatte.

Als ob mich das interessierte. Weihnachten, unsere Kirche, Anders. Das war mir alles so egal.

Nachdem wir eine Weile schweigend gegangen waren, Enten und Schwäne beim Paddeln im kalten, grauen Wasser zugesehen hatten, fragte Anders, was passiert war. Eigentlich hatte ich keine Lust. Es war, als ob ich mich schämte, mich vor dem Schicksal schämte oder vielleicht vor dir, Herr. Ich musste meine ganze Willensanstrengung aufbieten, die Worte kamen dürr und stockend, ohne Farbe oder Gefühl. Aber dann ging es immer flüssiger.

Als ich alles erzählt hatte, sogar Guns Geständnis in der Zelle, überkam mich wieder das tote Empfinden.

»Es liegt kein Sinn in dem Ganzen«, sagte ich zu Anders. »Alles ist einfach nur eine widerliche Geschichte.«

Da packte Anders meinen Arm. Ich drehte den Kopf und sah in sein rotes Gesicht, das wutverzerrt war.

»Ist es das, was du Gun sagen willst?«, brüllte er mich an. »Nur weil ihr Schicksal bewirkt hat, dass du persönlich von Gott enttäuscht bist? Ich lasse dich jetzt fallen, Gun, die du vom Leben misshandelt wurdest, bis nur noch Hass in dir war, denn ich habe mir einen besseren Schluss gewünscht? Das hätte ich nicht von dir gedacht, Ingrid! Das hätte ich wirklich nicht von dir gedacht!«

Da kamen die Tränen. Ich warf mich Anders an den Hals, der stocksteif dastand und mir ziemlich unbeholfen den Rücken tätschelte. Erst jetzt sah ich ein, wie Recht er hatte.

Mein ganzes Leben ist darauf ausgerichtet, dass die Dinge im richtigen Zusammenhang an ihren Platz fallen. Ich habe meinen Glauben benutzt, um diesen Zusammenhang immer und immer wieder zu bestätigen. Aber ich war nicht dort, war nicht bei den Menschen mit ihrer Unvorhersagbarkeit oder ihrer Unfähigkeit, Böses in Gutes zu verwandeln. Ich wollte nicht sehen, dass die Vergeltung nicht immer denjenigen trifft, der sie verdient hat, und dass die Strafe nicht geduldig abwartet, bis ihre Zeit gekommen ist, um die Ordnung der Dinge endgültig wiederherzustellen.

Herr, wir sind so einsam. Wir sind so verirrt. Das ist es, worüber ich andere trösten können muss.

Kaum begann ich ruhiger zu werden, machte sich Anders verlegen von mir los. Ich hatte keine Ahnung, wie er zu Frauen stand, aber körperliche Berührungen schienen ihm nicht zu behagen. Soweit ich wusste, lebte er in keiner Partnerschaft, aber ich hatte ihn auch nie danach gefragt. Könnte ich mich in ihn verlieben?, dachte ich, während wir den Weg zurück zu den Fährschiffen gingen. Betrachtete verstohlen sein verbissenes Gesicht. Die pulsierenden Adern auf seiner Stirn und die raue Haut gaben seinem Gesicht so viel Leben. Als fehlte ihm eine Schicht Haut, wie die meisten anderen sie haben.

Es sah gut aus.

Wir waren bei den Fährschiffen angekommen. Bald würde ich wieder zurück zur Anstalt fahren, das wusste ich jetzt.

Um Mikis Pizzeria hatte ich in der letzten Zeit einen großen Bogen gemacht. Nicht unbedingt wegen Miki oder dem, was zwischen uns vorgefallen war. Ich ging möglichst allen Menschen aus dem Weg. Aber eine Woche nach meinem Spaziergang mit Anders fühlte ich mich doch gedrängt, wenn auch in erster Linie vor Hunger, wieder mal hineinzugehen.

Miki strahlte. Als er mich sah, breitete er die Arme aus und sprudelte los, wie lange es doch her sei und wie es mir ginge.

Das wärmte. Ich bestellte meine übliche Lasagne, und Miki machte Späße darüber. Plötzlich hörte ich ein Geräusch aus der Küchenregion und spähte dorthin. Da stand eine rundliche blonde Frau und spülte Teller, wobei sie eine Melodie vor sich hin summte. Miki bemerkte meinen Blick und zwinkerte mir zu.

»Karin«, sagte er. »Meine Verlobte.«

»Das ist ja nett«, sagte ich.

Was für ein bescheuerter Kommentar. Mein Lächeln muss ausgesehen haben wie das Grinsen eines Totenschädels. Nicht, dass ich besonders oft an Miki gedacht hätte seit unserem seltsamen Treffen in der Nacht vor gut einem Monat. Aber trotzdem. Die Liebe, dieses hinterlistige Phänomen. Hatte er mich nicht neulich erst umarmt? Was wäre wohl passiert, wenn ich seine Umarmung erwidert hätte? Würde *ich* dann jetzt dort stehen und trällernd Geschirr spülen?

Es wurde Februar, bevor ich Gun wieder sah. Ich hatte bis dahin voll zu tun mit Konfirmandenunterricht und anderen Dingen.

Um bei der Wahrheit zu bleiben, hatte ich mich auch ziemlich vor dem Wiedersehen gedrückt.

Außerdem gab es da eine Sache, über die ich mir Klarheit verschaffen musste, bevor ich Gun wieder besuchte. Auch wenn es unangenehm und möglicherweise schwierig war. Aber ich wollte ein letztes Mal mit Grim reden. Oder vielleicht mit Gudrun. Ich wollte sie dazu bringen, dass sie mir sagten, wo das Kind begraben war, und dieses Wissen Gun zum Geschenk machen. Als eine Möglichkeit zu trauern, ganz einfach.

An einem trüben Februartag ging ich zu dem Blumengeschäft im Karlavägen, wo Gudrun arbeitete. Der Blumenduft verzauberte einen, wenn man den Laden betrat, ein Kontrast zu dem schäbigen Grau draußen und den nassen Sandspuren überall auf dem Fußboden. Gudrun stand hinter dem Tresen und band einen großen Rosenstrauß, auf den ein ungeduldiger und vermutlich liebeskranker junger Mann wartete.

Als sie mich sah, kniff sie die Lippen zusammen und ein Auge begann krampfhaft zu zucken. Sie grüßte nicht, sondern widmete ihre ganze Aufmerksamkeit dem Kunden. Nachdem er gegangen war, begann sie Bänder und Karten zu sortieren.

»Hallo, Gudrun«, sagte ich. »Es tut mir Leid, dass ich Sie noch einmal stören muss.«

»Nicht hier«, fauchte sie wie eine gereizte Katze.

»Darf ich Sie dann vielleicht auf einen Kaffee einladen?«, fragte ich.

Gudrun verschwand hinter einem Vorhang und kam in Begleitung einer resoluten Frau mit blauschimmernder Dauerwelle zurück.

»Meinetwegen, eine halbe Stunde«, sagte sie gnädig zu Gudrun.

Gudrun zog sich rasch an und ging mit mir nach draußen, ohne ein Wort zu sagen. Als die Tür hinter uns ins Schloss fiel, zischte sie »blöde Ziege«.

Ich zuckte zusammen. Gudrun sagte, sie habe nicht mich gemeint. Obwohl ihr dabei der Gedanke zu kommen schien, dass es auch auf mich passte, eigentlich.

Wir gingen in ein Café an der Kreuzung Karlavägen und Sturegatan. Gudrun wollte nur einen Kaffee, ich nahm dazu noch ein Stück Bisquitrolle. Nicht, dass ich hungrig gewesen wäre, aber es kam mir ungehörig vor, nur zwei schlichte Tassen Kaffee zu bestellen.

Herrgott, was mache ich mir nur immer für Gedanken.

Gudrun rührte mit gläsernem Blick in ihrem Kaffee. Wollte mich nicht ansehen.

»Gudrun, ich werde nicht mehr stören. Ich weiß, dass Sie trauern müssen, dass Sie es irgendwann hinter sich bringen müssen. Ich hoffe, ich habe Ihnen nicht allzu viel Kummer bereitet.«

»Grim hat Depressionen«, sagte sie kurz. »Seit er mit Ihnen geredet hat. Seine Frau ist völlig verzweifelt. Redet davon, dass sie vielleicht ärztliche Hilfe suchen muss. Er spricht nicht mehr und weigert sich, zur Arbeit zu gehen.«

Schweigen senkte sich über unseren Tisch. Der frisch gespülte Teller war heiß und der Schokoladenbisquit begann an den Rändern zu schmelzen.

»Ich würde gerne mit Grim sprechen …«

»Das bezweifle ich«, unterbrach Gudrun mich.

»Ich könnte ihm einen Brief schreiben. Ich habe mich ihm gegenüber … wie soll ich es ausdrücken … kindisch und unbeherrscht benommen. Dafür würde ich mich gern entschuldigen.«

Gudrun sagte nichts dazu, aber sie machte ein Gesicht, als hielte sie das für das Mindeste.

»Es gibt da nur noch eine Sache, die ich wissen muss, danach werde ich Sie in Ruhe lassen. Guns Tochter, wo ist sie begraben?«

Gudruns Augen wurden schmal, und sie biss sich auf die Lippen.

»Was spielt das für eine Rolle?«, sagte sie dann.

»Ich glaube schon, dass es eine Rolle spielt. Gun fällt es schwer zu akzeptieren, dass ihr Kind tot ist. In ihren Gedanken lebt es immer noch. Ich habe mir überlegt, wenn sie …«

Weiter kam ich nicht, Gudrun fiel mir ins Wort.

»Sie haben es nicht übers Herz gebracht«, sagte sie.

»Ich verstehe nicht?«

»Sie konnten es nicht tun. Mein Vater versuchte die Stimmung aufzupeitschen, es so darzustellen, als sei das Kind nur ein elendes Balg. Dass es eine gute Tat wäre, es … loszuwerden. Er hatte mit einem Freund der Familie gesprochen, Manno. Der, der Gun die Arbeitsstelle besorgt hatte. Aber der Mut verließ uns. Manno und Grim fuhren nach Finnland und legten es vor die Tür eines Waisenhauses.«

Es vergingen mehrere Minuten, bis mein Verstand begriff, was

Gudrun da gesagt hatte. Gudrun steckte sich eine Zigarette an und rauchte in aggressiven Zügen. Lehnte sich mit gleichgültigem Gesichtsausdruck zurück.

»Gun hat also irgendwo in Finnland eine zwanzigjährige Tochter?«, brachte ich schließlich stammelnd heraus.

»Ja. Aber es ist wohl besser, die Sache auf sich beruhen zu lassen«, sagte Gudrun.

Drückte ihre Zigarette aus und stand auf.

»Ich muss los. Aber jetzt haben Sie wohl begriffen, dass wir nicht durch und durch schlecht sind.«

Kvarnström schloss mir auf. Mit der gleichen säuerlichen Miene wie immer, aber ich war richtig froh, ihn zu sehen. Eines Tages würde ich ihn wirklich auf eine Tasse Kaffee einladen.

Als ich in Anitas Büro kam, eilte sie mit ausgebreiteten Armen und ihrer ganzen raubeinigen Herzlichkeit auf mich zu.

»Ingrid!«, rief sie. »Wie schön, dass du wieder da bist.«

Ich setzte mich auf ihren Besucherstuhl. Majken lag in ihrem Korb und schenkte mir einen verschlafenen Blick. Anita setzte sich ebenfalls. Ihr Schreibtisch sah mächtig nach Arbeit aus und sie schien viel zu tun zu haben.

»Ja, es war ganz schön was los in der letzten Zeit«, sagte sie.

»Marja und Eva-Lena sind zerstritten, Eva-Lena hat Marja verpetzt und gesagt, dass sie es war, die Lena und Harriet diese dummen Spielzeugpuppen untergeschoben hat. Nur, um die Stimmung aufzuheizen, dieses verdammte Satansweib. Oh, entschuldige«, fügte sie rasch hinzu.

Anita hatte immer noch Respekt davor, dass ich Pastorin war. Ich winkte ab und fragte, wie es ihr denn ansonsten ginge.

Alles in bester Ordnung, versicherte Anita. Ihre Kinder hatten sie über Weihnachten besucht, und es war soo nett gewesen.

»Du kennst mich ja, wenn ich am Kochtopf stehen darf, bin ich glücklich.«

Aus irgendeinem Grund widerstrebte es mir, nach Gun zu fragen. Ich hatte Angst, dass etwas schief gegangen sein könnte und ich daran schuld war. Anita kam mir zuvor.

»Ja, mit Gun war es eine Zeit lang ziemlich schwer«, sagte sie. »Sie schrie und fluchte eine ganze Woche lang. War wie von Sinnen. Aber inzwischen hat sie sich wieder beruhigt. Ingeborg bekommt anscheinend langsam Kontakt zu ihr. So hat sie wohl nun die Sache mit ihrem Kind akzeptiert und eingesehen, wie die Dinge liegen.«

Ich machte den Mund auf und gleich wieder zu. Mir war, als säße ich mit einer großen, zerbrechlichen Vase zwischen den Knien da, ohne zu wissen, wohin damit.

Herr, ich weiß bis heute nicht, warum ich Anita nicht erzählte, was ich wusste. Vielleicht, weil Anita von einer Entwicklung berichtete, die gut verlief und die Gun auf jeden Fall ungestört durchmachen sollte.

Ich hatte schlicht und einfach Angst davor, wieder alles durcheinander zu bringen.

Als ich mich Guns Zelle näherte, war ich schrecklich nervös. Harriet nickte mir zu. Nicht erfreut, auch nicht besonders freundlich, aber immerhin grüßte sie. Marja sah einfach in eine andere Richtung. Ich spähte durch das Guckfenster in Guns Tür und klopfte vorsichtig. Zuerst bekam ich einen Schock, als ich sie sah. Sie hatte mindestens zehn Kilo abgenommen. Sie lag auf ihrem Bett und starrte an die Decke.

»Hallo, Gun«, sagte ich. »Darf ich einen Moment hereinkommen?«

Wie üblich antwortete sie nicht, aber sie protestierte auch nicht. Ich setzte mich auf den Stuhl neben ihrem Bett.

»Wie geht es dir?«

Gun starrte weiterhin an die Decke, aber ihre Augen begannen hin und her zu wandern.

»Ich bin ein schlechter Mensch«, antwortete sie.

»Du hast etwas Schlimmes getan, aber man hat auch etwas Schlimmes mit dir getan.«

»Ich weiß nicht«, sagte Gun in einem völlig neuen, resignierten Ton.

Der Impuls, Gun die Geschichte vom Schicksal ihrer kleinen Tochter zu erzählen, verging so schnell, wie er gekommen war. Ich hatte keine Ahnung, wie viel Gun von all dem noch wusste. Einerseits hätte ich es ihr gern erzählt, damit sie begreifen sollte, wie man ihr mitgespielt hatte, und mit ihrer eigenen Schuld besser umgehen konnte.

Aber ich war wie gelähmt vor Angst, sie zu verletzen oder die Entwicklung zu stören, die sie gerade durchmachte.

Sicher, ich hatte dazu beigetragen, dass etwas passiert war, dass eine verfahrene Situation aufgebrochen wurde. Aber ich hatte mich dabei aufgeführt wie ein Elefant im Porzellanladen, hatte meinen Rüssel überall hineingesteckt, ohne an die Konsequenzen zu denken. Hatte nur wissen wollen, für mich selbst, und nicht darüber nachgedacht oder auch nur in Erwägung gezogen, über wen ich dabei hinwegtrampelte.

Hier saß ich nun mit einigen tiefen Wahrheiten über Gun und konnte nicht mit ihr darüber reden. Ihre Kindheit musste sie selbst wiederentdecken.

Vor dem Fenster zwitscherte unbeirrt ein Singvogel. Gun lag stumm auf dem Rücken und starrte an die Decke. Mir fiel auch nichts ein, was ich hätte sagen können. Aber es war kein bedrückendes Schweigen. Es war einfach Ruhe im Raum.

Plötzlich tauchte ein anderes, böses Bild aus Guns Vergangenheit vor mir auf, etwas, von dem Yvonne in Ohlssons Konditorei erzählt hatte. Mannos Vergewaltigung. Der Drang, mich an Manno zu rächen, durchströmte meine Adern und brachte mein Blut wieder zum Kochen.

Ich sah Mannos zufriedenes Grinsen vor mir. Er glaubte, er sei davongekommen. Obwohl ich mir vorgenommen hatte, nach alledem vorsichtig zu sein, konnte ich es nicht lassen, ein wenig zu stochern.

»Ich möchte mich für eine Sache bei dir entschuldigen«, sagte ich zu Gun. »Vor einiger Zeit habe ich mit dir über Manno gesprochen, und du wurdest sehr wütend. Das war nicht meine Absicht ...«

Gun wandte mir ihr Gesicht zu.

»Manno ist böse«, sagte sie nur. »Der auch.«

»Nun, wenn ich ganz ehrlich sein soll, dann war es Yvonne, die gesagt hat, dass er ... nicht immer sehr nett zu dir war ...«

»Yvonne ist auch nicht nett.«

»Nein, vielleicht nicht«, sagte ich. »Aber sie erwähnte etwas in der Art, dass er ... sich an dir vergangen hat.«

Ich wurde rot wie eine Elfjährige, als ich »an dir vergangen« sagte. Jetzt tust du das schon wieder, dachte ich bei mir, und mir wurde Angst und Bange vor mir selbst. Aber es nagte so schrecklich in mir. Ich wollte, dass Gun wütend wurde, dass sie fluchte, dass sie Rache üben wollte an dem Menschen, der ihr so übel mitgespielt hatte.

Gun lächelte. Glaube ich. Jedenfalls zuckte es in ihren Mundwinkeln.

»Du hast ja keine Ahnung, Pastorin. Ich wollte es, verstehst du. In dem Moment lebte ich. Er packte mich, und ich spürte mich selbst. Es war ekelhaft und doch so verdammt schön.«

Jetzt lächelte Gun. Ein triumphierendes Lächeln. Und ich wusste, wie sehr sie Recht hatte. Ich hatte so verdammt wenig Ahnung.

Herr, war das der Grund, warum du sie mir geschickt hast?

Ich dachte an meine kindischen Phantasien darüber, wie ich sie erlösen und zurück ins Leben holen würde. Und vielleicht hatte ich Gun etwas zu geben. Aber ohne das, was sie mich gelehrt hatte, konnte ich nicht mehr leben.

Noch am selben Nachmittag ging ich auf dem Heimweg in ein Ausstattungsgeschäft und in einen Blumenladen, um etwas zu finden, womit ich mein Heim wohnlicher machen konnte.

In beiden Läden stand ich mit herumirrendem Blick und hängenden Armen da, bevor ich schnell wieder das Weite suchte.

Ich weiß nicht, wie man das macht.

Ich bin immer noch unsicher, wie man das anstellt, zu leben.

Aber zwei Dinge habe ich mir ganz fest vorgenommen. Ich werde Gun besuchen. Oft.

In sieben Jahren wird sie entlassen. Und dann lade ich sie auf eine Reise nach Finnland ein.

Björn Hellberg
Mauerblümchen
Sten Walls zweiter Fall
Aus dem Schwedischen von Christel Hildebrandt
Band 15320

Eine Kleinstadt in Schweden. In einer alten Garage werden zwei Menschen aufgefunden, ein Mann und eine Frau. Beide sind tot, auf grausamste Weise ermordet, und beide sind vollkommen nackt. Wer kann die beiden so gehasst haben, dass sie ein derartiges Ende nehmen mussten?

Als dann noch ein anonymer Anrufer die Frauen der Stadt in Angst und Schrecken versetzt, tappt Kommissar Sten Wall völlig im Dunkeln. Gibt es einen Zusammenhang zwischen den beiden Fällen? Und wird er sie lösen können, ehe noch Schlimmeres geschieht?

Fischer Taschenbuch Verlag

fi 15320 / 1

Björn Hellberg
Todesfolge
Sten Walls dritter Fall
Aus dem Schwedischen von Astrid Arz
Band 16089

Agne Bravander, Pastor der religiösen Gemeinschaft »Die Gottesboten«, wird ermordet aufgefunden – die Tatwaffe: ein roter Stiletto, spitz und tödlich.

Kaum haben die Ermittlungen begonnen, wird das hübsche Sektenmitglied Mia Alvin in ihrer Badewanne ertränkt. Und Fragen kommen auf: Wie hielt sie es mit der ehelichen Treue?

An Verdächtigen mangelt es Kommissar Sten Wall nicht, denn die religiöse Sekte hat sich durch ihre strengen Regeln und Gesetze viele Feinde gemacht. Dennoch tappt der Kommissar lange im Dunkeln. Und dann verschwindet auch noch ein Kollege von ihm …

Fischer Taschenbuch Verlag

fi 16089 / 1